诗经选 SHI JING XUAN

名师推荐
学生课外
阅读经典

诗经选

SHI JING XUAN

赵逵夫/注评

长江出版传媒 | 长江文艺出版社

图书在版编目（CIP）数据

诗经选 / 赵逵夫注评. -- 武汉 ： 长江文艺出版社，2023.8
ISBN 978-7-5702-3196-6

Ⅰ. ①诗… Ⅱ. ①赵… Ⅲ. ①古体诗－诗集－中国－春秋时代②《诗经》－注释 Ⅳ. ①I222.2

中国国家版本馆 CIP 数据核字(2023)第 115101 号

诗经选
SHIJING XUAN

责任编辑：黄雪菁　　　　　　　　　责任校对：毛季慧
设计制作：格林图书　　　　　　　　责任印制：邱　莉　杨　帆

出版：长江出版传媒　　长江文艺出版社
地址：武汉市雄楚大街 268 号　　　　邮编：430070
发行：长江文艺出版社
http://www.cjlap.com
印刷：武汉珞珈山学苑印刷有限公司

开本：700 毫米×980 毫米　　　1/16　　印张：22.25
版次：2023 年 8 月第 1 版　　　　2023 年 8 月第 1 次印刷
字数：328 千字

定价：45.00 元

目 录
CONTENTS

总　序

国学经典丛书·诗经

郭齐勇　武汉大学国学院院长

　　国学大师钱穆先生曾说"今人率言'革新'，然革新固当知旧"。对现代人尤其是青年一代来说，缺乏的也许不是所谓的"革新力量"，而是"知旧"，也即对传统的了解。

　　中国文化传统的源头，都在中国古代经典当中。从先秦的《诗经》《易经》，晚周诸子，前四史与《资治通鉴》，骚体诗、汉乐府和辞赋，六朝骈文，直到唐诗、宋词、元曲和明清小说，在传统经典这条源远流长的巨川大河中，流淌着多少滋养着我们精神的养分和元气！

　　《说文解字》上说"经"是一种有条不紊的编织排列，《广韵》上说"典"是一种法、一种规则。经与典交织运作，演绎中国文化的风貌，制约着我们的日常行为规范、生活秩序。中国文化的基调，总体上是倾向于人间的，是关心人生、参与人生、反映人生的，当然也是指导人生的。无论是春秋战国的诸子哲学，汉魏各家的传经事业，韩柳欧苏的道德文章，程朱陆王的心性义理；还是先民传唱的诗歌，屈原的忧患行吟，都洋溢着强烈的平民性格、人伦大爱、家国情怀、理想境界。尤其是四书五经，更是中国人的常经、常道。这些对当下中国人治国理政，建构健康人格，铸造民族精魂都具有重要意义。经典是当代人增长生命智慧的源头活水！

　　长江文艺出版社历来重视中华民族优秀传统文化的传播及普及，近年来更在阐释传统经典、传承核心文化价值，建构文化认同的大纛下努力向中国古典文化的宝库掘进。他们欲推出《国学经典丛书》，殊为可喜。

怎么样推广这些传统文化经典呢？

古代经典和现代读者的阅读习惯及趣味本来有一定差距，如果再板起面孔、高高在上，只会让现代读者望而生畏。当然，经典也不是任人打扮的小姑娘，一味将它鸡汤化、庸俗化、功利化，也会让它变味。最好的办法就是，既忠实于经典的原汁原味，又方便读者读懂经典，易于接受。在这个原则的指导下，《国学经典丛书》首先是以原典为主，尊重原典，呈现原典。同时又照顾现实需要，为现代读者阅读经典扫除障碍，对经典作必要的字词义的疏通。这些必要精到的疏通，给了现代读者一把迈入经典大门的钥匙，开启了现代读者与古圣先贤神交的窗口。

放眼当下出版界，传统文化出版物鱼目混珠、泥沙俱下，诸多出版商打着传承古典文化的旗号，曲解经典，对现代读者尤其是广大青少年认知传承经典起了误导作用。有鉴于此，长江文艺出版社推出的《国学经典丛书》特别注重版本的选取。这套丛书 30 个品种当中，大多数择取了当前国内已经出版过的优秀版本，是请相关领域的名家、专业人士重新梳理的。这些版本在尊重原典的前提下同时兼顾其普及性，希望读者能有一次轻松愉悦的古典之旅。

种种原因，这套丛书必然会有缺点和疏漏，祈望方家指正。

前　言

一、《诗经》的名称

　　《诗经》是我国第一部诗集，一般认为是"诗歌总集"，实际上是春秋中期以前的诗歌选集，因为此书编辑之时，还有很多诗歌作品，或存于史官、乐师，或存于贵族、士人，而编者有其主导思想，收录作品自有侧重，难免有所选择去取，并不以"全"为宗旨。至今尚有些《诗经》之外春秋中期以前的诗歌存世，便是证明。

　　《诗经》在孔、墨时代称为"诗"或"诗三百"。"不学诗无以言。"（《论语·季氏》）"诗三百，一言以蔽之，曰：'思无邪。'"（《为政》）《墨子·公孟》中说：儒者"诵《诗三百》，弦《诗三百》，歌《诗三百》，舞《诗三百》。"把《诗》看作儒家的经典，最早是见于《庄子·天运》："丘治《诗》《书》《礼》《乐》《易》《春秋》六经。"但仍名之为《诗》。开始称为《诗经》是汉代的事。

　　《诗经》曾被称为"诗三百"，因它有三百零五篇（此外《小雅》中笙诗六篇，有目无文，不在其内）。

二、《诗经》的各部分组成及大体年代

　　《诗经》在编排上按作品的内容与风格分为风、雅、颂三大类。

　　1. 风：即《国风》，是一些诸侯国和地区带有地域色彩的诗歌，大部分是民歌，也有些是带有民歌色彩的贵族阶层的作品。《左传·成公九年》

范文子说："乐操土风，不忘旧也。"朱熹在其《诗集传》序中说："凡诗之所谓风者，多出于里巷歌谣之作，所谓男女相与咏歌，各言其情者也。"在《国风》题解中他又说："国者，诸侯所封之域。而风者，民俗歌谣之诗也。谓之风者，以其被上之化以有言，而其言又足以感人，如物因风之动以有声，而其声又足以动物也。"讲何以称作"风"，很有道理。《国风》中包括十五个诸侯国和地区的作品。即《周南》《召南》《邶风》《鄘风》《卫风》《王风》《郑风》《齐风》《魏风》《唐风》《秦风》《陈风》《桧风》《曹风》《豳风》。这些作品有的产生时代早，有的产生时代迟，不具有共时性。如《豳风》的产生地豳，后来归于秦，其地作品同《秦风》中秦人早期居于西垂犬丘之地时作品大体同时；但若就《秦风》中产生较迟的作品而言，却是它们的前身。《国风》中作品，内容上的特征是以广大人民的社会生活为主要题材，尤以反映恋爱、婚姻、家庭、行役、农业生产、社会习俗及反对剥削压迫、讽刺统治阶级贪婪荒淫的作品为多。有关《国风》的内容，很多文学史中都有详细的论述分析，而且这些也只有从具体作品中才能有较深切的理解和体会；同时，我们在各地《风》诗前对该《风》诗的简述中也有概括说明，这里不多说。

《国风》中的作品除少数贵族的诗（如《周南》的《关雎》《卷耳》，《鄘风·载驰》《卫风·伯兮》）之外，大部分是没有文化或文化水平很低的劳动者、下层官吏、妇女等唱出来的，是真正的"天籁"，在语言上、形式上、结构上都有明显的口传歌谣的特征。首先是语言的口语化，通俗明白，充满生活情趣。如《周南·芣苢》："采采芣苢，薄言采之。采采芣苢，薄言有之。"《召南·采蘩》："于以采蘩？于沼于沚。于以用之？公侯之事。"至三千年后之今日读来，仍如白话，且轻快、欢乐的情绪溢出于字里行间。其次，是《国风》结构方式上的重章叠句。这里要指出的是：第一，由于歌者是"感于哀乐，缘事而发"（《汉书·艺文志》），是"饥者歌其食，劳者歌其事"（何休《公羊传解诂》），总能唱出最重要、最想说出的一点，所以对这一点的重复，便能增进听者、读者的体味理解，能不断地引起听者、读者的艺术想象。第二，《国风》中的民歌在重复之中，也体现着一种"重章互足"思想。虽然只改变了一两句或几个字，而就在这一两句和几个字的变化中，反映出了时间的转移、程度的加深，或者对同一物同一事在观察上视角的转换。如《王风·黍离》第一章：

彼黍离离，彼稷之苗。行迈靡靡，中心摇摇。知我者，谓我心忧；不知我者，谓我何求。悠悠苍天，此何人哉！

"苗"表示时在春季；第二章中作"穗"，表示时在夏季；第三章中作"实"，表示时在秋季。一字之变说明作者几次到该处，每次都触景生情，万分悲伤。"中心摇摇"言心神不定，思绪混乱。"摇摇"第二章作"如醉"，言其昏昏沉沉；第三章作"如噎"，言胸中哽咽难受。一词之变，从三个方面表现了诗人的心情。而后六句的重复，强调了诗人忧伤之深与无处诉说，正表现出呼天抢地的心情，并不显得重复，而显示出感情的强烈。不似文人之作的细心安排、句斟字酌，但却是真情真景、真实感受的反映，以情驭文，突出了情感冲动的中心，反复吟咏，一唱三叹，所以很能引起人的共鸣，带动人的想象。

在表现手法上，也灵活多变，少有束缚，体现出无穷的创造性。如《周南·卷耳》和《魏风·陟岵》都是通过悬想的手法写对亲人的思念，前者是写家中人思念在外行役者，后者是写在外行役者思念家中的亲人，两首诗都描述了所思念之人登上高山时的情状。值得注意的是《陟岵》中写在外的人悬想家中亲人思念自己的情状，钱钟书《管锥编》谓其法为"己思人乃想人亦思己，己视人适见人亦视己"，引三国徐干《室思》以来十余家诗人，以明其手法之奇，后人用之不厌，而俱见其妙。与《卷耳》相较，粗看相似，实有不同。在《国风》中，如后世文人递相模仿、陈陈相因、依样画葫芦的情况，基本上没有。以上这些，本书在各篇的点评部分有所揭示，这里不多说。真实的感情、通俗化的语言、往往出人意表的构思，形成《国风》艺术上突出的特色。需要指出的是，《国风》以情驾驭语言，以情决定结构的精神，成为我国古代诗歌的优秀传统，而它表现手法的灵活多样，又为后代的诗歌创作开了无限法门，留下了很多值得深思的启示。

《国风》中作品创作的时间，有的早至西周初年，甚至更早。如《豳风·七月》，当是先周时豳地自古所传。崔述《丰镐考信录》以为"当为大王以前豳地旧诗"，方玉润《诗经原始》也说："所言皆农桑稼穑之事，非躬亲陇亩、久于其道者，不能言之亲切有味也如是。"因而说："此必古有其诗，自公（按：周公）始陈王前，俾知稼穑艰难，并王业所自始。"所言皆有道理。《国风》中产生时代最迟的作品，过去以为是《陈风·株林》。据《左传·宣公九年》《宣公十年》《史记·陈世家》和《诗序》，此诗当作于鲁宣公九年（前600）前后的一二年中。其实，《曹风·下泉》为曹人赞晋荀砾纳周景王于成周之事，《易林·蛊之归妹》可证。据《春秋·鲁昭公二十三年》《二十六年》，此诗作于鲁昭公二十六年（前516）或此后一半年中。此诗应是《诗经》编成之后，孔子编次订正的过程中，为了倡导周天子的思想而特别加入者。所以，《诗经·国风》的时间跨度在600年以上，从个别作品的开始形成算起，将近一千年。

2. 雅：是西周王畿内的诗歌。《诗经》中有《小雅》《大雅》。《荀子·儒效》："居楚而楚，居越而越，居夏而夏。"《荣辱》又云："越人安越，楚人安楚，君子安雅。"可见雅是指夏地之声。

《诗经》中雅诗分为《小雅》《大雅》两部分。前人或以为《小雅》《大雅》主题有所差异，或以为思想内容上有所不同，或以为诗体风格上有所区别，或以为音乐特征或音乐用途上各有所属，但都没有充分的依据，不过是因为有《小雅》，有《大雅》，因而要为之寻找分为两部分的依据。其实，《小雅》《大雅》并无本质不同，只因为是两次所收集，而篇幅又太大，因而分为两部分罢了。《小雅》部分是东周初年，召穆公的子孙为了彰显召穆公、周定公在西周末年尤其在宣王中兴中的巨大贡献而编集的，故多西周末年、东周初年之作，而以反映宣王中兴一段历史的作品最多。《大雅》则是郑国贵族在第二次结集时将所获周天子史官、乐官保存的朝廷、宗庙、祭祀之用乐诗一并收入，故所收有周初甚至周人建国前的作品，也有迟至公元前七世纪末叶的作品。春秋以前常用"小""大"区别相同的篇名（如

《逸周书》中的《小开武》《大开武》,《小明武》《大明武》,《小开》《大开》;《管子》中的《小匡》《大匡》等)。《诗经》中也以"小""大"区别相同的篇名(如同在《郑风》中的《叔于田》《大叔于田》,同在《雅》诗中的《小明》《大明》,《小旻》《召旻》,《小弁》《颊弁》等)。《小雅》《大雅》其加"小"、"大"只是为了对两卷简册在名称上有所区分,便于称说而已。

《雅》诗中作品,过去几十年中一直被认为是替统治阶级歌功颂德的,所以评价不高,各种选本选录也少。其实,其中有些作品有很强的思想性。它们或表现了关心现实、忧国忧民的思想,或对贵族卿大夫的昏聩、贪婪、腐败行为加以揭露抨击,甚至对国君轻信奸佞、误国误民的昏庸予以斥责。芮良夫、郑武公、家父等人之作为后世以文学作品的形式扶正祛邪、维持有益于社会的道德品质,作出了榜样,显示了诗歌不只是文人抒发个人情怀的"小玩意"。而宣王中兴之际,召穆公、尹吉甫、张仲等及宣王静,在内忧外患之际以诗来团结宗族、缓和内部矛盾,互相鼓励、平定周边部族的侵扰,安定社会,为当时社会的稳定和发展作出了杰出的贡献,在历史上的影响也是明显的①。

《雅》诗中所收周民族的史诗《生民》《公刘》《绵》《皇矣》《大明》等,生动地表现了周先民艰苦奋斗的情况,及他们在农业生产方面达到的水平,使我们认识到中华民族光辉的过去。对它们的价值怎么估计也是不过分的。

因为《雅》诗全为史官、卿大夫甚至君王等有一定文化素养的人所作,所以在诗体形式上脱离了民歌的格局,也就是说脱离了对音乐曲调的依赖,而使诗成为语言的艺术,在形式上更为完善。《墨子·公孟》说"诵《诗三百》,弦《诗三百》,歌《诗三百》,舞《诗三百》",所以很多学者认为《诗经》中作品全部是可歌的,又有人进而以为其创作之初是用来歌的。这是一个误解。当初是唱出来的,还是写出之后又被付之管弦,是两回事。《小雅·节南山》末尾说:"家父作诵,以究王讻。"《大雅·崧高》末尾说:"吉甫作诵,其诗孔硕。"《大雅·烝民》末尾又说:"吉甫作诵,穆如清风。"周大夫家父(父作甫)尹吉甫的这三首诗就明确地说明了是用来诵的,而不是用来唱的,作者当时创作的方式，也一定是著之竹帛，而不是当场唱出。再如卫武公所作的《抑》，《国语·楚语》中说是其九十五岁时所作，而且记其告诫卿大夫及国人之语："闻一二之言，必诵志而纳之，以训道我……于是乎作《懿》戒，以自儆也。"则《抑》（《国语》作《懿》）非唱出，本求其诵以自儆，也很明白。当然，《雅》诗中也有歌诗，这主要在《小雅》中，如《小雅》中的《鱼丽》《南有嘉鱼》《南山有台》《蓼萧》《湛露》《彤弓》等礼仪用诗；《菁菁者莪》《沔水》《白驹》《黄鸟》《我行其野》《巧言》《蓼莪》《裳裳者华》《鸳鸯》《车舝》《青蝇》《绵蛮》《瓠叶》《渐渐之石》《苕之华》《何草不黄》等结构方式上与民歌特征接近的抒情之作。《何人斯》则明确说"作此好歌"，则是歌诗无疑。但总体上说，《雅》中以诵诗为多。

同依赖于曲调的歌诗比较起来，诵诗基本上不用重章叠句的结构方式，而是在整体构思之后，依照叙述的层次或抒情的方式，一章一章写出，每章都有其独立的内容，全篇各章之间体现着叙事或抒情进程，或有意地穿插、倒叙，形成一种以篇为单位、独立延展的结构方式。语言风格上，基本也是一句表现一层意思，句与句的连缀无所依傍，但反映着思想变化的进程。从形式上说，诵诗的句子基本上为整齐的四言，偶句韵。因为脱离了曲谱，诗句要尽可能表现出语言本身的音乐美，以此来适应读者潜在的音乐感受习惯。从诗的发展进程来说，诵诗开始着重挖掘语言本身的音乐美，也进一步试探、挖掘语言的表现功能。虽然《诗经》中的诵诗还是四言，句子短，但从诗歌形式的发展说，是一次突变。

此外，《雅》诗中除部分礼仪用诗，史官所作祭祀等场合演唱的颂诗之外，都是具有较高文化素养的贵族之作，尽管其中大部分作品未能留下作者之名，但作品体现着抒情主人公独立的思想、情绪，表现出独立的个人情怀，是没有问题的。它不似史诗着重在描写一种客观存在（包括口传的历史），也不似颂诗，作者只是根据主祭者及其所代表的阶层的愿望来表达意思；也不似民歌，创作时往往借助了已有的某种模式或某些常用的语言表达形式，流传中也往往经过一些人的修改，而是在思想上、风格上体现着抒情主人公的各个方面。

所以，大、小《雅》中的诵诗在我国诗歌发展史上，从诗体的完备和诗人主体精神的体现这两方面说，都具有里程碑意义，它的思想内容，也有十分深刻和进步之处。

3.颂：是用于宗庙祭祀的乐歌。清人阮元《释颂》说"颂"就是"容"字，"容"就是"样子"，颂乐是连歌带舞的。王国维《说周颂》以为"颂之声较风雅为缓。"颂诗包括《周颂》《鲁颂》《商颂》。《周颂》三十一首诗，全是周初的作品，篇幅较短，个别作品不押韵。《鲁颂》四首，是春秋前期鲁国为歌颂自己的祖先而作的，篇幅都比较长。《商颂》五篇，春秋时宋国所传，应是商代之作，宋人为商之后裔，在其演唱过程中可能会有增饰修改。《商颂》的篇幅、结构等，显示了早期商文化的成熟。三《颂》中作品主要称颂先祖的功业，也侧面反映了民族历史的某些方面，但都较突出地体现了统治者的愿望。

三、《诗经》中民歌的收集

《汉书·食货志》中说："孟春之月，群居者将散，行人振木铎徇（按：徇，巡也）于路以采诗，献之大师，比其音律，以闻于天子。"《艺文志》中说："故古有采诗之官，王者所以观风俗，知得失，自考正也。"刘歆《与扬雄书》曰："诏问三代、周秦轩车使者，逎（遒）人使者，以岁八月巡路，代语、童谣、歌戏。欲得其最目。"（《方言》）何休《公羊传解诂》："男女有所怨恨，相从而歌。饥者歌其食，劳者歌其事。男年六十、女年五十无子者，官衣食之，使之民间求诗。乡移于邑，邑移于国，国以闻于天子。"因此，历来学者都相信中国古代有王官采诗的制度，《诗经》中作品就是采诗之官采集来的。但近代以来，学者多疑之，至今两种看法并存，难以统一。

《诗经》中作品的地域范围，北至今河北，东至今山东省东部，西至今甘肃，南至今湖北省北部。这样广大地域的诗歌，尤其又有很多农夫、怨妇、役人的作品，被收为一集，总有一个收集的机制和过程。但在两千六百年以前，不可能有那样完善的制度，周天子的轩车使者或遒人（行人）不可能在各个诸侯国家都有，也不可能有那样庞大的收集歌谣的队伍，且由天子的乐师统管，直接领导，一竿子插到底。所以，这只能是周王室和诸侯国的乐师，通过同各级乐师有联系的民间艺人收集上来，乐师进行整理、挑选之后再献给天子。另外，无论是天子还是诸侯，收集这些民间作品，并不完全为了"观风俗，知薄厚"，更重要的应该是音乐欣赏、娱乐的需要。《礼记·乐记》载魏文侯（前445—前396）问孔子弟子子夏："吾端冕而听古乐，则唯恐卧；听郑卫之音，则不知倦。"此战国初年之事，去春秋时代不远，应反映了春秋战国之时国君的普遍情况。《礼记·王制》中说："天子五年一巡守，岁二月，东巡守。……命大师陈诗以观民风。"陈诗之事应该是有的，但并不是为了"观民风"，主要是为了使天子高兴，是一种娱乐性的接待仪程。注重政事的天子，可能会从中了解到一些民风方面的事。诸侯国的诗通过陈诗、献诗等活动集中于周天子之处，这应是各地民歌集中于周太师乐官之处的主要途径。

四、《诗经》的编定与编者

原被藏于乐师和史官处的乐诗、献诗，只是根据来源或用途分别收藏，尚未产生编集成书的意识。《国风》先编入者为《周南》《召南》《邶风》《鄘风》《卫风》，《雅》诗先编入者为《小雅》。这两部分大多表现宣王中兴和召穆公文治武功、赞扬召公的作品，如《周南·兔罝》《汝坟》《召南·甘棠》《小雅·鹿鸣》《四牡》《皇皇者华》《常棣》《伐木》《天保》《采薇》《出车》等。其中有些作品可以考知是召穆公、尹吉甫、张仲、南仲这些中兴大臣之作。当中也有些产生于厉王时的作品，因这些大臣是由厉王朝至宣王朝的，收录厉王朝一些作品也正可以显示出召穆公等人辅佐宣王扫除内忧外患的功绩。

从《召南》《周南》《邶》《鄘》《卫》和《小雅》中作品产生的时间可知，《诗经》第一次编集在东周初年。

据《史记·三代世表》，周厉王因暴虐被国人逐于彘之后，周定公、召穆公主持朝政。召穆公于厉王时牺牲自己的儿子保住了太子静的生命，又辅佐太子静即位（即宣王），安定天下，成中兴局面。但平王东迁之后，天子形同诸侯，周王对周、召二公的依靠和信任程度也不如以前。召穆公的子孙为了昭显其祖上的功绩，主要收集能反映宣王中兴那一段历史的作品，及周、召二公封地内民歌，还有无论在周初还是厉宣之际，地位都与周、召二公地位相侔的卫君封地内的作品（包括《邶风》《鄘风》《卫风》）汇为一集。为什么将《周南》排在前面？因为根据西周王朝的定例，周公旦之后，历代在朝廷卿士中周公的地位，都在召公之上，而宣王中兴，周定公也做了很大的贡献。召穆公的后代在《诗》的编排上充分体现了周王朝的传统观念，但所收作品《召南》多于《周南》。

西周末年，周厉王的少子、宣王的庶弟郑桓公在求教史伯后，寄孥与贿于虢郐之间，并徙其民于此（即新郑），以待时而兴（参见《国语·郑语》）。他虽是幽王的叔父，却是庶出，明明看见周王朝将亡，受到宗法制度和当时贵族、百姓传统观念的制约，无法改变这种现状，也不便有大的动作，但他不会不作由他或他的儿子收拾残局、继承大统的准备。他能在周亡之前同史伯谈避难自存之事，则趁乱收存史官、乐官处所存包括乐诗在内的文献，便可想而知。当然，在周幽王将周朝天下即将断送之际，郑桓公出于对周室的负责，出于对列祖列宗业绩的重视，应该这么做。1996年12月至1997年1月，河南省文物考古队在新郑市郑韩故城西南又先后发现十余座青铜礼器（参见《中国文物报》1997年2月23日、1998年3月15日有关论文及《文物》2005年第10期挖掘报告），则郑国在西周之末保存周王室礼器、乐器、诗乐等的事实，十分明白。到公元前六世纪前期，郑大夫之有远见者将郑国所藏原在周太师和守藏室的民歌、乐歌，同召穆公子孙所编合为一集，则《国风》包括十五国风，《雅》诗中增入《大雅》中31篇，并《周颂》《鲁颂》《商颂》各若干。《诗》遂形成今日所见之规模。至公元前六世纪后期，孔子又调换了《国风》中《豳风》与《秦风》的顺序，调整了个别篇目的归属，去其个别句子、段落不必要的重复，订正了个别文字的错讹。他本着恢复西周礼仪制度的愿望，也增添了个别篇目。于是，成今日流传的《诗经》文本②。

五、关于《诗经》的传授与流传

在《诗经》编选流传开之后，贵族子弟将它当成了解周代历史、增加文化素养的教材。《国语·楚语》载楚庄王（前613—前591）时申叔答士亹关于教太子之事，提到"教之诗，而为之导广显德，以耀明其志。"则当时虽只《国风》之前五《风》和《小雅》部分，已在诸侯国以至南方的楚国中有广泛流传。由于礼崩乐坏，在西周时代存在的献诗以讽谏的制度，已蜕变为一种带有形式上应付场面的"赋诗言志"，即拿现成的诗句较含蓄地表现一种态度，但这也就形成贵族对诗的重视。贵族阶级除典礼、讽谏要用诗和借诗喻志外，还要用来美化语言，而且在外交场合完全借诗来表明自己的意思。形成这种风气的原因，有些人以为是由于当时方音歧异、语言不通，读诗则用书面语，用雅言，故借以沟通思想。其实只是献诗讽谏、引诗明理现象的蜕变。然而这也促成了春秋时代外交场合的语言风格迂回委婉的特征。

先秦时代，儒家很重视学习《诗经》。孔子说："诗，可以兴、可以观、可以群、可以怨。迩之事父，远之事君，多识夫鸟兽草木之名。"（《论语·阳货》）兴：启发、鼓舞和受到艺术感染；观：了解历史、认识社会，所谓"观风俗之盛衰"；群：交流思想、沟通感情、增进友谊；怨：对不良政治现象和行为进行批评讽刺。"迩之事父，远之事君"指在社会伦理和思想上受到教育；"多识夫鸟兽草木之名"指从中学到动植名物常识。

汉初传授《诗经》的有鲁、齐、韩三家：鲁人申培所传诗学为鲁诗，齐人辕固所传为齐诗，燕人韩婴所传为韩诗。这三家都先后立为学官。毛诗之学稍后出现，据传为六国之末鲁人毛亨所传，因汉代毛苌而显。今三家诗亡，独存毛诗。

1977年，安徽阜阳双古堆一号汉墓出土长短不一的《诗经》简一百七十余条，其中包括《国风》《小雅》二种，存残诗65首，《国风》中仅《桧风》未见，《小雅》存《鹿鸣之什》中4首的残句。经研究，简上《诗经》文字不属于齐、鲁、韩、毛中的任何一家；是否为《汉书·楚元王传》中所说《元王诗》，也难以确定。则说明汉代《诗经》之学在今所知四家之外，还有分化。"阜诗"的发现，对我们认识《诗经》早期流传的情况很有意义（参见胡平生、韩自强《阜阳汉简诗经研究》，上海古籍出版社1988年版）。

1994年，上海博物馆从香港购回1200多支被盗挖的竹简，其中《孔子诗论》简29支，1006字，不仅多引《诗经》原文，且有孔子对《诗经》一些篇章的评论，对于了解春秋末年以来儒家的诗学思想、《诗序》的形成及其与孔子、子夏的关系，都有很大的意义（参见《上海博物馆藏战国楚竹书》，上海古籍出版社2001年版）。

六、几点说明

（一）本书所录《诗经》原文以《十三经注疏本》为底本。有所校改之处，均在注释中说明。

（二）虽然学者们都说《诗经》分风、雅、颂三大部分，但历来《诗经》的各种版本，包括今日的各种选本，都是以《小雅》《大雅》《周颂》《鲁颂》《商颂》与《国风》并列，实际上为六大部分。今分为《国风》《雅》《颂》三大部分，《国风》之下分《周南》《召南》等十五部分如旧，《雅》之下列《小雅》《大雅》，因二者并无实质性区别，以其分别与《国风》等并列，反使学者迷惑。《颂》之下列《周颂》《鲁颂》《商颂》，因其统名之为"颂"，不当分别与《国风》并列。传统编排中，因《小雅》《大雅》《周颂》篇幅较大，故以十首为一组，称作"什"，如《鹿鸣之什》《文王之什》《清庙之什》等，这只是古代书写工具笨重、检索不便情况下采取的一种办法，浅学者竟以《鹿鸣之什》等等同《周南》《召南》等分国相提并论。今去其"什"的编排，以清眉目。

（三）无论对十五《国风》、二《雅》、三《颂》的说明，还是注释，凡学界分歧不大，学者们看法基本一致的，本书的说解便简略一些；凡学界看法有较大分歧，本书的所取或本书著者的看法可能不易被理解者，论述便稍详细一些。在体例上灵活一些处理的目的，是为了尽可能做到雅俗共赏，虽然是在编一本普及性读物，但也希望有学术上的价值，以便除一般读者之外，也可作为本科生、研究生学习中的参考③。

品评部分为个人感受，力求做到有话则长，无话则短，不强求一致。

希望得到广大读者的批评指正。

①参看拙文《周宣王中兴功臣诗考论》，刊《中华文史论丛》第 55 辑，上海古籍出版社 1996 年 12 月；《西周诗人芮良夫与他的〈桑柔〉》，刊《贵州文史丛刊》1997 年第 5 期。

②关于《诗经》编纂过程和成书时间问题，可参看拙文《周宣王中兴功臣诗考论》，刊《中华文史论丛》第 55 辑；《论西周末年杰出诗人召伯虎》，刊《诗经国际学术研讨会论文集》，河北大学出版社 1994 年版；《论〈诗经〉的编集与〈雅〉诗分为"小""大"两部分》，刊《河北师院学报》1996 年第 1 期；又《第二次诗经国际学术研讨会论文集》，语文出版社 1996 年版；《论先秦时代的文学活动》，刊《郑州大学学报》2005 年第 6 期；《诗的采集与〈诗经〉的成书》，刊《文史》2009 年第 2 期。

③ 我对于《诗经》研究的看法，可参看拙文《〈诗经〉研究的过去、现在与将来》，刊《西北师大学报》2006 年第 3 期，又《诗经研究丛刊》第十辑，学苑出版社 2006 年出版。

国　风

国风 "风" 是一些诸侯国和地区带有地域色彩的诗歌，大部分是民歌，也有些是带有民歌色彩的贵族阶层的作品。宋郑樵《通志总序》说："风土之音曰风。"风诗以广大人民社会生活题材为主，尤以反映恋爱、婚姻、家庭、行役、农业生产、社会习俗，反对剥削压迫、讽刺统治阶级贪婪荒淫的作品为多。《国风》从名目上说包括十五个诸侯国和地区的作品，即《周南》《召南》《邶风》《鄘风》《卫风》《王风》《郑风》《齐风》《魏风》《唐风》《秦风》《陈风》《桧风》《曹风》《豳风》。但《邶风》《鄘风》《卫风》都是卫国的作品，故虽曰"十五国风"，实际上只有十三个诸侯国或地区的作品。《国风》各部分有的产生时间早，有的产生时间迟；有的时间跨度大，有的时间跨度小；大部分作品难以确定具体的年代。除个别作品外，也难以考知具体的作者。

周 南

　　"周南""召南"应是指分布在周公封地、召公封地以南江汉一带的姬姓小国，其地域大致包括今河南洛阳、南阳和湖北郧阳、襄阳等地区。《左传·僖公二十八年》晋栾贞子曰："汉阳诸姬，楚实尽之。"春秋以前汉水以北小国如邧、息、应、蒋、道、蓼、唐、顿、蔡、随等，都是姬姓。这些姬姓国的分布，正反映了周王朝政治和文化的影响与扩散。所以《毛诗序》言"南，言化自北而南也"，并非完全无据。西周末年召穆公"追荆蛮""伐淮夷"（《竹书纪年》），江汉诸姬实利赖之；周定公在厉宣之朝安定天下，也有杰出的贡献。编诗者辑《周南》《召南》并列于《国风》之首，实在于反映召穆公、周定公的业绩。清马瑞辰《毛诗传笺通释》卷一《周南召南考》说："此周、召公采邑之分地也。以今陕州陕原（按即今河南省三门峡市西南）为断，周公主陕东，召公主陕西。"《周南》《召南》各系以"南"者，以其地当周、召采邑以南之地，为通称，非专名。则"周南""召南"之名来自其地当周公、召公采邑以南。而就今本《诗经》中《周南》《召南》作品来看，二者并无明显的地域区分，《周南》中说到汝，也提到了江、汉，其地域包括周南、召南。江汉与淮河上游一带周王朝开发较迟，楚人与江、汉、汝一带少数民族，其语言与北方差异较大，周人至战国之时尚称其语言为"南蛮鴃舌之音"，春秋战国时称其音乐为"南音"（《左传·成公九年》），称其曲调为"南风"（《左传·襄公十八年》）。则《周南》《召南》皆以南方曲调演唱。

　　《周南》有诗十一首，《召南》有诗十四首。大部分是西周末、东周初的作品。反映恋爱、劳动、妇女归宁思夫及官吏究心于朝政的作品为多，也有作品表现了当时的礼俗，总体上展示出一种上下和睦、人民安居乐业的景象。

关雎

关关雎鸠①，在河之洲②。窈窕淑女③，君子好逑④。
参差荇菜⑤，左右流之⑥。窈窕淑女，寤寐求之⑦。
求之不得，寤寐思服⑧。悠哉悠哉⑨，辗转反侧⑩。
参差荇菜，左右采之。窈窕淑女，琴瑟友之⑪。
参差荇菜，左右芼之⑫。窈窕淑女，钟鼓乐之⑬。

【注释】 ①关关：拟声词，雎鸠雄雌和鸣之声。雎鸠：一种水鸟，也叫王雎，《禽经》称为"鱼鹰"，好在江渚山边食鱼。朱熹《诗集传》说："雎鸠，水鸟，一名王雎，状类凫鹥，今江淮间有之。生有定偶而不相乱，偶常并游而不相狎。"则其文化意象同后代的鸳鸯相近。②洲：水中的陆地。长沙马王堆三号墓出土帛书《相马经》中说："州河无树，已能长之；汉水前注，孰能当之？……汉水前注，又欲雍之。""州"为"洲"之本字。江汉间多水泽与水中小洲，则"河之洲"为江汉一带习用之语。"河"未必指黄河。③窈（yǎo）窕（tiǎo）：美好的样子，叠韵联绵词。扬雄《方言》："秦晋之间，美貌谓之娥，美状为窕，美色为艳，美心为窈。"古人分释之，实兼指体态与气质而言。淑：清白纯洁。《说文》："淑，清湛也。"严忌《哀时命》："形体白而质素兮，中皎洁而淑清。"与此处用法相同。《毛传》训"淑"为"善"，是笼统言之。淑女：纯洁的姑娘。④君子：一般为贵族男子之称（后也引申为妻对夫之称，如《诗·王风·君子于役》）。逑（qiú）："仇"的借字，配偶。《释文》："逑，本亦作仇。"⑤参（cēn）差（cī）：长短不齐的样子。荇（xìng）菜：也作苦菜，别名金莲儿、水荷。水生多年生草本植物，茎多分枝，沉入水中；叶近圆形，漂浮水面，叶柄细长而柔软滑嫩，花五瓣金黄色。茎、叶均可食用。⑥左右：双手。篆文"左"作ナ，"右"作ヌ，即指左手与右手。后引申为两面相对的方位。流："撩"的假借字，摘取。此以在水中摘取漂浮不定的荇菜比喻追求女子的状况。⑦寤：醒着。寐：睡着。⑧思服：思念。《毛传》："服，思之也。"《诗集传》："服犹怀也。"《尚书·康诰》："服五六日，至于旬时。"服即思念的意思。马瑞辰《毛诗传笺通释》以为"思"为语词，曾运乾《毛诗说》以为此处"思"同于"斯"，也可通。⑨悠哉：形容思念深长，思绪不断。⑩辗（zhǎn）转反侧：翻来覆去，形容因思念而不能入睡的样子。⑪友：亲爱。此用为动词，指以琴瑟传递情意。⑫芼（mào）："覒"的假借字，择取。《说文》："覒，择也。"⑬乐（lè）：用为动词，使之快乐。

【品评】《关雎》为《周南》首篇，是一首恋歌。由诗中以水鸟雎鸠和河洲为意象，以采水中植物荇菜为喻体这两点来看，作品产生于江汉流域。

这本是一首恋爱诗，但因为其中的起兴、比喻都与当时民俗有联系，所以后来被用于婚礼仪式，导致阐释的侧重点产生变化，文化内涵更加丰富。

诗开头说"关关"叫着的雎鸠（鱼鹰）在河洲上，雎鸠在洲上是等着叼鱼的时机，先秦时代得鱼是作为成婚配有家室的隐语。《管子·小问》引逸诗："浩浩者水，育育者鱼，未有室家，而安召我居？"正反映出当时这种比喻或联想的习惯。闻一多有《说鱼》一文（见开明版《闻一多全集·神话与诗》），论之甚详。美好纯真的姑娘也正是有修养的君子企慕追求的对象。开头的"兴词"，实含有比喻的意思在内。

第二章开头以从水中捞取漂动的荇菜喻青年男子追求姑娘的过程。因为荇菜随水漂，故不一定一下就逮着，比喻男子追求姑娘时常有的那种难以接近和难以捉摸其心思的状况，既具生活气息，又很贴切。据诗中末两章的"琴瑟""钟鼓"等句来看，至少男子一方为贵族之家，而这里却以采荇菜为喻，则此比喻应早在民间流行。

第二章三、四句言"窈窕淑女，寤寐求之"。追求乃是一种行为，而这里说"寤寐求之"，无论醒着还是梦中，都在追求，变成了一种心理活动。诗中正是以"求"字，写出了青年男子对于所爱慕的女子时时不能去于心的状况。下面四句具体写思念却难以实现愿望的急切、焦躁与不安。"求之不得，寤寐思服。悠哉悠哉，辗转反侧。"四句写尽古今求婚、思慕中男子的心情。

依据上两章之言，后两章的"琴瑟友之""钟鼓乐之"，是以琴瑟、钟鼓表达爱慕、追求，增进感情，所以用"友之"一语；其言"乐之"，是指使其欢心，能够达到"百年好合"的结局。因此后两章多少有一点轻松的、挑逗的意思在内。

因为这首诗是贵族阶层青年男子的作品，尽管也带有民歌重章叠句的特征，但并不是完全以此为结构方式。本诗描写富于特征性，比喻贴切而含蓄。同时，孤立地来看，诗中的"琴瑟""钟鼓"具有喜庆色彩。所以，也被广泛地用为婚礼上的歌诗。这样，在理解上便多少产生了一些变化。本来前三章十二句是全诗主体部分，后两章八句应顺前面意思来理解，但用在婚礼乐歌之后，则前面的两章成了对婚前"君子求淑女"过程的回顾，成了对男女双方恋爱史的一个诙谐而带有浪漫色彩的总结，带有对女方恭维和对男方戏谑的成分，因此，后两章也自然地以"钟鼓乐之"的意思为主，"琴瑟友之"便成了这一层意思的过渡或铺垫。

但无论怎样，在对《关雎》这首诗的理解与阐释中都离不开其中的民俗成分。民间语言的轻松、幽默，和恋爱（提亲）与结婚这两种习俗中共通的民俗比喻材料，成了这首诗解释上可以转换角度的凭借。

卷耳

采采卷耳①，不盈顷筐②。嗟我怀人③，置彼周行④。

陟彼崔嵬⑤，我马虺隤⑥。我姑酌彼金罍⑦，维以不永怀⑧。

陟彼高冈，我马玄黄⑨。我姑酌彼兕觥⑩，维以不永伤⑪。

陟彼砠矣⑫，我马瘏矣⑬，我仆痡矣⑭，云何吁矣⑮。

【注释】①采采：鲜嫩繁盛的样子。意同"粲粲"。《诗经》中重叠之词如"萋萋""莫莫""诜诜""翘翘""振振""夭夭""灼灼""蓁蓁""肃肃"等，都用为形容词，举不胜举，没有用为动词的。旧多释为"采而又采"，误。卷耳：又名苓耳，一种植物。《毛传》："卷耳，苓耳也。"《尔雅·释草》："菤耳，苓耳。"本不误，而后人又解作"苍耳"，加之各地草木异称，至今一些书含混甚至误解。三国时吴人陆玑《毛诗草木鸟兽鱼虫疏》卷上说："卷耳一名枲耳，一名胡枲，一名苓耳，叶青白色，似胡荽，白华，细茎蔓生，可煮为茹，滑而少味。四月中生子，正如妇人耳中珰。今或谓之耳珰草，郑康成谓是白胡荽，幽州人谓之爵耳。"《齐民要术》卷十引之，去"一名枲耳，一名胡枲"两句，则贾思勰尚辨之而去其蛇足。《说文》中也有两个卷耳，一指苍耳，一指苓耳（段注《说文》："苓，苓耳，卷耳草。"又徐铉本："薞，卷耳也。"段玉裁删去。南唐徐锴《说文系传》引《尔雅》文，并曰："菌属，生朽润木根。"）。至于苍耳，又名薞，又名枲耳（《本草纲目》卷十五），为有毒之物（段注《说文》《玉篇》）。《楚辞·九思》："枲耳兮充耳"，王逸注："枲耳，恶草也。"当非本诗所咏甚明。郭璞注《尔雅》"菤耳，苓耳"条，先引《广雅》说："枲耳也，亦云胡枲，江东呼为常枲。"又说："或曰苓耳，形似鼠耳，丛生如盘。"其所引或说得之。朱熹《诗集传》将二者混同为一，陈奂、方玉润等并误。台湾学者潘富俊《诗经植物图鉴》于卷耳之文、图皆为苍耳，亦误。本诗言采卷耳中想到其在外从役的丈夫，是卷耳的"卷"谐音"眷"。《小雅·大东》："眷言顾之，潸焉出涕。"《小雅·小明》："念彼共人，眷眷还顾。"则"眷"既有思念之意，也有希望对方回顾之意，诗谐音以寄意。②盈：满。顷筐：一种前低后高的竹筐，便于往里刨拨东西，也便于蹲下时往里抛入东西，形如今日北方农村用的粪筐。苓耳枝茎近地面，故用顷筐。③嗟（jiē）：感叹声。我：作者的自称。怀：思念。④置：放。彼：指顷筐。周行（háng）：大路。屈万里《诗经诠释》："周行，盖周之国道；引申其义，犹言大道也。"《小雅·鹿鸣》："人之好我，示我周行。"朱熹《诗集传》同本诗一样注："周行，大道也。"因丈夫的回来有车马，应在大路上，故诗人盼望丈夫回来，在大路上张望，不见身影，因而悬想其在外的种种情况。以下三章即写其所悬想。⑤陟（zhì）：登上。崔嵬（wéi）：山顶巉岩高耸的样子。⑥我：是女子想象中在外的丈夫。诗人进入想象，同心中的丈夫合之为一。虺（huī）隤（tuí）：疲劳腿软。三家《诗》作"瘣颓""㿉隤"，同。⑦姑：姑且。酌彼金罍（léi）：用金罍斟酒喝。酌，本义为舀酒、斟酒，这里代指喝酒。金罍，一种铜制酒器，小口，广肩，深腹，圈足，形如瓶罐，而肩部有两环耳，腹下并有一鼻，便于出行时固定于车上。⑧维：句首语助词，表加强语气。以：用，借此（省去"之"，指饮酒）。永怀：抛不开的思念。永，长久。⑨玄黄：马病的样子。《毛传》："马病则玄黄"（今本误作"玄马病则黄"，陈奂《诗毛氏传疏》有校正）。王引之《经义述闻·毛诗上》："虺隤叠韵字，玄黄双声字，皆谓病貌也。"⑩兕（sì）觥（gōng）：一种酒器，腹椭圆形或方形，圈足或四足，有流（如舌一样前伸的出水口）和鋬（便于手提的圈把）。盖一般呈带角兽头形，如兕，故曰兕觥。或解作兕角做成，误。⑪伤：忧思。⑫砠（jū）：覆有泥土的石山。《毛传》："石山戴土曰砠"《说文·山部》："岨，石戴土也。《诗》曰：陟彼岨矣。"⑬瘏（tú）：病。⑭仆：仆夫，驾车者。痡（pū）：病。"痡""瘏"习惯上分别用于人和牲畜，都是指因疲劳而致病。⑮云：语助词。何：多么。吁（xū）：借作"忏"，忧愁，难过。

【品评】 这是一个贵族妇女在采摘卷耳时悬想行役在外的丈夫的诗。《易林·乾之革》说："玄黄虺隤，行者劳罢。役夫憔悴，逾时不归。"将本篇主题概括为表现役者劳苦而逾时不归。清代何琇《樵香小记》说："此必大夫行役，其室家念之之词。"清末牟庭《诗切》说："思妇吟也。"于诗旨和作者的推断，均合于诗本文。在外行役者为贵族或大夫，这由其有马、仆夫，又用金罍、兕觥之类饮具可知。

关于此诗诗意,《诗序》提出什么"后妃之志","辅佐君子求贤审官"之说,郑玄以来不能去其束缚,欧阳修《诗本义》说:"妇人无外事,求贤审官,非后妃责。"虽驳《诗序》之说,而又以为是"后妃讽君子爱惜人才"。牛运震《诗志》解此诗:"'我怀人',隐约其词,不能质言。妙。闺思妙旨。唐人诗'提笼忘采桑,昨夜梦渔阳',似从此化出。一篇寥冷无聊之况,中有一段说不出的光景,而意思含蓄缠绵无尽。"真善于体会诗情者。但又说:"一篇七'我'字皆后妃自我也。"煞尽风景。由此二例可见要摆脱旧说的影响,很不容易。方玉润《诗经原始》对诸家异说有所辩驳,此不具论。他以为《诗序》之说只因为《左传·襄公十五年》引此诗,并说"能官人也",因而附会之,而《左传》引诗多断章取义,实难以由之探求诗本义。至清初何琇始得其确解,崔述、牟庭、方玉润加以申说。崔述《读风偶识》说:"窃谓此六'我'字,仍当指行人而言,但非我其臣,乃我其夫耳。"方玉润说:"故愚谓此诗当是妇人念夫行役而悯其劳苦之作。"其于第一章眉批道:"因采卷耳而动怀人念,故未盈筐而'置彼周行',已有一往深情之概。"后三章眉批:"下三章皆从对面着笔,历想其劳苦之状,强自宽而愈不能宽。末乃极意摹写,有急管繁弦之意。后世杜甫'今夜鄜州月'一首,脱胎于此。"其评后三章"从对面着笔",五字可谓一语破的。本诗构思之奇,在于借"卷耳"之音,写眷念之情,后三章所写全是思妇立于大路上盼望所想;对丈夫的思念、关心、怜爱,皆从对丈夫景况的想象中表现出来。

《王风·君子于役》写思夫,说道"日之夕矣,羊牛下来",分明是当日落之时远望山间小路,盼望丈夫回来。此诗所写则在大路之上,前者为农夫,此为贵族妇女,背景也自不同。但都出之天籁,所以从任何一个方面都可以给我们提供认识、解读的信息。

朱熹《诗序辨说》说本诗"首尾冲决,不相承应,亦非文字之体"。当代学者也颇有以本诗第一章同后面三章本为两诗被误拼之说。我以为即使这样,也是在相关作品民间流传的过程中形成的。不同的作品被连接在一起,总有一个原因。本诗第一章末句说"置彼周行",第二章开头说"陟彼崔嵬","置彼"与"陟彼"意义不同，其中第一字的字形也不同，但发音一样，因而在歌中以民歌"句首顶真"之结构方法被连在一起。但将它们连在一起而能流传开，则说明从构思上可以成立，不然，便会被纠正过来，或被采诗者、整理者加以调整。所以，它们的连接事实上就反映了这首诗形成中的一种创造性艺术思维。民歌流传中错接的情况，我从错接的条件方面分为"有因错接"和"无因错接"。如果说《卷耳》一诗确是由本不相干的两首诗拼接而成，也是"有因错接"，就是说，是有一定条件的。而从艺术效果方面，我又分为"合理错接"与"不合理错接"，前者同民歌流传中自然地发展、完善有关，是民歌在流传中不断提高其艺术水平的方式之一，是一种积极的行为，应属正常；后者则应看作是一种错误。《卷耳》一诗即使是由两首诗所拼接，也是属于前者。因此，我以为在今日论此诗之艺术，可以不管原本是否为两首诗拼接形成。此为前人所未道及，但关系到整个民歌中有关问题的讨论，《诗经·国风》其他诗篇也存在类似的情况，故赘述之。

桃夭

桃之夭夭①，灼灼其华②。之子于归③，宜其室家④。
桃之夭夭，有蕡其实⑤。之子于归，宜其家室。
桃之夭夭，其叶蓁蓁⑥。之子于归，宜其家人。

【注释】 ①夭夭：欣欣向荣的样子。三家《诗》作"枖枖"，又作"媃媃"。《说文》："枖，木少盛貌。从木，夭声。《诗》曰：'桃之枖枖。'"又《说文系传》："媃，巧也，《诗》曰：'桃之媃媃'。女子笑貌。从女，芺声。""枖""媃""笑"皆从"夭"得声，义有相通处。诗本文应以"枖"为正字，树花盛开，欣欣向荣的样子。"夭""媃"皆假借字。②灼灼："焯"

的假借字，花色鲜艳的样子。《说文》："焯，明也。"华："花"的本字。此句形容女子之美，光彩照人。③之：是，此。之子：这个姑娘。于归：出嫁。上古称女子出嫁为"归"。"于"于《诗经》为一种意义宽泛的动词，其确切意义决定于后面所带动词或名词，如"于貉"即猎貉，"于邑"即筑邑，"于耜"即修理耜等。用到动词之前如"于役""于飞""于狩""于田""于征""于钓""于迈"，则成为语助词，与"曰""聿"通，等于动词的词头。④宜：善。室家：指家庭、婆家。《孟子·滕文公》："丈夫生而愿为之有室，女子生而愿为之有家。"笼统言之则为"室家"。下文"家室"倒文以叶韵。⑤有：名词、形容词前的语助词，或称为词头，如"有夏""有齐季女""摽有梅""忧心有忡"等。贲（fén）：颜色相杂的样子。《说文》："贲，饰也。从贝，卉声。"上古之人贯贝系于颈，以为装饰。所以"贲"有纹饰的意思。"蕡"从"贲"得声，义相通。实：果实。此句暗喻女子至夫家将多生子。⑥蓁蓁（zhēn）：茂密的样子。此象征女子将使家庭兴旺。

【品评】 本诗每章仅易数字，语句明白，从语言形式上言之，其为仪式上所用的歌诗，甚为明显。从每章中不变的"之子于归"，可知其为贺女子出嫁时所歌，也即婚嫁仪式中女子出门时在女方家中所歌，"宜其室家"等是吉利语，表达了人们对未来婚姻状况的良好愿望，"家室""家人"的变化，仅为就韵而已。但这首诗明白的语言，轻快的节奏，给人喜庆之感。

这首诗韵味深长者，更在章首"桃之夭夭"一句。朱熹《诗集传》："夭夭，少好之貌。"首章在此句下为"灼灼其华"。两句相连来看，"夭夭"是形容桃花。桃花始开时最为繁盛，所以说"少好貌"。但这只是从训诂方面言之。从"夭"这个字上古的读音言之，它又同"笑"字音相近："笑"（本作"芺"）由"夭"得声，则音义之间，不无关系。钱钟书《管锥编·毛诗正义》"桃夭"条举出不少古人写"花笑"的诗句，如李白《古风》："桃花开东园，含笑夸白日。"豆卢岑《寻人不遇》："隔门借问人谁在，一树桃花笑不应。"李商隐《即日》："夭桃惟是笑，舞蝶不空飞。"又《嘲桃》："春风为开了，却拟笑春风。"皆是以笑写桃花之红艳繁盛者。钱氏失引之崔护之诗："去年今日此门中，人面桃花相映红。人面不知何处去，桃花依旧笑春风。"更是得《桃夭》一诗真髓。本诗三章皆以"桃之夭夭"起兴，不仅有喜庆色彩，而且含蓄地道出了女子之外在之美与内心之喜悦。

诗第二章第二句承之以"有蕡其室"，因古人娶妻首先是希望其多生子。古代由于疾病、疫情战乱等原因，人口死亡率高，故认为"多子多福"。《诗经》中《周南·螽斯》《唐风·椒聊》都表现了这种观念。第三章的"其叶蓁蓁"，则是就其可以使家庭兴旺方面言之。这些比喻，都以深厚的民俗观念为基础。

总之《桃夭》一诗重章叠句，所说不多，但甚可玩味。

芣苢

采采芣苢①，薄言采之②。采采芣苢，薄言有之③。
采采芣苢，薄言掇之④。采采芣苢，薄言捋之⑤。
采采芣苢，薄言袺之⑥。采采芣苢，薄言襭之⑦。

【注释】　①采采：色彩鲜艳而繁盛的样子。马瑞辰《毛诗传笺通释·卷耳》说："此诗及《芣苢》诗俱言'采采'，盖极状卷耳、芣苢之盛。"旧多解作动词，但《诗经》中重叠词没有作动词之例，除"燕燕"为名词之外，都为形容词，如"采采衣服""蒹葭采采"等。芣（fú）苢（yǐ）：闻一多《匡斋尺牍》考"薏苡"即"芣苢"，甚为有理，而又以"芣苢"为车前，则承前人而误。薏苡的根和车前都会造成骡马泄泻，故都有"马舄"之名（"舄""泻"二字上古音同，可通，则"舄"也可为"泻"字之借）。《尔雅·释草》所释为二物，《毛传》误为一物。浙江河姆渡已出土有薏苡种子，则我们的先民在六千至一万年前已将薏苡作为粮食作物进行栽培。薏苡有很高的营养价值。（参见赵晓明、宋秀英、李贵全《薏苡名实考》，《中国农史》1995 年第 2 期）。②薄：发语词，有"勉力"的语气。言：语助词，高亨《诗经今注》以为读作"焉"或"然"。采，采摘。③有：义同"采"。马瑞辰《毛诗传笺通释》："《广雅·释诂》：'有，取也'。孔子弟子冉求字有，正取名字相因，'求'与'有'皆取也。《大雅·瞻卬》篇：'人有土田，女反有之。''有之'犹'取之'也。"④掇（ duō ）：拾。《说文》："掇，拾取也。"胡承珙《毛诗后笺》："掇是拾其子之既落者，捋是捋其子之未落者。"⑤捋（ luō ）：从茎上抹下来。⑥袺（ jié ）：用手提着衣襟揣起来。《说文》："执衽谓之袺。"⑦襭（ xié ）：将衣襟下角系在衣带上兜起。朱骏声《说文通训定声》："兜而扱于带间曰襭，手执之曰袺。"

【品评】 这是妇女收获一种禾类粮食作物薏苡时唱的歌。

清方玉润《诗经原始》论此诗说："夫佳诗不必尽皆征实，自鸣天籁，一片好音，尤足令人低回无限。若实而按之，兴会索然矣。读者试平心静气涵泳此诗，恍听田家妇女，三三五五，于平原绣野、风和日丽中，群歌互答，余音袅袅，若远若近，忽断忽续，不知其情之何以移而神之何以旷。则此诗可不必细绎而自得其妙焉。"为什么方氏说读此诗会产生这种艺术感受呢？钱钟书《管锥编》论《桃夭》有云："观物之时，瞥眼乍见，得其大体之风致，所谓'感觉情调'或'第三种性质'；注目熟视，遂得其细节之实象，如形模色泽，所谓'第一、二种性质'。见面即觉人之美丑或傲巽，端详乃辨识其官体容状；登堂即觉家之雅俗或侈俭，审谛乃察别其器物陈设。'夭夭'总言一树桃花之风调，'灼灼'专咏枝上繁花之光色，犹夫《小雅·节南山》：'节彼南山，维石岩岩'，先道全山气象之尊严，然后及乎山石之荦确。修词由总而分，有合于观物由浑而画也。"把道理讲得十分透彻。《芣苢》一诗，正是从其重章叠句的表现中透出了欢快的情调，从"薄言采之""薄言有之""薄言掇之""薄言捋之""薄言袺之""薄言襭之"的描写中，见采摘之多、之快、众人争先恐后的状况；由反复出现的"采采苤苢",见苤苢（薏苡）之多和采者的兴奋心情。古代采摘之事，多由女性来承担，《诗经》中大量作品可以证明，所以方玉润所说似是凭空发挥，实际上是由诗文本作的艺术想象，是诗中自有之意境。艺术作品有以刻画细致而美者，有得其大概而引起人的想象而美者，这很同于工笔画与写意画之别，以此为喻，《苤苢》是幅优美的写意画。

汉广

南有乔木①，不可休思②。汉有游女③，不可求思。汉之广矣，不可泳思④。江之永矣⑤，不可方思⑥。

翘翘错薪⑦，言刈其楚⑧。之子于归⑨，言秣其马⑩。汉之广矣，不可泳思。江之永矣，不可方思。

翘翘错薪，言刈其蒌⑪。之子于归。言秣其驹⑫。汉之广矣，不可泳思。江之永矣，不可方思。

【注释】 ①乔木：枝条上耸的树。《毛诗》："乔，上竦也。"引申为指高大的树。②休：止息。思：原作"息"，因"思""息"字形相近，"休"字后又多带"息"字而误。从《韩诗》改。"思"，语助词。下同。乔木而不可休，因为树高则其下没有树荫，暗喻游女地位高，又隔汉水，不可靠近。不可：指想接近却不能。郑玄《笺》："不可者，本有可道也。木以高其枝叶之故，故人不得就而止息也。"③汉：汉水。西汉以前西汉水、东汉水为一条水，发源于今甘肃南部嶓冢山，东至沔，与发源于宁羌（今宁强县）的沔水合，东南入于长江。《山海经·西山经》中说"嶓冢之山，汉水出焉，而东南流注于沔"，是其证明。大约在西汉时代由于地震在陕西略阳中断，发源于甘肃之部分南流入嘉陵江的部分，称西汉水，发源于今陕西宁强的称为东汉水。班固《汉书·地理志》陇西郡西县下已说"《禹贡》嶓冢山，西汉所出"，可见断之为二在西汉时代。当今各辞书说明均误。游女：游于江岸的女子。指汉水边上的女神。《文选·琴赋》李善注引薛君《韩诗章句》："游女，汉神也。"可参。④泳：指游到对岸去。不可泳：指江面太宽，诗的抒情主人公无法渡过去。⑤江：也指汉水，变换以避重复。永：长。《鲁诗》作"羕"。《说文·永部》："羕，水长也。"引《诗》作"江之羕矣"。《韩诗》作"漾"，薛君曰："漾，长也。"漾水之名，即得于"羕"字长义。⑥方：这里谓环绕的意思，指从上游水小之处绕到对岸。《周髀算经》"圆出于方"，赵君卿注："方，周匝也。"《毛传》训为泭，即筏子，谓乘竹筏或木筏渡水。但上句说水很长，同能不能用筏子渡无关，则应是就诗人眼看对岸，无渡河工具而言之，大体同于《秦风·蒹葭》的"溯洄从之，道阻且长。溯游从之，宛在水中央"之意。⑦翘翘：众多的样子。错薪：杂乱的柴草。错，杂乱。薪，柴草。⑧言：句首语助词，无义。下句同。刈（yì）：割。楚：一种落叶小灌木，即牡荆，又名黄荆。沈括《梦溪笔谈·药议》："黄荆，即《本草》'牡荆'是也。"果实和叶可以入药，茎干坚劲柔韧。古代婚礼仪程中有束楚以象征男女结合的风俗，所以有"扬之水，不流束薪，彼其之子，不与我戍申。扬之水，不流束楚，彼其之子，不与我戍甫"（《王风·扬之水》），"绸缪束楚，三星在户。今夕何夕，见此粲者！"（《唐风·绸缪》）"束楚""束薪"（互文见义）以写婚姻，而以"葛生蒙楚"之句写悼亡（《唐风·葛生》）。又魏源《诗古微·周南答问》说："《三百篇》言取妻者，皆以'析薪'起兴。盖古者嫁娶必以燎炬为烛，故《南山》之'析薪'，《车辖》之'析柞'，《绸缪》之'束薪'，《豳风》之'伐柯'，皆与此'错薪''刈楚'同兴。"其说可参。⑨之子：相当于说"那个女子"。指一直所期盼者。于归：出嫁。此句与下句是假设或曰想象之词。⑩秣（mò）：加料喂马。《经典释文》引《说文》："秣，马食谷也。"所以其中含有"把马喂得好好的"这一层意思。⑪蒌（lóu）：蒌蒿，多年生草本植物，嫩叶可生食，味香而脆，叶又可蒸煮作菜。其干者可以作草薪，故此处意象与上文的"楚"同。⑫驹：刚壮大的马。与上"马"相对为文。《说文》"骄"字段玉裁注以为本诗"驹"字当作"骄"，非是。作"骄"则不押韵。《陈风·株林》:"驾我乘马,说于株野。乘我乘驹,朝食于株。"又《小雅·皇皇者华》:"我马维驹,六辔如濡。"君王、大夫之乘以驹为优,则此言娶妻愿以驹作乘,亦与上"秣马"云云相一致。

【品评】 这是汉水下游、江汉之间流传的民歌。诗中抒情主人公是一个青年男子,追求汉上游女,总是不能接近,带有神话色彩。

钱钟书《管锥编》论《秦风·蒹葭》,并引此诗说:"二诗所赋,皆西洋浪漫主义所谓企慕之情境也。古罗马诗人桓吉尔名句云:'望对岸而伸手向往',后世会心者以为善道可望难即,欲求不遂之致。"以下引中外诗赋、小说、文献中有关文字。可见,此诗实写出了人类社会中常有的一种情感体验,或者说一种普遍的心理状态,具有典型意义。

前人读此诗未能明白者有五端:

一、诗开篇以"南有乔木,不可休思"起兴,实隐喻对方地位高,而自己不能及之。

二、第二、三章开头"翘翘错薪,言刈其楚""翘翘错薪,言刈其蒌",也是说,要在芸芸众女之中,只认定那最杰出的、自己最看重的。三章比兴之意相同。

三、诗中的"汉"同"江"都是指汉水(也称汉江)。上古"江"字在一般情况下专指长江,但又是一种通名,也可指其他江。《尚书·禹贡》"九江孔殷",孔颖达《疏》:"江以南,水无大小,俗人皆呼为江。"即长江以北,大的水也可概称为"江"。《大雅·江汉》:"江汉浮浮",马瑞辰《毛诗传笺通释》说:"古者江、汉对言则异,散言则通。《吕氏春秋》言:'周昭王涉汉,梁败,王及祭公陨于汉中。'《左传》僖四年杜注亦云:'昭王涉汉而溺。'而《谷梁传》则曰:'我将问诸江。'《史记·周本纪》曰:'昭王卒于江上。'此汉亦名江也。"汉代以来学者皆释此"江"为长江(《毛传》、郑玄《笺》、孔颖达《疏》以来多不释及,是以常义视之)。如此,则诗人所追求之人究竟在汉水对岸,还是在长江对岸,诗人究竟要渡汉水以求,还是要渡江水以求,便不明白。所以明白"江"和"汉"都是指汉水，变换以避复，甚有关乎诗意的理解。

四、诗中的"方"指绕过，不是指用筏子渡。余冠英先生曾主此说，惜无人注意，不被接受。陈奂《诗毛氏传疏》："'汉'以绝流而渡言，故曰'广'；'江'以顺流而下言，故曰'永'。"就"汉"与"江"的关系，《毛传》、郑《笺》所未言者加以发挥，正毛、郑之失而不留痕迹，可谓善作"疏"者。只是陈奂仍以乘泭（筏）言之。如真乘竹木之筏，虽稍顺水斜渡，但仍以横渡为目的，同汉水之长无关。所以，这里"方"实指绕至上游水小处涉过或游过，而不是就下游水大处言之。

五、第二、三章中"之子于归，言秣其马""之子于归，言秣其驹"，都是想象如可接近游女，抒情主人公将特意喂好马去迎接她，而不是写看到心爱的人出嫁。

以上五点均涉及训诂方面，是正确体会诗情的基础。另外，还有一点是前人知之，而于理解本诗之意上未能注意的，便是"汉"上古也是天河之名，直称作"汉"或"云汉""天汉""银汉"，如《小雅·大东》："维天有汉，监亦有光。跂彼织女，终日七襄。"本诗中自然是指地上的汉水。但由于"汉"的多义性，同游女相照应，如上面所引钱钟书先生所说，便给人以浪漫主义的企慕的感觉。《诗经·国风》中的作品基本上是写现实的，这类带有神话色彩的作品，必有当时的传说为根据，反映着当时的一种民间文化。本篇的时代，与《秦风·蒹葭》《小雅·大东》相近，我以为是同一本事的反映，只不过《蒹葭》一诗产生于秦地，更近其传说的本来面目，《大东》是谭国大夫借二星名以刺周王朝，反映出织女星同织布的关系，牵牛同驾牛赶车的关系，但不是在说传说本身，而《汉广》则是由周人传至江汉一带，情感上或稍有差异。

诗共三章，而三章的后四句完全一样，如后代的副歌，造成一种宽阔渺远的意境，而从情调上给人以无限忧思之感。成为《国风》中意境深远、情韵优美的诗篇之一。

召　南

甘棠

蔽芾甘棠①，勿翦勿伐②，召伯所芨③。
蔽芾甘棠，勿翦勿败④，召伯所憩⑤。
蔽芾甘棠，勿翦勿拜⑥，召伯所说⑦。

【注释】　①蔽芾（fèi）：树木枝叶茂盛的样子。朱熹《诗集传》："蔽芾，盛貌。"因蔽芾本为茂盛之意，故后来也引申为荫庇的意思，如苏轼《宝月大师塔铭》："锦城之东，松柏森然，子孙如林，蔽芾其阴。"甘棠：杜梨中的一个品种。杜梨即棠梨，古代也称"唐棣"，如《召南·何彼秾矣》："何彼秾矣，唐棣之华。"也写作"常棣"，如《小雅·常棣》："常棣之华，鄂不韡韡。"似梨树而稍小，古人常栽在公廨或墓园之中，为庭园树。其果实有红白两种，果实白者为白棠，果实较大，味甜，此即甘棠。或简称而写作"堂"，如《秦风·终南》："终南何有？有纪有堂。"或写作"常"，如《小雅·采薇》："维常之华。"果实红者为红棠，果实较小而味酸，又叫赤棠。《唐风》的《杕杜》《有杕之杜》，《小雅·杕杜》中所写的"杜"当指此。此诗所写为周宣王时大臣召伯虎曾经在下面休息过的一棵甘棠树。②勿翦（jiǎn）：不要剪、折（它）。翦，通作"剪"。这里指不要剪断、折损其枝干花叶。伐：砍伐。这里指不要砍损其树干。③召（shào）伯：指召伯虎。谥为穆公，故文献中也称作"召穆公"。周厉王行暴政而国人反，国人闻太子静在召公家，围其家。召伯虎交出自己的儿子冒充太子被处死。厉王奔彘后，周、召二伯摄行政事。及厉王死，召伯扶太子静即位，即宣王，消除内忧外患，成中兴之势。周人怀念他，因而也极其爱护他曾乘荫休息过的甘棠树，茇（bá）："废"字之借。《说文》："废，舍也。"引《诗》作"召伯所废。"舍，住，停住止息。此句言，召公在这棵树下停息过的。④败：摧残。《说文》："败，毁也。"此就不伤害花叶言。⑤憩（qì）：休息。⑥拜："扒"字之借。郑《笺》："拜之言拔也。"《韩诗》即作"扒"。此就不损伤树根言。⑦说（shuì）：通"税"，停车马以休息。王质《诗总闻》："说或为税止。《诗》税多通用说字。"

【品评】《诗序》："《甘棠》，美召伯也。召伯之教明于南国。"《左传·定公九年》引君子曰："《诗》云：'蔽芾甘棠，勿翦勿伐，召伯所茇。'思其人，犹爱其树，况用其道而不恤其人乎？"扬雄《法言·先知》说："召伯述职，蔽芾甘棠，其思矣夫！"因历史上周初的召公奭与周公旦同时，名气更大，故司马迁在《史记·燕召公世家》中将此诗本事误置于燕召公奭。言："召公之治西方，甚得北民和。召公巡行乡邑，有棠树，决狱政事其下，自侯伯至庶人各得其所，无失职者。召公卒，而民人思召公之政，怀棠树不敢伐，哥咏之，作《甘棠》之诗。"其实文献中召公奭只作"召公""召公奭""燕召公"，无称作"召伯"者。且召伯虎东南征淮夷、南征楚至江汉流域，同《诗序》所说"召伯之教明于南国"之说也相一致。则本诗是歌颂、怀念召伯虎即召穆公之作无疑。而《说苑·贵德》《汉书·王吉传》《白虎通义》之《公侯》《巡守》并承《史记》之说，后之学者风从，几成定论，至今仍有不少学者持误说论此诗。此首先须明了的一点。

召伯虎是西周末年厉王、宣王时代卓越的政治家，在周厉王使得王室分崩离析、人民怨声载道、周边部族不断侵扰的情况下，他和睦宗族、安定国内、消除外患，做了大量工作，形成了一个短暂的中兴局面。《国语·周语》载其谏厉王之文字，如"防民之口，甚于防川"等语已成历代开明政治家常常引用的名言。他还是一位诗人，《诗经·小雅》中的《常棣》《伐木》《天保》，《大雅》中的《假乐》《民劳》《荡》《江汉》《常武》都是他的作品，他利用宴饮赋诗来消除宗族间的矛盾，鼓励大臣为振兴周室献力。所以，在西周末年、春秋初年，人们对他产生了深深的怀念。

本诗写人民对召伯虎的怀念之情不是用直接赞颂的办法，也不是正面表现感情的办法，而是通过对召伯虎曾经休息其下的一棵树的关心与爱护来体现，表现出了广大人民对召伯虎的普遍的、长久的感念。清末顾广誉《学诗详说》说："不言爱其人，而言爱其所茇之树，则其感戴者益深；不言当时之爱，而言事后之爱，则怀其思者尤远。"真善读诗者之言。诗三章每章的开头都是"蔽芾甘棠"，一方面充满了赞扬、热爱之情，说明所有的人都是对这棵树很爱护的，所以才十分茂盛。另一方面，这棵高大茂盛的树似乎成了召伯虎的象征，人们对它也充满了敬意。

诗中对于爱护甘棠所强调要禁止的行为，三章中只换一字：每句都强调"勿翦"，即不要折损。"伐""败""拜"（扒）是分别从三种具体行为上说，体现出爱护备至。清代学者方玉润《诗经原始》中说："他诗炼字一层深一层，此诗一层轻一层，然此轻愈见其珍重耳。"也看出了表现上的特点。

以上这些都是很自然地表现出来的，也仍然带有民歌重章叠句的特征，明白，通俗，顺畅，毫无雕饰的痕迹，真可谓天籁。吴闿生《诗义会通》引旧评，以为此诗为"千古去思之祖"。

行露

厌浥行露①，岂不夙夜②？谓行多露③。

谁谓雀无角④，何以穿我屋⑤？谁谓女无家⑥，何以速我狱⑦？虽速我狱，室家不足⑧！

谁谓鼠无牙，何以穿我墉⑨？谁谓女无家，何以速我讼⑩？虽速我讼，亦不女从⑪！

【注释】 ①厌浥（qìyì）：借作"渍浥"。厌，《鲁诗》《韩诗》俱作"渍"。渍浥，潮湿。《说文》："渍，幽湿也。"行（háng）：道路。②夙（sù）夜：这里是指黎明前。马瑞辰《毛诗传笺通释》说："《诗》中言'夙夜'不一，有兼指朝暮言者，《陟岵》'行役夙夜不已'之类是也；有专指夙兴者，'岂不夙夜''夙夜敬止''庶几夙夜''我其夙夜''莫肯夙夜'皆是也。"③谓：奈何。王引之《经传释词》："谓犹奈也。言岂不欲夙夜而行，奈道中多露何哉？"马瑞辰《毛诗传笺通释》以是"畏"字之假借，说"凡诗上言'岂不''岂敢'者，下句多言'畏'"。其说也通。诗中用"露"象征强暴势利。④谁谓：谁说。角：鸟嘴。闻一多《诗经新义》说："角"是噣（zhòu）的本字。本诗中以角（鸟嘴）和"鼠牙"喻强暴者凭借的权势。⑤何以：凭什么，有什么理由。穿：啄透。这句是说：雀有喙，我并不否认，但你不能到我家屋上来打洞作窝。意思是：你有权势，与我无关，你不要以此来压制、强迫我。⑥女：同"汝"，你，指强暴者。家：家资，资财。曾运乾《毛诗说》："家，谓家资也。《礼·檀弓》'君子不家于丧'，即不资于丧也。《书·吕刑》'毋或私家于狱之两辞'，即毋或私资于狱之两辞也。《庄子·列御寇》'单千金之家'即单千金之资也。郑《笺》谓'似有室家之道于我'，义太迂曲。古制：狱讼必先纳货贿于官，见之于《周礼》，可证。"⑦速：马瑞辰《毛诗传笺通释》："速本疾速之义，促之使疾来，故又引申为召。其字从'敕'与'言'。"狱：诉讼，打官司。⑧室家：这里指婚姻。古代男子有妻谓之有室。女子有夫谓之有家，混言之为"室家"，男女通用。析言之，有时也通用，如本诗第一章以"有家"指男子有妻室。不足：不成。以上二句表现了女子果断决绝的态度。⑨墉（yōng）：古代指屋下柱子间的墙，有别于垣（屋外四周的墙）。⑩讼：诉讼。⑪不女从：不从汝。否定句中宾语在前。

【品评】 本诗写一个女子抗议有权势者迫其做妾，将其告到官府。本诗不是一般的反抗"父母之命、媒妁之言"的包办婚姻，而是抗拒强暴，抗拒有权有势者以权力逼婚，其主题与汉乐府《陌上桑》及《孔雀东南飞》

后部分所表现相近，但诗中女子义正词严，毫不屈服，其凛然不可犯之气概，更为突出、鲜明。

本篇十分强烈的反抗精神，不仅表现在后两章中女子义正词严的反问句和强烈果断的态度上，还表现在第一章对现实社会具有概括性的批判上。

道路是人人要走的，而露水却可以将整个道路濡湿，有时你想要避免被沾濡都避免不了。所以，"厌浥行露"就有祸患之来躲也无法躲的意思在内。"岂不夙夜？谓行多露"，表现了诗人这一方是尽量谨慎行事，避免招致麻烦。这一章通过比喻，展示了一个不平的世界，并表现了小心做人的态度。

第二章、第三章从思想上来说紧承第一章。"雀角""鼠牙"，也就是诗人所慨叹、愤懑的"厌浥行露"，只是落实到自身的具体事情上来说。你有势、有财，但我不羡慕、不稀罕、不要求，你何必来强加于我！前二句承第一章，语较笼统。而"谁谓女无家，何以速我狱"，便触及具体事情。因有前面的铺垫，故反问十分有力。"虽速我狱，室家不足！"你即使靠钱财势力告我到官府，我也不会去给你当妾。果断决绝，毫无妥协之意。第三章略易数字，重复一遍，进一步表现女子态度坚强。可以说，这首诗塑造了古代文学史上第一个坚强果敢、不畏强暴的女性抒情主人公形象，她闪耀着正直无畏、大义凛然的英雄主义光芒。

本诗是一篇愤慨之辞，先概括言之，后以反问和誓言为继，既结构严谨，又富于变化，含义深刻而语言简洁有力。以第一人称手法，成功地塑造了思想鲜明、性格突出的女性形象。

本诗每章有四句集中的五言句，因此在我国诗体发展史的研究中，常常被提及，可以看出，当时五言诗已被人们自由运用，只是未留下纯粹的五言之作。

摽有梅

摽有梅①，其实七兮②。求我庶士③，迨其吉兮④！
摽有梅，其实三兮⑤。求我庶士，迨其今兮⑥！
摽有梅，顷筐塈之⑦。求我庶士，迨其谓兮⑧！

【注释】 ①摽（biào）：落。有：词头。梅：果名，今称酸梅。《韩诗》作楳。二者均是"某"之借字。《说文》："某，酸果也。"②七：七成。树上还有七成的果子未落。《毛传》："盛极则随落者梅也，尚在树者七。"③庶士：众。士：未婚男子。④迨（dài）：及，趁着。《尔雅·释言》："迨，及也。"吉：吉日。⑤三：三成。王成谦《诗三家义集疏》："梅落益多，喻时将过也。"以梅落愈多比喻女子年龄渐大。⑥今：今日。朱熹《集传》："今，今日也。盖不待吉也。"⑦顷：《韩诗》作"倾"。顷筐，一种前低后高的竹筐，详见《卷耳》注。塈（jì）：取。《韩诗》作"摡"，塈是摡的假借。⑧谓：会之假借。《毛传》："谓之，不待备礼也。三十之男，二十之女，礼未备则不待礼，会而行之者，所以蕃育人民也。"马瑞辰《通释》："此《传》义本《周官·媒氏》'仲春令会男女'，此'谓之'即'会之'之假借。"

【品评】 这是一首待嫁女子担心青春易逝，希望能够及时而嫁的诗。是采梅子时即兴而发的一首情歌，由成熟的梅子已落地，树上越来越少，想到自己已年龄不小，希望有青年男子早日来求婚。《诗序》："男女及时也。召南之国被文王之化，男女得以及时也。"蔡邕《协初赋》："葛覃恐其失时，《摽梅》求其庶士。唯休和之盛代，男女得乎年齿。婚姻协而莫违，播欣欣之繁祉。"本诗由眼前所见的落地梅子起兴，表现主人公急切而爽朗的情怀。诗中女子可能已过适婚年龄，因此迫切希望与"士"成婚。初言梅子落地，然仍有七成未落，以兴女子可能迫近或到了适婚年龄，希望"庶士"择吉备礼，莫误良辰。继言梅在树者只有三成，女子心中已非常焦急，不愿再等候来日。最后说梅已落尽，过了婚时，期望"会而行之"。毛《传》："三十之易，二十之女，礼未备则不待礼会而行三者，所以蕃育人民也。"可见按照古代礼制，婚姻大事必须择吉备礼来办理，然而若男子过了三十岁，女子过了二十岁，便可不必循礼而成婚，即《周礼·媒氏》所谓"仲春之月，会会男女。于是时也，奔者不禁，若无故而不用会者，罚之。可男女之无夫家者而会之。"三章情意一章迫似一章，正反映了女子待嫁心情的迫切。陈奂《传疏》："梅由盛而衰，犹男女之年齿也。梅、媒声同，故诗人见梅而起兴。"指出了借梅起兴的另一个原因。这里所表现出的感情是自然的，所表现的愿望是正当的，合于当时的礼仪。明代钱琦的《钱公良测语》中说："《摽梅》直言其意，无顾忌、无文释，此妇女明洁之心。"说得很对。这首诗在以后的两千多年中对道学家们极力鼓吹、维护的所谓"父母之命""媒妁之言"等禁锢男女青年交往沟通的规程无疑有很大的冲击作用。

这首诗描写女子急嫁的心情，对后代同类题材影响很大，如《古诗十九首》中："伤彼蕙兰花，含英扬光辉；过时而不采，将随秋草萎。"又乐府诗《地驱乐歌》："驱羊入谷，白羊在前。老女不嫁，蹋地唤天！"《折杨柳枝歌》："门前一株枣，岁岁不知老。阿婆不嫁女，那得孙儿抱？""问女何所思？问女何所忆？阿婆许嫁女，今年无消息！"均可看出《摽有梅》的影子，只是或含蓄，或明朗，不似这首诗的质朴动人。牛运震《诗志》评曰："此自女子之情，诗人为之写其意耳。开后世闺怨之祖。"

小星

嘒彼小星①，三五在东②。肃肃宵征③，夙夜在公④，寔命不同⑤。

嘒彼小星，维参与昴⑥。肃肃宵征，抱衾与裯⑦，寔命不犹⑧。

【注释】 ①嘒（huì）彼小星：那天上流过的小星。嘒，流星。字当作"彗"，古代指流星，用以起兴诗人的匆匆征行。《韩诗》作"暳"。《玉篇》："暳，众星貌。"今人释为星光微弱的样子，于诗义无所取，皆望文生义之说。②三五：即下文所说的"参"与"昴"。王引之《经义述闻》说："三五，举其数也，参、昴，著其名也。其实一而已矣。"③肃肃：走得很快的样子。宵征：夜行。宵，夜。征，行。④夙夜在公：从早夜起即忙于君王之事。夙夜，早夜，天未亮。公：此处指王公之事。⑤寔（shí）：同"是"，犹言"这是"。命不同：这句是相对于仍在安然沉睡休息的王公大人而言。⑥维：同"惟"。参（shēn）、昴（liú）：星宿名，二星宿靠近。曾运乾《毛诗说》："昴，《广韵》莫饱切，音卯。实当读如留。昴从卯（酉）声，不从卯（卯）声也。"《尔雅·释天》："咮谓之柳。"即昴星。⑦衾（qīn）：被子。裯（chóu）：床帐。三家《诗》作"帱"。"裯"是"帱"的假借字。《说文》："帱，禅帐也。"⑧不犹：不如。

【品评】 本诗抒发了服侍于君王、贵族的小吏连夜奔波的怨恨的情绪。《毛诗序》认为本诗是写贱妾进御于君。但从诗本文看不出这一点。"征"指较长路程的行走，故洪迈《容斋随笔》卷十说此诗"是咏使者远适，夙夜征行，不敢慢君命之意"。程大昌《读诗质疑》也说："此为使臣行役之诗。"姚际恒《诗经通论》引章俊卿之说："小吏行役之作。"又举旧说之三不类、三不通。如说："前人之以为妾媵作者，以'抱衾与裯'一句也。予正以此句而疑其非。何则？进御于君，君其无衾、裯？岂必待其衾、裯乎？众妾各抱衾裯，安置何所？"他认为诗中的"抱衾与裯"同于《小雅·北山》中的"或息偃在床，或不已于行"。方玉润从之，以为"小臣行役之作"。姚际恒、方玉润之说是。由诗中"抱衾与裯"一句看，理解诗的抒情主人公为侍奉国君、贵族的小臣，较为适当。

此诗每章前两句，即朱熹所谓"赋而比"。因为"宵征"，故写及黎明前征行中所见。但不写其他，而特以流动的小星与不动的参、昴作对比，则是有比喻意义的，前人均未注意到。"嘒彼小星，三五在东""嘒彼小星，维参与昴"，均是前句以小小流星比喻自己的辛苦奔波，不得停息，后句说那天上的参、昴常在一起，从来不动。言下之意，自己像那小流星一样，而那些王公大人光曜射人，永在其位。从诗中"抱衾与裯"来看，应是从事服务性工作的小官吏。

诗中说"寔命不同"，将自己的辛劳不息归之于天命，但从对自己遭遇细致的描述中，流露出诗人不满与怨恨的情绪。

本诗两章，每章五句，用交韵的形式：二、四、五押韵，一、三押韵。交韵体现了当时诗歌押韵的基本形式，而第五句为末句，也随第四句押韵，稍显急促，表现了激动的情绪。而一、三两句本不可押，但都居于一组韵句的首句位置，也押了同二、四、五句相近的韵，因而能体现出音乐美，显得音韵急切，与所表现情绪一致。

野有死麕

野有死麕①，白茅包之②。有女怀春③，吉士诱之④。

林有朴樕⑤，野有死鹿。白茅纯束⑥，有女如玉。

舒而脱脱兮⑦，无感我帨兮⑧，无使尨也吠⑨。

【注释】 ①野：郊外，旷野。死麕（jūn）：所狩猎来的鹿。麕，鹿的别名。《文选》卷二十二《宿东园》李善注："江东人呼鹿为麕。"《仪礼·士昏礼》："纳征：玄纁、束帛、俪皮。"郑玄注："皮，鹿皮。"②白茅：即茅草。用白茅包鹿，不使皮毛损伤和变脏，示其重视。③怀春：指女子至青春期，思求配偶。怀，思。春，春情。④吉士：好的男子。吉，就其品格方面言之，在女子意识中，自然也包含有对其外貌满意的意思在内。士，指未婚男子。诱：引诱，吸引。⑤朴樕（sù）：又名榭樕，与栎树相类。清胡承珙《毛诗后笺》说："窃意古者于昏礼或本有薪刍之馈，盖刍以秣马，薪以供炬。《士昏礼》'从车二乘，执烛前马'注云：'使徒役执炬火居前照道。'楼攻媿《答杨敬仲论诗解》云：古者'如麻、骨、桦皮、松明之类可以照者，皆谓之烛。'是则薪以供炬，事或然欤？"比喻、联想总应起于有关习俗，胡承珙之说俱是。⑥纯（tún）束：捆扎。三家《诗》"纯"作"屯"。郑玄《笺》云："纯读如屯。""纯""屯"都是"捆"字之借。上言"包"，是指包鹿；此言"纯束"，是指束朴樕。二者都是正式求婚时向女方家中奉敬之物。⑦舒而：舒然，慢慢地。上古"而""然"常通用。脱（tuì）脱：轻缓的样子。⑧无：毋，不要。感：借作"撼"，动。帨（shuì）：又名帉、蔽膝，女子系在腹前的一种佩巾，像今日之围裙。⑨尨（máng）：一种多毛、凶猛的狗，应为男子所带猎犬。吠：狗叫。

【品评】 本诗写一对青年男女在野外相遇而恋爱的事。细品全诗，两人此前应已在相爱，诗中所表现，一是说这个男子对女子有吸引力，二是说这个男子为了追求这个女子，尽快去准备聘礼。古代婚礼以鹿皮为礼，所以写青年男子去猎鹿。这首诗在一定程度上反映了古代的婚俗。

本诗共三章。第一、二章用重章叠句之法，说明了诗中两个人物的身份和情感关系，男青年到林中猎获了向姑娘家正式求婚时要献的聘礼鹿，并用白茅包起，砍得了聘礼仪式中用的朴樕，也用白茅捆起。姑娘呢，早被这个青年男子所吸引，因而，她到男子回来的路上去接他，两人的高兴尽在不言中。第一章是从女子眼中所见说，故言"有女怀春，吉士诱之"；第二章是从男子角度说，故说"有女如玉"。

第三章情节上紧承上两章，但却以女子第一人称的方式表现。由女子的话中可知，青年男子对女子的爱，实不能自已。他认为万事齐备，婚事一定会成，因而求肌肤之亲，所以姑娘说："你不要慌慌张张动手动脚，也不要动我的蔽膝。"双方一个拉拉扯扯，一个推拒，像打架一样，旁边站着的猎狗误以为这姑娘是主人攻击的对象，所以也双目紧盯，向她吠了起来。所以姑娘说:"不要让你的猎犬再叫了!"真是一幅生动的春情画。而第三段的三句自白,抵得过数百字的描述。三章言外之意无穷,而过去的解释多简单化,以为是一对青年男女偶然相遇,男子向女子表示友好和求婚,实失去了很多风俗和情感方面的言外之意。

这里要特别说一说的是:青年男子急不可耐向姑娘提出亲近,既合于其年龄、情感发展及求仪程序发展的实际,又体现了姑娘善意地拒绝时的纯真与端庄。则江汉流域在春秋时代确实也受到周文化的影响,显而易见。

邶 风

　　《邶风》《鄘风》《卫风》都是卫诗，季札观乐之时在听乐师奏邶鄘卫之后说："此其卫风乎？"《汉书·地理志》："周既灭殷，分其畿内为三国：《诗·风》邶、庸、卫国是也。邶，以封纣子武庚；庸，管叔尹之；卫，蔡叔尹之。"郑玄《诗谱》也说：武王克商以后，"三分其地，置三监，……自纣城而北谓之邶，南谓之鄘，东谓之卫。"唯具体由哪些人监领，同班固之说稍异。郑玄以为卫国后来逐渐并掉二国之地，所以混而名之。

　　王国维《北伯鼎跋》一文据出土于河北涞水县张家洼的北国诸器，以为北即邶，邶国即燕国。鄘即鲁之奄（其地在今山东曲阜）。"盘庚自奄迁于殷，则奄又尝为殷都，故其后皆为大国。武庚之叛，奄助之尤力，及成王克殷践奄，乃封康叔于卫，封周公子伯禽于鲁，封召公子于燕。而太师采诗之目，尚仍其故名，谓之邶、鄘，然皆有目无诗。季札观鲁乐'为之歌邶、鄘、卫时，犹未分为三，后人以卫诗独多，遂分隶之于邶、鄘。'"（《观堂集林》卷十八）《邶风》中提到的地名、水名有漕（其地在今河南滑县东南，曾为卫都。《击鼓》）、寒泉（在今河南濮阳以南的习城一带。《凯风》）、济（水名，发源于今济源市以西的王屋山。《匏有苦叶》）、沵（同济）、淇（水名，在今淇县以东流入黄河）、干（当即今河南濮阳以北的干城村）、言（在今濮阳一带）、肥泉（水流入淇）、须（"须"之讹，即沬，又名朝歌。以上均见《泉水》）、河（黄河。《新台》）。《鄘风》中提到的有楚（即楚丘，曾为卫都，在漕以东）、堂（楚丘的旁邑。《定之方中》）、浚（今濮阳以南的庆祖。《干旄》）。《卫风》中所见除上面提到的以外还有顿丘（今河南清丰县以西的韩村。《氓》）。《邶》《鄘》《卫》中写到最多的是"淇""淇水"。总体上在今河南省北部，黄河以北的部分，相当于今河北磁县，河南濮阳、安阳、淇县、滑县、汲县、开封、中牟等地。最东不过今山东东明，未出西周、春秋时卫国之地。如果王国维之说有一定道理的话，只能说它反映了《诗》在第一次结集时编者的愿望：原打算将周初所封同姓国中与王室关系最密切几国的诗都收集上，以突出这些诸侯国与王室不同平常的关系，但结果邶（燕）、鄘（奄）二处没有收集到，因而只标出名称，以见编者之意。

卫自康叔始封，历十世十一君至武公，即共伯和，修康叔之政，百姓和集。武公四十二年（前771）犬戎杀周幽王，武公将兵往佐周平戎，甚有功。自武公之子庄王之后，内乱不止，至懿公更是腐败不堪，懿公九年（前660）狄人攻入灭卫。国人立昭伯顽之子为君，即戴公，在齐桓公的帮助下南渡黄河，在楚丘重建卫。然至献公（前576—前558）以后，国势日衰。《诗经》中的《邶风》有诗十九首，《鄘风》《卫风》各有诗十首，大部分是西周末年、东周初年的作品。卫国当东西南北交通之要冲，商业发达，《卫风》中作品以反映婚姻恋爱、妇女不幸和表现对统治阶级的揭露与反抗者为多。

柏舟

泛彼柏舟①，亦泛其流②。耿耿不寐③，如有隐忧④。微我无酒⑤，以敖以游⑥。

我心匪鉴⑦，不可以茹⑧。亦有兄弟⑨，不可以据⑩。薄言往诉⑪，逢彼之怒。

我心匪石，不可转也。我心匪席，不可卷也⑫。威仪棣棣⑬，不可选也⑭。

忧心悄悄⑮，愠于群小⑯。觏闵既多⑰，受侮不少。静言思之⑱，寤辟有摽⑲。

日居月诸⑳，胡迭而微㉑？心之忧矣，如匪澣衣㉒。静言思之，不能奋飞。

【注释】①泛（fàn）彼：犹"泛泛"，漂浮的样子。《说文》段注："上泛谓泛泛，浮貌也；下泛，……浮也。泛、浮古同音而字有区别。"柏舟：柏木所作之舟。②亦：语助词。流：中流，水中间。此两句以柏舟漂浮中流不知所归，兴起诗人处于困境不知所至。③耿耿：焦虑不安的样子。④如：而。隐忧：深忧。"隐"为"慇（yīn）"的借字，《说文》："慇，痛也。"⑤微：非，不是。"微"贯下句。⑥以：语助词。敖游：即遨游。以上两句是说：我不是没有酒，也不是不能遨游，只是饮酒、遨游都不能排遣我内心的忧愁。⑦匪：非，不是。鉴：镜子。⑧茹：容纳。"茹"本义为食、吃，此处用引申义。以上两句欧阳修《诗本义》卷二疏解之曰："盖鉴之于物纳景（按：通'影'）在内，凡物不择妍媸皆纳其景。时诗人谓卫之仁人其心匪鉴，不能善恶皆纳。"⑨兄弟：谓同姓之臣。⑩据：依靠。⑪薄、言：语助词，无实在意义。《诗经》中用"薄言"的句子，大多含有劝勉的语气。诉：陈述，倾吐。⑫以上四句，《毛传》说："石虽坚，尚可转，席虽平，尚可卷。"郑玄《笺》："言己心志坚平，过于石席。"⑬威仪：此指威严的仪表风度，是西周、春秋时期贵族阶层所要求的君子内涵之一。棣棣：雍容娴雅貌。⑭选："算"的假借，《说文》："算，数也。"以上两句是说自己仪容美备，不可胜数。曾运乾《毛诗说》："上四句言心志坚定，下二句言仪容美备，内外之称其德如此。"⑮悄悄：忧愁貌。《说文》："悄，忧也。"⑯愠（yùn）：怨恨。此句探上而言，是说小人成群，令人忧愁。⑰觏（gòu）：同"遘"，遭逢。闵：为"慇"的借字，《说文》："慇，痛也。"此指令人伤心的中伤陷害之事。⑱静：仔细。《说文》："静，宷也。""宷"，篆文作"审"。马瑞辰《毛诗传笺通释》："惟此诗静字宜用本义，训宷。言为语词。'静言思之'犹云审思之也。"⑲寤：睡醒。辟：为"擗（pǐ）"之借字，用手拍胸。有摽（biào）：即"摽摽"，拍胸脯的声音。以上两句是说：仔细想想，确实痛苦不堪，睡醒后忍不住要拍击自己的胸脯。⑳居、诸：语助词。㉑胡：何，为什么。迭：更迭。微：指隐微无光。《毛诗说》："言日月至明，胡更迭而微，不照见我之忧思也？"㉒此句是说：心里忧愁，好像穿着没有洗涤过的脏衣服一样难受。宋人严粲《诗缉》卷三："我心之忧，如不浣濯其衣，言处乱君之朝，与小人同列，其含垢忍辱如此。"

【品评】 此诗作者为卫国官吏，他既不得志于君，又受群小欺压，幽愤满怀，发而为诗。《诗序》说："《柏舟》，言仁而不遇也。卫顷公之时，仁人不遇，小人在侧。"

《诗集传》以为此诗为妇人自诉不得于其夫而作，实不可据。不过诗中所提到的"鉴""席""澣衣"等物事似乎与女子关系更为密切，应该是许多说诗者持守《诗集传》之说的主要原因。从全诗考察，应是借女子诉说家庭生活中的不幸遭遇，以言政治上的失意。除曾运乾所说"微我无酒，以敖以游"不合弃妇身份之外，王文锦《读〈诗经注析〉札记（上）》云："细味'微我无酒，以敖以游''威仪棣棣，不可选也''忧心悄悄，愠于群小''静言思之，不能奋飞'等诗句，实不像当时妇女的口气、心态。"则诗中所写并非家庭矛盾。也就是说，此诗是以男女关系来比附君臣关系。第一章以男子口吻抒写幽愤之大、之深，难以消释。第二章转换语气，以女子口吻抒写得不到兄弟的理解，实写同姓大臣对自己遭遇的冷漠，自伤怨愤无处诉说；第三章以石、席为比，说自己不会屈志从俗。第四章痛斥群小的侮辱陷害，点明幽愤之原因。第五章指日月而呼号，将悲愤之情推向高潮。但情绪很快又由激越滑向低沉——面对君王不重用、小人构陷的局面，自己并不能如鸟一样奋翅高飞而去，无可奈何，与开头柏舟的不知所至遥相呼应。宋人李樗说："欲观诸《柏舟》，当观屈原之《离骚》，其言忧国之将亡彷徨不忍去之辞，使人读之者皆有忧戚之容，知《离骚》则知《柏舟》矣。"（《毛诗李黄集解》卷四）

"知《离骚》而知《柏舟》"说明此诗与《离骚》在内容、情调等方面相通。牛运震《诗志》谈此诗亦曰："骚愁满纸，语语平心厚道，却自凄婉欲绝，柔媚出幽怨，一部《离骚》之旨都括其内。不能名其孰为哀孰为怨，所以为哀怨之至也。"内容上二者相通；情调上，二者均哀婉幽怨、凄楚动人。表现方法上，《柏舟》以男女比附君臣，实为中国文学"男女君臣之喻"的滥觞。

　　《柏舟》作者无疑有很高的文学艺术素养，诗篇开始以泛泛之舟起兴，表现处于幽愤中的作者不知所至，笼罩全篇。下或赋或比，往往以反语出之，辞气虽不锋烈，却正可见诗人之无奈、正直、坚定："微我无酒，以敖以游"，可以饮酒、可以遨游，但并不能消释内心的幽愤之情，足见诗人幽愤之大，及万般无奈；"我心匪鉴，不可以茹"，是正直，是坚持，不愿泯灭是非之心而与世浮沉；"我心匪石，不可转也。我心匪席，不可卷也"，仍然是坚持，而这份坚持是以内在德性和外在仪容为依据的，故虽得不到同姓大臣的理解，虽"愠于群小。觏闵既多，受侮不少"，诗人也不放弃，在坚持中又显示出一份孤傲；而"不能奋飞"恰说明本能"奋飞"，只是诗人不愿。这样，一位正直、爱国的诗人也就进入我们的视野。这些品质，我们透过《离骚》，在屈原身上也可看到。故近人唐文治《诗经大义》说："《离骚》忧愤之作，殆权舆于此。"

绿衣

绿兮衣兮，绿衣黄里①。心之忧矣，曷维其已②！
绿兮衣兮，绿衣黄裳③。心之忧矣，曷维其亡④！
绿兮丝兮，女所治兮⑤。我思古人⑥，俾无訧兮⑦。
絺兮绤兮⑧，凄其以风⑨。我思古人，实获我心⑩。

【注释】　①里：夹衣或棉衣的衬里。《说文·衣部》："里，衣内也。"②曷：何。维：助词，起加强语气的作用。已：止，结束。③裳：下衣，形如裙，上古男女均着裳。④亡："忘"字的假借。⑤女（rǔ）：同"汝"。治：纺织。这句说做这衣服的布帛，那丝就是故人所亲手纺成。治：纺制丝线。《周礼·太宰》言嫔妇："化治丝枲。"则理丝纺成可用的丝线叫"治"。⑥古：与"故"通。古人，已亡故的人。⑦俾：使。訧（yóu）：过错。这句是承上句的"我"，说让我常常怀念故人。(因而也想到她平时所说的一些话，)少犯一些错误。⑧絺（chī）：细葛布，也指细葛布衣服。綌（xì）：粗葛布，也指粗葛布衣服。⑨凄：凉而有寒意。凄其，同"凄凄"。以：因。上两句说，身上穿着夏天的衣服，秋风已起，觉得寒冷。⑩获：得。这句是承本章前二句和第三章而言：言如果她还在，我必已换上了秋天的衣服，也定会得到其他关照。

【品评】 就诗论诗，这应是一首怀念亡故妻子的诗。《毛诗序》说："《绿衣》，庄姜伤己也。妾上僭，夫人失位，而作是诗也。"朱熹《诗集传》说："庄公惑于嬖妾，夫人庄姜贤而失位，故作此诗。言绿衣黄里，以比贱妾尊显而正嫡幽微，使我忧之不能自已也。"从诗文本看不出一定写宫廷之事，也看不出因被僭而伤己的情节。故又说："此诗无所考，姑从《序》说。"刘大白《白屋说诗·说毛诗》中提出"悼亡诗或念旧诗"之说，甚是。

睹物思人，是悼亡怀旧中最常见的心理。一个人刚刚从深深的悲痛中摆脱，看到死者的衣物用具或死者所制作的东西，便又带动刚刚处于抑制状态的兴奋点，而重新陷入悲痛之中。所以，自古以来从这方面表现的悼亡诗很多，但第一首应是《诗经·绿衣》。旧说谓诗的主旨是卫庄姜伤己。

这首诗有四章，结构严谨而情溢于辞。本诗也采用了重章叠句的手法。鉴赏之时，要四章结合起来看，才能体味到包含在诗中的深厚感情及诗人创作此诗时的情况。

第一章说："绿兮衣兮，绿衣黄里。"表明诗人把故妻所做的衣服拿起来翻里翻面地看，心情是十分忧伤的。第二章"绿衣黄裳"与"绿衣黄里"相对为文，是说诗人把衣和裳都翻里翻面细心看。妻子存世时的一些情景他永远不能忘记，所以他的忧愁也就永远无法摆脱。第三章写诗人细心看着衣服上的一针一线（丝线与衣料同色）。他感到，每一针都流露着妻子对他深切的关心和爱。由此，他想到妻子平时对他在一些事情上的规劝，使他避免了不少过失。这当中包含着多么深厚的感情啊！第四章说到天气寒冷之时，还穿着夏天的衣服。妻子存世的时候，四季换衣都有妻子为他操心，衣来伸手，饭来张口。妻子去世后，还没有养成自己关心自己的习惯。实在忍受不住萧瑟秋风的侵袭，才自己寻找衣服，便勾起他失去贤妻的无限悲恸。"绿衣黄里"是说的夹衣，为秋天所穿；"絺兮綌兮"则是指夏衣而言。这首诗应作于秋季。诗中写诗人反复看的，是才取出的秋天的夹衣。人已逝而为他缝制的衣服尚在。衣服的合身，针线的细密，使他深深觉得妻子事事合于自己的心意，这是任何人也代替不了的。所以，对妻子的思念，失去妻子的悲伤，都将是无穷尽的。"天长地久有时尽，此恨绵绵无绝期"（白居易《长恨歌》），诗情感人至深。

这首诗在文学史上有较大的影响。晋潘岳《悼亡诗》很出名，其表现手法上受《绿衣》影响。如其第一首"帏屏无仿佛，翰墨有余迹；流芳未及歇，遗挂犹在壁""寝息何时忘，沉忧日盈积"等，实《绿衣》第一、二章意；第二首"凛凛凉风升，始觉夏衾单；岂曰无重纩？谁与同岁寒""床空委清尘，室虚来悲风""寝兴目存形，遗音犹在耳"等，实《绿衣》第三、四章意。再如元稹《遣悲怀》，也是悼亡名作，其第三首云："衣裳已施行看尽，针线犹存未忍开。"全由《绿衣》化出。可见此诗在表现手法上实为后代开无限法门。

对于《诗经》中作品，古人实有三种读法：第一种为遵从《诗序》，参以《笺》《疏》，沿此而申发之；第二种于三家《诗》与其他文献中另求新解；第三种只就诗本文求之。第三种大体从朱熹开始，用之者渐多，但解两三千年以前作品，不能不有所旁依，故以第三种方法解诗、读诗者，也往往参用前两法，所以直至今日，对《诗经》中某些作品的解说，仍然分歧很大。如陈子展先生《诗经直解》等书解此诗仍以《诗序》之说为是。陈先生《诗三百解题》说："《绿衣》，当是'卫庄姜伤己'之诗，《诗序》说的，恰和诗旨相合。"实际而言，本诗在这方面也确实打动过不少人，故读者也不能不知。

燕 燕

　　燕燕于飞^①，差池其羽^②。之子于归^③，远送于野^④。瞻望弗及^⑤，泣涕如雨^⑥！

　　燕燕于飞，颉之颃之^⑦。之子于归，远于将之^⑧。瞻望弗及，伫立以泣^⑨。

　　燕燕于飞，下上其音^⑩。之子于归，远送于南^⑪。瞻望弗及，实劳我心^⑫。

　　仲氏任只^⑬，其心塞渊^⑭。终温且惠^⑮，淑慎其身^⑯。先君之思^⑰，以勖寡人^⑱。

【注释】　①燕燕：即燕子。陈奂《诗毛氏传疏》："诗重言燕燕者，此犹'鸤鸠鸤鸠''黄鸟黄鸟'，叠呼成义之例。"于：语助词。②差（cī）池：参差不齐的样子。陈奂："差池者，即《说文》说燕之形布翅枝尾是也。"羽：指燕子的翅膀和尾翼。③之子：这个女子。于归：出嫁。④于：至，到。野：城邑之外。⑤弗：不。弗及，看不到。⑥泣、涕：眼泪。⑦颉（xié）：向下飞。颃（háng）：向上飞。颉颃，鸟飞上下翱翔的样子。之：语助词。⑧将：送。之：出嫁者。远于将之，犹言送之于远。倒文以取韵。⑨伫立：久立。以：连词，而。⑩音：鸣叫声。清人王先谦《诗三家义集疏》："鸟飞由下而上，下上皆闻其鸣，故云'下上其音'，音随身下上也。"⑪南：城南野外。⑫实：是。劳：使动用法，使心劳苦。⑬仲：嫁者的"字"。古代女子以排行为字。仲氏，即二妹。任：美好。于省吾《泽螺居诗经新证》："按《荀子·成相篇》'穆公任之'注：'任，好也。'《遵大路》'不寁好也'笺：'好犹善也。''仲氏任只'犹言'仲氏善只'，与下'其心塞渊'义相衔接。"只：语助词。⑭塞：诚实。渊：深。《诗三家义集疏》："《庄子·应帝王》郭注：'渊者，静默之谓。'人静默则心深莫测，而又诚实无伪，故美之曰塞渊。"⑮终：既。陈奂说："温惠犹和顺也。'终温且惠'犹言既温又惠也。"⑯淑：善，好。慎：谨慎。⑰先君：指已故的国君，即诗人的父亲。⑱勖（xù）：勉励。寡人：寡德之人，古代国君的自谦之词，此诗人自称。

【品评】 这是一首送别诗。送者为卫君，行者为其出嫁他国的二妹。诗篇通过送别场景的描绘，表现了兄妹间真挚的感情。

《燕燕》一诗，前人目为"万古送别诗之祖"（清人王士禛《带经堂诗话》卷一）。《诗经》中送别之诗并不止这一首，如《秦风·渭阳》等。而此诗之所以被誉为"送别诗之祖"，应在于其独特的情调和意蕴。《渭阳》：

我送舅氏，曰至渭阳，何以赠之？路车乘黄。

我送舅氏，悠悠我思。何以赠之？琼瑰玉佩。

《毛诗序》《鲁诗》《韩诗》都认为本诗为秦穆公的太子（秦康公）送晋公子重耳回国时所作，诗中之所以称行者为"舅氏"，乃因康公的母亲是重耳的姐姐。因而"曰至渭阳"应该是确有其事。"路车乘黄""琼瑰玉佩"，写赠送之厚，足见情意之浓。虽然"悠悠我思"一句，清人姚际恒《诗经通论》说："情意悱恻动人。往复寻味，非惟思母，兼有诸舅存亡之感。"但整首诗还是显得质实。而《燕燕》却显得颇为空灵。前三章皆以燕燕兴起：第一章写燕子始飞之时，舒展羽翼，欲前又却；第二章表现燕子上下翻飞，仿佛徘徊不忍离去；第三章则侧重其哀鸣之音，似是人在哭泣抽噎。清人焦琳《诗蠲》说："物类岂干人事，而人之见物，则因其心所事，见物有若何之情形。""故此三章各首二句起兴，亦是言情，非口中之言，必待燕燕方能引起，更非心中之想，必待燕燕有感触也。"

写送行过程："远送于野""远之将之""远送于南"，送了一程又一程，正见情意之浓，依依不舍。"远"，恰说明以前送行未必如此，又可见对行者的珍重。而最感人的还是送别场面的描写："瞻望弗及，泣涕如雨。"行者愈行愈远，直到身影模糊，甚至看不见。行者的前途如何？送行者与行者能否再次晤面？一切都未可知。送行者长久伫立，似乎在期待奇迹发生，能再次看到行者。而一旦意识到行者确确实实已经离去，也只能泪下如雨。情绪之浓，足以撞击读者心扉；而写实中仍不失其空灵，正如李白《送孟浩然之广陵》之"孤帆远影碧空尽，唯见长江天际流"，给读者留下回味不尽的意绪。

行者已离去，送行者仍然念念不忘行者的美德，更不能忘怀分别时行者对自己的叮嘱。这既是送行过程的延续，也赋予送行更丰富的内涵，更是对惜别之情的进一步渲染。牛运震《诗志》说："'先君之思，以勖寡人'，正大笃厚之旨。悲而婉都从厚意流出。"本诗写实生动感人，又多引人联想，耐人回味之笔，实不乏空灵之致。

凯风

凯风自南①，吹彼棘心②。棘心夭夭③，母氏劬劳④。
凯风自南，吹彼棘薪⑤。母氏圣善⑥，我无令人⑦。
爰有寒泉⑧？在浚之下⑨。有子七人，母氏劳苦。
睍睆黄鸟⑩，载好其音⑪。有子七人，莫慰母心。

【注释】 ①凯风：南风。《尔雅·释天》："南风谓之凯风。"宋人邢昺（bǐng）《疏》引李巡曰："南风长养万物，万物喜乐，故曰凯风。凯，乐。""凯"为"恺"的借字，《说文》："恺，乐也。"②棘：落叶灌木，即酸枣。枝上多刺，开黄绿色小花，实小，味酸。心：指纤小尖刺。③夭夭：生机勃勃的样子。④劬（qú）劳：劳苦。⑤棘薪：棘长成薪。是说七子长大成人。⑥圣善：贤明。《说文》："圣，通也。善，吉也。"⑦令："灵"的假借，善。这句是儿子自责的话，意思是说：我们没有一个成才。⑧爰：何处，在哪里。寒泉：水冬夏常冷，故曰。⑨浚：卫邑，在今河南濮阳县南。⑩睍睆（xiànhuǎn）：马瑞辰、胡辰琪认为二字应作"睆睆"，为好貌；陈奂认为应作"睍睍"，为声音之好。黄鸟：黄雀。⑪载：语助词。好其音：即"其音好"，倒文以协韵。

【品评】 这是一首儿子歌咏母亲抚育的劳苦、慨叹不能报母厚恩的诗。古人多以此诗与《小雅·蓼莪》并论,《后汉书·章帝八王传》和帝诏:"诸王幼稚,早离顾复,弱冠相育,常有《蓼莪》《凯风》之哀。"西晋潘岳《寡妇赋》云:"览寒泉之遗叹兮,咏《蓼莪》之馀音。"《蓼莪》写父母抚育子女的辛劳:"哀哀父母,生我劬劳""哀哀父母,生我劳瘁""父兮生我,母兮鞠我。拊我畜我,长我育我,顾我复我,出入复我"。父亲、母亲放在一块来写,而《凯风》则只写母亲;《蓼莪》对母亲辛劳的表现也比《凯风》更具体。不过《凯风》曰:"有子七人,母氏劳苦。"虽写得概括,但"儿多母苦",母亲的辛劳自然可以想见。

又唐人李善注《寡妇赋》曰:"寒泉,谓母存也。《蓼莪》,谓父母俱亡也。"("寒泉"指《凯风》一诗)因此两首诗情调不同:《蓼莪》有自责,但更多的是对由于久役和贫困不能奉养父母的怨恨,情绪比较激越;而《凯风》一诗,如牛运震《诗志》所说:"末章特自托于黄鸟之好音,以慰其母尔,却说'莫慰母心',深婉入妙。""苦在说不出,却又忍不得,算来惟有自责一着,而委曲微婉更与寻常自责不同,悲而不激,慕而不怨,为孝子立言,故应如此。"此情调的不同自然也与表现方法有关,《蓼莪》也用比兴:"蓼蓼者莪,匪莪伊蒿""蓼蓼者莪,匪莪伊蔚",以蓼莪"常抱宿根而生",兴起"子依母之象"(马瑞辰《毛诗传笺通释》);"瓶之罄矣,维罍之耻",诗人以瓶喻父母、以罍喻己,瓶空罍耻喻父母死而自己未报养育之恩;"南山烈烈,飘风发发""南山律律,飘风弗弗",以山之高峻险阻、风之狂暴猛烈兴起对自己遭遇的哀叹。但整首诗写得还是直接,"哀哀父母""无父何怙?无母何恃"等直接宣泄感情,"父兮生我,母兮鞠我。拊我畜我,长我育我,顾我复我,出入腹我"更是铺排至极繁。《凯风》四章皆以兴词领起,陈奂《诗毛氏传疏》说:"前两章以凯风之吹棘,喻母养其七子。后两章以寒泉之益于浚、黄鸟之好其音,喻七子不能事悦其母,泉、鸟之不如也。"宋人俞德邻《佩韦斋辑闻》卷二引龙仁夫说:"夫以棘心之微,凯风吹之,至夭夭之盛,则母之抚我育我,出入覆我,其劬劳亦甚矣。"的确，第一章在"凯风自南，吹彼棘心。棘心夭夭"下仅缀一句"母氏劬劳"，恰形成一种张力，给读者提供了广阔的意义空间。

匏有苦叶

匏有苦叶①，济有深涉②。深则厉③，浅则揭④。
有弥济盈⑤，有鷕雉鸣⑥。济盈不濡轨⑦，雉鸣求其牡⑧。
雝雝鸣雁⑨，旭日始旦⑩。士如归妻⑪，迨冰未泮⑫。
招招舟子⑬，人涉卬否⑭。人涉卬否，卬须我友⑮。

【注释】①匏（páo）：即"瓠"，也就是葫芦。苦：通"枯"。意指葫芦八月叶枯成熟，可以挖空作渡水工具。《诗三家义集疏》："初熟时取其不能制物者食之，余则留待秋尽叶枯，壶卢体质坚老，摘取煮熟，剖以为瓢而食其瓤。不剖者系于身，入水不湛，故江湖间用以防溺。"古人常用葫芦来渡水，这葫芦也就称为"腰舟"。②济：水名。闻一多《诗经新义》："张文虎谓济即《泉水》篇'出宿于泲'，泲，水名也。案张说是也。此文上下二句语法一律，匏与济，叶与涉，皆二名词对举，而叶属于匏，涉亦属于济也。"马瑞辰《毛诗传笺通释》说《邶风·泉水》之"泲"："泲即济字之或体，《列女传》《文选注》引《诗》并作济。《定之方中》《笺》释'楚丘'云：'自河以东，夹于济水。'是卫地近济之证。"涉：渡口。③厉：拴葫芦在腰泅渡。④揭（qì）：提起下衣渡水。⑤有弥（mí）：即"弥弥"，形容大水茫茫的样子。原作"瀰"，"弥"之异体。形容到处都是。盈：满。⑥有鷕（yǎo）：即"鷕鷕"，雉鸣声。⑦濡：沾湿。轨：车轴头。⑧牡：雄。当用"雄"字而用"牡"者，变文取韵。⑨雝（yōng）雝：雁和声相鸣。"雝"同"雍"。⑩旦：明亮。⑪士：男子。此处指未婚男子。如《易·归妹》："女承筐，无实；士刲羊，无血。无攸利。"李道平纂疏："曰女曰士，未成夫妇之辞。"如：假设之词。归妻：娶妻。王先谦说："妇人谓嫁曰'归'，自士言之，则娶妻是'来归'其妻，故曰'归妻'，谓亲迎也。"⑫迨（dài）：及，趁。泮（pàn）：合，封冻。⑬招招：以手召唤的样子。舟子：船夫。⑭卬（áng）：我。马瑞辰："卬者，姎之假借。《说文》：'姎，妇人自称我也。'《尔雅》郭《注》：'卬，犹姎也。'卬、姎音近通用，亦为我之统称。"⑮须：等待。友：指爱侣。

【品评】　这首诗写女子在河边盼望恋人早日来娶她。

此诗颇有特色，诗篇四章或隐或显，都写渡水。第一章"匏有苦叶，济有深涉"，兼顾诗中两个"济"字，应该看作写眼前景。葫芦的叶子枯了，济水的渡口水很深呀。言下之意，葫芦叶子枯了，葫芦成熟正可用作腰舟横渡；济水虽然深，但也不是不可渡越。故第三、四句就说应根据水的深浅采取合适的渡水方式：水如果太深，就把葫芦系在腰间泅渡；水如果浅，就提起裤子涉水过来。我们似乎看到一位女子伫立河边，急切地眺望着河对岸，为男子设想着各种渡河方式。第二章仍写眼前的景色：济水虽然深，并不能沾湿车轴头，完全可以乘车过河。当时女子出嫁一般是要乘车的。《卫风·氓》写女子出嫁："以尔车来，以我贿迁。"《召南·鹊巢》："之子于归，百两御之。"《卫风·硕人》写庄姜出嫁时："四牡有骄。朱幩镳镳。"《大雅·韩侯》写韩侯娶妻："百两彭彭，八鸾锵锵。"车的数量多少会因地位不同而不同，但一般都用车。联系上句，"雉鸣求其牡"已经把心迹表露出来了。第三章进一步坦露心怀："雝雝鸣雁，旭日始旦"，看起来仍然是写景，但有寓意。《毛传》："纳采用雁。"（雁是候鸟，非四季常有，因而也可用鹅代替；王引之《经义述闻》卷五认为雁即鹅）。纳采为先秦婚礼六仪之一，女主人公已经在想象自己的婚礼过程了。故第三、四句说"士如归妻，迨冰未泮"，简直就是迫不及待的呼号了。末章"人涉卬否，卬须我友"。说别人都渡水而去，唯独自己在等待男友，不能离去。企盼之情，深沉切至，使人亦为之翘首。

这种把渡水意象与婚嫁意愿结合起来写的方式，首先应该与水边迎娶的习俗有关。《周南·汉广》男子设想和"游女"成婚的情景。《大雅·大明》写文王娶大姒:"文王初载,天作之合。在洽之阳,在渭之涘""文定厥祥,亲迎于渭。造舟为梁,不显其光";而《邶风·新台》,《毛诗序》说是讽刺卫宣公作新台于河上迎娶其子伋之妻为己妻的诗。

其次与先秦"上巳节"的风俗有关。《太平御览》卷八百八十六"魂魄"条引《韩诗内传》:"溱与洧,说人也。郑国之俗,三月上巳之日于水上,招魂续魄,祓除不祥,故诗人愿与所说者俱往观也。"关于《诗经》中恋歌与河流的关系,可参阅孙作云的《诗经恋歌发微》(见其《诗经与周代社会研究》,中华书局 1966 年版)。

正是婚恋和河流的这种密切关系,在人们的内心深处往往潜藏着这样一种意识:渡过河流,就意味着恋爱的成功;否则,就意味着婚恋的失败。所以郑玄《笺》解此诗"招招舟子"说:"舟人之子,号召当渡者,犹媒人之会男女无夫家者,使之为妃匹。"女主人公爱得热烈、爱得迫切,别人都渡水而去,自己却还得等待,而对舟子的召唤,只能徒增惆怅失望之情。

谷风

习习谷风①,以阴以雨②。黾勉同心③,不宜有怒④。采葑采菲⑤,无以下体⑥?德音莫违⑦,及尔同死⑧。

行道迟迟⑨,中心有违⑩。不远伊迩⑪,薄送我畿⑫。谁谓荼苦⑬?其甘如荠⑭。宴尔新昏⑮,如兄如弟。

泾以渭浊⑯,湜湜其止⑰。宴尔新昏,不我屑以⑱。毋逝我梁⑲,毋发我笱⑳。我躬不阅㉑,遑恤我后㉒?

就其深矣,方之舟之㉓。就其浅矣,泳之游之㉔。何有何亡㉕,黾勉求之。凡民有丧㉖,匍匐救之㉗。

不我能慉㉘，反以我为雠㉙，既阻我德㉚，贾用不售㉛。昔育恐育鞫㉜，及尔颠覆㉝。既生既育㉞，比予于毒㉟。

我有旨蓄㊱，亦以御冬㊲。宴尔新昏，以我御穷。有洸有溃㊳，既诒我肄㊴。不念昔者，伊余来塈㊵。

【注释】 ①习习：大风连续不断地吹。谷风：来自山谷之风，暴风。②以阴以雨：又是阴天又是下雨。③黾（mǐn）勉：即"勉勉"，勉力。④不宜有怒：清人焦琳《诗蠲》说："'不宜有怒'是骇怪之词。'有怒'即指见弃之事。"⑤葑（fēng）：蔓菁。叶、根均可食。菲：萝卜。⑥无：同"毋"，不要。以：依据。下体：根茎。以上两句是说葑、菲的叶子与根部都可食用，而根是主要部分，不要只认定根部。意思是也要重视茎叶。这是比喻说对女子不能只重其色，而不顾其德。蔓菁、萝卜的根自然是可以上台面的菜，但茎叶也是可以吃的。⑦德音：此处指丈夫曾经说过的"好话"，也就是盟誓。⑧及：与。⑨迟迟：徐行貌。⑩中心：心中。有违：即"违违"。曾运乾《毛诗说》："'违违'，盖迷乱之意。此二句言其别时不忍分别之貌。"⑪伊：唯，是。迩：近。不远伊迩，言不远是近。⑫薄：语助词。畿：指门槛。班固《白虎通·嫁娶篇》："出妇之义必送之，接以宾客之礼，君子绝愈于小人之交，《诗》云：'薄送我畿'。"出妇必以礼，而今其夫不以礼送，正见其夫之寡情。⑬荼（tú）：苦菜。其茎、叶均可食，其味微苦。⑭荠：荠菜。其味甘。以上两句，朱熹《诗集传》："荼虽甚苦，反甘如荠，以比己之见弃，其苦有甚于荼。"明人陆化熙《诗通》卷一："'谁谓'二句，以彼此相形为比，与平常比体异，语意若云：如我今日所遭，乃真可谓苦耳。形容新昏之乐，正以形己之太苦。"⑮宴：安乐。昏：古"婚"字。⑯泾：即泾水，源出甘肃平凉市华亭县，经泾川县，至陕西高陵县汇入渭河。以：因为。渭：即渭水，源出于今甘肃渭源县鸟鼠山，至陕西潼关入黄河。历来学者误解文句，以为泾水浊，渭水清。乾隆曾派秦承恩实地考察，实泾清渭浊（参阅乾隆《御制文三集》卷十四《泾清渭浊纪实》）。泾以渭浊，即泾水因为渭水流入而变浊。意为泾水本清，但因为汇入渭水而变得混浊。⑰湜（shí）湜：水清澈见底。止：原作"沚"，据阮元《校勘记》改。止，水底。《说文》："止，下基也。"以上两句，弃妇以泾喻自己、以渭喻新人。意思是说我与新人比较，显得憔悴，但我的品德是无瑕的。⑱以：与，在一起。不我屑以，即"不屑与我"，倒文以取韵。不屑：不肯。清人马瑞辰《毛诗传笺通释》："耻交其人曰不屑。"⑲毋：不要。逝：往，到。梁：捕鱼的水坝。《诗集传》："堰石障水而空其中，以通鱼之往来者也。"⑳发：启，打开。笱（gǒu）：捕鱼之器。《诗集传》："以竹为器，而承梁之空以取鱼者也。"㉑躬：自身。阅：容纳。㉒遑：暇。犹言"哪里来得及"。恤：忧念。后：我离开后的事。㉓方：筏子。舟：船。皆作为动词用。即用筏、船渡水。㉔泳：水底潜行。游：水上浮行。以上两句以"随水深浅，期于必渡"，兴"随事难易，期于必成"（孔颖达《疏》）。㉕有：指富有。亡：同"无"，指贫穷。㉖民：民人，邻人。丧：灾祸。㉗匍匐：手足并用伏地爬行。《诗集传》："匍匐，手足并行，急遽之甚也。"㉘不我能慉（xù）：应为"能不我慉"之讹。陈奂《诗毛氏传疏》："'能'字各本在'不我'下，转写误耳。"《毛诗传笺通释》："《说文》引《诗》'能不我慉'，董氏《读诗记》引王肃、孙毓本并能字在句首，与《芣苢》诗'能不我知''能不我甲'句法相同，能之言乃也。'能不我慉'承上章而言，犹云乃不我畜也。俗本作'不我能畜'，亦误。"慉，好，爱悦。㉙雠：同"仇"。㉚阻：拒绝。德：恩惠，这里指治家睦邻勤劳之事。㉛贾（gǔ）：卖。用：货物。售：卖出去。以上两句，《毛诗说》："言我有德于尔，尔反阻难我，如卖器用者之不得售价也。"㉜育：生，指生活。鞠（jū）：贫困。㉝颠覆：倾倒，此指患难。《诗集传》："因念其昔时相与为生，惟恐其生理穷尽，而及尔皆至于颠覆"。㉞既：已经。既生既育，意为现在生活好起来了。以上三句，《毛诗传笺通释》："《大戴礼记·本命篇》言'妇有三不去'，'前贫贱，后富贵，不去'。此诗'昔育恐育鞠'，前贫贱也；'既生既育'，后富贵也。是当在不去之列，今乃相弃，故怨之耳。"㉟毒：毒物。㊱旨：美。蓄：咸菜。㊲以：用。御：防备，抵挡。㊳有洸（guāng）：即"洸洸"。洸，本意为水涌出。有溃：即"溃溃"。溃，本意为水从旁溃散。洸洸溃溃，以水之激荡、溃决来形容丈夫发怒而动武的样子。㊴既：尽、全。诒：同"遗"，留给。肄（yì）：为"勚"的借字，劳苦。㊵伊：惟，只。来：用法同"是"，使宾语前置。墍（xì）：爱。《毛诗传笺通释》："'伊予来墍'，犹言维予是爱也，仍承'昔者'言之。"

【品评】　此诗为妇人遭丈夫遗弃，离家时，倾诉不幸之作。

《诗经》中弃妇诗，此首之外，尚有《卫风·氓》《王风·中谷有蓷》《小雅·谷风》等篇。《小雅·谷风》与此诗应该为同一母题之作。

清人芮城《匏瓜录》说："《谷风》之理直，故其诗明白详尽而无愧词。《氓》之气馁，故其诗琐细凄婉而有恨色。《谷风》以德自许，而人之不德可见。《氓》以德望人，而己之无德亦可见矣。《谷风》之弃，事之所本无，故终之曰'不念昔者，伊余来墍'，其薄在人也。《氓》之弃，理之所必至，故终之曰'反是不思，亦已焉哉'，其误在己也。"比较两首诗异同，主要说到三条。其第二条说"《谷风》以德自许"，正是此诗所表现的主要内容之一："采葑采菲，无以下体"，劝诫丈夫对妻子不应该重色轻德；"泾以渭浊，湜湜其止"，也是以德自许；第四章则铺写自己治家睦邻之辛劳，则是"我德"的事实说明；又"既阻我德，贾用不售"，有德而被弃，心中之凄楚自不待言。"黾勉同心，不宜有怒"，虽然被弃，仍然希望同心协力，平心静气地对待眼下之事；对被弃，则曰"不宜"，措辞忠厚。"行道迟迟，中心有违"，是恋恋不舍；"不远伊尔，薄送我畿"，《诗集传》说："盖妇人从一而终，今虽见弃，犹有望夫之情，厚之至矣。""毋逝我梁，毋发我笱"，想到自己曾经所有，将会为新人所占，种种不甘心，发而为对新人的警告。但只是警告，自己也知无济于事。宋代罗大经《鹤林玉露》乙编卷二说："李白《去妇词》：'忆昔初嫁君，小姑才倚床。今日妾辞君，小姑如妾长。回头语小姑，莫嫁如兄夫。'古今以为绝唱。然以余观之，特忿恨决绝之词耳，岂若《谷风》去妇之词曰：'毋逝我梁，毋发我笱，'虽遭放弃而犹反顾其家，恋恋不忍乎？乃知《谷风》优柔忠厚，信非后世诗人所能仿佛也。"（又见明严天麟《五经疑义》卷一）而结尾"不念昔者，伊余来墍"，仍心存幻想。宋人王质《诗总闻》："末云'伊余来塈'，望来而求安也。绝则岂复来乎？"故牛运震《诗志》评全诗说："哀怨切恻，长言缭绕，然总不失为厚。"

芮城第三条是说弃妇被弃原因。芮氏认为《谷风》中的妇人被弃，是因其丈夫薄情。《氓》《谷风》两相比较更可见《谷风》中妇人的无辜。《谷风》写丈夫前后态度的变化、弃妇的辛劳等内容也更加具体，对丈夫的谴责蕴含其中，其爱恨交加的情绪也不是"反是不思，亦已焉哉"那么简单。

芮氏第一条"《谷风》之理直"云云，主要谈到《谷风》与《氓》艺术表现风味的不同。"毋逝我梁，毋发我笱""我有旨蓄，亦以御冬"皆以细物说事。"就其深矣，方之舟之。就其浅矣，泳之游之。何有何亡，黾勉求之。凡民有丧，匍匐救之"，也比《氓》篇"三岁为妇，靡室劳矣。夙兴夜寐，靡有朝矣"要具体。"昔育恐育鞠，及尔颠覆。既生既育，比予于毒""我有旨蓄，亦以御冬。宴尔新昏，以我御穷。有洸有溃"与《氓》篇之"言既遂矣，至于暴矣"也有繁简之别。《谷风》中也不乏再致其意者，先说"宴尔新昏，如兄如弟"，又说"宴尔新昏，不我屑以"；既说"黾勉同心"，又说"黾勉求之"。故牛运震以"长言缭绕"概括《谷风》此种细腻的表达。

要说凄婉，两首诗皆是，但《谷风》之婉过于《氓》篇："不远伊尔，薄送我畿"，明人何楷《诗经世本古义》卷二十解释说："此非真谓其夫之送之。言我既行矣，汝与我决别，即不敢望其远，独不可近相送而一至于畿乎！奈何其不一顾也。"可谓微婉至极。不愿离开，不愿新人进入，则说"毋逝我梁，毋发我笱"；再转念一想，自己已无力干预这些事，于是说"我躬不阅，遑恤我后"，又是何等曲折。《氓》篇之"反是不思，亦已焉哉"，决绝之态度令人振奋；而《谷风》之"不念昔者，伊余来塈"，失望中不绝于希望，更加凄楚动人。

就《氓》与《谷风》两首诗的结构而言，《氓》篇主要分婚前、婚后两个阶段来结撰。《谷风》前四章主要写弃妇离家时的种种心理活动，层层递进，来展现弃妇的不幸，第五章谴责丈夫能"共患难"，却不能"共安乐"，其中有对丈夫的不满，也有对美好过去的留恋。末章仍今昔对比，进一步写丈夫的粗暴狠心，尽管如此，弃妇仍对丈夫有所不舍。

《氓》、《谷风》皆为《诗经》弃妇诗的代表作，通过比较更可见二者各自独特的艺术魅力。

式微

式微式微①，胡不归②？微君之故③，胡为乎中露④？
式微式微，胡不归？微君之躬⑤，胡为乎泥中？

【注释】 ①式：语助词。微：昧，昏暗，指天黑。②胡：何，为什么。③微：非。假设之词，相当于"若不是"。④中露：即"露中"，倒文以协韵。⑤躬：身体。

【品评】 这是一首悲叹行役之苦的诗。

除有关诗的本事前人看法有分歧之外，就诗文本的理解上，关键在"胡不归"一句究竟指诗人自己，还是他人。依《毛诗》与三家《诗》，是指他人。但诗的第三、四句说："微君之故，胡为乎中露？"（第二章为"中泥"）"不归"与置身于"中露""中泥"是一回事，"君"指的是对方，则上句的"胡不归"指诗人自己，后两句"微君之故"云云才衔接较顺。所以，此诗理解为行役者的自叹较妥。

主人公披星戴月、风餐露宿为君命奔波，有家不能回，故发为歌咏。本诗不是平直而言，而以问句领起：天黑了，天黑了，为什么还不回去？叠言"式微"是既为了成句，又有强调的作用，清人郑方坤《经稗》卷五："……故再言式微，甚可怜也。下语又单称'微'，其意又可悲也。""微君之故，胡为乎中露？"本是回答，但又以反问句出之，引人深思：有家不能回，迫于君命。此与前两句相足成意。不是因为君主的缘故，怎么会风餐露宿呢？诗虽简短，但由于采用揉直为曲的表达方式，因而把情绪表达得特别充分，故牛运震《诗志》说："明知归不得，却硬说胡不归；明是主忧臣辱，却又翻进一层，语极慷慨，意极委婉。语带怨，不怨不成忠爱。悲壮激昂。两折长短句重叠调，写出满腔愤懑。""主忧臣辱""忠爱"应是承《诗序》之说而言，抛开这些认识上的局限不说，其他分析应该是比较准确的。

静女

静女其姝①，俟我于城隅②。爱而不见③，搔首踟蹰④。
静女其娈⑤，贻我彤管⑥。彤管有炜⑦，说怿女美⑧。
自牧归荑⑨，洵美且异⑩。匪女之为美⑪，美人之贻。

【注释】 ①静："靖"的借字，善。马瑞辰《毛诗传笺通释》："郑诗'莫不静好'，《大雅》'笾豆静嘉'，皆以静为靖之假借。此诗'静女'亦当读靖，谓善女，犹云淑女、硕女也。故'其姝''其娈'皆状其美好之貌。"姝：容貌美丽的样子。②俟：等待。城隅：城角。③爱：通"薆""僾"，隐藏。《毛诗传笺通释》："《尔雅·释言》：'薆，隐也。'《方言》：'掩、翳，薆也。'郭《注》：'谓蔽薆也。'引《诗》'薆而不见'。"又通作"僾"。《说文》："僾，仿佛也。"意谓模糊不清。联系"不见"而言，当为隐蔽之意。爱而，犹"爱然"。④踟蹰（chíchú）：同"踌躇（chóuchú）"，徘徊。⑤娈：容貌美好貌。其娈：即"娈娈"。⑥贻（yí）：赠送。彤管：旧说红管的笔，但与"自牧归荑"所显示的女子身份不合。一说针管，用来装针，然而针管乃女子所用之物，不当以赠男子。一说类似柳笛的简易乐器。一说即后文所说"荑"，其说近是。⑦炜：光彩明亮的样子。《说文》："炜，盛明貌也。"有炜：即

"炜炜"。⑧说怿（yuèyì）：喜悦。说，同"悦"。怿，喜欢。女：同"汝"，指彤管。⑨牧：郊外。归：通"馈"，赠送。荑（tí）：初生的细嫩的茅草。⑩洵（xún）：信。确实，的确。异：特别。⑪匪：同"非"。女：汝，指荑草。

【品评】 这是一首写热恋中的青年男女幽会的诗，全诗以青年男子的口吻说出。

此诗之好，首先在于作者设想了一个十分有趣的场景和情节，表现了青年男女热恋中真挚的感情。城角离城门最远，自然僻静，是男女幽会的好场所。《毛诗传笺通释》："'俟我于城隅'，诗人盖设为与女相约之词。"诗中不说两人约定在城角相见，而是说女子在那里等待自己。在男子的眼中，女子是多情的。而在"俟我于城隅"之前冠以"静女其姝"，女子的美丽深深打动了男子，故其念念不忘。这是最朴素的爱情，也是最真实的爱情。"爱而不见"，女子故意隐藏了起来，跟男子开玩笑。则在男子眼中，女子又是调皮的，是个喜欢捉弄人的机灵鬼。"搔首踟蹰"，写男子见不到女子时的举止，以行动写人物性格，正表现出男子的憨厚、忠诚。

其次，诗中通过男子的感觉和心理反应而写女子，用直接写、间接写两种方式，写出了两个人的形象、情感与心态。男子正在"搔首踟蹰"，女子突然跳了出来，并赠送给男子彤管。彤管颜色鲜艳，闪着光亮，男子禁不住直接袒露情怀。而"说怿女美"实际是双关语，既是说喜欢彤管，也是说喜欢"静女"。对于此章，清人焦琳的解释颇有意思，他说："彤管既静女所贻，则贻之之时，必有其言语，必有其笑貌，此亦明明易知者耳，然则此章所谓'美'，即所谓'娈'也，即贻彤管时之言语笑貌之情态也。"（《诗蠲》）"静女其娈，贻我彤管"，在客观的叙述中是有这样的理解空间存在的，故下言"说怿女美"。第二、三章都写赠送事，正可合观。那么，"匪女之为美，美人之贻"是说荑草，也是在说彤管。则荑草和彤管应为一物。

这首诗完全可以当作一出情景剧来读。第一个场景：男子在城角徘徊，一会儿挠头深思，一会儿左顾右盼；第二个场景：女子赠送男子彤管。第一个场景是正面写的，第二个场景则是由男子的叙述呈现出来。两个场景由男子一句句的赞叹之词连接起来。虚实结合，扩充甚至突破了现实的场景，使得诗有了更加深广的意义空间。从整体来说，对男子是从正面表现的，对女子则是透过男子的眼睛与感觉来表现的，可谓是从侧面来写的。其中又多了一层远近虚实的艺术之境。

新 台

新台有泚①，河水弥弥②。燕婉之求③，籧篨不鲜④。
新台有洒⑤，河水浼浼⑥。燕婉之求，籧篨不殄⑦。
鱼网之设，鸿则离之⑧。燕婉之求，得此戚施⑨。

【注释】　①新台：卫宣公为纳儿媳所修建的建筑物。《水经注·河水》："河水又东迳鄄城县北，……北岸有新台鸿基，层广高数丈，卫宣公所筑新台矣。"故址在今河南濮阳境内。有泚（cǐ）：即"泚泚"，鲜明的样子。泚，为"玼"的借字，《说文》："玼，玉色鲜也。"马瑞辰《毛诗传笺通释》："玼本玉色之鲜，因而色之鲜明者通言玼耳。"②河：黄河。弥（mí）弥：弥漫，这里是形容水盛大。本作"瀰"，"弥"的异体。③燕婉：安和美好的样子。④籧篨（qú chú）：鸡胸。《国语·晋语》："籧篨不可使俯，戚施不可使仰。"韦昭注："籧篨直者，谓疾。戚施疴者（按："疴"原作"瘁"，徐元诰据陈树华之说改）。"《淮南子·修务训》："籧篨戚施，虽粉白黛黑弗能为美者。"高诱注："籧篨，偃也。戚施，偻也。皆丑貌。"朱熹《诗集传》："盖籧篨本竹席之名，人或编以为囷，其状如人之臃肿而不能俯者，故又因以名此疾也。"《说文·竹部》段玉裁注略同，则是指胸突腰直不能弯者。一说蟾蜍，即癞蛤蟆。见闻一多《天问释天》。鲜：善，美。郑玄《笺》："伋之妻，齐女，来嫁于卫。其心本求燕婉之人，谓伋也，反得籧篨不善，谓宣公也。"⑤有洒（cuǐ）：即"洒洒"，高峻的样子。清陈奂《诗毛诗传疏》卷三以为"洒"为"陵"的借字。《释文》："洒，《韩诗》作'漼'。"则为"崔"之借字。"崔"为高大之意。⑥浼（měi）浼：水盛大的样子。⑦殄（tiǎn）：同"腆"，善，美。⑧鸿：旧解为鸟名。闻一多《诗新台鸿字说》认为"鸿"与"籧篨""戚施"为一物，指蟾蜍。离：通"罹"，遭遇，这里指落入渔网中。⑨戚施：一说驼背，一说癞蛤蟆。《太平御览·虫豸部》九百四十九卷《虫豸部》六"蟾蜍"条："《韩诗外传》曰：'鱼网之设，鸿则离（罹）之。嬿婉之求，得此戚施。'薛君曰：'戚施、蟾蜍，……喻丑恶。'"蟾蜍即癞蛤蟆。

【品评】 这首诗讽刺卫宣公霸占儿媳的丑行。《左传·桓公十六年》："初，卫宣公烝于夷姜，生急子，属诸右公子，为之娶于齐，而美，公取之。""急子"即《诗序》所说"伋"。

前两章以"新台"开头，看起来是纯客观的景物描写，但在当时大家都知道"新台"是用来干什么的，所以含有讽刺的意味。霸占儿媳本为丑事，而卫宣公却还大兴土木造高峻之台，可谓无耻至极。河水之盛大，也可理解为暗指宣公丑行之多。每章的后两句又可看作一个意义单元。以齐女的口吻说：本来想求得个好配偶，却嫁了个丑八怪。齐女本来对婚姻怀着美好的憧憬，但现实中却完全破灭，其中应该有不甘、失落，但更多是无奈。而诗就其失落来下笔，以本来之事和确然之事对比，形成一个巨大的反差。在反差中可见宣公的荒唐、卑劣。"鱼网之设，鸿则离之"，《毛传》说："言所得非所求也。"实际是"燕婉之求，籧篨不鲜"的另一种说法。这样反复咏叹"所得非所求"，诗也显得更有韵味。

此诗讽刺卫宣公之丑行，而托之以齐女之口，可谓构思奇妙。牛运震《诗志》说："不说宣公淫而不父，却以老夫少妻为词，丑极正自雅极。台高水深，此何地邪。而公然为鸟兽之行如此。言之欲呕，然立意只是厚，而措辞又何雅妙。"这是一个方面。另一方面，又把宣公比作"籧篨""戚施"，出言辛辣，讽刺颇有力度。

鄘 风

墙有茨

墙有茨①，不可埽也②。中冓之言③，不可道也④。所可道也⑤，言之丑也。

墙有茨，不可襄也⑥。中冓之言，不可详也⑦。所可详也，言之长也⑧。

墙有茨，不可束也⑨。中冓之言，不可读也⑩。所可读也，言之辱也⑪。

【注释】 ①茨（cí）：植物名，蒺藜。一年生草本植物，果实有刺。②埽：通"扫"，扫除。③中冓（gòu）：内室。中冓之言，指内室的丑话。黄焯《毛诗郑笺平议》："传云内冓，犹言内室。'中冓之言'，即闺中暧昧之言。"④道：说。 ⑤所：若，如果。誓词中多用之。如《论语·雍也》："予所否者，天厌之！天厌之！"《左传·僖公二十四年》："所不与舅氏同心者，有如白水！"⑥襄：除去。马瑞辰《毛诗传笺通释》："《说文》：'《汉令》，解衣耕谓之襄。'除与解义相近。"⑦详：细说。⑧言之长：说不尽。⑨束：打扫干净。王先谦《诗三家义集疏》："'束'是总聚之意，总聚而去之，言其净尽也，较'埽''襄'义又进。"⑩读：反复地说。《毛传》："读，抽也。"胡承珙《毛诗后笺》："《笺》云：'抽，犹出也。'此如服虔《左传注》云：'繇，抽也。抽出吉凶也。''繇'与'籀'同，于义皆为抽绎而出之，此古训也。盖道者约言之，详者多言之，读者反覆言之。诗意盖谓约言之尚不可，况多言之乎？况反覆言之乎？三章自有次第。"⑪辱：耻辱。

【品评】 这是一首讽刺贵族荒淫无耻的诗，言宫廷中贵族们的丑事，简直说不得。《诗序》说："《墙有茨》，卫人刺其上也。公子顽通乎君母，国人疾之而不可道也。"《左传·闵公二年》说："初,惠公之即位也,少。齐人使昭伯烝于宣姜,不可,强之。生齐子、戴公、文公、宋桓夫人、许穆夫人。"昭伯即顽,卫宣公庶子。宣姜即惠公之母。当代有的学者认为把父亲的后妻或姜收作自己的妻子,也就是"烝",为"收继婚",是春秋时期家长制家庭的婚姻形态之一,在当时是常事(顾颉刚、童书业等学者有论述)。而就诗本文来看,也看不出与宣姜之事有关联,宋人王质《诗总闻》说:"左氏昭伯之事,寻诗皆无见。"《诗序》牵扯《左传》之说是汉儒"以事证诗"解诗之法。当然《诗序》所谓"卫人刺其上"之说,还是符合诗意的。

诗以"墙有茨,不可埽也"兴起,《毛诗传笺通释》说:"《左氏传》云:'人之有墙,以蔽恶也。'诗以墙茨起兴,盖取蔽恶之意。以墙茨之不可扫,所以固其墙,兴内丑之不可外扬,将以隐其恶也。"兴意隐约。"中冓之言,不可道也",先写结果;"所可道也",再写原因。这自然比先原因后结果的平写更显曲折,也更有意味。牛运震《诗志》:"正申明不可道之义,却用转语,意味便自深长。"诗人似乎有所顾忌,欲言又止,但宫廷生活之丑恶,在这欲言又止中已经揭露出来了。朱熹《诗集传》解释二章"不可详也。所可详也,言之长也"说:"详,详言之也。言之长者,不欲言而托以语长难竟也。"实际三章为互文见意。说讲述"中冓之言"的语言不雅、"中冓之言"说不完、连讲述"中冓之言"的人都觉得羞耻,正把宫廷生活之丑恶作了高度概括。因而,此诗看起来表达很克制,实际讽刺很辛辣。又每章六句,其中五句都以"也"字煞尾,舒缓的语调中表现出激越的情绪。故牛运震评此诗:"平词缓调,深文毒笔。"

诗三章,从表面上看来是复沓的形式,实际上程度不断加强,"埽""襄""束"和"道""详""读"都有意义上的递进,同样"丑""长""耻"从程度上看也是不断加深的。这可以使读者体认到诗人对宫廷荒淫无耻生活的不满、义愤情绪越来越激越。

桑中

爱采唐矣^①？沫之乡矣^②。云谁之思^③？美孟姜矣^④。期我乎桑中^⑤，要我乎上宫^⑥，送我乎淇之上矣^⑦。

爱采麦矣？沫之北矣。云谁之思？美孟弋矣^⑧。期我乎桑中，要我乎上宫，送我乎淇之上矣。

爱采葑矣^⑨？沫之东矣。云谁之思？美孟庸矣^⑩。期我乎桑中，要我乎上宫，送我乎淇之上矣。

【注释】①爰：疑问代词，于何，何处。唐：即菟丝子，寄生蔓草，以藤缠绕豆类植物，秋初开小花，子实可入药。②沫（mèi）：卫邑名。陈奂《诗毛氏传疏》："沫，卫邑。沫者，卫之下邑。……《书·酒诰》'明大命于妹邦'，马融说，谓妹邦即牧野。《说文》云：'坶，朝歌南七十里地。'卫都朝歌，沫为卫南郊邑名，去朝歌七十里，在远郊外矣。沫、妹、牧、坶字并通用。"在今河南淇县南。③云：语助词。谁之思：即"思谁"。④孟：女子之字，古代女子以排行为字。"孟"即长女。姜：姓。这里用贵族姓氏代表美人，是泛指。孔颖达《疏》："列国姜姓，齐、许、申、吕之属。不斥其国，未知谁国之女也。"⑤期：约会。乎：于。桑中：一说地名，亦即桑间，在今河南滑县东北。一说桑林中。胡承珙《毛诗后笺》："而'桑中''上宫'，又历著其地，盖如陈之宛邱、郑之溱洧为男女聚会之所。"⑥要：通"邀"。上宫：一说即楼，指宫室。郑《笺》："与我期于桑中，而要见我于上宫。"马瑞辰《毛诗传笺通释》："以《笺》说推之，桑中为地名，则上宫宜为室名。'孟子之滕，馆于上宫'，赵岐《章句》曰：'上宫，楼也。'古者宫、室通称，此上宫亦即楼耳。"一说地名，在沫邑附近。⑦淇：淇水，在今河南淇县。陈奂《诗毛氏传疏》："'淇之上'即淇水口也。卫之世族居于沫，在淇口之西，取姜氏、弋氏、庸氏之女，皆在淇口之东。此思女之爱厚于我，从濮阳（按今河南滑县东北）之南送至黎阳（按今河南濬县东北）淇口也。《氓》'送子涉淇，至于顿丘'，亦女送男之词。"⑧弋：姓。亦作"姒（sì）"。朱熹《诗集传》："弋，《春秋》或作姒。盖杞女，夏后氏之后，亦贵族也。"⑨葑（fēng）：蔓菁。叶、根均可食。⑩庸：姓。《毛诗传笺通释》："汉有胶东庸生，又有庸光，皆以庸为姓。钱大昕曰：'古庸与阎声近通用。《春秋》定四年《左传》"康叔取于有阎之土，以共王职"，阎即鄘也。《书》"毋若火始焰焰"，梅福上书引作庸庸。此鄘、阎通用之证。'今按阎本卫地，则阎或因地而得姓，后遂通借作庸。"俞樾《群经平议》卷八："庸姓疑即熊姓，……诗人以孟姜、孟弋、孟熊并言，盖耳目闻见此三姓最大也。"

【品评】 这是一首写男女幽会的诗。诗人梦想能与一位美丽的大家女子密期幽会、同游共处。此诗古今论者皆认为是写男女幽会之事，分歧只在于是言自还是言他、纪事还是写思。其实，此诗为诗人自言其所思，三人、三地并非实指。方玉润《诗经原始》说："是诗中人亦非真有其人，真有其事，特赋诗人虚想。所采之物，不外此唐与麦与葑耳；所游之地，不外此沫之乡、沫之北、沫之东耳；即所思之人，亦不外此姜之孟、弋之孟与庸之孟耳。而此姜与弋与庸，则尚在神灵恍惚、梦想依稀之际。"此诗为《诗经》中的名篇，古人以为"郑、卫之音"的代表，多有指斥，皆为封建思想观念作祟。诗反映了微妙的恋爱心理，确实是《诗经》中的佳作。

诗三章前两句，以采摘植物起兴。《诗经》中吟咏爱情、婚嫁、求子等内容多以采摘植物起兴。从全诗来看，兴辞是从声音和情绪上为下文作铺垫，与内容则是一种若即若离的关系。"云谁之思"，曰"孟姜""孟弋"、"孟庸"，好像是美女的典型代表或者符号，说明他所思者如当时出名的贵族大姓女子一样，非常美丽。由此似乎可见男子身份亦为贵族。"期我乎桑中，要我乎上宫，送我乎淇之上矣"，乃悬想之词。这显然是在写梦想，诗人期望自己的恋人如贵族大姓女子，美丽、有地位、有情调——她可以与我在"桑中"约会，她可以邀请我到"上宫"去，她还可以在"淇之上"送我。清人孔广森《经学卮言》卷三："《孟子章句》曰：'上宫，楼也。'桑中，亦杨柳可藏乌之意。"正是男女幽会之所，正可设想为所经历之处。

诗虽然有三章，于三处采摘三种植物、提到三个女子的名字，所写实为一件事，一个梦想。而诗分三章，朱自清说："我以为这三个女子的名字，确实只是为了押韵的关系，但我相信这首歌所以要三迭，还是歌者情感的关系"（《中国歌谣》）。情感的表达需要一定的形式，这也表现在句式上。这首诗每章后三句都是句中含"乎"字的句式，元人卢以纬《助语》："句中央着'乎'字，如'浴乎沂'之类，此'乎'字与'于'字、'夫'字相近，却有咏意。"读起来有一种舒缓、悠远之致，用来表现玄思之幽邈正贴合。

诗将幽会之事写得朦胧、迷离，正与后世所谓"无题诗"同一情调，故方玉润说："此后世所谓无题诗也。李氏商隐诗云'来是空言去绝踪'，又云'画楼西畔桂堂东'，使真有其人在，则又何必为此疑是疑非、若远若近之词，使人猜疑莫定耶？"有人称此诗为"无题诗"之祖，不无道理。

鹑之奔奔

鹑之奔奔①，鹊之彊彊②。人之无良③，我以为兄。
鹊之彊彊，鹑之奔奔。人之无良，我以为君。

【注释】　①鹑：鹌鹑。奔奔：跳行的样子。②鹊：喜鹊。彊（ jiāng ）彊："翔翔"的借字，回旋飞翔的样子。③良：善。

【品评】　这是卫国的公子抱怨、讽刺国君的诗。

"鹑之奔奔，鹊之彊彊"正兴起下文"人之无良"，自然物事的美好恰与社会上的丑恶构成鲜明对比。郑玄《笺》："奔奔、彊彊，言其居有常匹，飞则相随之貌。"也说是自然物事的美好，不过乃出于道德比附。此两句只是写鹌鹑在跳跃、喜鹊在盘旋，其轻盈、闲雅，正足以激发诗人内心的喜悦。而"人之无良"，情绪急转直下，仿佛"兄""君"的秽行破坏了这美好的画面，不得不痛言直斥。

此诗可与《墙有茨》合观。两首诗皆揭露卫之宫廷生活的荒淫，但《墙有茨》是欲言又止，显得较为克制，而此诗直言不讳，几为怒骂。方玉润《诗经原始》："且其词意甚率，未免有伤忠厚。《墙有茨》一章，虽曰直言无隐，而犹作未尽辞；此则直唾而怒骂之，尚可为诗乎哉？"此诗当然不是"乐而不淫，哀而不伤"的含蓄之作，不过正因为其率真、坦露，才更具情感力度。方玉润囿于儒家"温柔敦厚"之诗教观，诋其非诗，自非的论。因为过于含蓄的诗是无法表现强烈的感情的，而有些内容如用含蓄蕴藉的风格来表现，实际上等于抑制、削弱了诗人的情感，也削弱了作品的力量。《诗经》在孔子以前已成书，孔子对它只做了个别篇目归属、个别国风顺序的调整，删去结构和内容上不必要的重复，及订正文字的错讹，于诗篇并无删除，故只是在解说中体现了其"温柔敦厚"的诗学思想。本篇同后面的《相鼠》和《小雅》中的《巧言》《何人斯》《巷伯》都体现出传统诗歌风格的多样性，对后代诗歌创作产生了积极影响。

定之方中

定之方中①，作于楚宫②。揆之以日③，作于楚室④。树之榛栗⑤，椅桐梓漆⑥，爰伐琴瑟⑦。

升彼虚矣⑧，以望楚矣。望楚与堂⑨，景山与京⑩。降观于桑⑪，卜云其吉⑫，终然允臧⑬。

灵雨既零⑭，命彼倌人⑮。星言夙驾⑯，说于桑田⑰。匪直也人⑱，秉心塞渊⑲。騋牝三千⑳。

【注释】①定：星名，二十八宿之一，大约每年夏历十月中旬至十一月初，在黄昏时出现于天空正中，古人在此时营建宫室，故又名之"营室"。《国语·周语》："营室之中，土功其始"。②作于：作为，建造。楚：楚丘，在今河南滑县东。③揆：测量。日：日影。朱熹《诗集传》："树八尺之臬（niè）（杆子）而度其日出入之景（影）、以定东西，又参日中之景，以正南北也。"④楚室：同"楚宫"。⑤树：种植。榛、栗：树名，果实可食，榛实较栗小。⑥椅：即山桐子，落叶乔木。桐：梧桐。梓：楸一类的树，似桐而叶小。漆：即漆树。⑦爰：焉，于是。伐琴瑟：伐木以为琴瑟。马瑞辰《毛诗传笺通释》："琴瑟古多用桐，亦或以椅为之。……陈用之曰：'琴瑟唇必以梓，漆所以固而饰之。'是椅、桐、梓、漆皆为琴瑟之用。若榛、栗，则无与于琴瑟也。诗'爰伐琴瑟'特承上'椅桐梓漆'，谓六木中有可伐为琴瑟者耳。"⑧升：登上。虚：今作"墟"，丘陵。这里指漕墟，即漕邑附近的丘墟。漕邑在今河南滑县南。⑨堂：地名，在楚丘的附近。⑩景山：大山。京：高丘。⑪降：从高处下来。桑：桑田。《毛传》："地势宜蚕，可以居民。"⑫卜：在龟甲上钻孔，再用火烤，以其裂纹来定吉凶。孔颖达《疏》："《大卜》曰：'国大迁，大师，则贞龟。'是建国必卜之。《绵》云'爰契我龟'是也。大迁必卜，而筮人掌九筮，'一曰筮更'，注云：'更，谓筮迁都邑也。'"⑬终然：原作"终焉"，依阮元《校勘记》改。既：是。允：确实，真的。臧：好，善。⑭灵：善，好。既：已经。零：落下。⑮倌人：驾车小臣。⑯星：雨止星见，即天晴。"星"即"姓（qíng）"之假借，《说文》："姓，雨而夜除星见也。"姓即"晴"的古字。言：语助词。夙：早晨。⑰说：同"税"，停车休息。⑱匪：通"彼"。匪直也人，彼直者人。俞樾《群经平议》卷八："'匪直也人'犹云'彼直者人'，古'者''也'二字亦通用。"⑲秉心：操心，用心。塞：诚实。渊：深。王先谦《诗三家义集疏》："《庄子·应帝王》郭注：'渊者，静默之谓。'人静默则心深莫测，而又诚实无为伪，故美之曰塞渊。"⑳騋（lái）：七尺以上的马。牝（pìn）：母马。

《诗集传》："《记》曰：'问国君之富，数马以对。'今言骙牝之众如此，则生息之蕃可见，而卫国之富亦可知矣。"

【品评】 卫为狄人所灭，文公徙居楚丘，营建宫室、劝农课桑，诗人作此诗以美之。卫懿公九年（前660），北方狄人侵入卫国，卫懿公死，卫国灭亡。宋桓公迎接卫国遗民渡河，立戴公于漕邑。戴公即位当年即死，其弟文公继位。鲁僖公二年（前658）齐桓公率诸侯为卫筑城于楚丘，文公乃由漕邑迁于楚丘，卫国逐渐复兴。这首诗即反映了这一历史事实。

此诗纯用赋法，可视为纪事诗。其赋事条理井然。第一章写营建宫室。先总括写，而后不写如何营建，却写测量日影定方位，再写种植树木。如此避实就虚，给读者留下想象的余地。第二章写营建前的观测和占卜。先写地形，再写地宜。《诗集传》解释"降观于桑"说："观之以察其土宜也。"再写占卜。有条不紊。第三章写文公勤于政务，重视农桑畜牧，也颇有层次。而从整篇看，第一章写营建宫室于楚丘，第二章补叙当初之所以选择楚丘的原因，第三章写宫室建成之后的一些事，叙述有远有近，富于变化。虽然在叙述中打乱了惯常的时间链条，但脉络依然清晰。之所以如此，一则全篇围绕营建宫室来写。二则善于呼应："爰伐琴瑟"已在说未来，"终然允臧"也可谓是"骙牝三千"的伏笔。三则详略得当。故整首诗叙事严谨，富于变化，细致而不显累赘。宋人王柏《诗疑》卷一说此诗："最善赋其事"。牛运震《诗志》说："筑室、树木、测量、问卜、课农以及主德、马政，点叙错综却自有伦有体，不板不乱，章法绝精。"

此诗赞美文公，仅"匪直也人，秉心塞渊"直言之，其他皆涵于事实之中。郑玄于"树之榛栗，椅桐梓漆，爰伐琴瑟"下笺曰："言豫备也。"在"升彼虚矣，以望楚矣。望楚与堂，景山与京"下说："慎之至也。"第三章"灵雨既零，命彼倌人。星言夙驾，说于桑田"，是说文公在雨还下着时就命令赶车的小臣备车，天刚放晴，一大早就赶到了桑田。以两个细节来表现其对生产的重视。透过这些具体事实，我们知道文公是一位有远见、处事慎重、勤于政务的贤明君主，亡国之后，短时期内就达到"骙牝三千"的地步，国力得以迅速恢复。此亦可由《左传·闵公二年》的记载得以印证："卫文公大布之衣，大帛之冠，务材训农，通商惠工，敬教劝学，授方任能。元年革车三十乘，季年乃三百乘。"诗以叙事来表现人物，故"匪直也人，秉心塞渊"就不显得虚美，是中肯的评价。而整首诗也显得特别平实、有说服力。

相鼠

相鼠有皮^①，人而无仪^②。人而无仪，不死何为^③？
相鼠有齿，人而无止^④。人而无止，不死何俟^⑤？
相鼠有体^⑥，人而无礼。人而无礼，胡不遄死^⑦？

【注释】 ①相：看。②仪：威仪。指威严的仪表风度，是西周、春秋时期贵族阶层所要求的君子内涵之一。③何为："为何"，为什么。④止：容止。陈奂《诗毛氏传疏》："《笺》云：'止，容止。'《孝经》曰：'容止可观。'《释文》引《韩诗》云：'止，节。无礼节也。'"⑤俟：等待。⑥体：身体。⑦遄（chuán）：速，快。

【品评】 这是一首刺骂时人不遵礼仪的诗。

周人在长期的历史发展中逐渐建立起一套符合贵族利益和需要的礼仪制度，体现在贵族的丧祭、射御、冠婚、朝聘等社会生活之中，也体现在个体的人身上，这就是威仪、礼节、礼仪。《大雅·抑》曰"抑抑威仪，维德之隅""敬慎威仪，维民之则"。《左传·襄公三十一年》北宫文子曰："有威而可畏谓之威，有仪而可象谓之仪。君有君之威仪，其臣畏而爱之，则而象之，故能有其国家，令闻长世。臣有臣之威仪，其下畏而爱之，故能守其官职，保族宜家。顺是以下皆如是，是以上下能相固也。……故君子在位可畏，施舍可爱，进退可度，周旋可则，容止可观，作事可法，德行可象，声气可乐，动作有文，言语有章，以临其下，谓之有威仪也。"可见威仪为"君子"的主要内涵之一。《诗经》赞美君子也多关涉到威仪，《大雅·烝民》称赞仲山甫："仲山甫之德，柔嘉维则。令仪令色，小心翼翼。古训是式，威仪是力。"《小雅·湛露》周王赞美诸侯："显允君子，莫不令德。"威仪与德同等重要。威仪、礼节、礼仪既为贵族特别重视之修养，无威仪、无礼节、无礼仪自然为贵族深恶痛绝。马瑞辰《毛诗传笺通释》："《左传》所载列国君臣不敬之事，多以死决之。"故此诗对无礼仪者，一则说其空有人之形状，实不具备人之内涵，连贪食苟得的鼠辈也不如；再则咒其速死，不配活在世上。

此诗情绪激越，在《三百篇》中绝无仅有。程颐《程氏经说》卷三："相鼠之为物，贪而畏人，举止惊擢无体态，故以兴人之无礼仪。"更说人连鼠且不如，可谓厌恶至极，而厌恶之中更有谴责、痛斥。而下面直接咒其死去，曰"人而无仪，不死何为"，以反问语气凸显情绪。一章说"不死何为"，二章说"不死何俟"，三章说"胡不遄死"。诗人一刻也不能等待，盼其速死而其心方能平。此诗情绪的激越可以与《鹑之奔奔》比较而看出。《鹑之奔奔》谴责卫之统治者说"人而无良，我以为兄""我以为君"，由憎恶而否定其血缘关系、君臣关系，情绪也颇为激越；而此诗则诋其不足为人、咒其速死，憎恶之情更胜一层，情绪更为激越，故牛运震《诗志》说："痛呵之词几乎裂眦。"

载驰

载驰载驱①，归唁卫侯②。驱马悠悠③，言至于漕④。大夫跋涉⑤，我心则忧。

既不我嘉⑥，不能旋反⑦。视尔不臧⑧，我思不远⑨。既不我嘉，不能旋济⑩。视尔不臧，我思不閟⑪。

陟彼阿丘⑫，言采其蝱⑬。女子善怀⑭，亦各有行⑮。许人尤之⑯，众稚
且狂⑰。

我行其野⑱，芃芃其麦⑲。控于大邦⑳，谁因谁极㉑？大夫君子，无我
有尤㉒。百尔所思㉓，不如我所之㉔！

【注释】①载：发语词。驰、驱：车马疾行。②唁：慰问死者家属，吊失国曰唁。卫侯：指卫文公。③悠悠：遥远的样子。④言：语助词。漕：卫邑名。见《定之方中》注释。⑤大夫：指赶来阻止许穆夫人赴卫的许国诸臣。跋涉：行走急遽。⑥既：尽，都。嘉：赞同。不我嘉，即"不嘉我"。⑦旋：还，回去。反：同"返"。⑧尔：你们，指许国大夫。臧：善。⑨思：想法。远：迂远。方玉润《诗经原始》："然而我之所思，则并非迂远难行之事，亦非閟塞不通之谋。"⑩济：渡水。⑪閟（bì）：闭塞不通。⑫陟（zhì）：登。阿丘：一边高的山丘。⑬蝱（méng）：贝母草。可入药，古人以为可治郁积之症。⑭善：多。明人杨慎《升庵经说》卷四："古书'善'字训'多'。《毛诗》'女子善怀'，《前汉志》'岸善崩'，《后汉纪》'蚕麦善收'，《晋春秋》'陆云善笑'，皆训多也。"怀：思念。善怀，多思念故国。⑮行：道、道理。⑯许：许国，是周初武王所封的一个小国，故址在今河南许昌一带。尤：通"訧"，反对。⑰众：既。清人王引之《经义述闻》卷五："'众'当读为'终'，'终'犹'既'也。'终温且惠'，既温且惠也。……'终稗且狂'，既稗且狂也。此诗之例也。古字多借'众'为'终'"。稚：幼稚。狂：愚妄。以上四句，王先谦《诗三家义集疏》说："女子多思念其父母之国，如《泉水》《竹竿》皆然。夫人自明我之思归，与它女子异，亦各有道耳。而许人例以恒情，责以常礼，是稚且狂也。"⑱野：指卫国原野。⑲芃（péng）芃：茂盛的样子。⑳控：赴告。马瑞辰《毛诗传笺通释》："《一切经音义》卷九引《韩诗》曰'控，赴也'是也。赴、讣古通用。……《既夕》《注》：'赴，走告也。''控于大邦'即谓走告于大邦耳。"㉑因：依靠。马瑞辰说："《春秋》隐十年《公羊传》：'宋人、蔡人、卫人伐戴，郑伯伐

取之。其言伐取之，易也。其易奈何？因其力也。因谁之力？因宋人、蔡人、卫人之力也。'是因谓因人之力。此诗言知大国谁能力助之，故言'谁因'。"极：至，指来救援。谁因谁极，是说许穆夫人欲把狄人灭卫之事控告于大国，以图挽救，但哪个大国可以因依，哪个大国来救援呢？㉒无我有尤：不要再反对我了。无，同"毋"。有，同"又"。㉓百尔：即"尔百"。百尔所思，指你们有千百个主意。㉔之：往。

【品评】 许穆夫人念故国覆亡，不能往救，赴漕吊唁，又为许大夫所阻，因赋诗以言志。

此诗为《国风》中唯一一篇作者明确的作品。《左传·闵公二年》："许穆夫人赋《载驰》。"故许穆夫人应该为我国可知的最早的女诗人。《左传·闵公二年》："初，惠公之即位也，少。齐人使昭伯烝于宣姜，不可，强之，生齐子、戴公、文公、宋桓夫人、许穆夫人。"是许穆夫人为顽与宣姜所生，据学者推测，她大概生于公元前690年。《左传·闵公二年》："冬十二月，狄人伐卫。……及狄人战于荧泽，卫师败绩，遂灭卫。……文公为卫之多患也，先适齐。及败，宋桓公逆诸河，宵济。卫之遗民男女七百有三十人，益之以共、滕之民为五千人，立戴公以庐于曹。"戴公立之不足一月而亡，文公即位。许穆夫人听到故国覆亡的消息，快马加鞭赶往卫国吊唁，但遭到许国大夫的阻挠。因为按照礼制规定："国君夫人父母在则归宁，没则使大夫宁于兄弟。"（《邶风·泉水》郑玄《笺》）许穆夫人愤而为此诗。

许穆夫人是否到卫国，古今论者有分歧，《诗序》："许穆夫人闵卫之亡，伤许之小，力不能救，思归唁其兄，又义不得，故赋是诗也。"认为人并没有到卫国，此后论者多从之，认为诗中所写"载驰载驱""驱马悠悠，言至于漕""我行其野"等均为设想之词。但王先谦于《诗三家义集疏》中说："服虔注《左传》云：'言我遂往，无我有尤也。是夫人竟往卫矣。'或疑夫人以义不果往而作诗。今按'驱马悠悠''我行其野'，非设想之词，服说是也。如夫人未往，涉念即止，乌有举国非尤之事？若既已前往，则必告之许君而决计成行，亦无忽畏谤议，中道辄反之理。惟其违礼而归，许人皆不谓然，故夫人作诗自明其行权而合道，且其忧伤宗国，感念前言，……"王说有理。但许穆夫人最终是否到了漕邑却不得而知。

此诗构思巧妙，以赴卫途中受许国大夫阻挠结撰全篇。第一章先言赴卫之目的，再言奔赴的具体目的地。"大夫跋涉，我心则忧"，为何而忧，暂不说破。但此二句实际为本诗的筋骨，陈奂《诗毛氏传疏》曰："下章云'视尔不臧，我思不远''视尔不臧，我思不閟'，末章云'百尔所思，不如我所之'，皆本此意而申说之。"第二章承"大夫跋涉，我心则忧"而言，许国大夫不赞成自己"归唁卫侯"，急匆匆赶来阻挠，但我绝不会回去。两个相同的结构形式，把决绝的态度表现更加突出。第三章之"采蝱"，亦写忧。因忧之阔大，诗人几不能承受，故希望疗忧。也可看作故意荡开一笔。"女子善怀，亦各有行"，为自己辩解，但也有责怪许国大夫"稚且狂"的意味，故下面两句明言之。宋人吕祖谦《吕氏家塾读诗记》："'众稚且狂'，非真指许人以为稚狂，盖言我忧患如此之迫切，彼方且尤我之归，意者众人其幼稚乎？其狂惑乎？不然，何其不相体悉、不识缓急，一至于是也！"故"众稚且狂"正是情急之语，正可见诗人内心之焦急。第四章开始又荡开一笔，写麦之茂盛，虽为即目所见，但也暗示自己内心忧之盛大，实际仍然在写忧。"控于大邦"，是许穆夫人的打算，似是有希望的事，但"谁因谁极"，无处赴告，又是失望。而结尾两句是请求，则态度坚决。故牛运震《诗志》评此诗说："控于大邦以报亡国之仇，此一篇本意，妙于卒章说出。而前则吞吐摇曳，后则低徊缭绕，笔底言下真有千百折也。"

此诗或明志、或写忧、或嗔怪、或请求，感情特别丰富，也特别感人，近人陈延杰《诗序解》说："此篇写其伤宗国之灭，苦语真情，颇微婉动听，千载下读之，亦不绝悲怆生于心。"《左传》载齐桓公率领诸侯为卫文公建城于楚丘，陈奂说："《左传》称齐侯使公子无亏戍曹系在赋《载驰》之下，意者诗有以感发乎？"此说不能说无谓，可见此诗在当时已为人们所重视。

卫 风

硕人

　　硕人其颀①，衣锦褧衣②。齐侯之子③，卫侯之妻④，东宫之妹⑤，邢侯之姨⑥，谭公维私⑦。

　　手如柔荑⑧，肤如凝脂⑨，领如蝤蛴⑩，齿如瓠犀⑪，螓首蛾眉⑫。巧笑倩兮⑬，美目盼兮⑭。

　　硕人敖敖⑮，说于农郊⑯。四牡有骄⑰，朱幩镳镳⑱，翟茀以朝⑲。大夫夙退⑳，无使君劳㉑。

　　河水洋洋㉒，北流活活㉓。施罛濊濊㉔，鳣鲔发发㉕，葭菼揭揭㉖。庶姜孽孽㉗，庶士有朅㉘。

【注释】①硕人：身材高大的人。这里指庄姜。硕、美为先秦时期赞美男女的通词。其颀（qí）：即"颀颀"，修长的样子。②衣（yì）：动词，穿。锦：锦衣。褧（jiǒng）衣：妇女出嫁时御风尘用的麻布罩衣，即披风。③齐侯：指齐庄公。子：女儿。④卫侯：指卫庄公。⑤东宫：指太子得臣。东宫为太子的住所，故用来代指太子。这句是说庄姜与太子同母所生，皆为嫡出。⑥邢：国名，故址在今河北邢台。姨：男子称妻子姊妹为姨。⑦谭：国名，故址在今山东济南东南。维：是。私：女子谓姊妹之夫为私。⑧荑（tí）：初生白茅的嫩芽。见《静女》篇注释。⑨凝脂：凝结的油脂。因其洁白滑腻，故用来形容皮肤。⑩领：脖子。蝤蛴（qiúqí）：天牛的幼虫，色白身长。⑪瓠犀：葫芦的籽。用来形容牙齿的洁白整齐。⑫螓（qín）：蝉的一种，较小，方头广额，身有彩纹。又名"蜻蜻"。这里用来形容额头宽阔。

蛾：蚕蛾。蛾子触须细长而曲，故用来形容女子之眉。一说"蛾"通"娥"，美好。⑬倩：笑时两颊上出现的酒窝。⑭盼：眼珠黑白分明的样子。⑮敖敖：身材高大的样子。⑯说：同"税"，停车休息。农郊：近郊。王先谦《诗三家集义疏》："夫人入竟（境），税于此以待郊迎。"⑰四牡：驾车的四匹雄马。有骄：即"骄骄"，健壮的样子。⑱幩（fén）：以红绸缠于马口旁铁上，行则飘扬，若为马扇汗，故又名扇汗。镳（biāo）镳：盛多的样子。⑲翟：长尾野鸡。茀（fú）：车蔽。孔颖达《疏》："妇人乘车不露见，车之前后设障以自隐蔽，谓之茀，因以翟羽为之饰。"一般以竹席为之。翟茀，装饰有野鸡羽毛的车蔽。此代指车。朝：朝见。王先谦说："以朝者，……夫人初见，有朝见国君之礼也。"⑳夙：早。㉑君：卫侯。以上两句似为主持婚礼者所说。㉒河：黄河。洋洋：水势盛大的样子。㉓北流：黄河在卫东齐西，北流入海。活（guō）活：水流声。㉔施：设，撒开。罛（gū）：渔网。濊（huò）濊：撒网入水声。㉕鳣（zhān）：鳇鱼。一说大鲤鱼。鲔（wěi）：鲟鱼。一说鲤属。发（bō）发：鱼尾击水之声。一说盛多的样子。㉖葭（jiā）：芦苇。菼（tǎn）：荻苇。揭揭：芦荻修长的样子。㉗庶：众多。庶姜：指随嫁的姜姓众女。西周、春秋时期，诸侯之女出嫁，常以姊妹或宗室之女从嫁。孽孽：衣着华丽的样子。㉘庶士：指送嫁的诸臣。有朅（qiè）：即"朅朅"，勇武的样子。

【品评】 庄姜初嫁到卫国，卫人称赞其出身之贵、仪容之美、车马之备、从嫁之盛。

此诗铺叙层次分明，行文有序。第一章先勾勒庄姜整体形象，再介绍身份。牛运震《诗志》说："首二句一幅小像，后五句一篇小传，五句有次序，有转换。"第二章工笔细描其容貌之美，神情之顾盼有姿。第三章写其"说于农郊"，因及车马，再写朝君。四章写来嫁时所历之景，以从嫁众女、众士作结。第四章各写一事，由重及轻，规划严谨。

以语言文字写美人最难。太虚，诗人审美无从体现；太实，了无生气，几成木偶，缺乏想象空间。此诗之妙在于对虚实拿捏得恰到好处。"齐侯之子"五句写庄姜身份，铺排繁复，不如此不足以显示其出身之高贵；二章描摹庄姜之貌美，铺排七句，细腻到无以复加的地步。但整饬中又有变。前四句句式相同，各写一项，第五句一句写两项，第六、七两句写神情，化实为虚，正是点睛之笔。前五句是工笔重彩，后两句是泼墨写意。若无前五句的铺排，美人形象则过于缥缈；若无后二句，则美人无生气，无灵气。如此虚实相间，令人似闻其曼妙之笑声、似见其顾盼之神采。前五句句句设色，后两句不着色，而更显得色彩绚烂。而第三章之"四牡有骄，朱帻镳镳，翟茀以朝"、第四章之"庶姜孽孽，庶士有朅"，前者以物写人，后者以他人来衬托，仍写庄姜，见其身份之高贵。此为侧面描写，是虚写。关于第四章，宋人范处义《诗补传》卷五："此章以河之流喻齐国之盛大，以施罟喻庄公求昏于齐，以鳣鲔喻庄姜来归于卫，以葭菼喻亲迎礼容之盛。"所言极是。在《诗经》中河流、网鱼、钓鱼常为爱情、婚嫁所取之象。然从写庄姜一面观之，又可谓以景来衬人，是虚写。奔腾的河水、抛撒的鱼网、跳跃的鱼儿、修长的芦荻，或具动感，或有生机，恰可用来暗示庄姜之神采、风姿。"硕人其颀""硕人敖敖"是整体的勾勒，且由重复而被强调。整体形象虽为简笔勾勒，却是诗人所要突出的。此与第二章的局部细笔又是虚与实的关系，虚实互渗，一个饱满的美人形象跃然纸上。

清人陆次云《尚论持平》卷一说："吕愚庵曰：'诗咏妇人姿色，莫过于《君子偕老》《硕人其颀》。'"《君子偕老》写美人，写其仪容之美、服饰之美，从整体来看是放在赞颂的情绪中写的，故说其可与"君子偕老"，说"展如之人兮，邦之媛兮"；《硕人》则是把美人放在婚嫁中来写，也就是说此诗主旨为写庄姜出嫁之事。二者表达意图不同，故诗之风格不同，美人形象也不同。《君子偕老》中的美人，不仅美丽，而且稳重、深沉；而庄姜，美丽之外，更见其高贵之气质、万种之风情。

氓

氓之蚩蚩①，抱布贸丝②。匪来贸丝③，来即我谋④。送子涉淇⑤，至于顿丘⑥。匪我愆期⑦，子无良媒。将子无怒⑧，秋以为期。

乘彼垝垣⑨，以望复关⑩。不见复关，泣涕涟涟。既见复关，载笑载言⑪。尔卜尔筮⑫，体无咎言⑬。以尔车来，以我贿迁⑭。

桑之未落，其叶沃若⑮。于嗟鸠兮⑯，无食桑葚⑰！于嗟女兮，无与士耽⑱！士之耽兮，犹可说也⑲。女之耽兮，不可说也。

桑之落矣，其黄而陨⑳。自我徂尔㉑，三岁食贫㉒。淇水汤汤㉓，渐车帷裳㉔。女也不爽㉕，士贰其行㉖。士也罔极㉗，二三其德㉘。

三岁为妇，靡室劳矣㉙；夙兴夜寐，靡有朝矣㉚。言既遂矣㉛，至于暴矣㉜。兄弟不知，咥其笑矣㉝。静言思之㉞，躬自悼矣㉟。

及尔偕老㊱，老使我怨㊲。淇则有岸，隰则有泮㊳。总角之宴㊴，言笑晏晏㊵。信誓旦旦㊶，不思其反㊷。反是不思㊸，亦已焉哉㊹！

【注释】 ①氓（máng）：由外地流动来的人。《孟子·公孙丑上》："则天下之民皆悦而愿为之氓矣。"段玉裁《说文解字注》于"氓"字下引此，并云："按此则'氓'与'民'小别，盖自他归往之民则谓之氓。故字从民亡。"又《万章下》："君之于氓也，故周之。"焦循《孟子正义》说："不言君之于民而言氓者，氓是自他国至此国之民，与'寄'之义合。"又《滕文公上》："远方之人闻君行仁政，愿受一廛而为氓。"可见"氓"虽有"民"的意思，但特指由别国迁来或流窜来的人。正由于这样，姑娘才对他了解不够，姑娘家中也不愿意（由下文"子无良媒"可知）。蚩（chī）蚩：嬉笑的样子。《韩诗》作"嗤嗤"，同。②布：《毛传》："布，币也。"孔颖达《疏》说："此布币谓丝麻布帛之布。币者，布帛之名。"后人或误作"泉布"之

"布"。马瑞辰《毛诗传笺通释》说："布与丝对言，宜为布帛之布。"并引《盐铁论》文字："古者市朝而无刀币，各以其所有易无，抱布贸丝而已。"孔颖达《疏》说："知此布非泉而言币者，以言抱之，则宜为币，泉则不宜抱之也。"贸：易，交换。③匪：通"非"，不是。④即：就，接近。⑤子：你，对男子的美称。淇：水名，在卫都朝歌（今河南省淇县）以东流入黄河。⑥顿丘：地名。魏源《诗古微》："淇水、顿丘皆卫未渡河故都之地。"其说是。⑦愆（qiān）期：延期，超过了时间。⑧将（qiāng）：请。⑨乘：登上。垝（guǐ）：毁坏，颓塌。垣：墙。⑩复关：陈奂《诗毛氏传疏》说："復，反也，犹来也。关，卫之郊关也。""望"指望氓，由下句"载笑载言"可知。或以"复关"为地名、关名。但如为地名或关名，则不至忽而看得见忽而看不见，也不至于看不见则哭泣流涕，能看见则又说又笑。故知其说误。⑪载：则，就。⑫尔：你，指氓。此承上"既见复关"而言。卜：指用龟卜。用火灼龟甲，由甲上的裂纹来判断吉凶。筮（shì）：用蓍（shī）草的分合排比来占卜。⑬体：卦体。咎言：不吉利的话。上两句反映出氓为了说动女子早日完婚所做的工作。诗中是从女子口中说出，实质上是氓向女子所说。⑭贿：财物，这里指嫁妆。迁：搬走。⑮沃若：润泽的样子。若，词尾，同"然""如"通用。⑯于嗟：感叹之词。"于"同"吁"。鸠：斑鸠。"鸠""仇"上古之音相同，"仇"为配偶之意，故诗中常以"鸠"喻配偶、恋爱者。⑰桑葚（shèn）：桑树的果实。《毛传》："鸠，鹘鸠也。食桑葚过，则醉而伤其性。"这里比喻女子不应过分沉溺在爱情之中，而应有理智。⑱耽："酖"的假借字，沉溺。⑲说："脱"的假借字，摆脱，解脱。⑳陨：落下。"黄而陨"比喻色衰爱弛。㉑徂（cú）：往。徂尔：到你家。㉒三岁：指多年。"三"是虚数，言其多。㉓汤（shāng）汤：水势大的样子。㉔渐（jiān）：浸湿。帷裳：车帷。妇女所乘坐车上所挂。㉕爽：差错。过失。㉖贰其行：行为前后不一。《大雅·大明》："上帝临汝，无贰尔心。"贰其心、贰其行，用法同。郑玄《笺》释此句为"而复关之行有二意"，有欠确切。孔颖达《疏》释作"二三其行于己"。其说是。马瑞辰《毛诗传笺通释》据《尔雅·释训》"晏晏、旦旦，悔爽忒也"，及郑玄《笺》释上句的"爽"作"差忒"，以此句的"貳"为"貣"字形误，"贳"又为"忒"之假借。意虽可通，而稍嫌迂曲。㉗罔：无。极：准则。"罔极"即没有定准，反复无常。㉘二三其德：指情感不专一，三心二意。㉙靡室劳：不以家中之事为劳苦。郑玄《笺》："言不以妇事见困苦。"㉚靡有朝：言非一朝一夕，天天如此。郑玄《笺》："无有朝者，常早起夜卧，非一朝然。言己亦不解惰。"㉛言：语助词，无义。既：已经。遂：成功，安定。曾运乾《毛诗说》解此句作"言我既安然为汝妇矣"。㉜暴：凶暴。就氓对妻子的态度而言。㉝咥（xì）：大笑的样子。王先谦《诗三家义集疏》："兄弟今见我归，但一言之，皆咥然大笑，无相怜者。"㉞言：语助词，无义。㉟躬：自身，自己。悼：伤心。㊱及：与，和。偕老：夫妻共同生活到老。这一句是成婚时双方的誓言。㊲老使我怨：此句承上句有所省略，言"偕老"之说只有使我怨恨。朱熹《诗集传》解此句作"不知老而见弃如此"。但女子之被弃，尚未至老时。㊳隰（xí）：低而潮湿的地方。泮：通"畔"，岸边。《楚辞·九叹》："丛林之下无怨士兮，江河之畔无隐夫。"畔即水边之意。以上二句是反衬自己的怨恨无穷（因为氓变得十分凶暴）。㊴总角：结发。《毛传》："总角，结发也。"《礼记·内则》："妇事舅姑，如事父母。鸡初鸣，……笄总，衣绅。"陈奂《诗毛氏传疏》："《传》意《诗》之'总角'即《内则》之'总'，不必就女子未笄时言也。"白居易《井底引银瓶》"暗合双鬟逐君去"正即指此。宴：安乐。㊵晏晏：和悦。㊶信：诚挚。旦旦：明明白白。朱熹《诗集传》："旦旦，明也。"㊷不思：想不到。反：翻变，反复。曾运乾《毛诗说》："'反'读为'翻'，犹言翻变也。言当言笑矢誓之时，不思后此有此翻变也。"㊸是：指誓言。"反是不思"，重复上句"不思其反"，以强调悔恨的心情。变化句式以叶下"哉"字之韵。㊹已：止，罢了。已焉：到此为止。曾运乾《毛诗说》："既反是而不思矣，惟有两情决绝耳。"

【品评】　这是一首弃妇诗，写一个卫地女子同一个外地男子（古称由他国所来之人为"氓"）相识后，男子利用女子的诚挚感情，避开她的家长，一再催逼女子与之早日成婚。女子陷入情网之中，答应其要求，随他远嫁。

婚后女子承担着沉重的家务劳动，而男子对她暴虐相待，最后女子被弃回娘家。诗从氓催促成婚叙起，截取其中最具对照性的情节。郑玄《笺》中说："季春始蚕，孟夏卖丝。"则氓假装换丝而再次来找姑娘，是在四月间。他们的认识应在当年三月上巳节淇水边上男女欢会之时（从诗中所反映氓的情况看不会早在先一年四月抱布贸丝之时。关于卫国淇水边上男女欢会的情形，可参看孙作云《诗经恋歌发微》）。

这是我国最早的一首叙事诗。过去学者们误认为是从男女双方开始恋爱写起，至女子被弃结束。其实，这首诗是选择了故事中几个片段，诗的前半侧重叙事，后半侧重抒情，在抒发婚变后悲愤心情时补叙了婚后的状况。诗用第一人称手法，完全以姑娘倾诉的方式表现，抒情性更强。我们首先应知道的是，这首诗一开头所写"氓之蚩蚩，抱布贸丝"是在他们认识，并且几次提出成亲而被女方家长拒绝之后，氓又假装成抱布换丝的人再次催逼女子尽快成婚的。何以见得？这次催逼并未成功，但心地善良的姑娘心中有所不安，因而偷偷送这个青年一直过了淇水，到顿丘之地，并且说：不是我不答应，而是你没有请上好的媒人。可见，这个青年不是光明正大请媒人上门提亲，而只是私下里引诱姑娘。姑娘比较单纯，这个青年则颇有心计，就像小流氓引诱纯真少女一样，行为、手段并不正派。"氓"是指外地来的人，非本地人。自然，女方家长不太了解他，不急于答应，也是情理中事。他们是怎么认识的，诗中并没有写。但大家知道，上古之时卫国每年三月上巳节（三月的第一个巳日）在淇水边上有青年男女欢会的习俗。《鄘风·桑中》《卫风》的《淇奥》《有狐》中即透露出这种消息。《桑中》诗说："爰采唐矣，沬之乡矣。云谁之思，美孟姜矣。期我乎桑中，要我乎上宫，送我乎淇之上矣。"诗中这一对男女是在淇水边上认识并相恋的。《淇奥》的抒情主人公为一女子，她对一个男子"终不可谖（忘记）"，而诗的开头即说"瞻彼淇奥（水隈），绿竹猗猗"，因淇水而想起，《有狐》也是写一个女子对她心上人无衣无裳担忧，诗三章，也都提到"淇梁""淇厉""淇侧"。《氓》诗中也两次写到淇水，一次是劝慰男子而送之"涉淇"，一次是被休回家中，写到"淇水汤汤"，这当中有着很多美好的回忆。

诗的第二章写姑娘等待氓，换一个角度，正面地写了姑娘对爱情的真挚之情。同时写氓对姑娘的种种诱惑性话语。姑娘说："以尔车来，以我贿迁。"她如何同父母兄弟强争，都略去不谈。由以上姑娘的期待之情与高兴劲，已可以看出姑娘因为歉疚所作"秋以为期"的许诺后，急于兑现诺言的心情，一个真诚少女的形象跃然纸上。

第三章不是接着写到男子家后的生活状况，而是突兀地喊出她的沉痛教训。这种衔接真给人以"一步走错，后悔莫及"之感，她呼吁天下的女子，千万不能轻易地交往男子，不能被其表面的热情真诚所迷惑而沉溺在爱情之中。第四章、第五章概括地述说婚后的苦难遭遇及被休弃回家的下场。但这两章并非以时为序具体讲述氓态度的变化过程和自己所受痛苦，而是将自己的辛苦同氓对她的态度进行比较，同时也写到自己落得这样的下场后娘家兄弟对她的嘲笑，于无形中显出她当时固执不听劝阻、一心要跟从此男子的状况。这两章中具有强烈的多重对比性。

婚变是诗的抒情主人公所不希望的，然而她最后说"及尔偕老，老使我怨"，说明她在氓的家中实在待不下去了，这就给读者在上章"至于暴矣"的"暴"字上留出很大的想象空间。

"总角之宴，言笑晏晏，信誓旦旦"，结婚时氓的山盟海誓，使她错误地跨出了最后关键的一步。第六章突出表现的是这一层意思，与第三章呼应，而感情更为强烈。这当中既有对自己当时过于单纯的悔恨（"不思其反"，"其"指氓的誓言），也表现了醒悟之后的决绝。

此诗叙事与抒情相结合，善于剪裁，在大体以时的叙述中，根据情绪变化有所调整，有穿插，有回顾，以情驭文，是一篇抒情性很强、有着强烈感染力的叙事诗。

芄兰

芄兰之支①，童子佩觿②。虽则佩觿，能不我知③。容兮遂兮④，垂带悸兮⑤。

芄兰之叶，童子佩韘⑥。虽则佩韘，能不我甲⑦。容兮遂兮，垂带悸兮。

【注释】 ①芄（wán）兰：今名萝藦。一种多年生草质藤本植物，卵状心叶，果状如羊角，或如锥形，长8—9厘米，径2厘米。陆玑《诗草木虫鱼疏》："一名萝藦，幽州人谓之雀瓢。"王先谦《诗三家义集疏》引焦循说："即今日田野间所名'麻雀官'者，其结英形与解结锥相似，故以起兴。"支：通"枝"，指果实，因其出于叶间，似枝。②童子：未成年男子。佩：带着。觿（xī）：解结锥，古代成人之佩。沈括《梦溪笔谈》说："觿，解结锥也。芄兰生英支于叶间，垂之正如解结锥。"姚际恒《诗经通论》中说："上古或用角，故字从角，后以玉为之。今世有传者，大小不等，其身曲而末锐，俗名解锥。"20世纪五十年代以前陇南农村有的青年尚佩戴之，用以剜核桃，名"剜核桃刀子"。农村青年佩戴这些东西和铜烟锅，颇似城市中青年在裤子带上带多功能刀子之类，多少显示成人的精干和独立性，表明已参与生产与交际活动。这句是说："当年的童子，今已佩觿。"诗人对这个小伙在几年以前是熟悉的，故下文说："虽则佩觿，能不我知。"③能不我知：能不认识我吗？知，知道，认识。朱熹解"能"为才能，陈奂解"能"为"而"，俱不可从。④容兮遂兮：装模作样，一本正经。容，有容，摆出了成人的样子。《小雅·楚茨》："跻跻跄跄。"郑玄《笺》："有容，言威仪敬慎也。"遂，从容的样子。⑤悸：颤动。《说文》："悸，心动也。"这里指由于内心激动，虽然装得一本正经，但其垂带也在抖动，可见其内心不能平静。⑥韘（shè）：一名决，俗名扳指，射箭时套在右手指上钩弦的用具。《梦溪笔谈》中说："疑古人为韘之制，亦当与芄兰之叶相似。"《说苑·修文篇》："能治烦决乱者佩觽，能射御者佩韘。"则也是成人所佩。⑦甲：借作"狎"，熟悉相好的意思。《毛传》："甲，狎也。"《韩诗》作"狎"。《尔雅·释诂下》："狎，习也。"《说文》："狎，犬可习也。"引申为凡相习之称。《礼记·曲礼上》："贤者狎而敬之，畏而爱之。"郑玄注："狎，习也，近也。谓附而近之，习其所行也。"与今日"狎"字意思不同。这句是说：以前（小时候）长在一起，对我能不熟悉吗？《左传·襄公六年》："宋华弱与乐辔少相狎。长相优，又相谤也。"用法相同。

【品评】 这首诗是一个姑娘在见到小时候十分熟悉的伙伴，他刚刚进入青年阶段，因久未见面显得一本正经，姑娘因而歌之加以嘲笑。首先，从"佩觽""佩韘"看，所写这个小青年不是劳动人民的孩子，而是贵族子弟。同时，如果是劳动人民的孩子，小家小户，经常见面，就不会有诗中所写的情感反应。其次，"佩觽""佩韘"是成人的标志，诗中言"童子佩觽""童子佩韘"，乃是说这个青年在诗人眼中还是一个童子，几年不见，想不到已成一个大小伙。这个青年因为贵族之家礼教上的影响，见到小时候一起玩过的女孩子，有些羞涩，有些激动。《诗序》说："《芄兰》，刺惠公也，骄而无礼，大夫刺之。"郑玄《笺》说："惠以幼童即位，自谓有才能而骄慢于大臣，但习威仪，不知为政以礼。"《诗序》当是就用诗言之，是当时有人借此诗以讽刺卫惠公，所谓"赋诗断章，余取所求"也。由训诂入手而准确解读文本，诗情自见。

在《国风》所有情诗中，无论反映的情节还是表现情感情绪的着眼点，此诗都十分独特。

古人注意到女子七岁换牙，二七一十四岁开始青春发育，男子八岁换牙，二八一十六岁开始青春发育。青春期前后同龄青少年男性开始产生成人意识之时，女子在思想上已较为成熟。本诗所写，正是在这个阶段上的一对青少年，数年不见之后，姑娘见到当初的小男孩俨然一副成人的模样，既摆出庄重的样子，又表现出难以掩饰的情绪波动。是什么使他们忽然变得陌生起来呢？是从周初以来逐渐被完善并不断被强化的礼教。据《礼记·内则》，贵族之家女子至十岁即不能随便出门，十五岁即可以许嫁订婚。那么，诗中抒情主人公同所写男子的未能见面，应在六年以上。而就在这几年当中，小伙一下长大，虽然同小时候玩伴见面，也有一道无形的墙横亘其间，不便如小时一样说话。

闻一多《风诗类钞》说："觿与韘是成人随身佩带的工具，童子佩了觿韘，是已经成年的表征。'知'是男女间私相爱恋，与普通'知'字的涵义不同。"其说甚是。唯他说"这时的风俗对于未婚的青年男女，社交似乎是自由的"，同诗中所反映及当时状况不甚附合。

诗中两人的关系，可能是邻居，也可能是姑表兄妹或姑表姐弟。这可能是他们小时十分熟悉的原因。作为贵族女子，见到长时间未能见面的小时伙伴，以有亲属关系的可能性为大。因为男子在进入成人之后，会代表父母向姑、舅、姨之类亲戚行礼问好，这就有重见的机会。又：芄兰为蔓状藤本植物，而《诗经》中常以蔓状植物比喻亲戚关系，或者说血缘关系。如《王风·葛藟》："绵绵葛藟，在河之浒。终远兄弟，谓他人父。"《小雅·頍弁》："岂伊异人，兄弟具来。茑与女萝，施于松上。"《周南·葛覃》则是以长长蔓延的葛条比喻已出嫁到别家的女子。此处则以芄兰为喻，除芄兰的蓇葖果和叶分别似觿和韘之外，似也有暗喻其亲戚关系的因素。宋代周密《齐东野语》等书所记陆游同唐婉的故事，明代李祯《剪灯余话》中的《凤尾草记》，明代李诩（或言元代宋梅洞）的《娇红记》（见《鸳渚志馀雪窗谈异》），清代沈复《浮生六记》，所记都是姑表兄妹或姐弟间的爱情故事。因为在严格的封建礼教下，青年男女没有自由恋爱的机会，所以，除了所谓的"一见钟情"式之外，便是在记忆中寻找儿时的友谊。本诗并未写出故事，却用诗的灵动反映出了这类恋爱类型中的一段情感波动，因而十分耐人玩味。与之相近的是《齐风·甫田》之第三章。彼云："婉兮娈兮，总角丱兮。未几见兮，突而弁兮。""丱"是指梳着两小如羊角的小丫丫，"弁"则是指到了二十岁（虚岁），行了冠礼，戴了冠。这首诗的抒情主人公也是一个女子，所写对方为几年不见、却已加冠成人。只是这首诗只写出眼前所见人物同记忆中印象的不同，却未能写出对方的情绪的微妙变化及抒情主人公对对方的情感反应和态度。两相比较，更可见出这首小诗艺术上的耐人寻味。

本诗两章，用重章叠句的形式，但每章前四句每句各换一字，而且第三句是变化第二句以表转折，语言显得十分明白顺畅，而后二句则上下两章全同，这两句正是指出对方那一般人难以发现的情绪变化。取材之巧、剪裁之妙、语言之细，出神入化。这种天籁令后代无数诗人搜索枯肠、尽心雕凿成的精心之作都大失光彩。

伯兮

伯兮朅兮①，邦之桀兮②。伯也执殳③，为王前驱④。

自伯之东⑤，首如飞蓬⑥。岂无膏沐⑦，谁适为容⑧。

其雨其雨⑨，杲杲出日⑩。愿言思伯⑪，甘心首疾⑫。

焉得谖草⑬？言树之背⑭。愿言思伯，使我心痗⑮。

【注释】①伯：古称平辈中年长者，此处指丈夫。朅（qiè）：勇武的样子。②桀：通"杰"。③殳（shū）：梃杖之类的兵器，用竹子或木头制成，以当时的尺度衡量长一丈二尺，无刃，一端有尖有棱。执殳者为旅贲，即国君的侍卫。可知作者的大夫是贵族子弟。④为（wèi）：替。⑤之：往。⑥蓬：一种野生植物，枯后风吹则在近根处折断，随风飞旋，故称"飞蓬"。此处用以比喻头发散乱。⑦膏沐：面膏和洗发用品。⑧谁适（dí）为容：为了取悦于谁而修饰打扮。适，悦，取悦（马瑞辰说）。容，容饰。⑨其雨其雨：下雨吧，下雨吧。其，语助词，此处表祈使语气。⑩杲（gǎo）杲：日出明亮的样子。《说文》："杲，明也，从日在木上。"⑪愿言：犹愿然，沉思的样子。⑫甘心首疾：虽头痛也心甘情愿。首疾，犹下章言"心痗"，应为当时习惯语。⑬焉得：哪得。谖（xuān）草：即萱草。谖，忘记。古人以为此草可以使人忘忧，故又名忘忧草。⑭言树之背：把它种到北堂去。背，指北堂，即屋后庭院（上古之时人们为了向阳，屋舍皆向南）。⑮痗（mèi）：病。心痗即心痛。

【品评】 本篇写妇人对远征的丈夫的怀念。诗的主人公是一位贵族妇女，她一方面为丈夫的英勇而感到骄傲，另一方面又因其出征而思念。诗歌反映了包括贵族阶层妇女在内的广大人民对和平生活的渴望。全诗表现深深的思念之情，但不低沉。尤其第一章气势充沛，甚至可以说是"豪情满怀"。自然，这同作者为统治阶级成员、丈夫虽然出征作战，但不会有饥寒之忧这种特殊的身份有关。统治阶级成员在战争问题上，在国家与家族、个人关系等的认识上也有很多与人民意愿、与国家利益对立的思想，此诗却没有。全诗思想意识正派，情感真挚。

诗首先通过具有典型性的事情来展示心情，如"自伯之东，首如飞蓬"，生动地表现了这位贵族妇女感到生活空虚、乏味，以及上古之时"女为悦己者容"的观念。而正是这一点，照应了第一章所体现的因丈夫勇武而产生的自豪之感。另外，诗中一方面用比喻的手法（"首如飞蓬"及"其雨其雨，杲杲出日"），另一方面通过抒情主人公对忘忧草的幻想，含蓄地表现出其难以排遣的忧愁。李白诗"抽刀断水水更流，举杯消愁愁更愁"（《宣城谢朓楼饯别校书叔云》）手法与之相似，不同只在于：一为雅士，一为闺妇；一欲摆脱愁，一欲摆脱思。

木瓜

投我以木瓜①，报之以琼琚②。匪报也③，永以为好也④！
投我以木桃⑤，报之以琼瑶⑥。匪报也，永以为好也！

投我以木李⑦，报之以琼玖⑧。匪报也，永以为好也！

【注释】①投：掷，此指赠送。以：用。木瓜：落叶灌木，果实椭圆形似小瓜，淡黄色，可食，味酸带涩，有香气。②报：报答，回赠。琼：本义指赤色玉，亦泛指美玉。琚（jū）：佩玉。③匪：非，不是。④永：永久。好：相爱。⑤木桃：即桃子。《诗经通论》："木桃、木李，乃因木瓜而顺呼之。《诗》中如此类甚多，不可泥。其实桃、李生于木，亦可谓之木桃、木李也。"⑥瑶：似玉的美石。⑦木李：即李子。⑧玖（jiǔ）：浅黑色玉石。

【品评】《诗经》中吟咏爱情、婚嫁、求子等内容多用采摘植物兴起，再则当时贵族男女皆佩玉，玉也就成为男女经常互赠之物。如此看来，这是一首男女赠答、希望永结同心的诗。

朱熹说此诗"亦男女相赠答之词，如《静女》之类"，《静女》也写到了男女相赠之事："静女其娈，贻我彤管。彤管有炜，说怿女美""自牧归荑，洵美且异。匪女之为美，美人之贻"。虽为男子的表述，但是确实发生过的。此诗"投""报"之说，却纯为设想之词。胡承珙《毛诗后笺》说："不知作者之旨，正以人当薄遗厚报，故设为琼瓜不等之喻，言若有厚于此者，报当如何？此尤诗人微婉之意也。"正是"设喻"之词，故"木瓜""木桃""木李"一也，皆喻微物，指"薄遗"；"琼琚""琼瑶""琼玖"一也，皆喻重宝，指"厚报"。在《静女》诗中，由女子赠送之事，可见女子之多情、男子之钟情；而在本诗中，我们虽然尚不能确定抒情主人公为男为女，却也可见其忠厚、深情。以相赠之行为表现人物之性格却是相同的。

诗是一种假设的口吻。你若赠我以木瓜之类的微物，我一定报之以美玉之重宝。诗人沿着这假设径直说了下去：即使用美玉之类的重宝仍然不能表达我对你的报答之意，因为我要与你结为百年之好，任何宝物比起此意都显得微不足道。朱熹《诗集传》说："言人有赠我以微物，我当报之以重宝，而犹未足以为报也，但欲其长以为好而不忘耳。"诗人的忠厚、多情很有感染力，但彼不"投"则何？《风》诗之优美恰在于一缕情思、一个细节、一个假设等都可以蔓延为奇妙的文字。

　　此诗句式在《诗经》中也显得独特，长短杂凑，摇曳生姿。"投我以木瓜，报之以琼琚"，舒缓的句式，恰与其幽缈之思相配。"匪报也"，是对前面两句的否定，语气急促，颇显力度。"永以为好也"颇有悠扬之致。这样的句式配以重章的结构，诗的韵味自然醇厚、悠长。

王 风

平王东迁洛邑以后，周王室逐渐衰微。朱熹《诗集传》说："王谓周东都洛邑王城畿内六百里之地。""王风"的"王"即王畿的简称，指东周王城畿内之地，大体相当于今河南洛阳、济源、温县一带地方。郑玄《诗谱》以为周室东迁后"王室之尊，与诸侯无异，其诗不能复雅，故贬之，谓之王风之变风。"《诗经》为两次编成，《国风》中第二次所增十个国家和地区的作品，以《王风》居其首。

周王朝东迁之初仍以天子之威征伐诸侯，希望恢复西周王朝时的地位，然而力不从心，诸侯日大，而王畿领土日削。加上王畿内世袭大贵族集中，都希望保持昔日的排场，或同诸侯国相竞，但征敛的范围有限，故加重了对人民的负担。《王风》中多哀怨之声，与《郑》《卫》之风相较，十分显然。《王风》收诗十首，全为民歌，以反映人民的痛苦与哀怨的作品为多。

黍离

彼黍离离①，彼稷之苗②。行迈靡靡③，中心摇摇④。知我者，谓我心忧⑤，不知我者，谓我何求⑥。悠悠苍天⑦，此何人哉⑧？

彼黍离离，彼稷之穗。行迈靡靡，中心如醉⑨。知我者，谓我心忧，不知我者，谓我何求。悠悠苍天，此何人哉？

彼黍离离，彼稷之实。行迈靡靡，中心如噎⑩。知我者，谓我心忧，不知我者，谓我何求。悠悠苍天，此何人哉？

【注释】 ①黍（shǔ）：糜子，脱壳后为黄米。离离：繁盛的样子。"离离"贯下句。②稷（jì）：北方称为谷子，脱壳后为小米。③迈：远行。马瑞辰《毛诗传笺通释》："迈亦为行，对行则为远行。行迈连言，犹古诗云'行行重行行'。"靡靡：行步迟缓的样子。"靡"本义解散，引申为缓慢。④中心：心中。摇摇：形容心神不宁的样子。⑤谓：说。⑥何求：贪求什么。郭晋稀《诗经蠡测》："今以为'谓我何求'之'求'，实即《雄雉》篇'不忮不求'之'求'，皆谓贪求。盖居人责行者之忮求名利，行人则答以并非封侯念重，自遗伊阻也。"⑦悠悠：遥远的样子。郑玄《笺》："远乎苍天，仰诉欲其察己言也。"⑧此何人哉：这是什么人？意思是说，什么人造成了自己的这种处境。⑨中心如醉：心中忧闷，像喝醉了酒一样。⑩噎（yē）：食物堵塞咽喉。孔颖达《疏》："噎者，咽喉蔽塞之名。而言'中心如噎'，故知忧深不能喘息，如噎之然是也。"

【品评】 这是一首旧贵族慨叹西周王朝覆亡的诗。后世以"黍离之悲"代言亡国之痛。看其诗意，应是一首行役者诉说其忧伤的诗。而由"行迈靡靡"等句来看，作者是在外行役者。

郭沫若《中国古代社会研究》第二篇在谈到农业发展的时候说："《王风》的《黍离》是周室遭了犬戎的蹂躏，平王东迁以后的丰镐的情形。相传周室东迁以后，所有旧的宗庙宫室尽为禾黍。周的旧臣役过旧都，便不禁中心悲怆，连连地呼天不止。"此诗一唱三叹，情绪浓郁，表达了一种悲怆难言、凄凉不已的心境。"彼黍离离，彼稷之苗"兴起"行迈靡靡，中心摇摇"。但这种凄楚的心境并不是所有的人都理解，诗人呼天唤地，希望上天能够体察自己的心境，自是悲不自胜之表现。"此何人哉"，诗人并不是不知道何人造成如此的状况，但以反问的句式出之，则怨恨、谴责的意味更加浓厚。朱熹《诗集传》说："既叹时人莫识己意，又伤所以致此者，果何人哉。追怨之深也。"诗又以重章的形式，反复吟咏，更使诗人的悲情得以充分表现，宋代王柏《诗疑》卷一说："反复歌咏之，自见其凄怆追恨之意，出人意表。"方玉润《诗经原始》也说："观其呼天上诉，一咏不已，再三反覆而咏叹之，则其情亦可见矣。"诗三章写到"彼稷之苗""彼稷之穗""彼稷之实"，言其过此非一次，而每次都引起无限的悲痛。朱熹《诗集传》说："其行役往来，固非一见也。初见稷之苗矣，又见稷之穗矣，又见稷之实矣。而所感之心始终如一，不少变而愈深，此则诗人之意也。"甚得文情。

用笔墨表现人的情绪，是很难的，因为情绪作为一种心理波动，如果不是通过表情流露，别人很难看得出。此诗作者的情绪是比较复杂的，对于亡国之痛，有忌讳、有不忍言，可谓"此心唯有天可表"。但就诗而言，诗人用形象化的诗句，还是把自己的情绪表达了出来。"中心摇摇""中心如醉"，是说由于为忧愁所困扰，诗人神情恍惚，仿佛喝醉了酒一样；"中心如噎"，写出了诗人如鲠在喉的难受。"醉""噎"都是人们易于理解的感觉，以之来喻忧思，正是一种化抽象为形象的作法，故给人留下了深刻的印象。牛运震《诗志》说："如醉如噎，写忧思入神，开后世骚人多少奇想。"

君子于役

君子于役①，不知其期，曷至哉②？鸡栖于埘③，日之夕矣，羊牛下来。君子于役，如之何勿思！

君子于役，不日不月④，曷其有佸⑤？鸡栖于桀⑥，日之夕矣，羊牛下括⑦。君子于役，苟无饥渴⑧！

【注释】　①于役：去服役。②曷：何。此处意为何时。下章同。至：到家，回家。③埘（shí）：在墙上挖洞做成的鸡窝。④不日不月：无日无月。言不知已有多长时间了。极言等待的时间之久。⑤佸（huó）：聚会，指夫妻相会。⑥桀：小木椿。《毛传》："鸡栖于杙为桀。"王先谦《诗三家义集疏》："就地树槷，桀然特立，故谓之桀。但桀非可棲者，盖乡里贫家编竹木为鸡棲之具，四无根据，系之于槷，以防攘窃，故云'鸡棲于桀'耳。作桀为是，槷俗字。"但这种解释同"棲于桀"一句的意思不合，故或以为"桀"即所谓"编竹木"所成"鸡棲之具"，然这又同《尔雅·释宫》对"杙""榤"的解说中体现的意思不合。按："桀"应指横栽在墙上的木槷，鸡栖于其上。鸡夜晚棲于高处，或在树，或在桀。⑦括（kuò）：来到。⑧苟：副词，表示希望的意思。"苟无饥渴"犹言千万不要挨饿、受渴。

【品评】《诗序》说："《君子于役》，刺平王也。君子行役无期度，大夫思其危难以风焉。"《王风》都是东迁后的作品。诗反映了春秋初年因周王朝给人民加上了沉重的兵役、徭役负担，男旷女怨成为十分普遍的现象。《诗序》关于此诗时代的断定大体不错。本诗写一个妇女思念久役在外的丈夫，由"羊牛下来"一句可以看出，诗人生活于山村。东周时代长期的战争，很多青年男子行役长期不归，甚至死于外地，所以本诗很有典型意义。两章除末句外基本重叠，略易数字，而"日之夕矣"一句未变。所谓"羊牛下来"是指从山上下来归家了。此句接"日之夕矣"一句之后，叫人感到诗的抒情主人公每天的企盼：天近黄昏，一天的希望又破灭了。诗中塑造了一个"望夫"的抒情主人公形象。后代很多望夫山、望夫崖、望夫石等等，反映着同样的现实，而《君子于役》是最早的望夫诗。

东汉初年班彪的《北征赋》中说："日晻晻其将莫（按同"暮"）兮，睹牛羊之下来。寤旷怨之伤情兮，哀诗人之叹时。"对诗的理解异于《诗序》而合于诗本身的情况。朱熹以为诗为妇人自作，是。诗中写到牛羊、山、鸡、塒等，则诗的主人公是农村劳动妇女。

诗第一句就是"君子于役"，说明作者心中时时想着的就是这一件事，而最让诗人忧虑的是"不知其期"，这是全诗的中心所在。以下五句是具体写每天思念的情况。农村劳动妇女有日常的生产与家务，而至下午一天忙碌结束，也是远行之人应该到家之时，因而又想起这件事。然而鸡已经进窝了，上架了，太阳落山了，羊、牛也从山上回来了，一天完了，丈夫还是没有回来，她一夜的思念如何得过？一章之中，句句情深、引人悲伤。诗的第二章稍易数字，末句变为"苟无饥渴"，就是说，夫妻无法相会，因而只希望丈夫在外不受冻饿之苦，从体贴关怀的角度进一步强化了真诚、善良的悲苦思念之情，而抒情主人公属于劳动人民这一点，也就十分清楚了。诗中没有直接写诗人自己（即抒情主人公、役人之妻），但她的影像却明晰地显现于山庄暮色之中。她在门前远望，望穿秋水。直至入夜，才又一次断了这一天的念想。

《诗经》奠定了中国现实主义文学的基础。它在深刻广泛地提炼生活、运用多种技巧反映现实生活方面为后代的诗歌创作开出了无数法门。今以此诗为例说说《诗经》对后世的具体影响。

许瑶光《雪门诗钞》卷一《再读诗经九十二首》之第十四首云："鸡棲于桀下牛羊，饥渴萦怀对夕阳。已启唐人闺怨句，最难消遣是昏黄。"唐人闺怨之诗甚多，而手法上，技艺上也有些变化和发展。但在我看来，却都不及《君子于役》。白居易《闺妇》云：

斜凭绣床愁不动，红绡带缓绿鬟低。辽阳春尽无消息，夜合花前日又西。

此诗胡应麟推为"中唐第一篇"。但其表现手法，只不过是学习了《君子于役》等至黄昏征人又未归这一点。而它所反映似为贵族妇女，与《卫风·伯兮》相近，因而也不及《君子于役》在反映生活上更有典型意义（《闺妇》在表现手法上受《伯兮》的影响至为明显）。

周秦以来各地出现很多望夫石、望夫山、望夫云之类的传说，甚至有实际景观为证，正反映了无数的战争和徭役使一些青年夫妻生离死别。"望夫"形象在几千年奴隶社会、封建社会中是具有典型主义的。而《君子于役》第一次塑造了一个感人的"望夫"抒情主人公形象。《楚辞·九歌·山鬼》抒情主人公与之相近，但其等夫、望夫形象，与《君子于役》反映战争对广大劳动人民正常生活的破坏有所不同。

扬之水

扬之水①，不流束薪②。彼其之子③，不与我戍申④。怀哉怀哉⑤！曷月予还归哉⑥？

扬之水，不流束楚⑦。彼其之子，不与我戍甫⑧。怀哉怀哉！曷月予还归哉？

扬之水，不流束蒲⑨。彼其之子，不与我戍许⑩。怀哉怀哉！曷月予还归哉？

【注释】 ①扬：激扬，奔流飞溅的意思。②流：漂流。束薪：捆起的柴草。水激荡则成捆的柴可能会翻腾而被挂住，故有此说。闻一多《诗经通义乙·汉广》："《说文》薪荛互训。《诗·板》释文，《文选·长门赋》注并引《说文》'荛，草薪也'。《汉书·贾山传》注，《扬雄传》注，亦并云'荛，草薪'。是古称薪，实包草木二种言之。此诗之薪，谓草薪也。"联下文"束楚""束蒲"看，本诗之薪，指草类。③彼其（jì）之子：那个人，指诗人所怀念者。朱熹《诗集传》："彼其之子，戍人指其室家而言。"《唐风·椒聊》："彼其之子，硕大无朋。"即是指新婚女子。其，语助词。之子，与《周南·桃夭》"之子于归"的"之子"义同。④戍：守卫。申：古国名，姜姓之国，后灭于楚。在今河南省唐河县南。⑤怀：想念。⑥曷：何。予：我。还归：指回家。⑦楚：一种落叶灌木，今名黄荆。⑧甫：古国名，也是姜姓之国，即"吕"。"甫""吕"古声同，在今河南南阳西。⑨蒲：蒲柳。⑩许：古国名，也是姜姓之国，在今河南许昌境。

【品评】 诗中说到戍申、戍甫、戍许，可见此诗是周室东迁后平王派兵协助戍守南方三小国，士兵转戍日久思家之作。申，姜姓，平王宜臼的舅家。平王的父亲幽王宠褒姒，废申后及太子，太子宜臼奔申，幽王伐申，申联合犬戎伐周，杀幽王，立宜臼。陈奂《诗毛氏传疏》："甫、申同壤，而许去申远。昭二十六年《左传》疏，刘炫引《汲冢纪年》，平王奔申，申侯、鲁侯、许文公立平王于申。"吕、甫、许三国在平王东迁建都洛阳中出过大力，则与周王室互为依靠。方玉润《诗经原始》说："夫周辙既东，楚实强盛。京洛形势，左据成皋，右控崤函，背枕黄河，面俯嵩高。则申、甫、许实为南服屏蔽，而三国又非楚敌，不得不戍重兵以相保守，然后东都可以立国。……其所以致民怨嗟，见诸歌咏而不已者，以征调不均，瓜代又难必耳。"周室东迁后地盘大大缩小，戍卒来源有限，不能按期调换，王室之衰微，于此可见。屈万里《诗经释义》引傅斯年说："此桓、庄时诗。桓、庄以前，申、甫未被迫，桓、庄以后，申、甫已灭于楚。"桓王（前719—前697）、庄王（前696—前682）在平王之后。则此诗作于公元前八世纪末、七世纪初周平王末年。

此诗三章，后二章每章只改易三字，用重章叠句的形式，给人以反复哀叹、荡气回肠之感，这是总的情感基调。细致分析起来，颇耐人寻味。

首先，"扬之水，不流束薪""不流束楚""不流束蒲"等，包含有当时婚俗在其中。马瑞辰《毛诗传笺通释·绸缪》说："诗人多以薪喻婚姻。《汉广》'翘翘错薪'以兴'之子于归'，《南山》诗'析薪如之何'以喻娶妻。本诗'束薪''束刍''束楚'，《传》皆以喻男女待礼而成，是也。"闻一多《诗经通义乙·东山》说："凡言析薪、刈薪皆与婚姻有关（既婚之后，则言束薪。）"《诗经通义甲·汉广》又说："本篇二章刈楚，三章刈蒌，乃当时婚礼中实有之仪式。"则此诗是言结婚后不久即离家戍守在外。这个比喻以当时的风俗为基础，因而也反映出字面之外的内容。

其次，三章诗中，虽只是各二字有所不同，但体现出了"重章互足"的特征。第一章言"戍申"，第二章言"戍甫"，第三章言"戍许"，说明作者转戍三地，一地之情势稍缓，本以为可以回家，不想又转戍另一地。如此者再三，因而时日更久。所以虽变化一字，而表现诗人焦躁、急切之心情，甚为有力。

本诗三章第五、六句完全相同，第五句又是重叠"怀哉"之感叹，哀思悠长，其情调与同在《王风》中的《君子于役》一样，而一为在外戍守者的哀叹："怀哉怀哉，曷月予还归哉？"一为在家中怨妇的哀叹："君子于役，不知其期。曷至哉？""君子于役，不日不月。曷其有佸？"可谓内外相思，悲哀之声撕心裂肝，真可谓惊天地、动鬼神。

中谷有蓷

中谷有蓷①，暵其干矣②。有女仳离③，慨其叹矣。慨其叹矣，遇人之艰难矣④。

中谷有蓷，暵其脩矣⑤。有女仳离，条其歗矣⑥。条其歗矣，遇人之不淑矣⑦。

中谷有蓷，暵其湿矣⑧。有女仳离，啜其泣矣⑨。啜其泣矣，何嗟及矣⑩！

【注释】　①中谷：谷中。蓷（tuī）：药草名，即益母草。②暵（hàn）：干燥。此指蓷草枯萎。其：语助词，相当于"然"。胡承珙《毛诗后笺》："然经文'暵其'与'慨其''条其''啜其'，四'其'字皆连上一字作形容之词，非以'其干''其脩''其湿'二字连文也。"以上两句以蓷草的枯萎兴弃妇遭遇的不幸。③仳（pǐ）离：别离。郭晋稀《诗经蠡测》："叠韵连词，即飘零。"④遇人之艰难：意思是说遇到个好人不容易。⑤脩（xiū）：本义指干肉，这里引申为干燥。⑥条：长。歗（xiào）：同"啸"，撮口出声。⑦不淑：不幸（王国维《与友人论诗书中成语书》）。⑧湿："曝（qī）"的借字，晒干。⑨啜：抽泣哽咽。⑩何嗟及矣：据胡承珙考证此句是后人传写误倒，应作"嗟何及矣"，意思是说悲叹也来不及了。

【品评】　这是一首同情弃妇的诗。诗人着力表现了弃妇被遗弃后痛苦的情绪，感慨弃妇没有嫁给一个好人。

此诗采用了层层剥笋的写法。每章第一句为兴辞，第二句承兴辞而赋荒旱之背景，诗人之悲苦，俱见于其中。"有女仳离，慨其叹矣"，先言女子的遭遇，再说女子的情感状态。仳离，郭晋稀解释为"飘零"，同被弃之意有别。故一方面可以看出女子被弃之后孤苦无依的情形，另一方面也可以看出实出于不得不分离。诗中并没有直说女子飘零是遭丈夫遗弃。女子连连叹息，自是内心忧郁的表现。直至"慨其叹矣，遇人之艰难"，方点明飘零、叹息的原因。这种写法显然与此诗的叙述角度有关。拿此诗与《邶风·谷风》《卫风·氓》等篇比较，《谷风》《氓》主要在揭露、控诉男子的变心，此诗则主要悲叹眼前的旱灾难度；《谷风》《氓》更多叙事成分，此篇则基本上无叙事情节，唯在抒发悲情。"遇人之艰难""遇人之不淑""何嗟及矣"，对被弃女子给予深深同情的同时，也有对男子的谴责。

对这个离家飘零在外的妇女情绪状态的描写，先说"慨其叹矣"，又说"条其歗矣"，再说"啜其泣矣"，程度不断加深。"遇人之艰难""遇人之不淑""何嗟及矣"，程度也是不断加深的，表现出对面前状态的无能为力。诗中三章重复"慨其叹矣""条其歗矣""啜其泣矣"，真可谓呼天抢地，而天地皆不应，唱尽了几千年中灾荒流民的悲痛。

兔爰

有兔爰爰①，雉离于罗②。我生之初③，尚无为④。我生之后，逢此百罹⑤。尚寐无吪⑥！

有兔爰爰，雉离于罦⑦。我生之初，尚无造⑧。我生之后，逢此百忧。尚寐无觉⑨！

有兔爰爰，雉离于罿⑩。我生之初，尚无庸⑪。我生之后，逢此百凶⑫。尚寐无聪⑬！

【注释】 ①爰爰：放纵的样子。此指野兔的逍遥自在。②雉：野鸡。离：同"罹（lí）"，陷入，遭难。罗：捕鸟的网。以上两句以野兔的自在与野鸡的陷入罗网兴起诗人生前、生后的不同社会情势。③生之初：小时候。④尚：犹，还。无为：无事。"为""造""庸"皆为劳役之事。⑤百：虚数，言其多。罹：忧患。⑥寐：睡着。吪（é）：动。这句是说，还是睡着不动好，言外之意是还是死去更好。⑦罦（fú）：一种装设机关的网，能自动掩捕鸟兽，又称覆车。⑧造：作，为。⑨觉：醒来。⑩罿（tóng）：捕鸟的网。⑪庸：用，劳。⑫凶：灾难。⑬聪：听。

【品评】 此诗为王室贵族感于诸侯背叛，王室衰微、祸乱频仍，而抒发灰心与怨愤之作。

此诗之特点是以对比来表现情绪。前两句兴辞，以野兔的逍遥自在与野鸡的陷入罗网作比较，为下文今昔对比作铺垫。"我生之初，尚无为。我生之后，逢此百罹"，在对比中表现出对现实的不满，因为不满现实而怀念过去。方玉润《诗经原始》说："所谓百凶并见，百忧俱集时也。诗人不幸遭此乱离，不能不回忆生初犹及见西京盛世，法制虽衰，纪纲未坏，其时尚幸无事也。""无为"与"百罹"，都是夸张的说法。用夸张正是为了形成一个巨大的落差，用来表现今昔之翻天覆地的变化，来表现诗人生不逢时之感。面对"百罹""百忧""百凶"，诗人不堪重负，故希望长眠不醒而逃避其重压。

诗人不愿活在世上，情绪应该是激越的，不过就表达来说，却又是克制的。其情绪主要通过对比来表达，在对今昔不同的社会状况的陈述中让情绪自然流露。用词方面，点到为止。兴辞的含义比较隐约，故后世说者有多种解释；对现实不满、厌倦劳役，但仅说"百罹""百忧""百凶"，并没有具体来写，"尚寐无吪"也说得比较委婉。此诗同《桧风·隰有苌楚》实开汉末人生无常、悲观厌世诗风之先河。有的学者以汉末、魏晋时这类作品为人觉醒的证据，实不可取。

葛藟

绵绵葛藟①，在河之浒②。终远兄弟③，谓他人父④。谓他人父，亦莫我顾⑤。

绵绵葛藟，在河之涘⑥。终远兄弟，谓他人母。谓他人母，亦莫我有⑦。

绵绵葛藟，在河之漘⑧。终远兄弟，谓他人昆⑨。谓他人昆，亦莫我闻⑩。

【注释】 ①绵绵：长而不绝之貌。葛藟（lěi）：葛藤。葛是一种藤本植物，茎可作为纤维织布，块根，可食。②浒（hǔ）：水边。③终：既，已经。远：远离。兄弟：亲人。④谓：称呼。⑤顾：照顾。⑥涘（sì）：岸边，水边。⑦有：通"友"，亲近、亲爱。清人王念孙、王引之《广雅疏证》卷一："古者谓相亲曰有。……《王风·葛藟》篇云：'谓他人母，亦莫我有。'皆谓相亲有也。有，犹友也，故《释名》云：'友，有也。相保有也。'"⑧漘（chún）：水边。⑨昆：兄。⑩闻：通"问"，恤问。《经义述闻》卷五引王念孙说："《葛藟》篇：'谓他人昆，亦莫我闻。'闻犹问也，谓相恤问也。古字'闻'与'问'通。上文曰'亦莫我顾''亦莫我有'，此曰'亦莫我闻'，顾也、有也、闻也，皆亲爱之意也。"

【品评】 这是一首流浪他处为赘婿者抒发哀怨的诗。社会动乱、战争频繁，必然会导致人民的流离失所。此诗的作者与亲人离散，可能流落至王都，孤苦无依，不得不寄人篱下，忍受他人的白眼。清末牟庭《诗切》说："赘子词也。葛藟生于山陆，而蔓延于水崖，喻人舍其家而赘于人家也。"从诗中"终远兄弟"和"谓他人父""谓他人母""谓他人昆"来看，不为无理。如此，则此诗反映了古代较特殊婚姻状态下被虐待男子的思想感情。

诗以"绵绵葛藟"当缠绕树木却伸展到了水边，以兴自己所依非人之意。"终远兄弟"一句，下笔沉重。"终"，是说终究与真正的亲人不同，得不到关照。从诗中三章都只言"终远兄弟"而未提及父母来看，应是父母均已亡故。有可能是自幼父母亡故，弟兄几个为了活命流徙他乡，诗人入赘人家。但新的家庭并不把自己当作亲人，自己简直难以生存下去。当初不得已而进入别的家庭，称他人为父、为母、为兄，最后得到的却是冷漠和另眼看待。在男权社会中，男子入赘，男权失落，本有一种自卑的心理，但诗中所表现不止于此，而是被冷落和虐待。

从表达上来说，此诗叙事颇有条理。每章前两句暗示自己的特殊经历。"终远兄弟"则明言自己的生存状态。"谓他人父"，承上句，更进一步暗示生存的困难、内心的苦楚。重复"谓他人父"，固然是强调，但也是为了引起下句"亦莫我顾"，通过对比我的态度和他人对我的态度，进一步表现了希望与现实落差太大状况下穷途末路的心理状态。《诗集传》"己虽谓彼为父，而彼亦不我顾，则其穷也甚矣"，正是谓此。诗人在抒写自己情绪时，采用了层层推进的手法。

章中重句，可以说是《王风》诗篇的特色之一。除此篇外，《中谷有蓷》《丘中有麻》亦用之。故牛运震《诗志》说："中间叠复一笔，《王》诗多用此调。"

采葛

彼采葛兮①。一日不见，如三月兮！
彼采萧兮②。一日不见，如三秋兮③！
彼采艾兮④。一日不见，如三岁兮！

【注释】　①彼：那。葛：植物名。见《葛藟》注。②萧：蒿的一种，有香气，祭祀时杂以油脂点燃，取其香气来降神。③三秋：通常一秋为一年，后又有专指秋三月的用法。这里三秋长于三月，短于三年，义同三季，即三个秋季，也就是九个月。孔颖达《疏》："年有四时，时皆三月，三秋谓九月也。"④艾：亦为蒿的一种，制成艾绒，可供针灸用。

【品评】 这是表现男女相思之情的诗。本诗只是写相思迫切之情，没有具体情节。

此诗所写颇为隐约，因而也给读者提供了丰富的想象空间。诗只是写相思的迫切，至于缘何思念，何以"一日不见"，何以相思如此迫切等等，皆略去，尽由读者去猜测。孔颖达《疏》说："三章如此次者，既以葛、萧、艾为喻，因以月、秋、岁为韵。积日成月，积月成时，积时成岁，欲先少而后多，故以月、秋、岁为次也。"

每章第一句，《毛传》标兴，朱熹则以为是比。今人多采朱熹之说，以为是男子想象女子正在采摘。如此理解也可为诗增添另外一种情致。

"一日不见"，而感觉如"三月""三秋""三年"之不见，前者是现实的，后者是心理的。对于热恋中的情人来说，再短暂的分离，在感觉中也是漫长的、难熬的。"三月""三秋""三年"是夸张的说法，不如此不足以表现爱情的热烈、相思的痛苦。

"一日不见，如三月兮"，仿佛在当时颇为流行，《郑风·子衿》写女子在城阙等待情人："挑兮达兮，在城阙兮。一日不见，如三月兮。"至后世"一日不见，如隔三秋"更成为了人们表达相思之情的用语。或许，秋日之萧瑟，更容易激发读者之想象，故"一日不见，如三秋兮"被改造而沿用至今。所以，虽然它本来只是表现男女之情的，但却写出了人们共有的生活感受，因而使很多人在相似的情况下都想到它。方玉润《诗经原始》评其为"千古怀友佳章"，不是没有理由的。可以说，它以夸张的手法表达了一种"人人心中所有，人人笔下所无"的心理感受。

大车

大车槛槛^①，毳衣如菼^②。岂不尔思^③？畏子不敢^④。

大车啍啍^⑤，毳衣如璊^⑥。岂不尔思？畏子不奔^⑦。

谷则异室^⑧，死则同穴^⑨。谓予不信^⑩，有如皦日^⑪！

【注释】　①大车：古代拉货的牛车。《小雅·无将大车》一首的《毛传》说：“大车，小人之所将也。”“小人所将”即由劳动者以人力拉行。则乘车者为官吏或贵族之家的人。此诗之“大车”意思应同，《毛传》训为“大夫之车”，意思相近，但女子所指男子未必即大夫。槛（kǎn）槛：车行走的声音。②毳（cuì）：兽类的细毛。毳衣，用细毛制成的上衣。菼（tǎn）：初生的荻苇，其色淡青，此处用来形容衣服的颜色。③尔：你，指驾车的男子。这句是说，难道不想念你。④畏：害怕。子：你，即上所说驾车的男子。⑤啍（tūn）啍：车行重滞迟缓的样子。⑥璊（mén）：红色美玉，这里指衣服的颜色。⑦奔：私奔。⑧谷：生，活着。异室：不能同处一室。意为不能结合。⑨穴：墓穴。⑩予：我。信：诚实。⑪如：此，这。皦（jiǎo）：同“皎”，明亮。

【品评】　这是一首女子对男子表达忠贞的诗。女子爱上了一个赶大车的男子，但由于不知对方的态度，所以心里畏惧，不敢随男子一块私奔。最后她指天为誓，表示就是死也要同男子在一起。

此诗写女子对男子的痴情，大胆，又不失矜持。第三章表决心，表现出对爱情的矢志不渝。是坚守，是决绝，颇为热烈。又指日为誓，此可与汉乐府《上邪》对读：“上邪！我欲与君相知，长命无绝衰。山无陵，江水为竭，冬雷震震，夏雨雪，天地合，乃敢与君绝。”虽然《上邪》所表达的情绪比此诗更为炽热，但指天发誓，对爱情的忠贞则是相同的。

同时，女子又是矜持的。指称男子，以其所驾之车、所穿之衣代指，并不直接说出。"岂不尔思？畏子不敢""畏子不奔"，先以反问出之，表示肯定；再说明原因，说我不是不思念，之所以不去找你，是害怕你不同我一起私奔他处。看来他们的爱情碰到了很大的阻力，她不知道男子敢不敢毅然与之逃离当下的环境。胡承珙《毛诗后笺》说："诸儒特以'岂不尔思，畏子不敢'二语，以为免而无耻，特政刑之效耳。不知此正所谓'发乎情，止乎礼义'者。诗人抑扬之词，何可固执？"说"诗人抑扬之词"，揭示了在表达上的效果，其所谓"发乎情"自然是对的，但说"止乎礼义"，则是为了牵就诗教观念。实际上诗的抒情主人公作为一个女子，比男子更大胆，在爱情上更为坚定，在她的头脑中根本没有什么礼教的框框。

此诗采用叠章，表现出女子的顾虑。第三章她对自己所心爱的男子剖白内心，指日为誓，是为了鼓励男子也坚定起来。由矜持到热烈，正表现出抒情主人公情绪的流动。清陈震《读诗识小录》评此诗说："写得有声有色。"香港学者周锡馥《诗经选》说："感情的炽热，意志的坚决，使人不禁联想起后世许多动人的爱情故事：焦仲卿与刘兰芝，梁山伯与祝英台，或者罗密欧与朱丽叶……"都很有道理。

郑 风

  周宣王时封其庶弟友于郑（在今陕西华县），即郑桓公，至幽王时为三公之一的司徒。幽王时郑桓公见朝政腐败，徙其民于虢、郐之间以自存，俟机以求发展。其孙郑庄公即侵周地，取禾。两年后周桓王率诸侯之师伐郑，王师大败，郑大夫祝聃射王，中王肩。郑国当齐、秦、晋等大国崛起之时，国势虽渐弱，但郑桓公在周亡之际收藏周王室典籍、礼器、乐诗等，可以显示其王统所在。为提高郑国在诸侯中的地位，郑国贵族在召穆公后代所编《诗》基础上，加上原周天子处所藏祭祀、典礼用诗，卿大夫及诸侯国献诗，在《国风》中增王、郑、齐、魏、唐、秦、陈、桧、曹、豳十《风》，《雅》诗中增《大雅》部分，并增原王室所存周、鲁、商三国的《颂》诗，基本上形成了今本《诗经》的规模。新增《风》诗中《王风》居首，《郑风》第二，而《郑风》有 21 篇，《国风》中数量最多。当时郑国在王畿以东，大致包括今河南郑州、新郑、登封一带。《郑风》为东周初期郑国的作品，多反映当时民俗，尤其是男女恋爱等，给人一种轻松、自由、欢快的感觉。郑国处中原之地，战争最多，诗中却看不到一点战乱中的苦难，感觉不到一点病役赋敛下广大人民的怨恨哀伤，这明显同编选者的去取原则有关。

将仲子

  将仲子兮①！无逾我里②，无折我树杞③。岂敢爱之④？畏我父母。仲可怀也⑤；父母之言，亦可畏也。

  将仲子兮！无逾我墙，无折我树桑。岂敢爱之？畏我诸兄⑥。仲可怀也；

诸兄之言，亦可畏也。

将仲子兮！无逾我园⑦，无折我树檀。岂敢爱之？畏人之多言。仲可怀也；人之多言，亦可畏也。

【注释】 ①将（qiāng）：请。陈奂《诗毛氏传疏》："将、请双声。……《尔雅》：'请，告也。'"仲：排行老二。当时女子多以男子的排行称所爱的男子。子：对男子的美称。②无：毋，不要。逾（yú）：跨越。里：居，住处。此指宅院的墙。③折：折断。这里是说，翻越院墙时不小心而折断树枝。树杞（qǐ）：即"杞树"，倒文以协韵。下"树桑""树檀"同。杞，即杞柳。又名榉。落叶乔木，树叶如柳叶，木质坚实。④之：指树。⑤怀：想念。⑥诸兄：家族中的兄长。郑玄《笺》："诸兄，公族。"⑦园：指园圃的墙。

【品评】 这是表现一个在恋爱中的纯情女子婉拒情人非礼幽会的诗。女子非常喜欢男子，但由于害怕家庭、家族的反对与舆论的批评，请求男子不要逾墙来她家。此诗为《诗经》中的名篇。

此诗表现恋爱中女子的纯洁自爱。"将仲子兮"，是深情的呼告，充满爱意。"无逾我墙，无折我柳"，是要求，颇显突兀。对这样的要求，男子自然有些摸不着头脑，也会以为女子在拒绝他的爱情。故诗中赶紧加以申述，说并不是爱惜那些树，而不重视你，只是因为害怕父母、诸兄、邻里的闲言碎语。这样就把一位热恋的女子，既不使对方误解，在情感上受到打击，又理智地处理双方在接触中一些具体事情的心理充分表现出来了。

抒情女主人公的感情是真挚的。她思想纯洁而处事明智，考虑到了个人的婚姻恋爱在家庭、社会各方面的影响。三章由畏"父母"而"诸兄"，再到"人之多言"。此可与《王风·大车》的抒情女主人公比较。《大车》的抒情女主人公也面临抉择，"岂不尔思，畏子不敢"，最终采取了十分大胆的态度，也表现出对爱情的坚决追求。"谷则异室，死则同穴"。由两首诗抒情主人公对周围环境的态度，可看出两人性格的差异，显然此诗抒情女主人公对家庭和礼俗方面的因素考虑得要多一些。当然这同她们所遇到阻力大小及性质不同也有关。

姚际恒《诗经通论》针对朱熹的"淫诗说"说道："然女子为此婉转之辞以谢男子，而以父母、诸兄及人言为可畏，大有廉耻，又岂得为淫者哉！"吴闿生《诗义会通》说："旧评：语语是拒，实语语是招，蕴藉风流。案：此诗蕴藉风流，信然。词旨与《野有死麕》略同，特彼辞犹峻；而此弥和婉。必谓阳拒而实招，亦过也。""和婉"两字体会诗情甚是。"蕴藉风流"四字也正道出了此诗委婉之致。

大 叔 于 田

叔于田①，乘乘马②。执辔如组③，两骖如舞④。叔在薮⑤，火烈具举⑥。袒裼暴虎⑦，献于公所。将叔无狃⑧，戒其伤女。

叔于田，乘乘黄。两服上襄⑨，两骖雁行。叔在薮，火烈具扬。叔善射忌⑩，又良御忌⑪。抑磬控忌⑫，抑纵送忌⑬。

叔于田，乘乘鸨⑭。两服齐首，两骖如手。叔在薮，火烈具阜⑮。叔马慢忌，叔发罕忌，抑释掤忌⑯，抑鬯弓忌⑰。

【注释】①田：同"畋"，打猎。②乘乘（chéngshèng）马：驾着拉一乘车的四马。前一个"乘"是动词，后一个"乘"是名词，古时一车四马叫一乘。③执辔（pèi）如组：手中拿着四匹马的六条缰绳整齐排列就像在织组带一样（两匹服马内侧的两条缰绳系在车辕上，故驾车者手执六辔）。组，织组带时平行排列的经线。④骖（cān）：驾车的四马中两边的马。⑤薮（sǒu）：低湿多草木之地。这里指野兽出没处。⑥火烈：持火把者的行列。烈，通"列"。具："俱"。举：起。⑦袒裼（tǎntì）：脱衣袒身。暴虎：指不驾车而持戈搏虎。暴，本字作"虣"，见于甲骨文，战国时约秦惠文王时《诅楚文》中作虣，表示两手持戈斗虎（参见裘锡圭《文字学概要》，商务印书馆 1988 年 8 月版第 144 页)。《小雅·小旻》"不敢暴虎"，《毛传》："徒搏曰暴虎。"《尔雅·释训》同。春秋战国时称步卒为徒卒，且持戈，出土春秋战国时武器铭文中也有"徒戈"之说，"徒"是相对于"车"而言。故"徒搏"意为不乘车而持戈斗虎。⑧将（qiāng）：请，愿。无狃（niǔ）：因习以为常而大意。狃，习惯，习以为常。⑨服：驾车的四马中间的两匹。上襄：头向上抬起。襄，同"骧"，奔跑时扬起头。⑩忌：语尾助词。⑪良御：驾车很在行。⑫抑：发语词。此与下"抑"相呼应，有"忽而……，忽而……"的意思。磬控：拉紧缰绳，使马脖子上曲如磬，是勒马使缓行或停步的动作。⑬纵送：放马奔跑。"纵"和"送"的意思都是指放开缰绳。⑭鸨（bǎo）：黑白杂色的马。其色如鸨，故以鸟名马。⑮阜：旺盛。⑯释：打开。掤（bīng）：箭筒的盖子。⑰鬯（chàng）：通"韔"，弓袋，此用作动词。

【品评】 这首诗赞美了一位武士在狩猎中表现出的勇猛与高超武艺。据《诗序》，这位武士即庄公之弟段叔。《郑风》有两首诗都是以"叔于田"开头，因为同在《郑风》中，为称说方便，后一首在题目前加"大"字。因为春秋以前相同篇题在难以区别的情况下都是加"小""大"以别之，在前者加"小"，在后者加"大"。前人之解，或以"大叔"连读，误。

诗的抒情主人公可能是一个女子。她赞美的大约是自己的恋人。古人以伯、仲、叔、季作排行，叔本指老三。《郑风·蹇兮》有"叔兮伯兮"之句，《郑风·将仲子》中提到"仲子"，则当时郑国女子对恋人也可称"伯""仲""叔"，大约相当于今日民歌中的"大哥""二哥""小哥哥"之类。诗中说这位青年打死虎之后"献于公所"，可知他是随从郑伯去打猎的。

第一章先点出要写叔的什么事。"乘乘马"表现出其随公畋猎时的气势。第三、四句则描绘他驾车的姿态。驾车之马有四匹，四匹马的缰绳总收一起拿在手中，如绶带或织带时的经线，两面的骖马同服马谐调一致，像舞蹈一样整齐。其得心应手的样子，就像马完全在按驾车人的意识行动。把叔驾车的动作写得同图画、音乐、舞蹈一样，到了出神入化的地步。正像《淮南子·览冥》说王良、造父驾车的情形,"上车摄辔,马为整齐而敛谐,投足调均,劳逸若一,心怡气和,体便轻毕,安劳乐进,驰骛若灭,左右若鞭,周旋若环"。然而本诗中只用了八个字。下面"叔在薮,火烈具举",将叔放在一个十分壮观的背景之中。叔脱去了上衣,与虎较量,其紧张的情况,同斗兽场中惊心动魄的搏斗一样。"袒裼暴虎,献于公所",叔打死了猛虎,扛起来献到了君王面前。一个英雄勇士的形象活生生显示了出来。这十五个字的描写,可与《三国演义》中"温酒斩华雄"那一段精彩的叙述媲美。诗人夸赞叔,为他而自豪,又替他担心,希望他不要掉以轻心。这种感情,是复杂的。

第二章写叔继续打猎的情形,说叔"善射""良御",特别用了"磬控"一词,刻画最为传神。"控"即在马行进中骑手忽然将它勒住不使前进,这时马便会头朝后,前腿抬起,脖颈如古时的石磬。第三章写打猎结束时叔从容收了弓箭,以其在空手打虎和追射之后的悠闲之态,显示了他的英雄风度。全诗有张有弛,如一首乐曲,在高潮之后又是一段舒缓的抒情,成抑扬之势,最有情致。清姚际恒《诗经通论》评曰:"描摹工艳,铺张亦复淋漓尽致,便为《长杨》《羽猎》之祖。"认为此诗实为汉扬雄《长杨赋》《羽猎赋》等专写畋猎的辞赋之滥觞,评价不低。

女曰鸡鸣

女曰:"鸡鸣。"士曰:"昧旦①。子兴视夜②,明星有烂③。将翱将翔④,弋凫与雁⑤。"

"弋言加之⑥,与子宜之⑦。宜言饮酒,与子偕老。"琴瑟在御⑧,莫不静好⑨。

"知子之来之⑩,杂佩以赠之⑪!知子之顺之⑫,杂佩以问之⑬!知子之好之⑭,杂佩以报之⑮!"

【注释】 ①士：男子。此指丈夫。昧：晦。旦：明。昧旦，天色将明未明之际。昧旦后于鸡鸣。②子：你。丈夫称妻子。兴：起来。视夜：察看夜色。③明星：启明星。有烂：即"烂烂"，灿烂明亮的样子。④翱翔：形容鸟回旋飞翔的样子。⑤弋（yì）：射箭，以生丝系矢而射鸟。凫：野鸭。凫雁常晨飞，故要一大早去射。⑥言：语助词。下同。加：射中。之：指凫、雁。⑦宜：与其他材料搭配制成菜肴。曾运乾《毛诗说》："'宜'犹言调和也。"《诗集传》说："宜，和其所宜也。""宜言饮酒"之"宜"同。这四句为妻子所言。⑧御：用，弹奏的意思。古代常以琴瑟合奏来象征夫妇和谐，如《关雎》："窈窕淑女，琴瑟友之。"《小雅·常棣》："妻子好合，如鼓琴瑟。"⑨静：善。王引之《经义述闻·书·自作弗靖》："《尧典》：静言庸违。《史记·五帝纪》作善言。"静好，和睦友好。⑩来：殷勤。王引之《经义述闻》卷五："'来'读为'劳来'之'来'。《尔雅》曰：'劳、来，勤也。'言知子之恩勤之，我则杂佩以赠之也。"之：语助词。下"顺之""好之"同。⑪杂佩：玉佩。用各种佩玉构成，称杂佩。陈奂《诗毛氏传疏》："佩，佩玉也。佩所系之玉谓之佩玉。集诸玉石以为佩谓之杂佩。杂之为言集也，合也。"⑫顺：柔顺，指性格。⑬问：赠送。⑭好：爱恋。⑮报：赠物报答。这章皆为丈夫之言。

【品评】 这是一首表现夫妇和谐生活与相互爱悦之情的诗。全诗以夫妇间的对话展开，富有生活气息。

以问答而结撰全篇，为《风》诗之一格。除此诗外，尚有《溱洧》《齐风·鸡鸣》等篇。《鸡鸣》在题材上与本篇也相近。但《鸡鸣》写妻子督促丈夫起床去早朝，皆就事论事。而此篇诗意蝉联而下。在一问一答中，夫妻间的关心、体贴、恩爱、互相敬重等一一展现出来，如一出小戏。

"琴瑟在御，莫不静好"，应该是诗人之叙述之语。清人张尔岐《蒿庵闲话》卷一说："《女曰鸡鸣》第二章：'琴瑟在御，莫不静好。'此诗人凝想点缀之辞。若作女子口中语，似觉少味。盖诗人一面叙述，一面点缀，大类后世弦索曲子。《三百篇》中，述语叙景，错杂成文，如此类者甚多，

《溱洧》《齐·鸡鸣》皆是也。'溱与洧'亦旁人述所闻所见，演而成章。说家泥《传》'淫奔者自叙之辞'一语，不知'女曰''士曰'等字如何安顿？"诗人叙述夫妇的对话，仿佛也被夫妇间那种关心、体贴、恩爱感动了，禁不住插入这两句，琴瑟都弹奏了起来，显得那么和睦美好。于是流露出羡慕之情。

此诗以夫妻的日常对话结撰全篇，但经过了艺术的提炼，很有生活情趣。"弋言加之，与子宜之。宜言饮酒，与子偕老。"一个假设接一个假设，层层推进，表现出妻子对家庭生活的满足和对未来的憧憬。"知子之来之，杂佩以赠之！知子之顺之，杂佩以问之！知子之好之，杂佩以报之"，则又加以铺排，尽显丈夫对妻子的绵绵情意。

萚兮

萚兮萚兮①，风其吹女②。叔兮伯兮③，倡予和女④！
萚兮萚兮，风其漂女⑤。叔兮伯兮，倡予要女⑥！

【注释】 ①萚（tuò）：落叶。②女：汝，指枯叶。③叔、伯：当时男子之习称。"叔"相当于"弟"，"伯"相当于"哥"。④倡：起唱。和（hè）：应和。予：我，女子自称。女：汝，指男子。⑤漂：同"飘"。⑥要（yāo）：成，成全。陈奂《诗毛氏传疏》："'要'读如《乐记》'要其节奏'之'要'。凡乐节终谓之一成，故'要'为成也。"此句语言双关：一指对唱中奉陪到底，一指接受男方恋爱的要求。

【品评】 本诗写春季郑地青年男女歌会中男女对歌的情景。诗的抒情主人公为女子。此诗写女子呼唤小伙子起唱，自己将应和，表现出对爱情的渴求。从"叔兮伯兮"一句看，对方应为一群。那么，女子一方，也应为一群。

此诗虽短小，却颇有意境，足以引起读者丰富的想象。第一、二章两句以风吹树叶下落兴起，其中又包含有以风喻一方（就诗中言是喻女），以萚喻另一方（就诗中言是喻男）的意思在内。一方的激情像风一样吹向对方，对方便不能不应和之。开头两句朱熹注为"兴也"，实际上是"兴而比也"。如理解为"赋"则误。因仲春非落叶之时。"叔兮伯兮"是深情的呼唤，表现出女子的热烈、主动；"倡予和女"，他们要以歌对答，略见女子欣喜之神情。其余，则由读者去想象。

郭晋稀《诗经蠡测》说："《萚兮》与《丰》，两篇也成一组。"两诗在写法上确有共通之处。《丰》诗第三、四章有"叔兮伯兮，驾予与行""叔兮伯兮，驾予与归"的句子，恰与本诗三、四句句法一致。《丰》诗第一、二章"子之丰兮，俟我乎巷兮，悔予不送兮""子之昌兮，俟我乎堂兮，悔予不将兮"，正是提议男子驾车载我同游之前的故事。此篇在提议唱和之前也一定有故事。提出建议后，也一定有发展。但妙在都不提及，只是写女子的提议。故此诗与《丰》诗比较，更有含蓄蕴藉之长。

狡童

彼狡童兮①，不与我言兮。维子之故②，使我不能餐兮！
彼狡童兮，不与我食兮。维子之故，使我不能息兮③。

【注释】 ①狡：狡猾。童：未冠之称。狡童，狡猾的小儿。②维：通"惟"，因为。③息：止。此指内心的平静。

【品评】 这是一首表现女子在爱情波折中忧虑情绪的诗。一对恋人产生了矛盾，女子寝食不安。

爱情是两颗心灵的沟通交流。沟通可能是顺畅的，也可能因种种原因被堵塞。于是恋爱中的人就有了种种情绪表现：或兴高采烈，或黯然神伤；或满心憧憬，或失望而不绝于希望；或爱恨交加，或迷惘困惑……此诗表现恋人间发生矛盾后女子的情绪，颇为细腻。

恋人间不知发生了什么事，男子不再搭理女子。女子不能承受如此的冷漠，禁不住责怨起男子来，称之为"狡童"。"狡"与"童"从其含义来说相反的。"童"为未冠之称，含有"无知"之意，故有时也训为"童昏"；"狡"则见其在与女子相处的当中机智灵活与活泼可爱。因此"狡童"之称既有骂的意思在内，也包含着爱的意思。用这么一个词正可见女子责怨中对男子的怜惜。"维子之故"，则说明男子已经成为女子的全部。牛运震《诗志》说："两'维子之故'说得恩深义重，缠绵难割。"牛氏虽仍沿用《诗序》之说，诗旨把握得并不准确，但对"维子之故"的解释却颇中肯綮，只是"恩"换为"情"会更贴切。其"情深义重，缠绵难割"的具体表现在"使我不能餐兮""使我不能息兮"。

此诗可与《褰裳》对读，来体认女子的性格。《褰裳》也写恋人间发生了矛盾，抒情女主人公责怨男子："子惠思我，褰裳涉溱。子不我思，岂无他人？狂童之狂也且。"《褰裳》中的女子因不能忍受男子的冷漠，不惜威胁男子，性格更为泼辣；而此诗中的女子，面对男子的冷漠，却显得无能为力，只是寝食不安。

此诗显得非常质朴，只是把情事、自己的反应径直说出，没有比、兴，语言也明白如话。至于先写对男子的责怨，而后再写责怨之原因，与其说是一种有意的安排，还不如说是女子激愤情绪难以遏止的表现。清陈继揆《读诗臆补》评此诗说："若忿，若憾，若谑，若真，情之至也。"言之有理。

褰裳

子惠思我[①]，褰裳涉溱[②]。子不我思[③]，岂无他人？狂童之狂也且[④]！

子惠思我，褰裳涉洧⑤。子不我思，岂无他士⑥？狂童之狂也且！

【注释】 ①子：你。古代子为男子之称。这里是女子称其恋人。惠：爱。②褰裳（qiānchánɡ）：提起下裙。裳，下衣，同于后代的裙。上古男女均上衣下裳。涉：步行渡水。溱（zhēn）：郑国的水名，在春秋时郑国都城新郑以西，由北向南流入洧水。③不我思：不思我。古汉语否定句中宾语在谓语前。④狂童：等于今天说的"狂小子"。也且：语助词。这句是说：（看你）狂小子那狂劲儿。⑤洧（wěi）：郑国水名，在春秋时郑国都城新郑以南，由西向东，东南流入颍水。⑥士：青年男子。朱熹《诗集传》："士，未娶者之称。"

【品评】 同卫国上巳节之时会男女于城东淇水边一样，郑国在上巳节青年男女会于溱洧交会处洗浴和欢唱。《溱洧》一诗，郑玄《笺》说："仲春之时冰以释，水则涣涣然。……男女相弃各无匹偶，感春气并出，托采芬香之草，而为淫佚之行。"中国中部大部分地区和西北一带，从母系氏族社会开始就是以农业生产为主，故而人们的生活受到气候变化的制约很大，冬天因天冷，人们待在家中；一开春，马上准备农耕的事；而到二月、三月，春播之前或之后的短暂时间中，洗浴干净，穿着较过冬之时光鲜，因而形成"仲春二月，令会男女"，及三月上巳节被褉的习俗。联系《郑风》中的《溱洧》《蹇兮》《出其东门》《野有蔓草》等诗看，郑国既有仲春二月在城东会男女欢唱对歌的习俗，也有上巳节在水边欢会的习俗。本篇同《溱洧》都是写青年男女在水边欢会的诗歌。

　　这首诗表现的是恋爱中的一对，在发生了一点小的龃龉后，小伙子生气暂时不理姑娘，引起姑娘的情绪反应所唱。这由末句的对小伙子的指责——"狂童之狂也且"一句可以看出。两章中只二字不同，但"人""士"两字之互足，可知诗的抒情主人公是女子，朱熹《诗集传》已言之，只是朱熹理解"褰裳涉溱""涉洧"为女子的打算则误。毛奇龄《毛诗写官记》说："女子曰：子惠思我，子当褰裳来。嗜山不顾高，嗜桃不顾毛也。"理解最确。由"溱""洧"之别看出，这是在溱洧交汇处水边所唱，诗的背景同春季水边活动有关。小伙子总是避开姑娘不理，姑娘一方面在叫他，另一方面带出一点威胁的口气，这实际上只是为了保持自尊而已。可以看出，双方还不能完全放下自己的面子，多少有点"绷"住了。尤其小伙子，有一点气不平，还要姑娘进一步给他低头。由"子惠思我"一句可看出，以往小伙子对姑娘是十分喜爱的，姑娘也深知小伙子是肯定不能去耿怀于她，但看到他这次太认真，太叫劲，感到又可爱，又可气，既抱着赔情的想法主动搭讪，又不能完全丢开少女的自尊，表现情感，十分微妙。究竟是哪一次姑娘没在意伤了小伙子的自尊心，还是在某件事情上看法不一致姑娘做得过分得罪了他，抑或是看到姑娘同别的小伙开玩笑打闹而产生了一点点嫉妒心？不得而知。但诗中表现的情感却真挚而耐人寻味。诗是抒发感情的，好的诗可以表现出难以言说的感情、情感和感受，这首诗便是如此。

风雨

风雨凄凄①，鸡鸣喈喈②。既见君子③，云胡不夷④？

风雨潇潇⑤，鸡鸣胶胶⑥。既见君子，云胡不瘳⑦？

风雨如晦⑧，鸡鸣不已⑨。既见君子，云胡不喜？

【注释】 ①凄凄：寒凉之气。②喈（jiē）喈：鸡鸣相和声。③既：已经，终于。君子：指丈夫。④云：语助词。胡：何，为什么。夷：平。指心情由忧思而平静。⑤潇潇：形容风雨声猛烈而急促。⑥胶胶：鸡鸣声相错杂。⑦瘳（chōu）：病愈。《诗集传》："言积思之病至此而愈也。"⑧如：而。晦：昏暗。这句是说，风雨越来越大，天色变得非常昏暗。⑨已：停止。

【品评】 本诗表现了妻子见到久别丈夫的喜悦之情。《诗序》说："《风雨》，思君子也。乱世则思君子，不改其度焉。"后世引用此诗，多用《诗序》，且"风雨如晦，鸡鸣不已"也几成典故，成为"乱世君子不改其度"的代名词。

这首诗以一幅凄凉阴冷的气氛，反衬一种意外喜悦的心情。虽然只是摹景，但正如方玉润《诗经原始》所说："夫风雨晦冥，独处无聊，此时最易怀人。"而由"风雨凄凄，鸡鸣喈喈"到"既见君子"之间又是多大的反差，牛运震《诗志》说："景到即情到，首二句令人惨然失欢。接下'既见君子'，便自浑化无痕。即此可悟作家手法。"正在黯然神伤之际，所思念的人冒着风雨出现了，是怎样的狂喜！妻子因长久思念丈夫，几近患病，故丈夫的突然出现，就有了神奇的治疗功效。从丈夫的一方面说，为了早日回家，风雨兼程，至半夜到家，则丈夫对妻子的深情，也于此可见。因而首两句写景之句，使诗中情思得以充分体现。

诗的重章，固然可以表现出妻子见到丈夫后狂喜不已，其喜悦之情久久不能散去。但就所换的几个字来说，也是有程度的逐渐加深的："凄凄"，形容风雨初至所带来的寒凉之气；"潇潇"，形容风雨越来越猛烈、急促；"如晦"，则指风雨之大，使得天色昏暗如漆黑之深夜。"喈喈"，状鸡初鸣时的一应一和；"胶胶"，则状所有的鸡都鸣叫时的噪杂；"不已"，是说大多数的鸡都不叫了，只是传来零星叫声。接续以鸣，而声不已矣。表明时间的推移，天马上就要亮了。"夷"，指内心得以平静；"瘳"，指如病初愈；"喜"则不仅是平静、如病初愈了。通过这些程度不断加深的词语的使用，使得景与情之间的张力不断被扩大，抒情女主人公的情绪也就得到了准确的表达、充分的强调。

此诗与《召南·草虫》尚可一比。《草虫》："喓喓草虫，趯趯阜螽。未见君子，忧心忡忡。亦既见止，亦既觏止，我心则降。"以"未见"与"既见"对比来写对丈夫的思念，"既见"的喜悦。而此诗只是写见后如何，至于"未见"如何，则以写景出之，然而更显风致。故方玉润《诗经原始》说："此诗人善于言情，又善于即景以抒怀，故为千秋绝调也。"

子衿

青青子衿①，悠悠我心②。纵我不往③，子宁不嗣音④？
青青子佩⑤，悠悠我思。纵我不往，子宁不来？
挑兮达兮⑥，在城阙兮⑦。一日不见，如三月兮！

【注释】 ①子：对男子的美称。衿（jīn）：衣领。此代指男子。②悠悠：遥远的样子。这里形容忧思的绵长。③纵：纵然。④宁：岂，难道。嗣：借作"贻"，给予。唐陆德明《释文》："《韩诗》作'诒'，云'诒，寄也，曾不寄问也。'""诒""贻"古通。音：音讯。⑤佩：佩玉。此指系佩玉的绶带。⑥挑达：双声连绵词。来回走动的样子。⑦城阙：城正面夹门两旁之楼。

【品评】 这首诗应是表现女子等候恋人时的焦急情绪。男女约定在城门楼上见面，男子却爽约不至。女子心情焦急，且责怪男子为什么不给她捎个音讯。《诗序》说："《子衿》，刺学校废也。乱世则学校不修焉。"此为后世所遵用，"子衿"也就成了学子的代名词。

此诗表现等待中的女子的心理，非常细腻。"青青子衿"，用"子""衿"复指男子。因为"衿"为"子"之"衿"，故使得女子魂牵梦萦。"悠悠"两字，正状女子绵绵之情意。"纵我不往，子宁不嗣音"，热望而不至，难免化为责怪。诗的前两章是女子等待中的思想活动，似乎在想着见面后要责怪的话。"挑兮达兮，在城阙兮"，写当时焦急等待的状况。"一日不见，如三月兮"，是写女子对于未见到所思念之人时的心理感受。女子的魂牵梦萦，凝神远眺久候的焦急、对男子的责怪等都由此句而绾结，诗的意味也被无限地延长了。

此诗之美，还在于其表现手法的丰富。先写女子久候恋人而不见来，禁不住开始抱怨；再写等待时的情景，这是用了倒叙。"一日不见，如三月兮"是夸张地说明"悠悠我思"，可谓首尾呼应。"青青子衿"用了借代。"挑兮达兮"通过人物的动作来表现其情绪。"在城阙兮"又以人物所处环境来暗示人物的行为。就全诗来看，第一、二章似乎为女子自述，"挑兮达兮，在城阙兮"又似乎为诗人所述，也就是说此诗还采用了变化叙述角度的手法。

从句式上来看，第一、二章是重章，但又有"子宁不嗣音"一句，整饬中有变化；第三章主要使用"兮"字句，与一、二章不同。吴闿生《诗义会通》说："旧评：前二章回环入妙，缠绵婉曲。末章变调。""在城阙兮"与"如三月兮"句法相同，但又与"挑兮达兮"不同。句法变化，以用来曲尽女子之情事，也使作品摇曳多姿。

此诗心理描写的手法对后世文学创作颇有影响。钱钟书《管锥编》第一册："《褰裳》之什，男有投桃之行，女无投梭之拒，好而不终，强颜自解也。《丰》云：'悔余不送兮''悔余不将兮'，自怨自尤也。《子衿》云：'纵我不往，子宁不嗣音？''子宁不来？'薄责己而厚望于人也。已开后世小说言情之心理描绘矣。"

扬之水

扬之水①，不流束楚②。终鲜兄弟③，维予与女④。无信人之言，人实迋女⑤。

扬之水，不流束薪⑥。终鲜兄弟，维予二人。无信人之言，人实不信⑦。

【注释】　①扬之水：激扬的流水，流得快而不平稳的水。因为不平稳而又流得快，会使束在一起的薪、楚翻腾冲散，所以说"不流束楚"等。

扬，激扬。②流：漂流。束楚：一捆荆条。南方近水之处砍柴常借河水运输。③鲜（xiǎn）：少。此处意同"没有"。④维：通"惟"，只有。⑤迋（kuáng）："诳"字之借，欺骗。⑥薪：柴。⑦信：诚信、可靠。

【品评】 细味诗情，乃是一个妇女对丈夫诉说的口气。古时男子除正妻外，可以纳妾，又因做官、经商等常离家在外，是否拈花惹草，妻子多管不着。但礼教上对妇女的贞节则看得很重。如果丈夫听到关于妻子的什么闲言碎语，是一定要管的；而如果以前夫妻感情很好，他对妻子也很喜爱，那么此时他将会感到非常苦恼。这首诗就是在这种情况下妻子对误听流言蜚语的丈夫所作的诚挚的表白。

《诗经》中的兴词有一定的暗示作用，凡"束楚""束薪"，都暗示夫妻关系。如《王风·扬之水》三章分别以"扬之水，不流束薪""不流束楚""不流束蒲"起兴，表现在外服役者对妻子的怀念；《唐风·绸缪》写新婚，三章分别以"绸缪束薪""绸缪束刍""绸缪束楚"起兴；《周南·汉广》写女子出嫁两章分别以"翘翘错薪，言刈其楚""翘翘错薪，言刈其蒌"起兴。看来，"束楚""束薪"所蕴含的意义是说，男女结为夫妻等于将两人的命运捆在了一起。所以说，《郑风·扬之水》只能是写夫妻关系的。

此诗主题同《陈风·防有鹊巢》相近。彼云："谁侜（zhōu）予美，心焉忉忉"（谁诓骗我的美人，令我十分忧伤）。只是《防有鹊巢》所表现的是家庭已受到破坏，而本诗所反映的是男子听到一些风言风语，而妻子劝慰他，说明并无其事。如果将这两首诗看作是一对夫妇中的丈夫和妻子分别所作，则是很有意思的。

此诗抒情女主人公是忠贞、善良的，同丈夫有着很深的感情。因为娘家缺少兄弟，丈夫便是她一生唯一的倚靠。在父系宗法制社会中，作为一个妇女，已经是一个弱者，娘家又力量单薄，则更是弱者中的弱者。其中有的女子虽然因为美貌会引起很多人的爱慕，但她自己知道：这都不一定是可靠的终身伴侣。她珍惜她幸福的家庭生活。但有些人却出于嫉妒或包藏什么祸心，而造出一些流言蜚语，使他们平静的生活出现波澜。然而正是在这个波澜中，更真切地映照出她纯洁的内心和真诚的情感。

此诗运用了有较确定蕴含的兴词，表现得含蓄而耐人寻味。第一句作三言，第五句作五言，与整体上的四言相搭配，节奏感强，又带有口语的韵味，显得十分诚挚，有很强的感染力。故清代牛运震《诗志》评说："苦口危词，沥肝之言，凄痛难读。"

出其东门

出其东门，有女如云①。虽则如云，匪我思存②。缟衣綦巾③，聊乐我员④。出其闉阇⑤，有女如荼⑥。虽则如荼，匪我思且⑦。缟衣茹藘⑧，聊可与娱⑨。

【注释】 ①如云：形容众多。②匪：同"非"，不是。存：在。思存，思念之所在。③缟（gǎo）：没有染色的薄绢。綦（qí）：暗绿色。巾：佩巾，似今之围裙。"缟衣綦巾"是当时女子比较朴素的服饰。郑玄《笺》："缟衣綦巾，所为作者之妻服也。"应为未婚妻所服。古代对订婚之礼看得甚重。女子许人，即已确定了婚姻关系。④聊：姑且。员：古文"云"，语助词。⑤闉阇（yīndū）：在城门外再筑半环形的墙，称为曲城。⑥荼（tú）：白茅花。如荼：比喻众多。⑦且（cú）："徂"之假借。《尔雅·释诂》："徂，存也。"以相反为训。思且：即上"思存"。⑧茹藘（rúlǘ）：茜草。朱熹《诗集传》："可以染绛，故以名衣服之色。"⑨娱：乐。

【品评】 这是一首表现男子忠贞于爱情的诗。对这首诗，大多数说者都以为是对已有爱情的固守，只是表述不同，可看作说者所处时代使然。分歧较大的地方在于男子钟情的女子是其未婚妻还是其妻子。"綦"，本字作"綨"，《说文》："綨，帛苍艾色。……《诗》：'缟衣綨巾。'未嫁女所服。"马瑞辰《毛诗传笺通释》说："缟衣亦未嫁女所服也。"据此，女子是男子恋人，两人尚未成婚。

郑国士、女春天会于溱水、洧水之间，《溱洧》一诗已写出其盛况。郑国国都之东门，如同溱水、洧水旁，也是士女欢会游乐之处。宋人王质《诗总闻》说："'出其东门''东门之墠'者，言东门，盖其国都凑集冶乐之地。"诗人出东门，自然会看到众多美女。她们美丽的容貌、飞扬的神采、华丽的服饰，对任何男子都是有吸引力的，这是人之常情。故抒情主人公也流露出看到这些美女时的惊喜。"虽则如云，匪我思存"，只是欣赏而已，并不沉迷。而在这转折中，男子对爱情的忠贞、满足也就表现了出来。众多美女也就成了背景，只是来映衬"缟衣綦巾"的那一位。"缟衣綦巾"是借代，是以女子的服饰来代指女子，那么朴素的衣着是代指女子的朴实，这或许也正是男子钟情于她的原因。"聊乐我员"，应就是《陈风·衡门》所说"岂其食鱼，必河之鲂？岂其取妻，必齐之姜"之意。心灵的沟通、心灵的惬适才是最重要。

这是一位男子的爱情独白。其中没有丝毫的标榜，只是诚恳和老老实实的陈述。故诗的文字平实，辞气平和，章句顺畅。诗以即目所见写起，没有酝酿，没有铺垫。"虽则如云"是转折，但也是接续"有女如云"而说，并不是硬性地安排。"聊"之意甚好，却也不是如后世文人那样刻意推敲所得，只是平静心态的一种体现。正因为内心平静，才可以举重若轻，才有了"聊"这样的词句。

野有蔓草

野有蔓草①，零露漙兮②。有美一人，清扬婉兮③。邂逅相遇④，适我愿兮⑤。

野有蔓草，零露瀼瀼⑥。有美一人，婉如清扬⑦。邂逅相遇，与子偕臧⑧。

【注释】 ①野：野外。蔓：本指一种茎细长如藤的草。此处作"蔓延"解。②零：落下。漙（tuán）：陆德明《释文》："漙，本亦作团。"李善注《文选》引作"团"，可能古本《毛诗》作"团"。《说文》："团，圆也。"陈奂《诗毛氏传疏》："露上草成圆如珠，是曰团。"③清：明。形容眼睛黑白分明。扬：扬眉。陈奂："因扬眉见目之美，故经以美目为扬。"婉：美好。④邂逅（xièhòu）：不期而遇。⑤适：符合，适合。⑥瀼（ráng）瀼：露浓的样子。⑦婉如：婉然。⑧偕：原作"皆"，据《诗集传》《诗毛氏传疏》改。《诗·大雅·绵》"百堵皆兴"，《诗经考文》云："古本皆作偕。"偕：同。臧：好，善。朱熹《诗集传》："与子偕臧，言各得其所欲也。"

【品评】 这是一首表现男女青年一见钟情的诗。

一见钟情，在现代生活中仿佛是神话。今天人们要求于爱情的太多，金钱、学历、社会地位等等。那么，一见钟情，这种近于本能的情感体验也就很难在心中萌发。这也是现代许多说者解此诗为已经相恋的两人不期而遇的原因。而在上古，虽有时也计较于男女的社会地位等等，但那主要通行于贵族阶层。在民间，爱情是没有那么多束缚的。就抒情主人公的身份来看，应该与《召南·野有死麕》的相似，是位在野外劳动的人。由于爱情没有了束缚，故对爱情的歌咏也就颇为率真，充满诗情画意。

前两句，朱熹以为是"赋而兴"，是正确的。"野"点明相遇的地点；"零露漙兮"点明时间。郑玄《笺》："蔓草而有露，谓仲春之时，草始生，霜为露也。""霜为露"则是清晨。此固然是实写，但春草青青、露水晶莹，看到一个美丽的女子，真是一幅清新脱俗的图画。以露水喻人，在《诗经》中常见。曾运乾《毛诗说》说："《野有蔓草》借朝露之盛以喻清扬之美，犹《蓼萧》以零露喻君子，《湛露》以露盛喻诸侯也。"诗人只是叙写所经之地、所历之物，但由于有感情的浸润，便使之含有了隽永的味道。

"清扬婉兮"，写美人之美，是抓住了要害，所谓"传神写照正在阿堵之中"（《世说新语·巧艺》)，"阿堵"就是眼睛。我们以诗的抒情主人公为男子，则此句不仅写出了女子眉目的清秀、眸子的清澈，而且也写出了其顾盼的风采，自是高明画家的笔法，而对诗人来讲，他只是写了女子打动他之处。在"邂逅相遇"之时，目光接触的那一刹那，男子的心完全被慑服了。更美妙的是，在目光相遇的那一刻，女子也与男子有相同的感觉，故男子"与子偕臧"。

当然，此诗的抒情主人公究竟是男、是女，难以肯定。联系《齐风·猗嗟》一诗"美目扬兮""轻扬婉兮"用于男士的情况，此诗抒情主人公也有可能为女性。但无论怎样，表现出的情感反应是逼真而感人的。

此诗的确很美，美在真挚的情绪，故事的奇妙。而因为有了真挚的感情，所以遣词造句能以少胜多。

溱洧

溱与洧①，方涣涣兮②。士与女③，方秉蕑兮④。女曰：观乎⑤？士曰：既且⑥。且往观乎⑦！洧之外，洵訏且乐⑧。维士与女⑨，伊其相谑⑩，赠之以勺药⑪。

溱与洧，浏其清矣⑫。士与女，殷其盈矣⑬。女曰：观乎？士曰既且。且往观乎！洧之外，洵訏且乐。维士与女，伊其将谑⑭，赠之以勺药。

【注释】 ①溱（zhēn）、洧（wěi）：水名，皆在今河南密县。二水会合于郑都以西。②涣涣：水流盛大的样子。犹今言"哗哗地流着"。《太平御览》卷三十"三月三日"下引《韩诗》"溱与洧，方洹洹兮"，注云："谓三月桃花水下之时，至盛也。"③士：男子的美称，多指青壮年，有时专指未婚的男子。如《荀子·非相》："处女莫不愿得以为士。"王先谦《集解》："士者，未娶妻之称。《易》曰：'老妇得其士夫。'"又引郝懿行之说："古以士女为未婚娶之称。"女：泛指女性，但多用以指未婚女子，与"妇"相对。本诗中"士""女"皆指未婚男女。④方：正。秉：执。蕑（jiān）：

一种香草，即泽兰，生于水边泽旁。古人用以佩身或沐浴、洗头。⑤"女曰"句：这是姑娘在溱、洧交汇处的路上遇到小伙，问他是不是去看过了。⑥既：已经。且（cú）："徂"字之借，往，去。⑦且：姑且。此下三句是姑娘邀小伙再去看看。⑧"洵訏"句：言洧水之外游玩的地方很宽阔，也很热闹。洵，"恂"字之借，确实。訏（xū），广大。⑨维：语助词。⑩伊：马瑞辰《毛诗传笺通释》以为"瞖"之借字。《集韵》引《广雅》："瞖，笑也"。《玉篇》："瞖，笑貌"。《广韵》同。"瞖其"犹"瞖瞖"，犹今言"笑嘻嘻"。相谑（xuè）：互相调笑。谑，开玩笑。⑪勺药：即芍药。因"药""约"音同，古人赠芍药，有结信约之意，同欲招人来则蘼芜（当归），欲去人烦忧则赠丹棘（萱草，忘忧草）的情形相似。⑫浏（liú）：水清的样子。⑬殷其：即"殷殷"，热闹的样子。《说文》："作乐之盛称殷。"盈：满，多的样子，此言那里满是人。⑭将谑：犹言"相谑"（马瑞辰说。朱熹《诗集传》以为"将"当作"相"，声近致误）。

【品评】《韩诗内传》说："郑国之俗，三月上巳之辰，往溱洧两水之上，招魂续魄，秉兰草祓除不祥，时人愿与所说者俱往也。"（《后汉书·袁绍传》注引）古代中原一带上巳节男女会于河边，因为冬天虽然没有农活，但一般劳动人民御冬条件差，如《豳风·七月》所说："无衣无褐，曷以卒岁？"只好"塞向墐户"，入于简陋的屋中，穿着臃肿，洗身、洗衣又不甚方便，显得窝囊、不精神。当上巳节换季之时（《论语》中所谓"春服既成"时），青年男女既沐浴洗衣，又借以男女相会。这与后代姑娘们到河边洗衣，小伙子借机去接触的情形相近。上巳节（东汉以前为夏历三月的第一个巳日，魏晋以后定在三月三日）是古代一个很重要的节日。上巳节在河边修禊以祓除不祥，也是一年中改换心情的一种方式。上巳、寒食、清明前后相连，都是游春的节日（因为人们都到郊外活动，所以全是冷食。寒食与上古钻木取火、换新火的风俗有关，但这个日子定在三月初，也同季节特征及古人一年中的生活节奏有关）。《溱洧》一诗反映的正是上巳节男女青年在河边欢会玩耍的情景。

《溱洧》一诗的文化背景与《褰裳》相同，但表现手法、情调、主题等都不相同:《褰裳》是用第一人称手法表现了一种复杂的感情，而本诗则是以一个旁观者的眼光截取了生活中一个片段，或者说只是描绘了一个场景，时间的流程极短。诗有两章，开头的"溱与洧，方涣涣兮""溱与洧，浏其清矣"，重章互足，先写出季节在春季，第二章开头说明地点在水边。"洧之外，洵訏且乐"，指出了具体的地点，又是从人物对话中说出，照应点染，意境逼真。其对话的重叠表现，只是说明了这种场景的普遍，这种情节随处可见。"士与女，方秉蕑兮"同"士与女，殷其盈矣"互足，是说有很多的青年小伙同姑娘拿着有香味、可以用来洗浴的泽兰。两章中都是女子主动问男子，突出地表现了在这种男女欢会的节日中，女子的主动，这同《郑风》中的《萚兮》《褰裳》两诗所表现一致。但《溱洧》截取了上巳节活动中的一段剪影，通过一对青年男女对话的方式来表现热闹的场面，和在这个活动中姑娘们的热情奔放，男女青年的青春活力，以及对美的喜爱，而互赠芍药则表现出对爱情的追求。"伊其相谑"的"谑"字，微妙地透露出男女双方在开玩笑中对爱的试探性表达。全诗情调轻快、活跃，充满生活情趣，借对话而表现青年们热烈的感情交流，十分鲜明而生动。

齐　风

　　西周初年武王封姜尚于今山东省北部、中部，为齐国，建都临淄。因有鱼盐之利，人口稠密，周边又少有干扰，国势渐强。以后又兼并了一些小国，春秋时成大国。其地包括今山东潍坊、临沂、惠民、德州、泰安等地，及河北沧州市的南部。《齐风》共十一首诗。除少数讽刺齐襄公的诗可以考知作于公元前697年至前683年之间，其他年代多不可考。其中多写男女互相爱慕及婚嫁之作，也有反映人民劳动生活的作品，尤其收有揭露齐襄公与文姜丑行之诗。齐同秦、陈、桧、曹等都是编《诗》者要贬损的国家。《诗》的编纂中作品有所去取，比较《齐风》与《郑风》等，至为明显。

还

　　子之还兮①，遭我乎猫之间兮②。并驱从两肩兮③，揖我谓我儇兮④。
　　子之茂兮⑤，遭我乎猫之道兮。并驱从两牡兮⑥，揖我谓我好兮⑦。
　　子之昌兮⑧，遭我乎猫之阳兮⑨。并驱从两狼兮，揖我谓我臧兮⑩。

【注释】　①子：对男子的尊称，相当于"你"。这是猎人指另一猎人而言。之：结构助词，联结主语与谓语。还（xuán）：敏捷，跑得很快的样子。《毛传》说："还，便捷之貌。"《说文》："趰，疾也。"义相通。这句是说："你跑得真快呀！"②遭：相遇。猫（náo）：山名。在今山东临淄县南。③并驱：骑马并辔而奔跑。从：追逐。肩：三四岁的兽，大兽。《说文》引此诗作"豜"。王念孙《广雅疏证》："豜，与肩同。"则"肩"即《豳风·七月》"献豣于公"的"豣"。此章"肩"与下章"狼"重章互足，是说他们所追逐为成年的公狼。④揖我：向我作揖。揖，拱手为礼。儇（xuān）：敏捷，麻利。《毛传》："利也。"⑤茂：本意为草木茂盛，这里指身体健康、精神饱满。⑥牡：公兽。⑦好：指狩猎技艺高超。⑧昌：年轻能干。《毛传》："昌，盛也。"郑玄《笺》："佼好貌。"义可相通。⑨阳：山之南。⑩臧：好，够朋友。

【品评】 诗中说"遭我乎猱之间兮""遭我乎猱之道兮""遭我乎猱之阳兮"，看来是两个本不相识的猎人在打猎中相遇于猱山南侧山道上。因为原来不相识，所以诗的开头先说了对这个人的最初印象。"子之还兮""子之茂兮""子之昌兮"，是说对方跑得很快、身体强健、精神饱满、年轻能干。这里透露出的是对"同行"或曰共同爱好者发自内心的称赞、钦佩与爱慕。这同一些人因为同行能力胜己而产生妒忌的情形恰好相反，很自然地表现出了人性的美。他们在空旷无人之地结为朋友，一起追逐凶猛的大野兽，他们互相合作，结下了友谊。在分手的时候，他的这位朋友也夸赞诗人敏捷麻利、技艺高超，是一位很好的朋友，也同样从对方的感受来表现抒情主人公。

这是一首抒情诗，上面的这个简单情节，是在抒情中反映出来的。全诗抒发了劳动人民劳动中的愉快、乐观情绪和善良感情。

语言是通向心灵的小道。完全不认识的两个人，在离家很远的地方偶然相遇，很可能将来不会再见面，但如果他们就自己所见，即使是最表面的一些现象发表一点看法，征询对方的意见，而另一个也表达了看法，那么，也就接通了两个心灵间的路线，言语由浅入深，交情也由浅入深。先在最明白浅易的事情上表示一致的看法，便造成一种"共识"的心理趋势，在需要的情况下，便可以进行合作，协调行动。而如果空旷之地陌路相逢一言不发，那么，笼罩着他们的不仅是寂寞、沉闷的空气，还会有一种心理压力，似乎潜伏着什么危险。这不仅因为双方对对方的品行、处世态度完全不了解，存在着戒备之心，同时，如果有其他的意外发生，他们也难以很快做到配合与相互帮助。所以说，这首诗也写出了人们在生产、生活中互助互爱、相互赞美和鼓励这样的情形，具有十分深刻的意义，是"让世界充满爱"主题的最早歌唱。可以说，诗中唱出了人类最高尚的感情。诗人发之歌咏，称赞了这样一种精神思想、情操，表现了对这种情操、情感的不能忘怀，则诗人的思想情感也就可以感觉到了。这里没有直接的人物描写，也没有心理描写，但却立体地、从几个方面表现了抒情主人公的胸怀。应该说，这实际上是表现了劳动人民的品质、情操。《诗经原始》引章潢语："'子之还兮'，己誉人也；'谓我儇兮'，人誉己也；'并驱'，则人己皆与有能也。"

这首诗的节奏也相当美。六国秦汉而下，好诗自然不少，但如此诗及《周南·汉广》《卫风·桑中》《秦风·蒹葭》等，可谓浑然天籁。这首诗情调的优美，节奏与音乐性的完美结合更是达到浑然天成的程度。马克思说，希腊艺术和史诗"仍然能给我们以艺术享受，而且就某方面说还是一种规范和高不可及的范本"（《政治经济学批判导言》），原因就在这里。人对艺术品美的感觉，是很难通过理性分析讲清楚的，因为艺术欣赏是一个极为复杂的心理过程。

这首诗在形式上有以下几点值得注意：

第一，每句之后带有语助词"兮"，使节奏舒缓，提示读者在阅读中想象当时歌唱时悠扬的声调。

第二，完全是极明白的口语。其中"之""乎"这些虚词使句长而意不密，唱起来易于听清，完全不同于后来之"案牍诗"。

第三，句子参差不齐，句法多变，与整齐的四言诗不同。不记"兮"字，各句字数是 3、6、5、5。从节奏上说，这四句是：

一二（3言）

三三（6言）

二一二（5言）

二一二（5言）

总体上形成一种音乐节奏的参差美，而在参差变化之中，又体现出一种整齐美：后两句并为五言，句子结构相当，而且显示出一种自然的对偶，没有斧凿的痕迹。方玉润《诗经原始》评道："猎固便捷，诗亦轻利，神乎技矣！"

本诗写山中打猎时的一段情感经历，故情调高亢；又因为是赞扬友谊，故色调明朗而轻快，而且由于是从回忆角度写的，故同时又显得一往情深。诗中创造的意境是优美的。陈子展《诗经直解》说："《还》篇当是猎人之歌。此用粗犷愉快之调子，歌咏二人之出猎活动，表现一种健壮美好之劳动生活。"体会颇为细致。

猗嗟

猗嗟昌兮^①！顾而长兮^②，抑若扬兮^③。美目扬兮^④，巧趋跄兮^⑤。射则臧兮^⑥！

猗嗟名兮^⑦！美目清兮^⑧，仪既成兮^⑨。终日射侯^⑩，不出正兮^⑪。展我甥兮^⑫！

猗嗟娈兮^⑬！清扬婉兮^⑭。舞则选兮^⑮，射则贯兮^⑯，四矢反兮^⑰。以御乱兮^⑱！

【注释】　①猗嗟：赞叹声。昌：盛。此指貌美。郑玄《笺》："昌，佼好貌。"②顾而：应作"顾若"。胡承珙《毛诗后笺》说："此句与'顾若长兮'文法一例。'顾'为长身之貌，'抑'为广额之美，故曰'顾若''抑若'也。"顾若，即顾然，身材高高的样子。③抑：通"懿"，美好。抑若：抑然。扬：额角丰满。陈奂《诗毛氏传疏》："扬之为言上也。于目曰扬目，于眉曰扬眉。又引申之，则眉以上皆得称扬矣。"④扬：抬眼看。胡承珙："然则《毛传》正以扬眉形目美，谓好目于扬眉见之，故美目谓之扬。……其实扬眉即扬目耳。"⑤巧趋：轻巧地快步走。跄（qiàng）：步履有节奏的样子。⑥臧：善。

⑦名：通"明"，昌盛。马瑞辰《毛诗传笺通释》："名当读明。明亦昌盛之意。……三章首句皆叹美其容貌之盛大。"⑧清：明。形容眼睛黑白分明。⑨仪：指射箭前的一系列仪式。成：完成。朱熹《集传》解释说："言其终事而礼无违也。"⑩侯：箭靶。上古时以兽皮或布为之。⑪正（zhēng）：箭靶的中心。在侯中间加一个圆形或方形的布，叫作"鹄"，也叫作"正"，正中叫"质"或"的"。射以中正为上。⑫展：诚，确实。甥：古代称姐妹的儿子为甥，称女婿亦为甥。《尔雅·释亲》："妻之父为外舅。"郭璞注："谓我舅者，吾谓之甥；然则，亦宜呼婿为甥。"⑬娈（luán）：壮美。《毛传》："娈，壮好貌。"⑭清扬婉兮：见《野有蔓草》注。胡承珙："末章'清扬婉兮'乃总上二章'扬兮''清兮'而言。婉者，好也，皆谓目之好。"⑮舞：指射仪中射者手持弓矢，随着乐师所奏之乐进退起止的动作。选：齐。此指合拍。这句是说：射者在射仪中的动作与乐曲完全合拍。⑯贯：中正而穿透。《毛传》："贯，中也。"马瑞辰："穿与中义相成，能中即穿之矣。"⑰四矢反兮：据《仪礼·乡射礼》载，贵族射礼有三番射，第一番射相当于试射，不计成绩；第二番射计算参射者射中多少；第三番射时有音乐伴奏，参射者动作起止都当和乐。通常一番为三队参射者同时升堂依次而射，每人四矢。"四矢反"言四箭重复射中正鹄。反，复，指后面射的箭都能射中前面射中之处。郑玄《笺》："反，复也。礼射三而止，每射四矢，皆得其故处，此之谓复。"⑱御：抵抗。这句是说：射者的才能可以抵抗外侮。

【品评】 这是一首赞美一个贵族青年有威仪和射技的诗。旧说以为是齐人讽刺鲁庄公"不能以礼防闲其母"，那不过是依据"展我甥兮"一句附会史事。诗皆为叹美之词，看不出讽刺的意思；也看不出与鲁庄公有何联系。由"展我甥兮"一句来看，作者应该是青年男子的舅舅或岳父。这首诗也反映了春秋以前射礼（射箭比赛活动）仪式的相关内容。

此诗全用赋法，细致地描写了贵族青年男子的身材、面容、眼神、风度、射技。诗人善于把概括描写与细节描写、静态描写与动态描写结合起来，不仅勾画出射者的外部形象，而且写出了其神采、气度。"猗嗟昌兮""猗嗟名兮""猗嗟娈兮"，总括射者之美貌，"颀而长兮"写身材，这都是概括描写，静态描写。"抑若扬兮，美目扬兮""美目清兮""清扬婉兮"写面容与眼神，有静，有动。"巧趋跄兮""仪既成兮""舞则选兮"写其进退有节的风神气度，其中"巧趋跄兮"是个细节，"舞则选兮"则是概括描写，都很有动感。诗人在表现人物时，不仅是摹形，更注意传神，从而把射者内在的朝气、灵气传达了出来。

本诗中，诗人也采用了重复、铺垫等手法。每章第一句意同。"美目扬兮"与"美目清兮"意亦同，而"清扬婉兮"又是总括第一、二章写面容、眼神的句子。《野有蔓草》有"清扬婉兮"一句，写出了女子眉目的清秀、眸子的清澈、顾盼生姿的风采。在此则被铺排为四句，通过铺排来强调射者之风采。"终日射侯，不出正兮""射则贯兮，四矢反兮"，都是写射技的高超，不过后两句比前两句意味有所加深而已。此诗之重点自然是在表现贵族青年高超之射技，花很多笔墨来写其面容、眼神、威仪，也正是为写射技作铺垫。胡承珙说："下文'仪既成兮，终日射侯，不出正兮'，故先言目之'名兮''清兮'，盖形容其射时审固之状。""仪既成兮"，"仪"指射仪，射箭活动的一部分。"舞则选兮"，是写射箭活动中的舞。这样，诗人实际写了贵族青年射箭的整个过程：射前的仪式表演，射箭时的趋前、屏息凝神，射箭间隔中的舞蹈。只是诗人没有依照顺序表达而已。而"颀而长兮""猗皆娈兮"同样有铺垫作用。因为体魄壮美，所以可以"射则贯兮"；写其目，也是铺垫。陈奂说："下文言'美目'，乃为善射张本。"

诗人非常喜欢这位射者，欣赏他的容貌、风度，更佩服他的射技，故在对射者进行描摹时，赞叹不绝。这些赞叹之语穿插在描写的句子之中，增加了行文的变化，对读者也有感染的作用。

魏　风

　　魏为周初所封姬姓小国，地域在今山西省西南角的芮城、永济一带，其地当雷首之北，析城之西，南枕河曲，北涉汾水。公元前661年为晋国所灭，赐其地于毕万。则魏诗皆为此年之前的作品。《诗谱》说魏国是"虞舜夏禹所都之地"，则其地应有较深厚的文化底蕴。然其夹于秦、晋两大国之间，时受侵夺，而统治者又完全失去虞、夏之时淳朴简约的作风，与大国诸侯一样竞相侈靡，因此诗歌中讽刺剥削压迫的作品多，情绪也相当激烈。《魏风》共七首，大多是春秋初期的作品。

园有桃

　　园有桃，其实之殽①。心之忧矣，我歌且谣②。不知我者③，谓我士也骄④。彼人是哉⑤，子曰何其⑥？心之忧矣，其谁知之？其谁知之，盖亦勿思⑦！

　　园有棘⑧，其实之食。心之忧矣，聊以行国⑨。不知我者，谓我士也罔极⑩。彼人是哉，子曰何其？心之忧矣，其谁知之？其谁知之，盖亦勿思！

【注释】　①实：指桃的果实。之：助词，用于主语与谓语之间，形成一个主从复句中的分句，起着加强语气的作用。略等于"之谓"或"才是"。殽（yáo）："肴"字的假借。连上句说：园中的桃树，果实才是可以吃的。②且：又。谣：徒歌，没有配乐的歌唱。③原作"不我知者"。阮元校云："《唐石经》小字本同，相台本作'不知我者'，闽本、明监本、毛本同。案：相台本非也。《笺》倒经作'不知我者'，《正义》依之耳。不可据以改经。

下章同。"马瑞辰《毛诗传笺通释》亦云:"'不我知'犹《论语》云'不患莫己知',古人自有倒语耳。今本作'不知我',盖因《笺》云'不知我所为歌谣之意者'而误。"胡承珙《毛诗后笺》引阮元校证并云:"李黄《集解》、范氏《补传》、吕氏《读诗记》、戴氏《续诗记》、许氏《名物钞》皆作'不我知者',惟苏氏《诗传》、王氏《总闻》、朱《传》、严《缉》与相台本同。当从《唐石经》为正。"今通行之书如陈奂《诗毛氏传疏》、王先谦《诗三家义集疏》俱作"不我知者"。按:《唐石经》作"不我知者",有古本如此的可能。但阮元以来诸家以为唯"不我知者"为是,则未必。阮元、马瑞辰以为因《笺》而误,亦非是。《王风·黍离》"不知我者,谓我何求",句式同而无异文,则本诗或者古本作"不知我者"。今为同《黍离》一致,便于诵记,改作"不知我者"。④士:最低级的贵族阶层,也指知识分子。也:语助词。骄:高傲。⑤彼人:指时君或执政者,即上文所说"不知我者"。是:这,这样。这句是说,那些人就是这样(糊里糊涂)。⑥子:泛指听歌者、听倾诉者。何其(jī):怎么(办)。其,语助词。这句是说,你说能怎么样?意谓对此形势、对这一群临近瓦解尚不觉醒的人没有什么办法。⑦盖(hé):通"盍",何不。这句是说:何不丢开不要想它。⑧棘:酸枣树。⑨聊:姑且。行国:行游国中。⑩罔极:无常,行事没有定准。指不合礼仪制度。

【品评】《诗序》说:"《园有桃》,刺时也。大夫忧其君,国小而迫,而俭以啬,不能用其民,而无德教,日以侵削,故作是诗也。"郑玄《笺》甚至说:"魏君薄公税、省国用、不取于民,食园桃而已。"魏源《诗古微》批评郑玄《笺》说:"虽许行、墨翟有不能行,而谓有是俭主乎?"魏源以为首两句"是兴非赋",是也。当然,兴词同诗本文主要是起韵的作用,有时由于当时歌唱中兴词的习惯用法和作者潜意识的反应,也多少表现出一点情调上叙事氛围上的联系,在不即不离之间。清李光地《诗所》说:"此诗文意,朱《传》尽之。但为何事兴感,则不可晓。大抵诗意不可以辞寻者,当观其所起兴。园有桃者,不能独玩其华而已,也以食其实也。

乱世之政，多有其文而无其实，视其文则曰是矣，责其实则非也，是以诗人忧之与？"其说近是。由诗中"谓我士也骄"一句看，作者当为下层贵族。此诗同《王风·黍离》一样，其发为歌咏，似乎并无明确的针对性，却表现出一种说不清的忧虑与哀伤。春秋时，魏国灭于周惠王十六年（前661）。此诗应作于周庄王（前696—前682）、釐王（前681—前677）至惠王（前676—前652）前期的一段时间中，而以在惠王前期的可能性大。故明代何楷《诗经世本古义》定于周惠王之世。

本诗作者是公元前七世纪前期魏国统治集团的下层人物，他头脑清醒，但对当时的形势无能为力。他的有些话、有些做法，虽出于挽救国运的颓势，却被统治者看作无礼甚至僭越行为，受到指责与嘲讽。他一方面为国之将亡忧愁，另一方面又为执政者之执迷不悟着急。本诗虽然只是春秋初年小国士人之作，实际上也吐露出春秋之时所有头脑清醒的士人的心声，相当程度上是当时时代精神的体现。春秋初年也有不少礼仪诗、赞颂诗，鼓瑟鼓琴，式燕以乐，穆穆皇皇，其实不过是维持一个空架子，西周之时的宗法关系、礼乐制度在迅速崩溃之中。"心之忧矣，其谁知之"，诗人的清醒增加了他的孤独感，形成了他最大的悲哀。这一点同战国末年屈原的《离骚》相近。两章的后四句完全相同，是所谓复唱。而"彼人是哉，子曰何其"语意一转，与前面的"谓我士也骄""谓我士罔极"并不衔接，不能看作所谓"不知我者"对诗人的指责之语。有的学者将"士也骄，彼人是哉，子曰何其"看作"谓我"的内容，误。

两章末尾的"盖亦勿思"，真是"抽刀断水水更流，举杯消愁愁更愁"，想不思而又不能不思，意味深长。

陟岵

陟彼岵兮①，瞻望父兮②。父曰：嗟③！予子行役④，夙夜无已⑤。上慎旃哉⑥！犹来无止⑦！

　　陟彼屺兮⑧，瞻望母兮。母曰：嗟！予季行役⑨，夙夜无寐⑩。上慎旃哉！犹来无弃⑪！

　　陟彼冈兮，瞻望兄兮。兄曰：嗟！予弟行役，夙夜无偕⑫。上慎旃哉！犹来无死！

　　【注释】　①陟（zhì）：登上。岵（hù）：多石而无草木的山。《毛传》："山无草木曰岵。"②瞻望：远望。瞻，望。以下是想象父亲在家中的状况。诗人行役思家，云山万里，不可能见到家乡，更不会看到家人。这里说站到高处后向家乡的地方"瞻望父"，表现了对父亲的深切思念。第二章写"瞻望母"，第三章写"瞻望兄"，同此。三章实为互文见义。③嗟：唉叹声。④予子：我儿子。行役：因公事远行于外。如行军远戍，在外服劳役等。⑤夙夜：此处同于"早晚"。无已：没有完结，不得休息。⑥上：借作"尚"。《鲁诗》作"尚"。慎：谨慎，小心。含有"保重"之意。旃（zhān）：之焉的合音，作语助。⑦犹来：还能平安地回来。犹，还。无止：毋止，不要停留在外边。这是"不要死在外边"的委婉说法。这句承上意思是：虽然受了很多苦，长期未能休息，但希望最终能克服困难回家。⑧屺（qǐ）：有草木的山。《毛传》："山有草木曰屺。"⑨季：这里指季子，小儿子。古以伯、仲、叔、季为排行，而"季"也指小儿子。⑩无寐：没有时间睡觉。⑪无弃：毋弃。指弃于外，等于说抛尸他乡。⑫偕：一起。朱熹《诗集传》："言与其侪同作同止，不得自如也。"

　　【品评】　本诗是一个普通征人思家之作。《诗序》说："《陟岵》，孝子行役，思念父母也。国迫而数侵削，役乎大国，父母兄弟离散，而作是诗也。"基本合于诗意。诗中三章末尾都说"来"，可见父母兄俱在家中，应是诗人"与父母兄相离"。《诗序》说："父母兄弟离散"，是就魏国当时总体状况言之。

　　《诗经》中表现行役思家内容的诗不少，而这首诗在艺术上具有突出的特色。

首先，诗未直接表现思家之情，而写思念家中亲人；同时诗又不是直白地正面描绘如何思念亲人，而是说登上高山顶上之时，向着家乡方向远望。因为在峡谷地带或山脚、山腰，视野不开阔，所见范围有限，到山顶则可以骋目远望。然而，无论如何，云山万里，诗人不可能看到家乡，更不可能看到亲人，这只是表现了诗人长期在外对亲人的久久思念，登上高山之巅后产生的难以抑止的思情。诗中所写父亲、母亲、兄长在家中的状况，他们的言语，可以看作是诗人的想象，也可以看作是诗人沉思中产生的幻觉。

其次，诗人想家，都是以写家中的亲人思念、担心自己的方式表现出来。这样，乱世、患难之中亲人间相互思念、担心的深厚感情自然溢于言表，这不仅仅是父母思念儿子，兄长思念弟弟，也是诗人的思家念亲。

再次，诗中虽未写行役之艰苦，然而从诗人心中悬想父、母、兄长思念自己所说，即可看出其衣食不继，长期劳累不能休息的状况。可以说，诗中父、母、兄长所说的话，乃是诗人的心理投影，是诗人亲身遭遇的反映。

这首诗艺术表现手法上的高超，前代学者已有论述。清代方玉润《诗经原始》说："人子行役，登高念亲，人情之常。若从正面写己之所以念亲，纵千言万语，岂能道得意尽？诗妙从对面设想，思亲所以念己之心与临行勖己之言，则笔以曲而愈达，情以婉而愈深，千载下读之，犹足令羁旅人望白云而起思亲之念，况当日远离父母者乎？"一语道出其中妙处。钱钟书《管锥编》称此种表现手法是"分身以自省，推己以忖他，写心行则我思人乃想人必思我"。这种手法，为后代诗人开无限法门。

因本诗构思之妙，又善于剪裁，使其难以形之于文字的内容，能让读者由诗中文字想象得知。如诗一开始便说"陟彼岵兮，瞻望父兮"，不说路途之艰难，回家之无期，死生之难料，也不说家中有什么人，情感之深等等。诗的第一章说"瞻望父兮"，第二章说"瞻望母兮"，第三章说"瞻望兄兮"，互文见义，说明诗人只要登到高处，就远望家乡的方向、想起家中所有的亲人。

本诗以简练与表现手法的独特，使这首诗达到很高的艺术水平。

伐檀

坎坎伐檀兮①，寘之河之干兮②，河水清且涟猗③。不稼不穑④，胡取禾三百廛兮⑤？不狩不猎⑥，胡瞻尔庭有县貆兮⑦？彼君子兮⑧，不素餐兮⑨！

坎坎伐辐兮⑩，寘之河之侧兮，河水清且直猗⑪。不稼不穑，胡取禾三百亿兮⑫？不狩不猎，胡瞻尔庭有县特兮⑬？彼君子兮，不素食兮！

坎坎伐轮兮⑭，寘之河之漘兮⑮，河水清且沦猗⑯。不稼不穑，胡取禾三百囷兮⑰？不狩不猎，胡瞻尔庭有县鹑兮⑱？彼君子兮，不素飧兮⑲！

【注释】 ①坎坎：伐木声。檀：青檀，是多种檀树中唯一分布在黄河流域的一种，木质坚硬，故古代用以制车，《小雅·大杜》《大雅·大明》中都提到檀车。②寘："置"字的异体，放置。河：黄河。干：岸。③涟：水面的微波。这里用为动词，指水面起了一道道的波纹。猗（yī）：语助词，与"兮"的作用相同，《鲁诗》作"兮"。④稼：耕种。穑（sè）：收割。⑤胡：何，为什么。三百：言其多，非确指。廛（chán）：同"缠"，束，捆。旧说据《毛传》"一夫之居曰廛"，《说文》"廛，二亩半也，一家之尻"，皆以为指一家之田赋。然而《周礼·地官·遂人》"夫一廛，田百亩"，郑玄注："廛，城邑之居。"与本诗为下层劳动者倾诉受剥削的意思不合，也与下文"有县特兮"皆就眼前可见发为歌咏的情形不相称，今不取。⑥狩：冬猎。猎：本指冬季打猎或夜里打猎。"狩猎"此处泛指打猎。⑦瞻：望见。尔：你。以第二人称指称那些贵族老爷，表现出直面指斥的语气。庭：院子。县：同"悬"。貆（huán）：小貉。郑玄《笺》："貉子曰貆。"⑧彼：他，他们。这里相当于"那些"。这是承接上面"不稼不穑，

128

胡取禾三百廛兮？不狩不猎，胡瞻尔庭有悬貆兮"四句，用第三人称代词指斥那些贵族老爷，又恢复到面对公众的语气。君子：对统治者和贵族男子的通称，与"小人"（被统治者、体力劳动者）或野人（城郊之外的农民等下层劳动者）对举。⑨不素餐：不白吃。这是说反话。不素餐是统治者愚弄老百姓的说辞。《孟子·尽心上》赵岐注："无功而食则谓之素餐。"下文的"素食""素飧"意同。⑩辐（fú）：辐条，车轮中连接毂和辋的直条。⑪直：水流顺直。⑫亿：同"繶"，束的意思（俞樾说）。⑬特：三岁的兽。这里指大的野兽。⑭轮：此处特指辋，车轮的外框。本句中的"伐轮"同一章的"伐檀"、二章的"伐辐"皆互文见义，一章就材料言。二三章就用途言。⑮漘（chún）：水边。⑯沦（lún）：圆形扩散的微波。⑰囷（qūn）：同稇（kǔn）。《说文·禾部》"稇，絭束也"。这里指捆起来的禾束。⑱鹑：鸟名，即鹌鹑。⑲飧（sūn）：熟食。

【品评】 本诗写工匠们在临河的山上砍伐木料，是为那些当官的老爷造车。他们的辛苦，为的是贵族老爷们的舒服。工匠们想起那些"君子"平时所讲"为民"的冠冕堂皇的话，而唱出了这首歌。这首诗在思想方面深刻的一点是指出了当官的老爷们平时说教的欺骗性。

这首诗结构上有一个突出特点，便是每章的后六句同前三句没有明显的联系，前三句是说一斧一斧地砍着用来作车轮的檀树，砍倒后运到河边，看到河中的水起着涟漪。下面却是对一些人的不劳而获发出不平的质问。二者之间没有联系，而读者却并不感到前后脱节，觉得很自然，并且从中想到了诗的文字中看不出的东西。这原因便是这首诗中反映的生活真实与情感的真实，在这看不见的两段文字中，实有着可以寻觅的情绪、情感的联系。明代戴君恩《读风臆评》中说："忽而叙事，忽而推情，忽而断制，羚羊挂角，无迹可寻。"这"无迹可寻"是从字面上说，以情理推之，其间"意到而笔不到"处，可以心领而神会之。

这些伐木者辛辛苦苦砍檀树，檀木是做车的材料。做了车给谁乘呢？做工的人和种田的人都不能乘，它是专门给那些"君子"乘坐的。所以，伐木者将砍倒的檀树运到河边之后，看着河水中泛起的涟漪出了神。做完一段工作之后稍事休息，是劳动的一般规律，也是人之常情，既是需要，也有心理上的原因。伐木者们大汗淋漓、气喘吁吁地在河边坐下来之后，看着河水而沉思，就想到了他们所辛苦侍奉的主人。其所想到的契机：是我在这里辛苦劳作，他们什么也不干，为什么倒什么都有？"不稼不穑，胡取禾三百亿兮？不狩不猎，胡瞻尔庭有县特兮？"这简单的两句揭示出我国四千年阶级社会的一个最大的矛盾，说到底，频繁的战争、暴乱、造反和改朝换代都同此有关。

诗每章末尾的"彼君子兮，不素餐兮"等三句，用反讽的语气，简捷地揭示出了存在于这种不平等社会中的另一现象：欺骗。那些君子们平时常说他们是不白吃饭的。但事实是这样吗？上面说得很清楚。这后面的两句同前边两组问句紧密相连，却不是顺着那个意思往下说，而是从另一个角度上，以说反话的方式行文。关于每章末两句，有些注释、赏析者认为是正面肯定君子不素餐，以反衬贵族老爷们的不劳而食。但这同"不稼不穑"以下四句强烈的语气不合，有些说教的味道。本诗每章后六句前用反诘，后用反讽，愤怒之情溢于言表，不当是用含蓄的对比作结。故此说不足取。

本诗就章内而言，又富于变化，留有很宽广的联想空间，甚耐人寻味。宋代王柏《诗疑》中说："《伐檀》之诗，造语健而兴寄远。"清代牛运震《诗志》中说："起落转折，浑脱傲岸，首尾结构，呼应灵紧，此长调之神品也。"则此诗之好，不仅在其揭露了统治阶级对劳动人民的剥削这一点。

硕鼠

硕鼠硕鼠①，无食我黍！三岁贯女②，莫我肯顾③。逝将去女④，适彼乐土⑤。乐土乐土，爱得我所⑥？

硕鼠硕鼠，无食我麦！三岁贯女，莫我肯德⑦。逝将去女，适彼乐国。乐国乐国，爰得我直⑧？

硕鼠硕鼠，无食我苗！三岁贯女，莫我肯劳⑨。逝将去女，适彼乐郊。乐郊乐郊，谁之永号⑩？

【注释】 ①硕：肥大，同"硕人"之"硕"同义。②三岁：泛指多年。贯：《鲁诗》作"宦"。"贯"是"宦"的假借字。《国语·越语》韦昭注："宦，为臣隶也。"此处引申为"事"，侍奉、养活之意。女：通"汝"，你。③莫我肯顾：即"莫肯顾我"，否定句中宾语在动词之前。④逝："誓"字之借（裴学海说），表示了坚决的态度。⑤适：之，到。乐土：想象中没有剥削的地方，下面的"乐国""乐郊"同。⑥爰：乃。所：处所，地方。⑦德：用为动词，感德。⑧直："值"之借字，价值。上章"爰得我所"就所处环境言，此章就自身价值言。反映出对人生价值的认识。⑨劳（lào）：慰劳。⑩谁之永号：言将长号于谁。之，助词，作用同"其"。永号：指因痛苦而长号。

【品评】 本诗是揭露了统治者的残酷聚敛，表现了劳动人民对美好生活的向往。农民除了承担公田的耕种，还另要交纳私田所产十分之一的粮食作为实物税。农民承受不了这种双重压迫，幻想着寻找一个理想的乐园。但末章说："乐郊乐郊，谁之永号！"真是"普天之下，莫非王土"。到处一样，无可逃避。

本诗在《国风》中，同《豳风·鸱鸮》一样，表现手法是比较特殊的。《鸱鸮》为禽言诗，此诗则用借喻的手法，以向硕鼠诉说的语气表现之，其讽刺的意味十分强烈。其讽刺的对象从类型上来说是明确的，但具体所指，学者们的看法又不很一致。清崔述《读风偶识》在引述了《诗序》和朱熹之说以后说："然细玩其词，'莫我肯顾''莫我肯德'，与《小雅·黄鸟》笔意相类。非惟不类刺君，亦不似专指有司者。盖由有司不肖，惟务朘剥小民以自逸乐，而不复理民事，以至于豪强舆隶皆得肆吞噬而无所忌，故民不堪其扰而思去也。大抵生民困于有司之诛求者其害犹小，困于众人之鱼肉者，其害最钜。"由此可以看出关于诗中"硕鼠"喻义理解之不同。这也正显示出本诗比喻的典型性：它实质上包含了上自国君，下至奴隶主阶级或新兴的地主阶级一系列剥削者在内。

诗中关于被抨击的对象，一是用不劳而获的"鼠"来比喻，一是用一"硕"字来形容，言其肥大。因为"三岁贯女"，才使其硕大，而它对我如何呢？"莫我肯顾"干脆不考虑你的死活。以鼠之"硕"及其对"我"之态度，已知诗人所处的状况。

这首诗最深刻之处在于既表现出对于没有压迫剥削的理想社会的向往，又意识到当时这种社会在哪儿也找不到。这两点都是十分深刻的。因之，它既是一首充满了反抗情绪的抒情诗，又表现出超越时代的深刻思想，所以成为脍炙人口的佳作。

唐 风

唐是周成王弟叔虞的封国，其子燮改国号为晋。其地在今山西省中部太原以南汾水流域，当魏国的北面。朱熹《诗集传》说："其诗不谓之晋而谓之唐，盖仍其始封之旧号耳。"《唐风》中作品同《魏风》《曹风》一样，都是编者为了体现周初所分封姬姓国同王室的宗亲的关系，显示西周宗法制度而搜集以补空白之作。《唐风》共十一首，相对于《魏风》《曹风》，数量稍多。例之以《魏风》《曹风》，大约以春秋初期作品为多。又晋国从东周初直至曲沃武公（前679—前677）夺权成功，并赂周僖王而得封为晋君，近百年中一直处于动荡之中，人民生活不太安定。《唐风》中作品多产生在这一时期，其作品除个别反映了婚嫁、生子的民俗外，情调低沉，表现出一种消极颓唐的情绪，也是证据之一。

蟋蟀

蟋蟀在堂①，岁聿其莫②。今我不乐③，日月其除④。无已大康⑤，职思其居⑥。好乐无荒⑦，良士瞿瞿⑧。

蟋蟀在堂，岁聿其逝⑨。今我不乐，日月其迈⑩。无已大康，职思其外⑪。好乐无荒，良士蹶蹶⑫。

蟋蟀在堂，役车其休⑬。今我不乐，日月其慆⑭。无已大康，职思其忧⑮。好乐无荒，良士休休⑯。

【注释】　①蟋蟀在堂：蟋蟀进入室内，表示将近天寒岁暮。《豳风·七月》："七月在野，八月在宇，九月在户，十月蟋蟀入我床下。""在户"即此诗"在堂"。②聿（yù）：与"曰"通，语助词。莫：古"暮"字。其莫，犹言"将尽"。周历建子，以农历十月为岁尾，以十一月为岁首。③乐：寻欢作乐。④日月：指光阴。其：语助词。除：逝去。⑤无：同"毋"，不要。已：太过。《毛传》："已，甚也。"大：通"泰"。大康，安乐。这句是说：不要过分享乐。⑥职：通"尚"，还要。马瑞辰《毛诗传笺通释》："《尔雅·释诂》：'职，常也。'常从尚声，故职又通作尚。……《尔雅》：'尚，庶几也。'谓尚思其居、尚思其外、尚思其忧也，与上文'无已大康'语意正相贯。"居：处，指担负的职责。⑦好：喜好。荒：荒废。⑧良士：贤士，指作者心目中的榜样。瞿（jù）瞿：惊顾貌，含有警惕的意思。⑨逝：逝去。⑩迈：行。逝去。⑪外：职责以外的事。⑫蹶（guì）蹶：动作敏捷的样子。⑬役车：服役出差乘坐的车子。其休：将要休息，指行役者回家。这也是岁暮之事，因为在当时，一般在岁暮都要罢役回家。⑭慆（tāo）：逝去。⑮职思其忧：意思是还要想想可忧的事。⑯休休：安闲自得的样子。

【品评】 本诗以"良士"作为效法的榜样，劝诫人们不要沉迷于玩乐。诗人因岁暮而感慨光阴的流逝，由光阴的流逝而生出及时行乐的想法。但另一方面，又告诫自己享乐应该有节制，不能荒废正事，要有居安思危的意识。

本诗从内容上说每章可分为两截：前四句说应及时行乐，后四句说享乐不能过分。有说者目之为问答体，其实是一种欲擒故纵的写法，前四句是铺垫，后四句才是表达的重点。明代何楷《诗经世本古义》卷十之下说："此诗原不为及时行乐发论，正意止在'好乐无荒'四字。"清代崔述《读风偶识》卷三说得更详细："此诗前四句特系开笔，后四句乃其主意，……此先反而后正耳；非谓人之当乐，正谓人之不当过于乐也。"

无论"当乐"还是"不当过于乐"，都来自对生命有限的体认。《诗经》中有好几首诗都写到了这种生命之感：《鲁颂·泮水》中鲁侯"永锡难老"的期求；《唐风·葛生》"百岁之后，归于其居"的清醒认识；而《秦风·车邻》《唐风·山有枢》则说应及时行乐。感受到死亡的不可避免，进而思考如何突破生命的局限、如何度过这有限的生命历程、如何消释生命的沉重之感，自然是人类意识成熟的表现。这也说明《诗经》是文明时代的产物。而此诗的作者对生命的思考，似乎比上述各诗都更为深刻。关于此，可与下面的《山有枢》进行比较。《山有枢》说："子有衣裳，弗曳弗娄。子有车马，弗驰弗驱。宛其死矣，他人是愉"，劝人活着时尽量享受物质财富，对生死问题的认识更多感性成分。而此诗虽也有及时行乐之意，但考虑更多是如何使生命更有意义，如何使得生命不在玩乐中被荒废。《读风偶识》说："'职思其居'，居谓现在所居之地；四民各有本业，先尽力于其所当之务，而后以其馀暇行乐，虽行乐而仍不忘其本业也。'职思其外'，外谓意外所遭；本业虽已克尽，而事变之来无常，不可以为未必然而置诸度外，朱子所谓'出于平常思虑之所不及，当过而备之'者是也。'职思其忧'，乐者忧之所伏，太乐则忧必至。……《孟子》曰：'生于忧患，死于安乐。'所以乐之时，常作一忧之想也。'瞿瞿'，怵惕瞻顾也；'蹶蹶'，黾勉奔赴也；'休休'，安吉嘉美也。乐不忘忧，则不至于有忧。"崔述这段话虽在个别词句的理解上不是很准确，却基本诠释出此诗作者对生命的种种思考。可以看出，此诗的作者对生命的体认有更多的理性成分。正是《蟋蟀》与《山有枢》两首诗对生命的不同态度，所以两首诗在情调上也颇不相同。吴闿生《诗义会通》比较两首诗，认为《蟋蟀》"诗意精湛之至，粹然有道君子之言"；而《山有枢》则"诗词有危亡之惧，而欲荡佚以娱忧，乃无聊之极思，情词迫切，与《蟋蟀》篇之和平中正迥不相侔"。基本概括出了两首诗的情调差异。

《唐风》中有三首诗谈生命问题，是值得注意的。

鸨羽

肃肃鸨羽①，集于苞栩②。王事靡盬③，不能蓺稷黍④。父母何怙⑤？悠悠苍天^⑥！曷其有所^⑦？

肃肃鸨翼，集于苞棘^⑧，王事靡盬，不能蓺黍稷。父母何食？悠悠苍天！曷其有极^⑨？

肃肃鸨行^⑩，集于苞桑。王事靡盬，不能蓺稻粱^⑪。父母何尝^⑫？悠悠苍天！曷其有常^⑬？

【注释】 ①肃肃：鸟扇动翅膀的声音。鸨（bǎo）：似雁而大，无后趾，多栖息在湖泊、沼泽。《毛传》："鸨之性不树止。"②集：栖息。苞：草木丛生。栩（xǔ）：柞树。③王事：国君之事，即征役。靡：没有。盬（gǔ）：止息。④蓺（yì）："藝（艺）"的异体字，种植。稷、黍：见《王风·黍离》注。⑤怙（hù）：依靠。⑥悠悠：遥远的样子。⑦曷：何。所：处所。这句是说，何时才能安居。⑧棘（jí）：酸枣树。⑨极：止，尽头。这句是说何时才能有尽头。⑩行（háng）：鸟羽的茎。《毛传》："行，翮也。"《说文》："翮，羽茎也。"⑪粱：粟类。⑫尝：吃。⑬常：正常。这句是说，何时才能过正常生活。

【品评】 此诗哀叹征役之苦，情绪悲切，为《诗经》怨刺诗的代表作。诗由"肃肃鸨羽，集于苞栩"兴起，以鸨栖息于树为失其本性，来喻指诗人久困征役不得其所。"王事靡盬，不能蓺稷黍"，如实地陈述，其中不仅仅反映了诗人的悲情，实际上揭示出由于长年战争、内乱，青壮农民常年离开土地、形成农村凋敝的严重社会危机。"父母何怙"，诗人从个人情感体验方面提出一个突出的问题，压抑的情绪喷涌而出。诗人之苦，不仅在自身，尤其惦记着父母无人奉养，自己经受着心灵的折磨。"悠悠苍天！曷其有所"两句唱出了岁时所有行役者的悲伤与忧虑。因为家庭是社会的细胞。大量家庭中存在的土地荒芜、老幼无所养，这个社会还能维持吗？所以诗中包含的思想是十分深刻的。

诗的情绪虽是悲壮的，但从诗的风格来说又是质实的。"王事靡盬"两句，只是老老实实地陈述；"父母何怙"一句是由"王事靡盬，不能蓺黍稷"而来，又引出末尾的呼问苍天之句，是全诗的中心。从韵脚上说"怙"字上与"羽""栩""盬""黍"为韵，下与"所"字为韵（同属鱼部），也是独为一节，承上启下。末尾两句，呼天喊地，情绪虽非常激越，却正是人穷苦至极的一种自然的表现。故清人陈继揆《读风臆补》卷十《补辑》说："一呼父母，再呼苍天，愈质愈悲。读之令人酸痛摧肝。"诗人以最质朴的言语，把悲情表现得非常充分。而以朴素的文字抒情写意，进而给读者震撼之感，又留下许多值得深思的东西。

从音节来说，此诗前四句较为舒缓，后三句颇为急促。且后三句又有变化："父母何怙""曷其有所"皆为反问句，以不可辩驳的语气来抒写诗人内心的激愤之情；"悠悠苍天"是感叹上天不能明鉴，可谓愤愤不平，但与"父母何怙""曷其有所"两句比较又略显平缓。故从音节、语气来看，此诗一起一伏，相错成文，富于变化。牛运震《诗志》称此诗"音节妙"，应该是很有道理的。

葛生

葛生蒙楚①，蔹蔓于野②。予美亡此③，谁与？独处④！
葛生蒙棘⑤，蔹蔓于域⑥。予美亡此，谁与？独息⑦！
角枕粲兮⑧，锦衾烂兮⑨。予美亡此，谁与？独旦⑩！
夏之日，冬之夜。百岁之后⑪，归于其居⑫。
冬之夜，夏之日。百岁之后，归于其室⑬。

【注释】 ①葛：葛藤。蒙：覆盖。楚：黄荆，一种落叶灌木。②蔹（liǎn）：葡萄科藤本植物的泛称。以果熟时不同颜色，而有白蔹、赤蔹、乌蔹莓等名称。又名五叶莓、木竹藤、龙草。似瓜蒌，叶盛而细。蔓：蔓延。野：指墓周围之地。③予美：我的美人。这里诗人指自己的亡妻。亡此：死于此，即埋于此地。④谁与？独处：程颐《程氏经说》："'谁与？独处'，是两句谁与乎？独处而已。"犹言"谁陪伴她？她一个长眠于地下"。⑤棘：酸枣树，一种带刺的灌木或小乔木。⑥域：墓地。《毛传》："域，营域也。"《广雅·释丘》："营，域，葬地也。"⑦独息：一个人安息于地下。⑧角枕：安葬尸体所用的枕头，两边向上突起，头置于其中，以求下葬移动棺木时头不移动位置，至今陇南一带入殓死人所用枕尚如此。粲：同"灿"，华美鲜艳的样子。⑨锦衾：锦制的被子，用于敛尸。因丝织品不易朽，而麻织品、棉制品易坏，故古代中人以上之家殓尸都用丝织品（至近代土葬仍如此。当然先秦时尚无棉制品）。烂：灿烂，颜色鲜艳的样子。⑩独旦：曾运乾《毛诗说》："独处至旦也。"⑪百岁之后：诗人指自己死后。⑫其居：指妻子的坟墓之中。此句言自己死后当葬到一起。⑬室：墓室。

【品评】《诗序》说："《葛生》，刺晋献公也，好攻战，则国人多丧矣。"故清中叶以前学者多以为妻悼夫之作。这有一个原因，便是旧礼教无形间影响了对诗的内容的理解与主题的把握。以为妻悼夫则于礼为顺，夫悼妻而如此伤感，不合于男尊女卑之义。但是，虽然古代男女都可以"美""艳"形容称说之，古代妇人称男子为"君子"，于《诗经》中不止一处有反映，而称美者无之。此诗称死者为"美"，则为丈夫悼亡妻之作。

由诗中"角枕粲兮，锦衾烂兮"二句看，诗人所哀悼之爱妻死去年代不久，联系首两章前两句看，诗作于妻死之次年宿草遍地之时。因为先一年是下葬及葬后不久，因奠仪至墓，草根翻覆，尚未形成新草蒙茸的状态；新植用以护墓的荆楚棘刺，也看不出枝伸叶茂的生气，经过一个春夏，至次年到墓地，则绕葛缠藤，笼罩于荆楚之上，五叶莓之类蔓延覆盖了整个墓地，顿感爱妻已逝去一年，不禁悲从中来。《礼记·檀弓上》："朋友之墓，有宿草而不哭焉。"孔颖达《疏》："宿草，陈根也，草经一年则根陈也，朋友相为哭一期，草根陈乃不哭也。"夫妻之情不同于朋友，当一年后再来墓旁，回想前一年下葬时情形及生前种种，如在目前，而悲其独在地下，因而有"死则同穴"之想。

　　由诗中称死者为"予美"看，死者应年纪不太大，那么，诗人的年纪也不会很大。中年丧妻，为人生之大不幸。则诗人于丧礼之后隔年重至墓地，悲从中来，也就可想而知。

　　诗中说的"夏之日，冬之夜"，是指日最长之时，夜最长之时。这两句的言外之意是：爱妻在地下的每一日都如炎夏长日，每一夜都如严冬长夜。所以说："百岁之后，归于其居！""百岁之后，归于其室！"诗人想象其妻在此永日长夜中寂寞无聊，回忆夫妻恩情悲苦无尽的情状。清代陈澧在其《读诗日录》中说："此诗甚悲，读之使人泪下。"完全是真情的流露，其语句、结构皆随情而变。开后代悼亡诗之先。

秦　风

　　《史记·秦本纪》中说："帝颛顼之苗裔孙曰女修。女修织，玄鸟陨卵，女修吞之，生子大业。"大业即秦人由母系氏族社会进入父系氏族社会的标志性人物。舜赐大业之子大费姓嬴氏。其后裔中潏"在西戎，保西垂"。又其后有非子，居犬丘，好马及畜，周孝王封之于秦。关于秦人早期活动地域，以前学者们有看法分歧。自20世纪八十年代末在今甘肃礼县大堡子山发现秦先公先王陵墓、出土大量礼器等文物，学界始一致认为当在今礼县东部、天水西南、西和县北部之地。周宣王以非子之重孙秦仲为大夫。至秦襄公，以兵送周平王东迁，平王赐之岐以西之地，其后逐渐东迁。《秦风》有诗十首，据《诗序》等，皆为西周末年至春秋早期之作。产生地域包括今甘肃省南部至陕西省北部一带。《汉书·地理志》言秦地"迫近戎狄，修习战备，高上气力，以射猎为先。"但《蒹葭》一诗却反映了一种美妙、朦胧的意境。

驷驖

驷驖孔阜①，六辔在手②。公之媚子③，从公于狩④。
奉时辰牡⑤，辰牡孔硕⑥。公曰左之⑦，舍拔则获⑧。
游于北园⑨，四马既闲⑩。辋车鸾镳⑪，载猃歇骄⑫。

　　【注释】　①驷：当作"四"，涉下一字加"马"字旁。清陈奂《诗毛氏传疏》说："驷当作四，四马曰驷。若下一字为马名，则上一字作四，不作驷。……《说文》引诗作'四骥'，《汉书·地理志》作'四载'，载乃戴之误，而其字皆作'四'可证。"古代贵族驾车用四匹马：当中两匹称作"服"，两侧的两匹称作"骖"。骥（tiě）：毛黑色，毛尖略带红色的马。《说文》："骥，马赤黑色。"孔：很，非常。阜：高大。②辔（pèi）：马缰绳。六辔：一马两辔。古代车前有一直杆为辕，两匹服马靠内的两条缰绳系于当中车辕上，御者手中只拿着两匹服外侧的两缰和两骖的四条缰，共六缰，以便于调整方向。③公：指秦襄公。媚子：所宠爱的公子。《大雅·思齐》《毛传》："媚，爱也。"此次狩猎，秦襄公带着自己的儿子，诗人因而特别提出加以称颂。④于狩：狩猎。《诗经》中"于"在动词前或名词前则为意义宽泛的动词，它的确切意义由后面的动词或名词确定。如"于归""于役""于耜""于貉"等。由以上两句看，本章开头的"四骥孔阜，六辔在手"正是写此秦公之媚子。⑤奉：供给。这里指负责君王狩猎的人驱兽以供君王猎获。时：是，这个。黄侃《经传释词》批语："时、实，皆'是'之借。"辰牡：应时的野兽。辰，"麎"字之借。马瑞辰《毛诗传笺通释》以为"辰"当读为"麎"，指牝麋。但虞人驱兽供君射，不当只驱麋。而且古人在一些特定季节禁杀牝兽，则以《毛传》之说为是。牡，公兽。⑥孔：很，甚。硕：肥大。⑦左之：这是秦公要御者将车驶向兽左侧的命令。因为来兽的心脏在左侧，由其左发箭则易致其于死。⑧舍拔：放箭。舍，放开。拔，也作"栝"，箭尾。这里指将弓拉开到了顶点之后，放开手拉钩住箭尾，箭便射出。获：猎获。⑨北园：秦君狩猎之地，在秦都城以北，也是当时君王大臣休息游玩之处。⑩闲：悠闲。是相对于此前驱驰追逐而言。这是通过写马来表现狩猎者的清闲游玩。⑪辀（yóu）车：田猎时用的轻便车。郑玄《笺》："轻车，驱逆之车也。"驱逆即追赶堵截。鸾：当作"銮"，车铃。镳（biāo）：马口衔的勒具，即马嚼。君王车驾在马镳的两端各一銮铃，马动则铃响。《说文》："人君乘车，四马镳，八銮铃，象銮鸟声，和则敬也。"意思是说：马的步调一致，銮铃之声和谐相应，则显示人君的尊贵。⑫猃（xiǎn）：长嘴巴的猎狗。骄：当作"猈"（xiāo），短嘴巴的猎狗。《鲁诗》《齐诗》作"猲獢"。据诗意，当作"歇猈"。为短嘴巴狗，"歇"与"载"为互文，言载猎狗使歇足力。朱熹《诗集传》："以车载犬，盖以休其足力也。"

【品评】 本篇是秦国负责国君狩猎的官吏描写秦君打猎的诗。

本诗三章，第一章先总说秦襄公狩猎开始时的场景：四匹赤黑色的马驾着车，襄公心爱的公子亲自驾车随父狩猎。第二章说主管国君狩猎的人将应时的大兽驱赶到中心猎区，那些野兽都很肥壮。当野兽奔突而至的时候，秦公说："把车开向其左侧！"然后发箭，野兽中箭而倒。第三章说打猎结束之后，秦公和打猎的人到北园游玩，四匹马悠闲自得，车上载着的几只狗，也静静地歇着。

诗并不长，但表现出艺术的节奏感。第二章所强调辰牡的"孔硕"（很壮大），以见狩猎对象的凶猛；而"公曰左之，舍拔则获"，秦公从容指挥御者，从最佳角度发箭，射中猛兽要害，更显示了秦君的机智勇武。而第三章写狩猎结束后秦襄公等人悠闲自得的情态，又互为映衬，甚有情趣。

《汉书·地理志》言秦人尚武，好狩猎，由此诗即可看出，上自国君，即是如此。国君狩猎也带着心爱的儿子，让他从青少年起就得到这方面的锻炼。

蒹葭

蒹葭苍苍①，白露为霜②。所谓伊人③，在水一方④。溯洄从之⑤，道阻且长⑥；溯游从之⑦，宛在水中央⑧。

蒹葭萋萋⑨，白露未晞⑩。所谓伊人，在水之湄⑪。溯洄从之，道阻且跻⑫；溯游从之，宛在水中坻⑬。

蒹葭采采⑭，白露未已⑮，所谓伊人，在水之涘⑯。溯洄从之，道阻且右⑰；溯游从之，宛在水中沚⑱。

【注释】 ①蒹：荻，多年生草本植物，叶子长条形，跟芦苇相似，秋天开紫花，与芦苇皆水边所生。葭（jiā）：芦苇。苍苍：老青色。②白露为霜：露水本无色，因凝霜呈白色，故称白露。这句点出季节在秋季。③所谓：所说的，这里指常常叨念的。伊人：那个人。伊，指示代词。④在水一方：在水的那一方。指对岸。⑤溯（sù）：沿水向水的上游方向行（无论在水中还是在岸上）。据"道阻且长""道阻且跻"看，诗中所说是在岸边逆流而上。洄：曲折的水道。从：跟踪追寻。⑥道阻且长：道路上有障碍，要绕很远的路。⑦游：流，指直流的水道。由以上四句看，伊人所在的地点是一条曲水靠近一条直流的地方，而诗人则在两水交界之处。曲水之所以弯曲而靠近另一水（直流），因为有山崖阻挡。古代道路多沿水而行，水边为悬崖者则攀山而行。⑧宛：宛然，好像。⑨萋萋：茂盛的样子。⑩晞（xī）：干，谓晒干。⑪湄（méi）：水草相接之处。⑫且跻（jī）：且要攀登山崖。⑬坻（chí）：水中高地，水渚。⑭采采：鲜明的样子。⑮未已：未止，也是未干的意思。⑯涘（sì）：水边。⑰右：迂回。马瑞辰《毛诗传笺通释》："周人尚左，故《笺》以右为迂回。"⑱沚（zhǐ）：水中小洲。

【品评】《秦风·蒹葭》一诗的主题，学者们看法分歧甚大。其实，本诗是"牵牛织女"早期传说的反映。织女原型即秦人始祖女修。"女修织，玄鸟陨卵，女修吞之，生子大业"（《史记·秦本纪》）。大业即秦人由母系氏族社会过渡到父系氏族社会的第一位领袖人物。牵牛的原型为周人远祖叔均，《山海经》中有两处记载他发明了牛耕，并且赶走旱魃，后人以之为田祖。这两位杰出的人物被本民族分别命名为天汉边上的星名——织女、牵牛（最早见于《诗经·小雅》中产生于西周末年的《大东》一诗）。周平王东迁之后，秦人有周人之地，"收周馀民有之"，周秦文化的交融形成了"牵牛织女"的故事。睡虎地秦墓竹简中已有"牵牛以取织女而不果，不出三岁，弃若亡"的记载，看来，在秦代以前已形成牵牛织女的悲剧故事。汉水发源于今天水西南（东汉以后上游部分由略阳折而南流，同发源于陕西宁强县的东汉水分之为二），自古天河被称为"汉""天汉"，俱同秦文化有关[①]。

本诗前两句点出了时令与具体时间，是在秋天的一个早晨。诗人通过老青色的狄、芦、霜、露，描绘出一幅给人以静谧、清冷感觉的图画，表现了"我"的孤独。

诗人是希望走近他所想往的人（欲"溯洄从之"，亦欲"溯游从之"），但总是可望而不可即，无法到伊人身边。而那个人呢，则给人以缥缈不定的感觉。诗人无论怎样追求，总不得如愿。这种心情是失望、急切掺杂着的。诗不正面刻画或赞美"伊人"，而只从诗人对她追求的强烈愿望来表现这是一个很值得追求的人。

陈子展《诗三百解题》说："不错，我们不能确指其人其事。但觉《秦风》善言车马田猎，粗犷质直。忽有此神韵缥缈不可捉摸之作，好像带有象征的神秘的意味，不免使人惊异，耐人遐思。在《三百篇》中只有《汉广》和这首诗相仿佛。可是《汉广》诗人自己明说是求汉上游女而她不可求；这诗所求的是所谓伊人，伊人何人竟不可晓了。可晓的是诗人渴想求见伊人而伊人竟不得而见。"陈子展先生虽未能指明诗的本事，但注意到了它的特征的几个方面，尤其注意到同汉水边相关传说的关系，是有启发性的。汉水边上神女的传说，应该是织女传说的早期分化。男女双方分隔在汉水两岸，不能相见，这同牵牛织女被隔在天汉两侧的情节是一致的。所以说，《蒹葭》这首诗的朦胧诗意中，实际上包含着《牛郎织女》这个中国民间流传的最古老的传说故事。1975 年在湖北云梦县睡虎地出土《日书》秦简中有两简写到牵牛织女的情节。《日书》甲种 155 简云："牵牛以取织女，不果，三弃。"第三简简背云："牵牛以取织女而不果，不出三岁，弃若亡。"看来《三辅黄图》中载秦始皇并天下以后"渭水贯都以象天汉，横桥南渡以法牵牛"，是可信的。秦简中说"牵牛以取织女而不果"，是说他们分

---

① 参赵逵夫《论牛郎织女故事的产生与主题》,刊《西北师大学报》1990 年第 4 期;《汉水与西礼两县的乞巧风俗》,刊《西北师大学报》2005 年第 6 期;《汉水、天汉、天水——论织女传说的形成》,刊《学林漫录》第十六集, 中华书局 2007 年 4 月出版。

离了。在古代极少有丈夫被妻子抛弃的，有之，则是女方因门第的原因而从中作梗，加以破坏。所谓"不出三岁，弃若亡"，是说他们夫妻在一起只三年，女的便离去，丢弃了他们，就像从来没有一样。这个传说在民间流传很久，才有可能成为民间嫁娶选择吉日的参考或忌讳。《秦风·蒹葭》为我们考察这个传说早期流传的情况提供了宝贵的文献。

黄鸟

交交黄鸟①，止于棘②。谁从穆公③？子车奄息④。维此奄息⑤，百夫之特⑥。临其穴⑦，惴惴其慄⑧。彼苍者天，歼我良人⑨。如可赎兮⑩，人百其身⑪。

交交黄鸟，止于桑。谁从穆公？子车仲行⑫。维此仲行，百夫之防⑬。临其穴，惴惴其慄。彼苍者天，歼我良人。如可赎兮，人百其身。

交交黄鸟，止于楚。谁从穆公？子车针虎⑭。维此针虎，百夫之御⑮。临其穴，惴惴其慄。彼苍者天，歼我良人。如可赎兮，人百其身。

【注释】①交交：鸟鸣声。黄鸟：黄雀。②止：停落。栖止。棘：酸枣树。第二、三章言"止于桑""止于楚"，皆小树，以喻三良之死不得其所。又马瑞辰《毛诗传笺通释》说，"棘"指紧急，桑谐音死丧，楚指痛楚，是音近取义的双关词。③从：从死，陪葬。穆公：秦国的君主，名任好，春秋五霸之一。④子车奄息：秦国的大夫。子车是氏（春秋以前男子称氏，女子称姓）。《史记·秦本纪》作"子舆"。⑤维：句首语气词。⑥百夫：一百个男子。特：匹敌。《毛诗传笺通释》："《柏舟》诗：'实为我特'，《传》：'特，匹也。'此《传》'乃特百夫之德'，正训'特'为'匹'。匹之言敌也，当也。"此句是说，子车奄息的才德抵得上一百人。⑦穴：墓穴。以活人为殉，或杀于墓穴中，或活埋其中。⑧惴（zhuì）惴：恐惧的样子。其慄：同"慄慄"，发抖的样子。《鲁诗》作"其栗"，同。朱熹《诗集传》说："临穴而惴慄，盖生纳之圹中也。"即今所谓活埋。⑨歼（jiān）：灭，杀尽。良人：善人，好人。⑩赎：赎身，指替换。⑪人百其身：任何一个秦国人都愿意以自身去替换他，死一百个去替换他也愿意。人，他人，指秦国人。⑫仲行：奄息的兄弟。⑬防：比，当，抵得。陈奂《诗毛诗传疏》："《传》读'防'为'比方'之'方'。徐邈云：'毛音方'，是也。"这句是说，仲行的才德比得上一百个人。⑭铖（qián）虎：也是奄息的兄弟。⑮御：抵挡。《毛传》："御，当也。"

【品评】《诗序》说："《黄鸟》，哀'三良'也。国人刺穆公以人从死，而作是诗也。"《左传·文公六年》："秦伯任好卒，以子车氏之三子奄息、仲行、铖虎为殉，皆秦之良也。国人哀之，为之赋《黄鸟》。"《史记·秦本纪》："缪公卒，葬雍，从死者百七十七人。秦之良臣子舆氏三人，名曰奄息、仲行、铖虎，亦在从死之中。秦人哀之，为作歌《黄鸟》之诗。"秦穆公（也写作缪公，名任好）卒于前621年，则本诗之作，在此年或此后一二年中。秦国从武公（前697—前678）开始以生人为殉，以后变本加厉，越来越严重。而秦穆公以"三良"为殉，引起人们的极大惋惜，借此诗而表现出对人殉制度的强烈控诉。

本诗以黄鸟在止非其处情况下发出的不安叫声起兴，暗示"三良"死非其所。其"谁从穆公"一句，避开了正面陈述三良被殉葬而活埋或杀于墓坑中，而以"谁从"的方式带出，似乎看不出作者对穆公殉葬的不满，但下面却从两个方面表明了作者的立场：一、"三良""临其穴，惴惴其慄"，连那样可敌百人的英雄也在当时表现出无比的恐惧。如果是自愿从死，能这样吗？二、"三良"的死使秦国很多人感到惋惜和沉痛，愿意用一百个人的死，去顶替他们。

本诗主要是哀"三良"之死，但实际上也通过这个典型事件，对整个人殉制度予以揭露和控诉：凶残的人殉制度残害生灵，灭绝人性！所谓"从之"的背后，是强迫和杀害，连那"百夫之特""百夫之防""百夫之御"

的勇武之人，在此时也流露出对生的留恋和对死的恐惧。

"彼苍者天，歼我良人。如可赎兮，人百其身"，三章中反复出现，突出地表现了对"三良"的极大惋惜。以其有超人的能力，而使之陪葬，表现了奴隶主阶级的极端自私与残暴；腐朽的奴隶社会也就这样不断为自己准备着灭亡的条件。诗中这几句震撼人心的话语，叫人想到的不仅是"三良"的不得其死，还有整个殉葬制度的可怕。诗中对三良临死之前表情的描写和诗人向天而呼的话语，使人感到了人性的善良。

这首诗对"三良"临穴的描写只有一句，但给人印象太深。而三章中反复出现的副歌，也表现出十分强烈的感情。三章用重章叠句之法，一次次呼喊，极为有力。

无衣

岂曰无衣①，与子同袍②？王于兴师③，修我戈矛④，与子同仇。

岂曰无衣，与子同泽⑤？王于兴师，修我矛戟⑥，与子偕作⑦！

岂曰无衣，与子同裳⑧？王于兴师，修我甲兵，与子偕行！

【注释】 ①"岂曰"二句：此句前探下"王于兴师"省"王未兴师"一句。意思是说：（王未兴师之时）难道王会说："你无衣，我有棉袍我们共穿。"这是说王平时根本不考虑人民的寒暖。衣：上衣。②袍：棉袍。《毛传》："袍，襺也。"孔颖达《疏》："纯著新棉名为襺，杂用旧絮名为袍。……虽著有异名，其制度是一，故云：袍，襺也。"③于：语助词，同"曰""聿"。兴师：出兵。④"修我"二句：是王兴师时对国人说的话，言到用武之时，便似乎亲为一家。戈：一种长柄兵器，平头带横刃。⑤泽："襗"字之借。襗（zé）：贴身的内衣。⑥戟（jǐ）：一种长柄兵器，合戈矛为一体，一端有直刃，刃侧又有月牙状的横刃相连，既可直刺又可横击。⑦作：起，指参战。⑧裳：裙式下衣。

【品评】 此诗探下承上，皆有省文，实乃秦人刺秦王之好战和不能与人民同欲，在表现手法上用了将前后两种态度进行对比的办法。

这首诗一般都看作慷慨激昂、精神振奋、表示决心之作，其实是表达比较隐晦、表现手法比较含蓄的刺诗。"岂曰无衣，与子同袍"，这是说的一般情况下，即国家没有事、国君用不着老百姓情况下的态度，未明言"王未兴师"（之时），但探下文"王于兴师"之时说"修我戈矛，与子同仇"，则首两句的意思自明。

说这首诗带有含蓄特征，还因为用了互文见义的表现手法。王未兴师之时不可能说"无衣"则"与子同袍"，王于兴师之时，则除了说"修我戈矛，与子同仇"之外，还会说："无衣"则"与子同袍"，好像一下便消弭了君臣上下、贵族平民的鸿沟。诗共三章，略易数字，反复揭露统治者的欺骗手段。在隐晦之中表现出一种直率，这就是秦地民歌的含蓄。本诗突出地带有秦地诗歌这种质直真率的特征。

此诗每章五句，句四言，节奏性强。《秦风》中除《车邻》《黄鸟》中有三言句，《小戎》中有一个五言句，《权舆》为杂言之外，皆四言句式，给人以整齐美与比较突出的节奏感，同前面所选《召南·殷其雷》《邶风·式微》《鄘风·桑中》《王风·黍离》《君子于役》《君子阳阳》《扬之水》《中谷有蓷》《采葛》《郑风·将仲子》《蘀兮》《狡童》《褰裳》《扬之水》《溱洧》《齐风·还》《猗嗟》《魏风·园有桃》《陟岵》《伐檀》等不同。这并不是偶然的。

总之，《无衣》一诗较典型地表现出秦地诗歌的特色。

陈　风

　　陈是西周初年武王所封虞舜之后。开国之君妫满，有功于周，周武王还将女儿嫁给他。陈建都于宛丘（今河南淮阳），统治地区大致包括今河南东部和安徽西北部的部分地方。《汉书·地理志》中说："周武王封舜后妫满于陈，是为胡公，妻以元女大姬。妇人尊贵，好祭祀，用史巫，故其俗巫鬼。"郑玄《诗谱·陈风》中也说："太姬无子，好巫觋，祈祷鬼神歌舞之乐，民俗化而为之。"恐怕陈地好巫鬼、盛行祭祀歌舞，与其同楚国相邻，风气上受到影响也有关系。《陈风》有十首。《陈风》中《株林》揭露陈灵公淫乱被杀事，当作于公元前 599 年。《诗经》中作品的创作时间，《曹风·下泉》之外，最晚当属《株林》。《陈风》中作品多写爱情，也反映了巫风之流行。同时又有讽刺之作，尤其揭露陈灵公荒淫的事，同《邶风·新台》之刺卫宣公之夺儿媳为己妻，《齐风·南山》《敝笱》刺齐襄公之与妹通奸一样，多少可以看出编《诗》者的用心。实际上此类事在很多诸侯国中都有。当然，这也确实让我们看到了统治者的荒淫丑恶。

宛丘

　　子之汤兮①，宛丘之上兮②。洵有情兮③，而无望兮④。
　　坎其击鼓⑤，宛丘之下。无冬无夏⑥，值其鹭羽⑦。
　　坎其击缶⑧，宛丘之道。无冬无夏，值其鹭翿⑨。

　　【注释】　①子：指舞蹈的女子。本诗用了向女子倾诉的语气。汤：借作"荡"，《楚辞·离骚》王逸注即作"荡"。这是用以形容舞蹈的姿态。②宛丘：陈国丘名，在陈国都城（今河南淮阳）东门外。其地四边高，中间低。上古民众聚会娱乐多在城东。因五行东为春，有生发之意。《郑风·东门之墠》写男女相唱和，其地在城东，《出其东门》写男女群会，说"出其东门，有女如云"，《陈风》又有《东门之枌》《东门之池》《东门之杨》，俱同此。③洵（xún）：诚然，实在。有情：指对巫女有爱慕之情。④而：当读为"能"。郭晋稀《诗经蠡测·风诗蠡测末编·三》："'而'当读为'能'，谓其'信有深情，能不想望乎'？'而''能'通读，此例最多。《吕览·士容》云：'柔而坚，虚而实。'注：'而，能也。'《淮南·原道》：'行柔而刚，用弱而强。'注：'而，能也。'《易·屯》：'宜建侯而不宁'，《释文》：'郑读而曰能'。皆其例也。"⑤坎其：同"坎坎"，敲击鼓、缶的声音。⑥无冬无夏：这是说一年四季中常有歌舞之事。⑦值：通"植"。此句是说，女子的头上插着鹭鸶的羽毛。⑧缶（fǒu）：陶制乐器，形如瓦盆或寺院中的磬。《史记·廉颇蔺相如列传》中蔺相如让秦王击缶，即其物。⑨翿（dào）：用五彩羽毛做成的扇形舞具，也名"翳"。《王风·君子阳阳》"左执翿"，陈奂《诗毛氏传疏》释："翳者，谓以翳覆头也。"这句是说：头上戴着有一排彩色羽毛的头饰。此女子之歌舞"无冬无夏"，头上插鹭鸶的羽毛，戴着成排羽毛做成的鹭翿。

【品评】 这首诗实写诗人爱慕一个常在宛丘击乐舞蹈的女子，而没有勇气追求。首先叙述了所喜爱的人物带有职业特征的动作，及对她强烈的爱慕之情。第二、三章通过对自己眼中女子装扮的描述，表现了对她的印象之深，而通过"无冬无夏，值其鹭羽"等描写，说明诗人对她的持续地、长期地关注。诗中描述这个女子在宛丘之上及宛丘周围击着鼓、缶之类乐器舞蹈，她的头上或插着鹭羽，或戴着鹭翿的头饰。她舞蹈的姿态、奇特的打扮和敲击乐器的动作显得分外迷人。诗人深深地爱着她而不能去怀。

陈楚诸地受江汉一带民族善歌舞习俗的影响，集市中有歌舞者，人们也借以观赏，形成了一种游艺活动。从事表演的女子必漂亮而能歌善舞，这是使人产生爱慕之情的一个重要原因。

本诗第一章句式同后两章不同。陈继揆《读诗臆补》引陈仅说:"首章四'兮'字,用变调入手,使游荡轻薄之人,神情态度脱口如生,真传神妙手。自宛丘之上而下而道,无地不热闹,无冬无夏无时不热闹,直揭出一国若狂景象。"虽然带有一点道学家的口吻,但由诗的形式而体会诗情,联想到当时陈地的风俗,对理解此诗,很有启发性。

东门之枌

东门之枌①,宛丘之栩②。子仲之子③,婆娑其下④。

穀旦于差⑤,南方之原⑥。不绩其麻⑦,市也婆娑⑧。

穀旦于逝⑨,越以鬷迈⑩。视尔如荍⑪,贻我握椒⑫。

【注释】 ①东门:陈国都城的东门。枌(fén):白榆树。这是写东门外的宛丘一带。古代民众聚会活动常在东门之外多林木之地:《郑风·蒹葭》写欢会对歌,言"蒹兮蒹兮",树叶纷纷落下,自然在林中。《陈风·东门之杨》起兴一句即暗示咏男女之事。《鄘风·桑中》写男女情爱,说"期我乎桑中,要我乎上宫",也在林中,"上宫"应亦祀神之地。古之祀神,近于后代的庙会,青年男女借以交流感情。只是本诗同《宛丘》所写,所爱女子为巫女。②栩(xǔ):柞树。此言宛丘一带多柞树。③子仲:姓氏,姬姓的分支。子仲之子:姓子仲人家的女儿。④婆娑(suō):跳舞盘旋摇摆的样子。其下:指白榆树与柞树下。⑤穀旦于差:选择了好日子。这是一种固定的句式,在动词前加"于"或"是",而将宾语提前。穀,善,吉。旦,早晨,这里指日子。差,选择。⑥南方之原:指在宛丘以南的平地,大体相当于《宛丘》一诗说的"宛丘之下"或"宛丘之道"。⑦绩麻:将麻析成丝状再搓捻麻线。下面的《东门之池》一首说:"东门之池,可以沤麻。"则此青年女子平时多从事沤麻、绩麻之类的劳动。⑧市也婆娑：在人多的地方翩翩起舞。市，指人多的地方。⑨穀旦于逝：在她舞蹈的好日子，前往（观看）。逝，往。此"穀旦"，即上文所说的女子舞蹈娱神的好日子。⑩越以：句首语助词。陈奂《诗毛诗传疏》说："越读同粤。《尔雅》：'粤，于也。'《采蘩》《采蘋》《击鼓》皆云'于以'，此云'越以'，皆合二字为发语之词。"强调了下面"龣迈"的语气。龣（zōng）：屡次，频繁地。迈：往，去。这句是说，诗人是常常去看的。⑪视尔如荍（qiáo）：看你美得像锦葵花。荍，又名锦葵，花紫红色或白色，带有深紫色条纹。⑫贻（yí）：赠送。握椒：一把花椒。椒，一种多年生木本植物，结籽红色很繁，香味浓，普遍用以为调料。上古时陈楚之地也用以献神，又因其结籽繁，古人也用以喻多子。看来，诗人所爱慕的女子将自己的花椒给诗人一把，祝其多子多福，以报答这个对她痴情的人。

【品评】 本诗同《宛丘》所咏为同一事。朱熹《诗集传》说："此男女聚会歌舞，而赋其事以相乐也。"也与诗意相合。

　　这首诗同上一首应是一人所作，写同一件事，只是未必同一时之作。两首联系起来，较完整地写出了诗人的感情经历，也全面反映了当时陈地的风俗。

　　从诗中可以体会出这么两点：一、诗人所爱慕的女子是职业的舞者。"不绩其麻，市也婆娑"就反映了这一点。看来她平时也干一些绩麻纺线之类的事情，但同完全从事田地间劳动者尚有不同。二、这首诗同《宛丘》一样都着重写心爱女子的行为、活动，无形地表现了对这个女子的深切关注。只要有这个女子舞蹈之事，他必去，在他的心目中，她就是一朵锦葵花。而这个女子呢？似乎只是对他的深情表示感谢，给他一把花椒予以安慰，与《邶风·静女》所写尚有不同，两人间似乎还有一定距离。因而，两诗都突出地表现着一种单方面的爱情。我们从诗中看到的女子，是舞蹈的美，并感受到男子对她深切的爱。在男子是"视尔如荍""洵有情兮，而无望兮"，在女子则仅仅"贻我握椒"而已。他们之间的爱会有怎样的结局，诗中并未说明。然而，诗中表现的真挚与执着，已足以感动读者。

衡门

衡门之下^①，可以栖迟^②。泌之洋洋^③，可以乐饥^④。
岂其食鱼，必河之鲂^⑤？岂其取妻^⑥，必齐之姜^⑦？
岂其食鱼，必河之鲤？岂其取妻，必宋之子^⑧？

【注释】 ①衡门：横木为门，极言居室简陋。衡门陋室为贫者所居。②栖迟：游息。③泌（bì）：泉水涌出的样子。洋洋：水流不竭的样子。④乐饥：言清泉可供欣赏，能使人忘记饥饿。⑤河：黄河。鲂（fáng）：即鳊鱼。头小，身阔而薄肥，细鳞，色青白，味鲜美。当时的人认为鳊鱼和鲤鱼是最美味的鱼。⑥取：古"娶"字。⑦齐之姜：齐国的姜姓女子。齐国国君姜姓，此代指出身高贵的女子，下章"宋之子"同。⑧宋之子：宋国的子姓女子。宋国为殷的后代，子姓。

【品评】 这是一首隐居者抒发其安贫乐道情怀的诗。此诗纯用比体。首章"衡门"之比最低限度的生活，而于如此生活，诗人"栖迟""乐饥"，怡然自得，表现的正是诗人谦柔恬易之趣。第二、三章排比而出，仍然用比，不过是用反比。清人崔述《读风偶识》卷四说："鲂鲤可食，固也；即蔬菜亦未尝不可食。子姜可取，固也；即荆布亦未尝不可取。"蔬菜可食、荆布可娶自是言下之意。实际第二、三章是在申述第一章前两句之意："食鱼"不必鲂鲤、娶妻不必"齐之姜""宋之子"，仍表现其恬淡之心态。

此诗虽然语言浅近，但却意味深长。崔述说："细玩其词，似此人亦非无心仕进者，但陈之士大夫，方以逢迎侈泰相尚，不以国事民艰为意。自度不能随时俯仰，以故幡然改图，甘于岑寂。"此诗也表现了诗人的骨气。第二、三章虽主要表现诗人恬淡的心态，但以几个反问句排比而下，表现出对碌碌素餐、媚权富贵生活方式的否定，自有一股傲气在其中。

《卫风·考槃》对隐居者进行歌颂，虽也写隐居者对自己生活方式的坚持，但毕竟为他人所述。而此诗则为隐居者心声的流露，所塑造的隐居者形象更为清晰，故此诗对后世的影响也就更大，可以目为后世表现隐逸主题类作品的滥觞，而"衡门栖迟""泌水忘饥"也成为典故，多用来表达安贫乐道的思想。

墓门

墓门有棘①，斧以斯之②。夫也不良③，国人知之。知而不已④，谁昔然矣⑤。

墓门有梅⑥，有鸮萃止⑦。夫也不良，歌以讯之⑧。讯予不顾⑨，颠倒思予⑩。

【注释】①墓门：墓道之门。朱熹《诗集传》："墓门，凶僻之地，多生荆棘。"棘（jí）：酸枣树。②斧以：即"以斧"。斯：离析，劈开。③夫：那个人，指诗人所刺之人。④已：止，停止。⑤谁昔：畴昔，往昔。谁，语助词。以上四句是说，那个人为人不善，国人皆知他不肯悔改，很久以前就这样了。⑥梅：即楠木。《楚辞·天问》王逸注引《诗》作"棘"。王逸习《鲁诗》。马瑞辰《毛诗传笺通释》说："前章言棘，后章言梅，二本美恶大小不相类，非《诗》取兴之恉。"以为作"梅"乃讹字。然而第一章以棘喻不良，第二章以鸮喻不良，句法有变化。马氏一律求其齐整，反失本意。实不必改字。⑦鸮（xiāo）：猫头鹰。萃（cuì）：草丛生貌。引申为聚集、栖息。止：语助词。⑧讯：责问，警告。一说"讯"为"谇（suì）"的讹字。之："止"的讹字。马瑞辰说："《列女传》引《诗》'歌以讯止'，与《广韵》引《诗》作'止'正同。《诗》以二止字相应，为语辞，犹上章以二之字相应也。今作'讯之'者，以形近而讹。"⑨予不顾：即"不顾予"。一说"予"应与一章同，作"而"（隶字"而"残损似"予"），可参。⑩颠倒：跌倒。以上两句，朱熹说："讯之而不予顾，至于颠倒，然后思予，则岂有所及哉。"

【品评】 这是一首陈国国人谴责其统治者的诗。西周、春秋时期所谓的"国"，是指周王或诸侯王率领宗族聚居的带有围墙的城邑。"国"中居民的核心，便是所谓"国人"，其中包括士、工、商、农民、舆人、部分被融合的殷人贵族等，而中低级贵族"士"又是"国人"的核心。"国人"具有议政的权力，甚至可以决定执政者的命运，是周代社会生活中的一个重要的阶层。故此诗应与陈国政治生活有关。

此诗谴责"不良"者，率直、辛辣。诗以荆棘、鸱鸮兴起，"墓门有棘"，必须"斧以斯之"，言下之意国有"不良"，也必须除之；"墓门有梅，有鸮萃止"，比况"不良"者在国，如鸱鸮，会给人带来不幸，也会给国家带来不幸。虽是兴词，也足见对"不良"者的痛恨，欲其死而快之。"不良"者之行径，国人都知道，而他却不知悔改；作歌来责问他，他也不理睬。其厚颜无耻可以想见。诗中又指出"不良"者很久以前就如此，不听责问，必定没有好下场。这更增加了谴责的力度。诗中说被谴责者的不良"国人知之"，显示出诗人之谴责，非为一己之私怨。从中我们也可以体认到诗人的忧国忧民之心。

此诗的表达看起来平实，实际使用了多种修辞手法。诗每章前两句是兴辞，也含有比的意思，两章四、五句皆用了顶针，一方面使得语意连贯，表现出诗人愤激之情不可遏制的意味，另一方面又在意思上递进。第一章最后一句回顾过去，第二章最后一句预言以后，更是扩充了诗歌的意义空间。

此诗与《鄘风·墙有茨》皆为谴责诗。此诗以荆棘起兴，《墙有茨》以蒺藜起兴，所起兴之植物皆为有刺者。两诗作者的情绪也都比较激越。

但《墙有茨》表达较克制，欲言又止；而此诗表达更是酣畅淋漓，如竹筒倒豆子。由此正可窥见两诗作者性格的差异。

月 出

月出皎兮①。佼人僚兮②。舒窈纠兮③。劳心悄兮④。
月出皓兮⑤。佼人懰兮⑥。舒忧受兮⑦。劳心慅兮⑧。
月出照兮⑨。佼人燎兮⑩。舒夭绍兮⑪。劳心惨兮⑫。

【注释】 ①皎：形容月光洁白明亮。②佼（jiǎo）："姣"的借字。美好貌。佼人，美人。僚（liáo）：美貌。《说文》："僚，好貌。"③舒：舒缓。形容女子举止娴雅。窈纠（yǎojiǎo）：叠韵联绵词，形容女子行走时体态的轻盈优美。④劳心：忧心、愁苦。悄：忧愁的样子。⑤皓（hào）：原作"皓"，据阮元《校勘记》改。《说文》："皓，日出貌。"诗以"皓"形容月色之白。⑥懰（liú）：妩媚。⑦忧受：叠韵联绵词，形容女子行走时的舒迟婀娜。⑧慅（cǎo）：忧愁而心神不安的样子。⑨照：形容词，明亮的样子。⑩燎：明亮。形容女子顾盼生姿、光彩动人之美。⑪夭绍：叠韵联绵词，形容女子体态柔美。⑫惨：忧愁貌。陈第、顾炎武、戴震并谓"惨"为"懆（cǎo）"之讹。《说文》："懆：愁不安也。"

【品评】 这是描写月光下一个美人的诗。也有人以为是月下怀人之作，也有其他异说。诗每章第一句写月色，第二句写女子的容色之美，第三句写女子行动姿态之美，末句写诗人自己因爱慕美人而心神不宁的感觉，完全是一首情诗。

这是《诗经》中非常优美的一首诗。它的美，首先在于韵味之悠长。方玉润《诗经原始》说："此诗虽男女词，而一种幽思牢愁之意，固结莫解。"诗人期会美人，见而不可近，思而不可得，发为歌咏。极言其体态之优美，举止之动人，正见渴求之情深。而每章末句更直接抒发忧思爱慕之情，说愁苦难忍、心神不宁、愁惨不乐，更是情思绵绵。

此诗意境也美。明月初升，清辉万里，一位娴静、妩媚、顾盼生姿的美人在月下徘徊，她步态迟缓，似心事重重；而徘徊之中，又尽显其体态之轻盈、婀娜。这简直就是一幅月下美人图。因为在月下，故形成一种距离感，给读者以想象的空间，所咏美人也就若隐若现，不可端倪，几近神女。此种为情造境之术对后世文人的影响自然很大，宋玉《神女赋》、曹植《洛神赋》正是从幻想虚神处着笔的。

诗描写的笔触也很细腻。写美人之步态用一个"舒"字，已经道出美人的娴静优雅，又以"窈纠""忧受""夭绍"进一步描摹，可谓曲尽其妙。关于写美人容貌，清人张尔岐《蒿庵闲话》卷二说："'僚''懰'，《传》并训'好貌'。'燎'训明也。好者，便娟媚丽之谓。明则顾盼生姿，光彩动人，如有晖耀也。"诗三章，各章意相近，仅变韵换字，而所换之字均笼统表现诗人的感受，不是具体描写，同样给读者以极大的想象空间。

此诗音律之美，更是《诗经》中所独有。曾运乾《毛诗说》中说："皎、僚、悄，夭摄；纠，幽摄；旁转韵。佼、劳，夭摄。案此诗皆形容美者妖冶缭绕之形，故其所用字皆幽（萧）夭（毫）两部字，绘形绘声，曲尽其妙。""照、燎、绍，夭摄；惨，音摄；旁对转。……皓、皎、照，古音见母双声。……窈、纠，幽迭，忧、受，幽迭，夭、绍，夭迭。僚、懰、燎双声，纠、受、绍，审三双声。……慅、悄、惨，清母。三百篇中排比声律，未有如此诗之精切者。"也就是说此诗三章皆押同一韵，且用了大量的叠韵、双声字，虽用了不少不常见的字，但读起来仍然流转如贯珠。

从章法上来看，此诗也颇为奇妙。姚际恒《诗经通论》说："每章四句，又全在第三句使前后句法不排。盖前后三句皆上二字双，下一字单；第三句上一字单，下二字双也。后世作律诗，欲求精妙，全讲此法。"

泽陂

彼泽之陂①，有蒲与荷②。有美一人③，伤如之何④？寤寐无为⑤，涕泗滂沱⑥。

彼泽之陂，有蒲与蕳⑦。有美一人，硕大且卷⑧。寤寐无为，中心悁悁⑨。

彼泽之陂，有蒲菡萏⑩。有美一人，硕大且俨⑪。寤寐无为，辗转伏枕⑫。

【注释】①泽：池塘。陂（bēi）：堤岸。是美人所居之地。②蒲（pú）：水生植物，茎可制席，嫩苗可食。荷：莲叶。此章所举蒲与荷及下文所举蕳、菡萏，皆随所见而喻所思女子之美。③有美一人：等于说"有一美人"。④伤：忧思。这里指思念但无法取得对方的关注或喜爱。《尔雅·释诂》："伤，思也。"《鲁诗》《韩诗》作"阳"。《尔雅·释诂》："阳，予也。""予"即"我"。如之何：奈之何，怎么办。"我如之何"，言无法克服其思慕之心，下文写其悲切。意也可通。⑤寤寐：醒着和睡着。无为：没有办法。这句是说：无论醒着还是睡着都思念，但想不出一个达到目的的办法。⑥涕：眼泪。泗（sì）：鼻涕。滂沱（pāngtuó）：雨大的样子。这里用来形容涕泪俱下的样子。⑦蕳（jiān）：泽兰，一种生在水边的植物。⑧硕（shuò）：高大。卷：同"婘"。《释文》："卷，本又作'婘'。""卷"是"婘"的省借。美好的样子。⑨中心：心中。悁（yuán）悁：忧郁的样子。⑩菡萏（hàn dàn）：莲花。⑪俨（yǎn）：端庄。这是形容其气质。《韩诗》作"㛇"。薛汉《韩诗章句》："㛇，重颐也。""重颐"即现在所说双下巴，言其富态。两说均可通。⑫辗转：转动。这里指翻身。这句是说，翻来覆去睡不着，常伏枕而思。

【品评】《陈风》中多表现男子爱慕女子的作品，而且往往带有单相思的情调。除《宛丘》《东门之枌》《东门之池》外,《泽陂》《月出》两首也是。这同陈地女子多善歌舞,又因从事祀神、悦神的活动,其色艺突出易引起人们的关注有关。同时,也多少说明,陈地女子的社会地位较中原三晋为高。

本诗从内容看,似与《东门之池》为同一作者所作,所咏为同一事。"泽陂"即指"东门之池";此诗的"有美一人",即《东门之池》说的"彼美淑姬"。两诗所写,都是可望而不可及,可闻而不可语,表现出深深的忧愁。

这是《陈风》中表现男子思念所喜爱的女子,相思成病的最典型的一篇,其情调与《周南·关雎》相近,但《关雎》关于女子主要写了她的气质令人喜爱,认为是理想的配偶,而这首诗则突出地表现了女子丰满健壮之美。这首诗中说到"俨",然而并不突出这一层意思,而《韩诗》作"嫣"。前首中说到"窈窕",或以为即指"苗条",然而根据先秦时普遍的审美观,未必是。从《卫风·硕人》和《小雅·车辖》中的"硕人"等词来看,先秦时妇女以健壮为美。《楚辞·大招》中两次说到美人用"丰肉微骨"来形容,又说"曾颊倚耳"。王逸注:"曾,重也。"这大约因为当时医疗条件差,纤弱者会多病,贵族之家衣食足,又多肉脂,妇女同男子一样多硕大者,而贫穷之家衣食不继,妇女多瘦削不称衣,前者华衣鲜戴,后者衣裙褴褛,则从社会风气上形成以健壮为美的风气。当然,这是从当时社会风气形成的根源言之,这首诗中诗人所爱慕女子的身份如何,是另一回事。

这首诗在艺术表现上的特色,首先是在描写环境中用了象征的手法,蒲蕑与莲花、莲叶、莲子相处,是说它始终同莲在一起,反衬出自己心愿难以达到的悲伤。其次,对美人的描写抓住了特征性,反映了当时普遍审美观念。再次,反复地诉说了自己日夜想念的忧愁与痛苦。每章只有六句,却从三个方面来述说,内容丰富,又互相照应。

桧　风

　　桧（kuài），古国名。字或作郐、会、脍，妘姓，武王封祝融之后所建之国。《史记·楚世家》说："陆终生子六人，……四曰会人"（《大戴礼记·帝系》作"郐人"），为郐国之祖。《国语·郑语》："是其子男之国，虢、郐为大。虢叔恃势，郐仲恃险。"桧国其地在今河南新密市东南。周平王二年（前769）桧为郑武公所灭，《桧风》共四首，全为西周时作品。总体上说表现的情绪不高，有的诗明显反映出悲观厌世思想，正所谓"亡国之音"。

隰有苌楚

　　隰有苌楚①，猗傩其枝②，夭之沃沃③，乐子之无知④。
　　隰有苌楚，猗傩其华⑤，夭之沃沃。乐子之无家⑥。
　　隰有苌楚，猗傩其实，夭之沃沃。乐子之无室。

【注释】　①隰（xí）：地势低而潮湿的地方。苌（cháng）楚：一种落叶型缠绕藤本植物，即羊桃、猕猴桃。②猗傩（ēnuó）：音义同"婀娜"，柔美的样子。这句是说，它的嫩枝柔美娇娆。③夭：草木之初生者。沃沃：肥美润泽的样子。这句是说，嫩枝嫩叶润泽鲜艳。④乐：喜悦。引申为羡慕。子：指苌楚。无知：没有知觉。⑤华：同"花"。⑥家：与下章"室"同义，指家室，即妻子儿女。无家、无室，指无家室的拖累。

【品评】 清姚际恒《诗经通论》中说："此篇为遭乱而贫窭，不能赡其妻子之诗。指苌楚而比之，不能如彼之'无知''无家室'之累也。"甚合于诗意。

本诗不是直接抒写家境困苦、不能养活或不能保全家室的悲怆，而是说羡慕草木的无知无情、无此思想感情上的折磨。诗人以生于野外的苌楚起兴，应为平民，而非如有的学者所说是贵族或国君。当然，从"乐子之无家""乐子之无室"来看，诗人应为一家之主，全家的温饱安危全赖其承担。方玉润《诗经原始》说："此必桧破民逃，自公族子姓以及小民之有室有家者，莫不扶老携幼、挈妻抱子，相与号泣路歧，故有家不如无家之好，有知不如不知之安也。"其对诗的主题的把握甚是。但一定以为是桧破后，因逃难流徙，深受家室之累而作，则未必。平民之家，有妻有子女，仰其衣食，一日无食则哭声起于室。古代计一家中人数曰"几口"，说明有一口人必得供一口之食。一般说赡养家曰"养活"，因为无衣食则家人当饿死于空室或抛尸荒野。故如设想诗人作诗背景，结合姚际恒、方玉润二家之说为是。

关于本诗表现手法上的奇巧处，前人也多注意到。清陈震《读诗识小录》说："全诗只言苌楚，而我情见焉，而国势见焉。风人笔墨，所谓一毫端观出大千世界者。""有知及有家、有室之苦，岂更仆能数者耶？只说乐物之无此，则苦我之有此具见，此文家隐括掩映之妙。"体会深切，有助理解。

匪风

匪风发兮①，匪车偈兮②。顾瞻周道③，中心怛兮④。
匪风飘兮⑤，匪车嘌兮⑥。顾瞻周道，中心吊兮⑦。
谁能亨鱼⑧？溉之釜鬵⑨。谁将西归⑩？怀之好音⑪。

【注释】 ①匪：借作"彼"，那。下同。发：猛刮。②偈（jié）：疾驰。《韩诗外传》作"揭揭"，车马疾驶的样子。这句是说，看见有大风吹拂而过，路上有行走的车子也急急前行。③顾瞻：回头看。周道：大路。马瑞辰《毛诗传笺通释》："周之言娲。《广雅》：'娲，大也。'周道又为通道，亦大道也。凡《诗》周道皆谓大路。"④怛（dá）：忧伤。上两句是说，回过头看走过的大路，心中十分忧伤。⑤飘：风狂吹。飘字本义是旋风，速度快而猛烈，大者可以吹断树木。这里用为动词。⑥嘌（piāo）:《说文》："嘌，疾也。"⑦吊：本义为慰问丧家或受到灾祸的人。引申为悲伤。⑧能：会，善于。亨："烹"本字，煮。⑨溉：通"概"，洗涤。釜（fǔ）鬵（qín）：大锅。上两句是说：谁会烹鱼，我愿替他刷锅，这大约同当时某种风俗有关，如烹鱼吃鱼会梦到家乡等，但今已无从知道。⑩西归：回到西方去。⑪怀之好音：托他捎上报平安的书信。怀：《毛传》："怀，归也。"归，有馈送之意。这里有托付的意思。之，指西归的人。好言，好的音信。

【品评】 这是一位漂泊在外的人思乡念亲抒情之作。但此诗究竟表现了什么意思，很难确定，很像《秦风·蒹葭》，令人难以捉摸，表现出一种忧伤、焦躁、不安的心情，有很强的感染力。

这首诗写一个徒行的人看到忽然刮起的东风和大路上向西急行的车辆，因而产生感慨，希望有人给家中带一封平安信去。"匪车偈兮"，"匪"读如"彼"，则非诗人自己乘车在路可知。但由"顾瞻周道"一句看，诗人也是走在路上的，但方向正好相反，在向东行，离家越来越远。因此，当他回头看的时候，便产生了无限悲情。大风向西迅疾吹去，也有车马向西疾驰而去，自己则艰难东行，愈行而离家愈远，内心愈为悲伤。尤其，他也想到家中亲人也一定惦念着他。所以，希望西行者有人给他带一封信去，以安慰家中亲人，从中透出互相体贴的善良人性。

屈原《哀郢》写他在仲春二月离开郢都时情景说："背夏浦而西思兮，哀故都之日远。"（背夏浦，背着夏水口而东行。西思，向西而思）其表现手法正与此相同，是否受此诗影响，不得而知。而诗家之匠心，于此可见。

曹　风

　　西周初年武王封其弟叔铎于曹，建都陶丘（今山东省西南部的定陶县西北），公元前 487 年被宋景公所灭。曹国的统治地区大体相当于今山东菏泽、定陶、曹县一带。《曹风》共四首，其创作时代大体可以确定的《候人》当作于鲁僖公二十八年（前 632）晋文公入曹之前。《下泉》为《国风》中时代最迟的一篇。《曹风》大约都是出于"因诗存国"的目的而搜集编入的，有诗四首，都产生在春秋时代。作品或叹人生之须臾，或感今追昔，或有所讽刺，其情调与《桧风》相近。

下泉

　　冽彼下泉①，浸彼苞稂②。忾我寤叹③，念彼周京④。
　　冽彼下泉，浸彼苞萧⑤。忾我寤叹，念彼京周。
　　冽彼下泉，浸彼苞蓍⑥。忾我寤叹，念彼京师。
　　芃芃黍苗⑦。阴雨膏之⑧。四国有王⑨，郇伯劳之⑩。

【注释】　①冽（liè）：原作"洌"。孔颖达《疏》："《七月》云'二之日栗冽'，字从冰，是遇寒之意，故为寒也。"据孔《疏》应作"冽"。寒冷。下泉：低地的泉水。亦名"狄泉""翟泉"，在今河南洛阳。②苞：草木丛生。稂（láng）：有穗而未饱食的禾。《尔雅·释草》："稂，童粱。"邵晋涵《正义》："稂为谷之有稃而无米者。"以上两句是说，低地流出寒冷泉水，浸泡稂草，使它腐烂而死。诗人用其兴王子朝作乱，周京受害。③忾（xì）：

叹息。寤：睡醒。④周京：指东周的都城，即今河南洛阳。下"京周""京师"与此意同，倒文以协韵。⑤萧：蒿的一种，有香气。⑥蓍（shī）：筮草。一本多茎，高三四尺。古人用蓍草茎来占卜。⑦芃（péng）芃：茂盛的样子。⑧膏：滋润。⑨四国：四方。王：周王。⑩郇（xún）伯：指荀砾。"郇"与"荀"通。劳：勤劳，努力。

【品评】 这是一首曹人赞美晋国大夫荀砾纳周敬王于成周的诗。

诗人赞美荀砾纳周敬王于成周，却由慨叹王朝的战乱写起。先用兴辞，暗示王子朝作乱对周京的危害，再抒发对王朝命运的担心。诗人忧心忡忡地慨叹，营造了一个阴沉、灰暗的气氛。而前三章重章，更把这种气氛渲染到阴惨的地步。第四章突然转折，云开日出，由于荀伯的努力，周王朝得以稳定，诗人由忧心忡忡一下子变得喜出望外。从表达来看，这是一种欲扬先抑、欲擒故纵的手法。如此来结撰，不仅使得诗篇有抑扬之致，摇曳生姿，而且更充分地凸现出诗人对荀砾的赞美之情。

此诗亦有吞吐含蓄之妙。前三章是一片阴沉、灰暗的气氛，而第四章则是生机勃勃的景象；在具体词语的使用上也存在这种对比关系，胡承珙《毛诗后笺》说："不知经文但以下泉曰冽，则不如阴雨之膏；苞稂曰浸，则异于黍苗之芃。两相比照，其义自明。"而"忾我寤叹，念彼周京"与"四国有王，郇伯劳之"也是对比。通过对比，荀伯于王朝的功劳也就显而易见了。再则，本诗表达比较克制，往往点到即止。前三章"忾我寤叹，念彼周京"，慨叹为何，忧念为何，并没有说明。第四章"四国有王，郇伯劳之"是陈述事实，而诗人的赞美之情涵于其中。

在句式、词语的使用上，此诗也颇有特色。前三章皆为一字领起一句，第四章则又是典型的主谓句。故前三章"冽""浸""忾""念"的意思得到突出，表现了诗人对王子朝作乱的激愤之情；第四章则显得语气平缓，正与"四国有王"后诗人的欣慰相当。在词语的使用上，"忾""念"等字尤有表现力。"忾"，包含着诗人无尽的感慨，今昔、盛衰、成败等不一而足。"念"则写出了诗人对王朝的关切程度，可谓念念不忘。由这样的词语，诗人不仅突出了自己所思所感，而且也使读者体认到了诗人的精神气质。

豳　风

豳（bīn）为古地名，以今陕西中部旬邑、彬县之间为中心，北部至甘肃庆阳马莲河流域的宁县、合水、庆城一带。周人从公刘始至古公亶父皆居于此。这些地方春秋时属秦国，其诗所以不列入《秦风》，是由于这些诗产生在秦人占领其地以前，它们在内容上反映着周人早期的社会生产、生活状况。《豳风》共七首，大多为西周时作品，有的产生于周初，《七月》等个别作品产生于西周以前。周人以农业起家，豳地人民在周初平定叛乱，安定周室中作出了突出的贡献。这些内容在《豳风》中都有突出的体现。

七　月

七月流火①，九月授衣②。一之日觱发③，二之日栗烈④。无衣无褐⑤，何以卒岁⑥？三之日于耜⑦，四之日举趾⑧。同我妇子⑨，馌彼南亩⑩，田畯至喜⑪！

七月流火，九月授衣。春日载阳⑫，有鸣仓庚⑬。女执懿筐⑭，遵彼微行⑮，爰求柔桑⑯？春日迟迟⑰，采蘩祁祁⑱。女心伤悲，殆及公子同归⑲。

七月流火，八月萑苇⑳。蚕月条桑㉑，取彼斧斨㉒，以伐远扬㉓，猗彼女桑㉔。七月鸣鵙㉕，八月载绩㉖。载玄载黄㉗，我朱孔阳㉘，为公子裳。

四月秀葽㉙，五月鸣蜩㉚。八月其获㉛，十月陨萚㉜。一之日于貉㉝，取彼狐狸，为公子裘。二之日其同，载缵武功㉞。言私其豵㉟，献�于公㊱。

五月斯螽动股㊲，六月莎鸡振羽㊳。七月在野，八月在宇㊴，九月在户㊵，十月蟋蟀入我床下。穹室熏鼠㊶，塞向墐户㊷。嗟我妇子，曰为改岁㊸，入此室处。

六月食郁及薁㊹，七月亨葵及菽㊺。八月剥枣㊻，十月获稻。为此春酒，以介眉寿㊼。七月食瓜，八月断壶㊽，九月叔苴㊾，采荼薪樗㊿，食我农夫(51)。

九月筑场圃(52)，十月纳禾稼(53)。黍稷重穋(54)，禾麻菽麦(55)。嗟我农夫，我稼既同(56)，上入执宫功(57)。昼尔于茅(58)，宵尔索绹(59)。亟其乘屋(60)，其始播百谷。

二之日凿冰冲冲(61)，三之日纳于凌阴(62)。四之日其蚤(63)，献羔祭韭(64)。九月肃霜(65)，十月涤场(66)。朋酒斯飨(67)，曰杀羔羊(68)。跻彼公堂(69)，称彼兕觥(70)，万寿无疆(71)！

【注释】①七月：夏历七月。周正建子（夏历十一月，周历称“一之日”），殷正建丑（夏历十二月，周人称“二之日”），夏正建寅（正月，周人称“三之日”）。周人兼用夏历，故诗中周历、夏历混用，而以夏历为主。火，大火（星宿），每年夏历六月的黄昏出现于正南，方向最正而位置最高，到七月便偏西下行。②授衣：将缝制衣服的工作交给作工的妇女们去做。③一之日：周历一月的日子，即夏历十一月。凡言“一之日”“二之日”“三之日”“四之日”是指周历的月份；凡言“四月”“五月”“六月”“七月”“八月”“九月”“十月”，是指夏历的月份。觱（bì）发（bō）：双声联绵字，风寒撼物的声音。④二之日：周历二月，即夏历十二月。栗烈：犹言“凛冽”，指寒气逼人。⑤褐（hè）：用兽毛或粗麻织成的短衣。⑥卒岁：终岁，犹言过冬。岁，同下面“曰为改岁”的“岁”都是指夏历的一年，岁末指夏历十二月底。至夏历正月则入春，天气渐暖。《尔雅·释天》：“载，岁也。夏曰岁，商曰祀，周曰年。”称“岁”而不称“年”，是此诗产生很早的一个证据。⑦三之日：周历三月，即夏历正月。于耜（sì）：修理耒耜。于，在名词前表示与此事物有关的一种行为。耜，耒的下部，即臿，最早以木为之，后来用金属做成。⑧四之日：周历四月，即夏历二月。举趾：举足翻地。耒耜要用足踏之使下。⑨我：农夫家长自称（全诗是以农夫家长的口吻唱的）。同：会合。诗人不在其中。同下"二之日其同"的"同"。
⑩馌（yè）：馈食，送饭。南亩：向阳田地。⑪田畯（jùn）：田大夫。
⑫载：开始。二、三月天气开始暖和起来。本诗中称夏历三月为春日，蚕
月，为当时习俗惯称。⑬有：词头，无义。仓庚：黄鹂。⑭懿筐：深筐。
⑮遵：沿着。微行（háng）：小路。⑯爰：于是。柔桑：柔嫩的桑叶。
⑰迟迟：舒缓。此处言春日天长。⑱蘩（fán）：白蒿，可以出蚕。徐光启言：
"蚕之未出者，鬻蘩沃之则易出，今养蚕者皆然。"（《诗经世本古义》引）
祁祁：众多的样子。⑲殆：恐怕，担心。公子：豳公的女公子。同归：一
起出嫁。指随豳公的女子嫁为媵妾。《说文》："归，女嫁也。"⑳萑（huán）：
荻，也即蒹。苇：芦苇，古人用来作养蚕用具（如今之蚕箔）。收割芦荻
在其枯之后，已至秋季。此二句也是当时说明时令的谚语。㉑蚕月：指夏
历三月。《夏小正》："三月，妾子始蚕。"故周先民俗称为"蚕月"。条桑：
修剪桑枝。㉒斧斨（qiāng）：统称斧头之类。古人称方孔的斧为"斨"，
圆孔的为"斧"。㉓远扬：承上"条桑"句，指长而高扬的桑枝（以其不
便采摘，故修整时砍去）。㉔猗（yī）：借作"掎"（jǐ）攀引桑枝采摘柔嫩
的桑叶。女桑：柔弱的桑枝。㉕鹝（jú）：鸟名。即伯劳。今本作"鵙"，
从《唐石经》改。㉖载：开始。绩：纺捻麻线。㉗载：则。此处表并举犹
今言"又是"。㉘朱：红。孔：很，一音之转。阳：鲜明。此用上句"玄""黄"
都指纺织品所染颜色。㉙秀：不开花而结子叫秀。蘦（yāo）：一种草本
植物，即远志，可入药。㉚蜩（tiáo）：蝉。㉛获：收获。㉜陨萚（tuò）：
草木枝叶脱落。萚，草木脱落的叶或皮。㉝于貉（hè）段玉裁《说文解
字注》："凡狐貉连文者，皆当作此貈字，今字乃皆假貉为貈。"㉞缵（zuǎn）：
继续。武功：指狩猎。㉟言：句首助词，无义。私其豵（zōng）：将小兽
归私人所有。"私"用为动词。豵，本义为一岁的小猪，此处泛指小兽。
㊱豜（jiān）：三岁的大猪，此处指大兽。公：部族首领。㊲斯螽（zhōng）：
一种蝗类昆虫，即螽斯。绿色，或浅褐色，雌大雄小。与其他蝗类昆虫一
样，雄性能屈起大腿以脚端快速摩擦翅膀旁侧，发声以招诱异类。北京俗
称之为卦拉扁儿，天津俗称为担杖钩。《周南·螽斯》朱熹《集传》说："螽

斯，蝗属，长而青，长角、长股，能以股相切作声。”说俱是。以为蚱蜢者误。动股：指发出声音。古人以为斯螽是用腿摩擦发出声音。㊳莎（suō）鸡：一种昆虫，即纺织娘。振羽：翅膀振动发声。㊴宇：屋檐。此处指屋檐下。“在野”“在宇”“在户”都是指蟋蟀言，探下而省。㊵户：单扇门。此指简陋房屋的门。㊶穹（qióng）窒（zhì）：尽塞屋内孔隙。穹，穷尽。窒，塞。熏鼠：在屋内聚烟，熏赶鼠类。㊷向：朝北的窗。墐（jìn）：用泥涂抹。古代简陋的门扇多以树木枝条或竹子编成，冬天用泥涂抹缝隙，以御风寒。㊸曰：发语词。《韩诗》作“聿”，同。改岁：即过年。这是就周历言。㊹郁（yù）：即郁李。薁（yù）：野葡萄。㊺亨：“烹”的古字。葵：冬葵，又名野葵。菜名。菽：大豆。㊻剥：“扑”字之借，扑打。㊼介：助。眉寿：指长寿。古人认为眉毛长为长寿之相，所以称长寿为眉寿。酒可活血祛忧，古人认为有助于长寿。㊽壶：葫芦。㊾叔苴（jū）：拾麻籽。叔，拾。苴，麻子。㊿荼（tú）：苦菜。薪樗（chū）：以臭椿为燃料。薪，柴。此处用为动词。樗，臭椿树。(51)食（sì）：拿食物给人吃。(52)筑场圃：把房子附近的园圃夯筑为打踝田禾的场地。(53)纳：收藏。禾稼：庄稼，指打好的粮食。(54)黍：糜子，脱壳后为黄米。稷：即粟，北方称为谷子，脱壳后为小米。重（tóng）：“穜”之借字，早种后熟的谷。《三家诗》作“種”，即“穜”字。穋（lù）：《三家诗》作“稑”，迟种早熟的谷。(55)禾：粟的苗，这里指小米。菽麦：“麦”字与下句不押韵，当为“麦菽”之误。(56)同：聚拢，指收获完毕。(57)上：通“尚”，还需要。执：服役。宫功：庭院内的差事。功，事。(58)尔：语助词。于茅：去割茅草。于，意义不太确定的动词。(59)宵：夜晚。索绹（táo）：搓绳子。“索”用为动词。(60)亟：通“急”，赶快。乘：登上。乘屋：登屋修缮。乘，登。(61)冲冲：凿冰声。(62)凌阴：藏冰的窟室。冬天凿冰储于地窖，在保存食物、消暑和丧浴等特殊情况下用。闻一多认为“阴”为“窨”字之借。《说文》：“窨，地室也。”(63)蚤：同“早”，《齐诗》、《鲁诗》均作“早”。早晨。(64)献羔祭韭：是祭“司寒”神开冰窖的仪式。《左传·昭公四年》申丰论藏冰曰：“祭寒（按即司寒）而藏之，献羔而启之。”杜预注：“谓二月春分献羔祭韭，始开冰室。”羔为一年中新产的羊，韭为一年中最先有的蔬菜，故用以祭司寒启冰室。⑥肃霜：即"肃爽"。双声联绵词，形容秋天气候晴朗（王国维《观堂集林·肃爽涤场说》）。⑥涤场：即"涤荡"，形容深秋树木萧瑟的样子（王国维说）。⑥朋酒：两壶酒。《毛传》："两樽曰朋。"期：语助词。飨：在一起饮酒。⑥曰：句首语助词，同"聿"⑥跻：登。公堂：豳公（公刘）之堂。朱熹《诗集传》："公堂，君之堂也。"⑦称：举起。兕（sì）觥（gōng）：用犀牛角做成的酒器。⑦万寿：犹言大寿。无疆：无限。

【品评】《七月》为先周所传，具有悠久的历史。《周礼·春官·龠章》："中春，昼击土鼓，吹《豳诗》以逆暑。……凡国祈年于田祖，吹《豳雅》，击土鼓，以乐田畯。国祭蜡，则吹《豳颂》，击土鼓，以息老物。"郑玄注："《豳诗》，《豳风·七月》也。吹之者以籥为之声。《七月》言寒暑之事，迎气歌其类也。此'风'也，而言'诗'，'诗'总名也。"《豳雅》亦《七月》也。……谓之雅者，以其言男女之正。"《豳颂》亦《七月》也，《七月》又有获稻作酒，跻彼公堂，称彼兕觥，万寿无疆之事，是亦歌其类也。谓之颂者以言岁终人功之成。"看来此诗是由先周时歌诗集约而成。

这首诗具体描绘了三千多年前以农业起家的周民族的生产生活，及先周时期农夫和部族首领之间的关系。

《七月》记农夫一年的劳动，基本上按生产生活中的主要节气、月份来写，但它毕竟不是一份历书，而是歌谣，是一首诗，有些地方根据叙事的情况，连带述及下一月的事而并不标出月份，而结合全诗，则可以看出其具体月份。如第三章："七月鸣䴗，八月载绩。载玄载黄，我朱孔阳，为公子裳。"在八月这一月中，又织、又染、又缝衣是不可能的，这不过是表现忙碌的情况，连用了几个排比句，按工序顺便提出缝衣裳的事，其实缝衣就到九月了，因而有"九月授衣"之说。再如：第七章，叙九月、十月之农事以后接上说："上入执宫功。昼尔于茅，宵尔索绹。亟其乘屋，其始播百谷。"十月之中不可能做这么些事。而且，"始播百谷"不在十一月（一之日）。"四之日举趾"，播种在二、三月，而正月（三之日）开始修理农具（"三之日于耜"），所以，"入执宫功"所干物事，是在十月以后、一月以前的这两个月中。由于一开春会有雨，恐豳公屋漏，须收拾。而这一事结束，马上又是农活。可见农夫们在农闲时也是十分忙碌的。关于农夫们为了自己的衣食所做的各种劳动，尚不包括在内（如收拾破屋、塞向墐户、收瓜、断壶、采荼、采薪等）。

农夫这样一年到头劳动，而收获的粮食，黍稷重穋、禾麻菽麦，大都纳于部族首领的仓库；即使打猎所得，农夫也只能得到小的动物。今将农夫同首领家族进行比较。

吃的：农夫——荼（"谁谓荼苦？"是为苦菜）、瓜、壶。

部族首领——各种新粮及应时的蔬菜（"六月食郁及薁，八月亨葵及菽""八月剥枣，十月获稻。为此春酒"）。

穿的：农夫——无衣无褐。

部族首领——各种颜色的鲜亮的锦帛衣裳、狐裘。

豳公等部族首领自己不参加农业劳动，只让田畯组织和监督农夫，农夫的女孩子同样没有人身自由。

此诗从衣、食、住这些生活最根本的需要着眼，从部族首领同农夫在劳动中的关系，以及产品的分配方面，深刻地揭示了奴隶社会的社会状况。

一、全诗以节序为经，衣食为纬，层次分明，主题突出。孔颖达《正义》云："民之大命在温与饱，八章所陈皆论衣服饮食，首章为其总要，余章广而成之。首章上六句言寒当须衣，故二章、三章说养蚕、缉绩衣服之事以充之；首章下五句言耕稼饮食之始，故七章说治场、纳谷、稼穑终事以充之。"关于衣食等内容的安排，又大体按照时序。

因既以时序为经，又要考虑事物本质上的联系，衣、食、住分层言之，故各章所叙月份有时重复，而非简单地依月铺叙，如后代的十二月小唱一般。所以全诗在节奏、旋律上来说既有一条总的线索（时序），又有反复回环之处。

二、诗中特别将农夫的生活与豳公等部族首领的生活状况进行比较。第一章农夫之忧与田畯之喜对照鲜明。农夫忙忙碌碌一年到头，仍处饥寒之中。两方比较在四、五、六三章中显得最为突出（既比食，又比衣）。部族首领的事，诗中只写两个方面：监工、祭祀。农夫则一年到头不得休息。

三、既言物，又言情，抒情与记叙有机地结合。物与事乃是情之所系，故此诗实为事物其外而情感其内。诗中结合这种记叙性抒情，有些写景的句子，为读者展现了一幅幅生动的生活和自然画面。如第二章"春日载阳，有鸣仓庚。女执懿筐，遵彼微行，爰求柔桑。春日迟迟，采蘩祁祁"等。也有些直接抒发作者情感的句子，如"无衣无褐，何以卒岁！""嗟我妇子，曰为改岁，入此室处"等。诗中记叙同抒情不是分割开来，而是紧密地联系在一起的。如"一之日觱发，二之日栗烈"，纯粹是记叙当时的节气情况的，但下面紧接着说："无衣无褐，何以卒岁"，就使得上两句也包含了农夫的呻吟之声。再如第五章写天气渐寒，连蟋蟀也入室过冬。然而，农夫怎样呢？"塞向墐户"，这里也充满了农夫的痛苦的感情。

清人姚际恒论《七月》作诗之妙，前人多推为至论，其实尚未得其全部，且多八股味，今不取。

鸱鸮

鸱鸮鸱鸮①，既取我子②，无毁我室③。恩斯勤斯④，鬻子之闵斯⑤。迨天之未阴雨⑥，彻彼桑土⑦，绸缪牖户⑧。今女下民⑨，或敢侮予⑩！予手拮据⑪，予所捋荼⑫，予所蓄租⑬。予口卒瘏⑭，曰予未有室家⑮！予羽谯谯⑯，予尾翛翛⑰，予室翘翘⑱。风雨所漂摇，予维音哓哓！

【注释】 ①鸱鸮（chīxiāo）：即鸱鸺，古名鹎鸮，今俗名猫头鹰，是一种攫他鸟之子而食的鸟。②我：倾诉痛苦之鸟自指，当指鸋鴂。扬雄《方言》："桑飞，……自关而东谓之鸋鴂，自关而西谓之桑飞，或谓之懱爵。"

陆玑《毛诗草木鸟兽虫鱼疏》："幽州人或谓之鸋鴂，或曰巧妇，或曰女匠；关东谓之工雀，……关西谓之桑飞，或谓之襪雀，或曰巧女。"但因为《毛传》误以诗开头的"鸱鸮鸱鸮"为作者之语，而以"既取我子"以下至完为鸱鸮语，故误以鸱鸮为鸋鴂。实则此诗全篇为第一人称，"我"当为鸋鴂自指。③室：指鸟巢。其用"室"字之义，朱熹《诗集传》连上句说："以比武庚既败管蔡，不可更毁我王室也。"④恩：上古与殷音同（"恩"由"因"得声可看其读音相近），《鲁诗》作"殷"。孔颖达《疏》说："恩之言殷也。"勤：指辛苦劳瘁。斯：语助词。⑤鬻："育"字之假借。《孟子·梁惠王下》："太王事獯鬻。"《史记·周本纪》"鬻"作"育"。《文选·洞箫赋》"桀跖鬻博"，李善注："鬻，夏育也，古字同。"闵（mǐn）：怜悯。朱熹《诗集传》释此句："鬻养此子，诚可怜悯。"斯：语助词。⑥迨（dài）：及，趁着。⑦彻："撤"的假借字，剥取。桑土：《毛传》："桑土，桑根也。"陈奂《诗毛诗传疏》："土为杜之假借字。"⑧绸缪：缠扎。牖（yǒu）户：门窗。牖，窗户。户，门。⑨女：通"汝"，你，你们。下民：指侵害掠夺者。语意双关。在诗中指鸱鸮等恶劣强暴之鸟兽，寓指反叛周王室的人。⑩或敢侮予：谁还敢欺侮我。或，有谁。予，我。⑪拮（jié）据：指鸟之筑巢，口足劳苦。郑《笺》引《韩诗》："口足为事曰拮据。"⑫捋（luō）：用手勒取。荼（tú）：茅、芦之类花。⑬蓄租：积聚。朱熹《诗集传》："租，聚。"⑭卒："悴"的假借字。马瑞辰《毛诗传笺通释》："'卒瘏'与'拮据'相对成文。'卒'当读为'顇'，《尔雅》：'顇，病也。'字通作'悴'。……卒、瘏皆为病。"瘏（tú）：病。⑮曰：同"聿"，句首语助词。此句是说，我之所以如此辛劳，因我的家室还没有修葺好。⑯谯："焦"的假借字。《释文》："字或作燋。"即"焦"的异体。羽毛干枯的样子。⑰翛（xiāo）翛：羽毛凋敝稀少的样子。⑱翘翘：摇摇欲坠，高耸危险的样子。

【品评】 这是一首寓言诗，全诗以一只母鸟的口吻，控诉鸱鸮既占其窠巢，又取其鬻（幼）子，并诉说自己依然为抵御外侮经营窠巢的勤苦及目前处境的危险。

《尚书·金滕》言此诗为周公旦所作，《毛诗》与《鲁诗》、《齐诗》说同（参阅王先谦《诗三家义集疏》），尽管在具体作于何时，说法稍有不同（主要在于诛管蔡之前或之后），但为周公旦所作则无异，则即使《金滕》之书写成迟，总是传说有自。至于各说之不尽相同，乃传说异词，为常有之事。且各说在大体相同的时间范围之内，或言"周公救乱"，或言"周公戒成王"，只不过论述角度不同，大体可以相通。是否此前民间已有此类型的寓言故事或简短诗歌，周公据以改编润色，已不可知。但就此诗目前形态看，不似周初以前的民间歌谣，因而确定为周公之作是正确的。而周公引述的时候，倒很可能从其事源上将它归于前人。

首先，我们将它作为一首独立的寓言诗来看，全诗用第一人称的手法，又以一个受到侵害、幼子被鸱鸮夺去的母鸟口吻诉说，因而十分感人。

其次，诗的开头以连续呼叫的手法，点出强暴者，向它说："既取我子，无毁我室。"自然就点出了强暴者所犯的罪恶，以及母鸟捍卫家室的决心。其中有乞求，但更多的是拼死捍卫的决心。第二章写自己辛勤修补，防备强暴者。末尾的"今女下民，或敢侮予"一句，便表现出这一层意思。

再次，从第一章到第三章，贯穿"我"为了维护家室安全辛苦劳作的诉说。第三章末尾说："曰予未有室家！"表明了自己忘我劳瘁的目的。由这点看，这首诗确实有说给同室成员听的意思在内，而诗中最感人者，也正是这一层意思。

最后，第四章承上章末尾，写自己的身心憔悴与家室之风雨飘摇、形势险峻。"予维音哓哓"，可谓全诗之意的总括。

由上面分析可知，传说周公将此诗诵给成王，其内容是完全符合这个情节的。也确实具有感化内部成员，以达到互相体贴、精诚合作的目的。作为一首寓言诗，它同时也有引起愤恨强暴者和同情被欺凌者的作用。本诗虽简短，但结构严密紧凑，虽用了寓言的形式，但感情强烈，撼动人心，是一篇十分优秀的诗作。

东山

我徂东山①，慆慆不归②。我来自东，零雨其濛③。我东曰归，我心西悲④。制彼裳衣⑤，勿士行枚⑥。蜎蜎者蠋⑦，烝在桑野⑧。敦彼独宿⑨，亦在车下。

我徂东山，慆慆不归。我来自东，零雨其濛。果臝之实⑩，亦施于宇⑪。伊威在室⑫，蟏蛸在户⑬。町畽鹿场⑭，熠耀宵行⑮。不可畏也，伊可怀也⑯。

我徂东山，慆慆不归。我来自东，零雨其濛。鹳鸣于垤⑰，妇叹于室⑱。洒埽穹窒⑲，我征聿至⑳。有敦瓜苦㉑，烝在栗薪㉒。自我不见，于今三年。

我徂东山，慆慆不归。我来自东，零雨其濛。仓庚于飞㉓，熠耀其羽㉔。之子于归，皇驳其马㉕。亲结其缡㉖，九十其仪㉗。其新孔嘉㉘，其旧如之何㉙?

【注释】①徂（cú）：往。东山：在古奄国境内。奄国在今山东曲阜附近，后并入鲁国。东山即曲阜以东的蒙山，今属临沂。由此可知诗人转战之最后是经历了所谓"践奄"之事的。②慆（tāo）慆：犹言"悠悠"，形容时间久长。三家《诗》作"滔滔"，亦作"悠悠"。③零雨：落雨，下雨。《说文》引作"霝"。"霝""零"为古今字，其濛：犹言"濛濛"。④我东曰归二句：我在东方。一说西归，心便西问家乡而伤悲。⑤制：缝制。裳衣：指居家所穿衣服，相对于兵服而言。⑥士：同"事"，从事。行（háng）：行阵，指打仗。枚：一种小棍，状如筷子。古代秘密行军时让士兵衔在口中，以免说话。⑦蜎（yuān）蜎：软体动物蠕动爬行的样子。蠋（shǔ）："蜀"俗字，三家《诗》作"蜀"，一种似蚕的大青虫。或言即桑蠖，或言为野蚕。⑧烝："曾"之借字，乃（马瑞辰说）。⑨敦（duī）：敦敦然，形容一个个蜷缩成团，露宿野外。⑩果臝（luǒ）：一种蔓生植物，即栝楼，也作"瓜萋"。其实如葫芦。⑪施（yì）：蔓延。宇：屋檐。⑫伊威：即潮虫。体形精圆，胸前有环节七。三国吴陆玑《毛诗草木鸟兽虫鱼疏》下："伊威，一名委黍，一名鼠妇，在壁根下、甕底土中生，似白鱼者是也。"其说是。或以为土鳖子者，误。⑬蟏（xiāo）蛸（shāo）在户：言门上结了蜘蛛网。蟏蛸，一种长腿的小蜘蛛，亦名喜蛛。⑭町（tīng）畽（tuǎn）：有禽兽践迹的空地。町，打猎处。《说文》："田践处曰町。""田"即田猎。畽，又作"疃"，禽兽所践处。⑮熠（yì）耀（yào）：闪闪发光的样子。宵行：磷火。孔颖达《疏》："《淮南子》云：'久血为磷。'许慎云：'谓兵死之血为鬼火。'"古人认为"鬼火"生于连年战争，白骨暴野的情况下。⑯伊：是，此。可能已经变得十分荒凉的家乡。怀：思念。⑰鹳（guàn）：一种水鸟，形似鹭，又似鹤。垤（dié）：蚁封。《文选注》引《韩诗薛君章句》："巢处知风，穴处知雨。天将雨而蚁出壅土，鹳鸟见之，长鸣而喜。"鹳为水鸟，故喜雨。⑱妇：指诗人的妻子。此句是言：诗人悬想妇在家中见到下雨的天象，即担心在外的丈夫会受苦而叹息。⑲洒埽：打扫房间，埽，同"扫"。穹窒：尽堵塞室内的孔穴缝隙。⑳我征：我的征人。聿：语助词，无义。此悬想妻子在家中的思想活动。㉑有敦（duī）：犹言"团团然""圆圆的"。形容瓜的形状。瓜苦：瓜葫芦。闻一多读"苦"为"瓠"。瓜瓠即葫芦。指结婚合卺时所用的瓢（将一瓠分为两半，各执一瓢，盛酒漱口）。㉒烝：曾，乃。栗薪：柴堆。"栗"借作"蓼"。王应麟《诗考》："烝在蓼薪，众薪也。"㉓仓庚：黄鹂。郑《笺》："仓庚仲春而鸣，嫁娶之候也。"㉔熠耀：此处指仓庚翻飞时羽毛在阳光下闪闪发光的样子。㉕之子：这个姑娘。于归：出嫁。此回忆妻子当初嫁到自己家中时情景。皇：《鲁诗》作"騜"，毛色淡黄的马。驳：毛色淡红的马。㉖亲：指妻子的母亲。缡（lí）：佩巾。古代女子出嫁，母亲训诫叮嘱，并亲自为之挽结佩巾。㉗九十：九种、十种。此言结婚仪式之多，反映了礼节的隆重。㉘其新：指女子新婚时。孔：很。嘉：美善。㉙其旧：经历了长时间之后。这句表现了出征士卒归来途中对妻子各方面状况的猜度，反映了深切的思念之情。

【品评】 此诗是西周初年从周公东征的士卒归途中思家之作。《尚书大传》："周公摄政，一年救乱，二年伐殷，三年践奄。"看来周公自摄政起，三年之中都有战事。因为周人本在西方起家，则所谓救乱，必然是用兵于东方。那么看来这三年用兵全在东方。这样就可能有一部分战士转战几个地方，一直没有回家。周公东征，从役之人未必皆豳人，然而豳岐为周室发祥之地，其民人当为周室所最信赖。东征伐叛，亦以豳岐之民最多。诗中征夫当即豳人，故诗入《豳风》。

诗中通过对战士艰苦生活及由于战争而造成的农村荒芜、居室无人、怨妇思夫、征人念家这些普遍现象的逼真刻画，表现了当时劳动人民对长期征战的厌恶及对和平生活的渴望。

由诗末"其新孔嘉，其旧如之何"，联系上文"自我不见，于今三年"来看，是诗人新婚不久即被征远行。古代新婚之后被征兵离家的情形颇多（从传说中孟姜女的故事到杜甫的《新婚别》）。这一方面反映了战争频繁，使得这种现象增多，另一方面，古人将"订终身"看得很重，故已订婚而尚未结婚的青年男女，在男子被征兵远行之前匆匆完婚的情况也不少。作者回忆行前新婚的情况，在幸福的回忆中反映出深深的悲痛。

这首诗是《诗经》中最出色的抒情诗之一。

一、通过各种手段表现抒情主人公的思想活动，有很强的感染力。大体说来，其主要用四种方法。

第一，直接表现思想活动。如第一章"我东曰归，我心西悲。制彼裳衣，勿士行枚"等。每章开头的"我徂东山，慆慆不归"，实际也是直接表现长期在外的焦急与对家乡、对家人的思念。在运用其他手法表现的部分，也常常夹以直接的表白，如"自我不见，于今三年""其新孔嘉，其旧如之何"等。诗人对家人的思念与对家园的向往是联系在一起的。家乡虽因战乱而残破不堪，但仍使诗人魂牵梦绕，不能忘怀。"不可畏也，伊可怀也"两句，把这种感情表现得十分清楚。

第二，用比喻和对比的方法，表现行役中辛苦生活的悲怆。如第一章"蜎蜎者蠋，烝在桑野。敦彼独宿，亦在车下"。还通过写景来烘托情绪，如"我来自东，零雨其濛"。回家之时遇雨，为不好的事，但这同能够生还回家比，又算得了什么？从回家的大"喜"和途中小"忧"的对比，反映出在经历长久征戍困苦之后即将到家之时复杂的思想活动。

第三，运用想象悬想的手法，表现抒情主人公的心理活动。如第二章"果羸之实，亦施于宇。伊威在室，蟏蛸在户。町畽鹿场，熠耀宵行"，是通过征人在回家途中猜想将要见到的家的景况，反映出经过战乱后人的种种疑虑。第三章的"鹳鸣于垤"以下六句也是悬想，表现出青年夫妇的深厚感情，及自己对妻子的深切思念。

第四，用回忆的方法写思想活动。第四章"仓庚于飞"以下六句即是。

二、表现了征人归途中极其复杂的感情。作品写征人为自己能生还，从今可以与家人团聚而欣喜，又担心在离家的几年中家园残破，失去安居乐业的基本条件。他一方面设想离别多年，妻子一定在等待着自己的归来，但又担心这三年之中情况会有什么大的变化。作者既写了自己想念家庭的心情，又设想妻子思念自己的情景；既回忆了三年前结婚的情况，又忧心忡忡地设想回家后将会遇到的结果。表现心理，细致入微；抒发情感，淋漓尽致。因而十分感人。

三、《诗经》中民歌多用重章叠句的手法，此诗也一样。此诗前四句的反复出现，更加突出了主题，深化了诗人因久别家园而产生的深切的思念之情。"我徂东山，慆慆不归"，是产生深切思念的原因，四次出现，回环往复，不仅使人感到情思绵绵，而且深深地感到：以下所写到的种种情况，都是由于连年征战引起的。"我来自东，零雨其濛"是写出发时的苦状。军士在路途行之多日，而这里把作者写诗的时间具体化了，放在一个十分典型的环境之中，这两句也给全诗制造了一个悲凉的气氛。

雅

　　雅是西周王畿内的诗歌。《诗序》说："雅，正也。"《荀子·儒效》："居楚而楚，居越而越，居夏而夏。"《荣辱》又云："越人安越，楚人安楚，君子安雅。"可见，雅是指夏地之声。余冠英在《诗经选·前言》中说："'雅'是正的意思，周人认为的正声叫做雅乐，正如周人的官话叫做雅言。'雅'字也就是'夏'字，也许原是从地名或族名来的。"

　　《诗经》中雅诗有《小雅》《大雅》。《小雅》《大雅》并无本质不同，只因为是两次所收集，而篇幅又太长，故未合为一部分。《诗经》的第一次结集是在西周灭亡之后，召穆公（即召伯虎）的子孙为了铭记宣王中兴中召穆公、周定公的功业，尤其是为了记载召穆公在这一历史时期的不凡功勋而编集，只收周南、召南及历史上地位与周、召二公大体相侔的卫君封地的作品。《小雅》共七十四首（不包括有目无诗的笙诗曲题），都是西周都城镐京一带的作品，上层贵族之作较多，大部分产生于西周后期和东周初期，因为很多作者是由厉王至宣王时，或由宣王至幽王时甚至身历三朝，故以厉、宣、幽时期的作品为多，尤以宣王中兴阶段的最多。个别作品可能时代较早，也有的产生于西周灭亡之后平王、携王并立时期或稍迟。

　　《大雅》中的作品是春秋中期，即公元前六世纪前期由郑国的贵族公孙舍之（子展）、公孙侨（子产）等在召穆公后代所结集《诗》文本的基础上增编辑入，大部分作品来自西周王室的典藏。所以其中有一些反映周民族发祥、迁徙、壮大直至灭商建国的作品，还有一些卿大夫讽谏、忧时之作。后面的这类作品正反映出西周时代存在过的卿大夫向天子献诗讽谏的事实。《大雅》中共有作品三十一首，从周初至西周灭亡前后之作都有，大部分产生于西周时期。《公刘》等个别作品也可能是周人灭商之前的作品。

小　雅

鹿鸣

　　呦呦鹿鸣①，食野之苹②。我有嘉宾③，鼓瑟吹笙④。吹笙鼓簧⑤，承筐
是将⑥。人之好我⑦，示我周行⑧。

　　呦呦鹿鸣，食野之蒿⑨。我有嘉宾，德音孔昭⑩。视民不恌⑪，君子是
则是傚⑫。我有旨酒⑬，嘉宾式燕以敖⑭。

　　呦呦鹿鸣，食野之芩⑮。我有嘉宾，鼓瑟鼓琴。鼓瑟鼓琴，和乐且湛⑯。
我有旨酒，以燕乐嘉宾之心⑰。

　　【注释】　①呦（yōu）呦：鹿鸣声。鹿性平和，皆群居，发现食物
则鸣以呼同类，故以鹿鸣起兴，为以下言同类之人当一心相扶助作铺垫。
②苹：马帚，今称扫帚草。《尔雅》：萍，马帚。苹即萍。③我：主人自
指。嘉宾：贵客。④鼓：弹奏。瑟：见《关雎》注。笙（shēng）：管乐器，
以竹管制成。王先谦《诗三家义集疏》：“《鲁》说曰：‘笙长四寸，十三簧，
像凤之身也。’”⑤簧：乐器，似笙而大。参见《王风·君子阳阳》注释。
⑥承：奉，双手捧着以示尊重。筐：盛币帛的竹器。将：送，以物赠人。
这句是说，捧着筐赠送宾客币帛。赠送币帛为当时宴会款待嘉宾的一种礼
节。⑦人：客人。⑧示：指示。周行：大道。这里代指处事所应遵循之道。
这两句是主人赠送宾客币帛时所说的话，意思是说，你们对我很好，希望
能指示给我处事之道。⑨蒿：青蒿，有香气。⑩德音：内在的德性和外在
的言语。孔：很。昭：明。⑪视：示。民：众民。恌（tiāo）：“佻”的借字，
轻佻、苟且。⑫君子：指贵族。是：代词，指嘉宾。则：法则，典范。傚：

"效"的异体字，效法，仿效。朱熹《诗集传》："言嘉宾之德音甚明，足以示民使不偷薄，而君子所当则效。"⑬旨酒：美酒。⑭式：语助词。燕：安乐。《毛传》："燕，安也。"敖：即"遨"，游乐。马瑞辰《毛诗传笺通释》："《尔雅》舍人注云：'敖，意舒也。凡人乐则意舒。'"⑮芩（qín）：蒿类。孔颖达《疏》引陆玑云："茎如钗股，叶如竹，蔓生泽中下地碱处。"吴厚炎《〈诗经〉草木汇考》（贵州人民出版社 1992 年版）以为"或即铁皮石斛（霍山石斛）"。⑯湛（dān）：尽情欢乐。《毛传》："湛，乐之久。"⑰燕：与上章"燕"同义。马瑞辰："燕乐犹上言'式燕以敖'耳。"

【品评】 这是周宣王早期的一首描写宴饮宗族大臣场面的诗作。《诗经》中有数首反映贵族宴饮的诗，如《常棣》《伐木》《鱼丽》《南有嘉鱼》《湛露》《彤弓》《宾之初筵》等，都集中在《小雅》，在《小雅》中占有不小的分量。周王朝是建立在血缘宗法制之上的，宴饮不仅仅是满足口腹之欲，更是沟通、融洽部族成员的一种手段，进而关系到邦国的命运，故宴饮为周代贵族重要的政治生活内容之一。《左传·成公十二年》载晋郤至之言曰："世之治也，诸侯间于天子之事，则相朝也，于是乎有享宴之礼。享以训共俭，宴以示慈惠。共俭以行礼，而慈惠以布政。政以礼成，民是以息。百官承事，朝而不夕，此公侯之所以扞城其民也。""慈惠以布政"即宴饮的目的。由宴饮而增进感情，使得贵族心甘情愿地为王朝、邦国甚至部族效力，而主人之诚心乃是这一切的基础。

《鹿鸣》一诗，突出地体现出君臣宴饮礼乐中作为主人的君王之诚心。全诗情调欢快，表现出主人对客人到来的欢悦心情。关于兴辞，《毛传》解释说："鹿得苹，呦呦然鸣而相呼，恳诚发乎中，以兴嘉乐宾客，当有恳诚相招呼以成礼也。"鹿在古人眼中为仁兽，那么，毛公所说也就不能算是附会。第三章均以鹿鸣起兴，是依于情理而不直言，所谓"不言之言"，意在其中。"和乐且湛"则是对当时总体气氛的概括，主人的诚意在诗篇处处流露，且贯穿全诗。"我有嘉宾"，一则表现出君王由衷的喜悦，同时也有为了亲和关系而恭维的意思。因为如果双方已是亲密无间、两心相应，这类话是不必形之于言词的。"人之好我，示我周行"，正是"道情通款，冀闻善言之意"（胡承珙语）；"德音孔昭，视民不恌，君子是则是效"，是赞美，也是希望。鼓乐、设酒、行币帛，虽是宴饮的仪式，但也可看出周王的殷勤之意。整首诗表现出了周宣王早年的忠厚恳挚之意、殷勤热烈之情。

此诗结构布局也颇为巧妙。全诗主客线索分明，章法错落有致。马瑞辰说："此诗三章，文法参差而义实相承。首章前六句言我之敬宾，后二句言宾之善我，第二章前六句即承首章'人之好我'言，后二句乃言我之乐宾，第三章前六句即接言宾之乐，后二句又申言我之乐宾，以明宾之乐实我有以致之也。"而诗的主题更在错落参差中被逐步揭示，首章言奏乐，第二章言饮酒，末章奏乐、饮酒并言之，气氛越来越热烈，最终达到"和乐且湛"的高潮，诗的主题也就完全显示出来了。当然主题的表达，还在于诗人繁简安排得当。诗对笙簧琴瑟之声一再渲染，使其能较好地表现宴饮欢乐的气氛，至于行币帛、饮酒，却只用"嘉宾式燕以敖"的一个"敖"字，来表现其中的和乐之情，而其中的繁文缛节却全部略过。这样，诗虽是写宴饮这种缺乏个性的内容，却也颇有情致，颇有特点。

正因为此诗欢快的情调，在先秦使用颇为普遍，燕、射、乡饮，甚至始入学，皆用之，《仪礼》中多言之。从汉代开始，《鹿鸣》又为朝廷所用雅歌诗之一，一直沿用到晋泰始年间。到了科举时代，在乡试发榜的第二日，宴请主考、同考、执事各官及乡贡士，还叫做"鹿鸣宴"，也还要歌《鹿鸣》，只不过已不是古乐而已。

常棣

常棣之华①，鄂不韡韡②。凡今之人，莫如兄弟。
死丧之威③，兄弟孔怀④。原隰裒矣⑤，兄弟求矣。

脊令在原⑥，兄弟急难⑦。每有良朋⑧，况也永叹⑨。

兄弟阋于墙⑩，外御其务⑪。每有良朋，烝也无戎⑫。

丧乱既平，既安且宁。虽有兄弟，不如友生⑬。

傧尔笾豆⑭，饮酒之饫⑮。兄弟既具⑯，和乐且孺⑰。

妻子好合⑱，如鼓瑟琴。兄弟既翕⑲，和乐且湛⑳。

宜尔室家㉑，乐尔妻帑㉒。是究是图㉓，亶其然乎㉔！

【注释】　①常棣（dì）：即今郁李。蔷薇科，落叶小灌木，果实比李小，可食。华：花。②鄂：盛貌。不：语词，此处含有反诘意味。《诗集传》："不，犹岂不也。""故言常棣之华，则其鄂然而外见者，岂不韡韡乎。凡今之人，则岂有如兄弟者乎。"韡（wěi）韡：光明貌。此处形容花的颜色鲜艳。③威："畏"的借字，指战死。马瑞辰《毛诗传笺通释》云："古者谓兵死曰畏。《白虎通·丧服》引《檀弓》曰：'畏者，兵死也。'又《通典》八十三引卢植云：'畏者，兵死所杀也。'"④孔：甚，很。怀：怀念，关怀。⑤原：高原。隰（xí）：洼地。原隰，泛指野地。裒（póu）："抔（póu）"的借字，即抛弃。郭晋稀《诗经蠡测》言："裒"即"抔"，之俗体，正读如今之"抛"字。"谓战之死者，尸骨抛于原野之中。故一则曰'脊令在原'，再则曰'原隰裒矣，兄弟求矣'。脊令以喻兄弟之死者，其尸骨在于原野。由于尸骨抛于原野，故兄弟相往求之。"⑥脊令（jí líng）：即鹡鸰，一种水鸟。头黑额白，背黑腹白，尾长。⑦急难：急人之难。⑧每：虽然。郑玄《笺》："每，虽也。"⑨况：滋，增加。永叹：长叹。以上两句是说，虽然有好朋友，但也不能如兄弟相救，只是增加他们的长叹而已。⑩兄弟阋（xì）于墙：兄弟相争于内。阋，纷争。⑪外：对外。御：抵御，抵抗。务："侮"的借字，欺凌。⑫烝：终究。戎：相助。以上两句是说，虽有好朋友，终究不能相助。⑬友生：朋友。生，语助词。朱熹说："上章言患难之时，兄弟相救，非朋友可比。此章遂言安宁之后，乃有视兄弟不如友生者，悖理之甚也。"⑭傧（bīn）：陈设。尔：你。笾（biān）：古代祭祀或宴会时盛果脯、干肉的竹器，形似今高脚盘。豆：古代盛肉或熟菜的食器，木制或陶制、铜制。

⑮饫（yù）："醧（yù）"，私宴。《说文》："醧，宴私之饮。"⑯具：通"俱"。既具，已经都到齐了。⑰孺（rú）：相亲。⑱好合：情投意合。郑玄《笺》："好合，志意合也。"⑲翕：聚合。⑳湛（dān）：尽情欢乐。见《鹿鸣》注释。㉑宜：善。室家：家中之人。参《桃夭》注释。"室家"原作"家室"，据阮元校改。㉒帑（nú）：通"孥"，子女。㉓究：深究。图：考虑。㉔亶（dǎn）：确实，实在。其：指上述"凡今之人，莫如兄弟"。然：如此，这样。

【品评】 此诗是召穆公（召伯虎）在周宣初年为消除后王时代造成的宗族间的矛盾，凝聚人心，振兴王朝而作（参拙文《周宣王中兴功臣诗考论》，刊《中华文史论丛》第55辑）。此与《鹿鸣》同为宴饮诗，但与《鹿鸣》表现周宣王宴饮群臣的欢乐气氛不同，此诗主要申述兄弟应当互相友爱之意，有劝说的味道。"凡今之人，莫如兄弟"总领全篇，第二、三、四章即直接申述"莫如兄弟"之意。第五章言"丧乱既平"，兄弟"不如友生"，看起来是转折，实际是与第三、四章进行对比。人处于急难、外侮的情况下，朋友不能有实际的帮助，正可见兄弟可共患难，而朋友只能同享乐，这样就进一步凸显了"凡今之人，莫如兄弟"的主题。第六、七章写宴饮兄弟，侧重表现和洽而欢乐的气氛，正是顺上文而言。第七章"妻子好合，如鼓瑟琴"与"兄弟既翕，和乐且湛"又是一层对比，言下之意，夫妻好合是令人快乐的，而兄弟的和乐更是持久的。第八章"宜尔室家，乐尔妻帑"，是对兄弟的祝福，更是忠告。只有兄弟友爱才能宜室家、乐妻帑，故结句言"是究是图，亶其然乎"，告诫兄弟要想清楚"凡今之人，莫如兄弟"的道理。此诗申述兄弟当友爱的道理"可谓委曲渐次，说尽人情矣"（朱熹《诗集传》）。全篇笔意抑扬曲折，极具腾挪之致。

诗中再三强调"凡今之人，莫如兄弟"，实有很深的文化与政治传统方面的原因。周人之政治制度为血缘宗法家长制。从周王到诸侯到卿大夫，都是家族长，他们之间又有兄弟关系。家族长以家族代表身份参与王朝和诸侯国的政治，使王朝和诸侯国成为分级的家族联合体，也就是兄弟联合体。血缘关系在这里巧妙地运用为维护政治安定和等级制度的工具。所以兄弟之和睦也就关系到诸侯国、周王朝的命运，周朝的统治者也就把兄友弟悌纳入伦理道德之中。那么，宴饮兄弟也就有政治、伦理的内涵。不过，诗人只是从人情来写，把政治、伦理的内容融化在绵绵情意之中，情溢于辞而非单纯说教。

伐木

伐木丁丁①，鸟鸣嘤嘤②。出自幽谷③，迁于乔木④。嘤其鸣矣⑤，求其友声⑥。相彼鸟矣⑦，犹求友声。矧伊人矣⑧，不求友生⑨。神之听之⑩，终和且平⑪。

伐木许许⑫，酾酒有藇⑬！既有肥羜⑭，以速诸父⑮。宁适不来⑯，微我弗顾⑰。於粲洒扫⑱，陈馈八簋⑲。既有肥牡⑳，以速诸舅㉑。宁适不来，微我有咎㉒。

伐木于阪㉓，酾酒有衍㉔。笾豆有践㉕，兄弟无远。民之失德㉖，干餱以愆㉗。有酒湑我㉘，无酒酤我㉙。坎坎鼓我㉚，蹲蹲舞我㉛。迨我暇矣㉜，饮此湑矣。

【注释】 ①丁（zhēng）丁：象声词。这里是拟砍树的声音。②嘤嘤：两鸟和鸣的声音。郑玄《笺》：“嘤嘤，两鸟声也。”③幽谷：深谷。《毛传》：“幽，深。”④迁：升。《说文》：“迁，登也。”乔木：高树。《毛传》：“乔，高也。”⑤嘤其：犹“嘤嘤”。⑥友声：同类的鸣叫声。以上六句是说有伐木之声则惊动山林，所以鸟飞出深谷，迁于较安全的高树，并寻求同类的声音聚于一起。⑦相：审视，端详。⑧矧（shěn）：况且。伊：是，为。⑨友生：朋友。⑩神：神明。之：语助词，无义。听之：听求友之事。⑪终……且……：既……又……。上二句说：神明听到人于危难之时寻求朋友（相助而不是相害），会赐给人以和好事顺之福。⑫许（hǔ）许：

锯树木的声音。此句系承上章的开头，用为兴词。⑬酾（shī）：过滤。有

苦（xù）：即"苦苦"，酒清澈透明的样子。⑭羜（zhù）：出生不久的小羊

羔。⑮速：招请，邀请。诸父：对同姓长辈的统称。⑯宁：宁可。适：凑巧。

意为偏偏有事。⑰微：非，不要。弗顾：不顾念。上二句说：宁可是诸父

有事不来，不要我疏于礼节。⑱於（wū）：叹词。粲：光明的样子。⑲陈：

陈列。馈（kuì）：食物。簋（guǐ）：盛放食物用的圆形器皿。《毛诗》："天

子八簋。"则八簋是宴会规格很高的标志。据《仪礼》的《聘礼》《公食大

夫礼》，诸侯宴群臣及他国的使臣也是八簋。天子则八簋与九鼎相配，诸

侯皆不能用。⑳牡：雄畜。此处指公羊。㉑诸舅：周代天子对异姓诸侯或

诸侯对异姓大夫的称呼。㉒咎：过错。㉓阪：山坡。此句与第二章首句一样，

是承首章首句，以为起兴。㉔有衍：即"衍衍"，满溢的样子。㉕笾（biān）

豆：盛放食物用的两种器皿。有践：即"践践"，行列整齐的样子。《豳风·伐

柯》传："践，行列貌。"俞樾《群经平议·诗经》说："践，当读为翦。《尔

雅·释言》：'翦，齐也。'言笾豆之行列翦然而齐也。"㉖民：人。失德：

丧失亲戚朋友的情谊。㉗干（gān）餱（hóu）：干粮。愆：过错。朱熹《诗

集传》："干餱，食之薄者也。……言人之所以至于失朋友之义者，非必

有大故，或但以干餱之薄不以分人，而至于有愆耳。"㉘湑（xǔ）：滤酒。

㉙酤：买酒。郑玄《笺》以上两句为"族人陈王之恩"，人称上与以上文

字不一致，似不可取。陈奂《诗毛氏传疏》说："此倒句也。我有酒则湑之，

我无酒则酤之，言有酒用滤去汁滓之酒，无酒则用有汁滓者也。滓汁之酒，

礼非常设，故下文但云'饮此湑矣'，不更及酤也。"陈说于意思可通，而

于句法则无此例。其实此句乃是主人向客人说的话，意思是以后我也可以

到各位家中作客，大家可以随便地招待，不必太拘礼节。这都是消除心理

隔阂、密切关系的话。㉚坎坎：鼓声。王先谦《诗三家义集疏》："'坎坎'

者，击鼓之声。与舞之节奏相应，故《释文》引《说文》云：'舞曲也。'"

上二句句式句意同前。㉛蹲蹲：舞姿。㉜迨（dài）：及，趁着。郑玄《笺》：

"及我今之闲暇，共饮此湑酒。欲其无不醉之意。"

【品评】《毛诗序》云："《伐木》，燕朋友故旧也。自天子至于庶人，未有不须友以成者。亲亲以睦，友贤不弃，不遗故旧，则民德归厚矣。"历代学者一般都认为这是一首宴享诗。但诗的作者及创作年代则前人未能深考，《诗序》《毛传》郑《笺》未明言，魏源和三家《诗》遗说以为是周公作。其实这也是宣王时之作。周厉王不听"防民之口，甚于防川"的劝谏，终于导致了国人暴动。同时也导致王室内部人心离散、亲友不睦，政治混乱和社会动荡。周宣王即位初，立志复兴大业。而欲举大事，必先顺人心。《伐木》一诗，正是宣王初立之时王族辅政大臣为安定人心、消除隔阂从而增进亲友情谊而作。作者很可能就是召伯虎（参拙文《论西周末年杰出诗人召伯虎》，收《诗经国际学术讨论会论文集》）。

在抒情方式之选择上，《伐木》的作者采用了一种含蓄的比喻方式。诗一开头，就以"丁丁"的伐木声和它所惊动的"嘤嘤"鸟鸣声，令我们想到人在危难之时应取的态度。飞出深谷在高树之巅声声鸣叫着寻找同类的鸟儿，这个意象是诗人所处的环境在潜意识中迂回曲折的表露，是厉王暴政后宗族离心、朝臣心有余悸的反映。作为政治家的诗人苦心地告诫着同姓、异姓的诸侯、卿大夫，请大家在王朝危机之时共同面对现实，叙亲情、笃友谊，一切从头开始。"相彼鸟矣，犹求友声。矧伊人矣，不求友生。"然后又申之以"神之听之，终和且平"。从人情天理处说起，避开政治而为政治。这就是诗人既体察人心，又深谙作诗劝诫之道的地方。

第二章，诗人表明自己将以宽容、理解、关怀的态度对待同姓、异姓的诸侯、卿大夫，"於粲洒扫，陈馈八簋"，邀请"诸父"、"诸舅"，即使他们适逢有事不能来，而我不能"弗顾"。这里表现出一个任劳任怨、从大局出发团结宗族与诸侯、大臣的政治家形象。第三章，作者倡导为了增进友情和亲情关系而加强联络。普通人之间常有"干餱以愆"之事，诸侯、卿大夫则应顾大局。诗人首先放下自己主政公卿的架子，号召亲密相处。"有酒湑我，无酒酤我"，以信任、和睦快乐为上。人和则政通，国家有望。最后，作者又是以一个超越于现实之上的境界结束全诗：在咚咚的鼓声伴奏下，人们载歌载舞、畅叙衷情……一派升平景象。这分明是作为政治家的诗人中兴周室之政治理想的艺术展示。

全诗既生动地表达了作者顺人心、笃友情的愿望，造就了诗歌虚实相生的意境美，也给我们提供了一种以意境的营造为手段的构思方法。此诗对友情的歌颂给后世留下了极为深远的影响，以至"嘤鸣"一词常被人用作朋友间同气相求或意气相投的比喻。

本诗在语言运用上的一个突出特征是对偶句多，且顺畅自然，完全口语化，有的在对与不对之间，形式多样，富于变化，形成一种亲和、灵动的语言美。如第一章首句："伐木丁丁，鸟鸣嘤嘤。出自幽谷，迁于乔木。"一、二句大体相对，第三、四句是后世所谓"工对"。第五、六句为散句，第七句至第十句又是对句，却是双句对；第七、八句为："相彼鸟矣，犹求友声"，第九、十句为"矧伊人矣，不求友生"，上下两两相对。然后又是两句非对偶的散句。如将此章分为前后两截，从结构形式上说，后半同前半正好相对。第二章也是前六句同后六句成结构上相对应的形式，前后两截的后三句又是一种重章叠句的对应关系。第三章中的"有酒湑我，无酒酤我。坎坎鼓我，蹲蹲舞我"，前二句为叠句的形式，后二句又是对偶。本诗的对偶自然灵活，直让人觉得语言顺畅和美，不见雕凿的痕迹，是一种自然美。它在汉语艺术语言上的探索之功，是值得注意的。

采薇

采薇采薇①，薇亦作止②。曰归曰归③，岁亦莫止④。靡室靡家⑤，猃狁之故⑥。不遑启居⑦，猃狁之故。

采薇采薇，薇亦柔止⑧。曰归曰归，心亦忧止。忧心烈烈⑨，载饥载渴⑩。我戍未定⑪，靡使归聘⑫。

采薇采薇，薇亦刚止⑬。曰归曰归，岁亦阳止⑭。王事靡盬⑮，不遑启处。忧心孔疚⑯，我行不来⑰。

彼尔维何^⑱，维常之华^⑲。彼路斯何^⑳，君子之车^㉑。戎车既驾，四牡业业^㉒。岂敢定居，一月三捷^㉓。

驾彼四牡，四牡骙骙^㉔。君子所依^㉕，小人所腓^㉖。四牡翼翼^㉗，象弭鱼服^㉘。岂不日戒^㉙，猃狁孔棘^㉚。

昔我往矣^㉛，杨柳依依^㉜。今我来思^㉝，雨雪霏霏^㉞。行道迟迟^㉟，载饥载渴。我心伤悲，莫知我哀。

【注释】 ①薇：野豌豆苗，可用以充饥。②作：指出芽。止：句末语助词。③曰归曰归：指不断念叨"回家吧，回家吧"。④莫："暮"本字。岁暮：即岁末。⑤靡室靡家：指长期行役在外，家庭离散，弄得家不成家，室不成室。家、室，皆有妻女之称。靡，无。⑥猃（xiǎn）狁（yǔn）：《汉书》作"猃允"，即商代鬼方，后来之北狄，匈奴（参王国维《鬼方昆夷猃狁考》）。⑦不遑：无暇。启居：跪坐。启，长跪。居，安座。古人席地而坐。坐时两膝着地，臀部靠着脚跟；跪则臀部离开脚跟，腰股伸直。此句是说时时奔波，不能停息。下章"启处"与"启居"意同。⑧柔：柔嫩。⑨忧心烈烈：犹言"忧心如焚"。《说文》："烈，火猛也。"⑩载：则，此处表并列，同于今之"又""又是"。⑪戍（shù）：戍守。未定：指戍守地点不定。⑫靡使归聘：《经典释文》：言"靡使"又作"靡所"。马瑞辰《毛诗传笺通释》云："作靡所者是也。此承上'我戍未定'言之，言其家无所使人来问，非谓无所使人归问。'归'当读为'馈'《方言》：'馈，使也。'《玉篇》亦云：'馈，使也。'《笺》云'无所使聘问'者，知'归'为'馈'之省借，以'使'释'归'，犹云靡所使问，与《桑柔》'靡所止疑'、'靡所定处'句法正同。"聘：探问。这句是说因在外奔波无定址，家中也无法使人来看望。⑬刚：硬，此处指植物变得老，变得粗硬了。⑭岁阳：夏历四、五月。此时薇花即变老，茎叶已不可食。《左传·庄公二十五年》杜预注："夏之四月，周之六月，谓正阳之月"。⑮靡盬（gǔ）：没有止息（参王引之《经义述闻》卷五）。⑯孔疚（jiù）：非常痛苦。孔，很。疚：病，苦痛。⑰来：指归家。郑《笺》："来犹反也。据家曰来。"⑱尔："薾"

191

字之借，花繁盛的样子。维何：是什么。维：语助词。这句说：那开得繁盛的是什么（花）？⑲常：常棣，即扶移，有赤、白两种。此指赤棣。⑳路："辂"字之借，大车。斯：语助词，犹"维"。㉑君子：指将帅。㉒牡：雄马。将帅所乘兵车驾有四马，故言"四牡"。业业：高大强壮的样子。㉓三捷：多次接战。"捷"，"接"字之借。"三"泛指次数频繁。㉔骙（kuí）骙：马强壮的样子。㉕君子所依：言战车为将帅所依靠。战士借以掩护之具。依，乘依。㉖小人所腓（féi）：士卒所赖以隐蔽的东西。腓，"芘"字之借（郑玄说）。"芘"同"庇"，庇护。据《司马法》，兵车一乘，马四匹，甲士三人在车上，步兵随于车后。士兵行军、作战中实以战车为中心。㉗翼翼：整饬的样子。《毛传》："翼翼，闲也。""闲"即娴熟，指训练有素。又《小雅·信南山》："疆场翼翼。"朱熹《诗集传》："翼翼，整饬貌。"《商颂·殷武》："商邑翼翼。"朱熹注同。《小雅·采芑》："四骐翼翼。"《诗集传》："翼翼，顺序貌。"形容训练有素而整齐。或解作盛貌，不确。㉘象弭（mǐ）：弓两端所镶象牙的受弦之物，一般以骨为之，可以用来解结。鱼服：鲨鱼皮做的箭袋。㉙日戒：日日戒备。㉚孔棘：很紧急。棘："急"字之借。㉛昔：指从军出征时。往：指出征。㉜杨柳：蒲柳。也叫垂柳，枝细长下垂，婀娜多姿。《尔雅》："杨，蒲柳。"依依：随风披拂摇摆的样子。同于《卫风·淇奥》"绿竹猗猗"的"猗猗"。形容摇曳的样子。㉝思：句末语助词。㉞雨：用为动词，指落雪。霏霏：雪盛的样子。㉟迟迟：迟缓。

【品评】 此诗与《六月》《出车》《杕杜》均为宣王时作品，为同猃狁作战中戍边战士归途中抒发感慨之作。诗的前三章着重表现征人对家庭的思念及长久离家、互绝音讯的痛苦，同时指出造成这种状况的原因是"猃狁之故"。第四、五章着重写了紧张的战斗生活，表现了战斗的艰苦。同时也指出了这是由于"猃狁孔棘"。诗的主题应从这两方面来把握。诗人既感国家境况之危，又伤自己遭遇之苦，表现出十分复杂的思想感情。风格上显得悲壮。这是西周末年民族矛盾、阶级矛盾交织情况的反映。

本诗同《邶风·击鼓》《式微》和《王风·扬之水》等征人之作在思

想上的区别在于：《击鼓》等是反映诸侯之间战争的，所谓"春秋无义战"，所以对于行役抱着抵触与怨恨情绪（"微君之故，胡为乎中露？"），对于让自己行役感到不公正（"土国城漕，我独南行"，"彼其之子，不与我戍申"）。它同《小雅·出车》的区别在于：《出车》为将军南仲所作，虽然两诗所写为同一事，将军只求抵御玁狁成功，要鼓舞士气，宣扬功绩，故显得慷慨雄壮，此诗则带有悲苦情绪，因为将军毕竟不似战士之经受更多困苦。

本诗在表现手法上有四点值得注意：

首先，诗言采薇，"薇亦作止"，又言"薇亦柔止""薇亦刚止"，时间推移，由春及夏。然其归期，实在岁暮，故第一章云："岁亦莫止"，第三章云："岁亦阳止"（十月为阳，亦冬月也），第六章云："今我来思，雨雪霏霏"，则至岁暮可知。此诗以"曰归曰归"一句承上启下，非以"曰归曰归"一句单领下文。诗意本谓思归起于薇尚未作之时，薇既作、既柔、既刚，仍思之不止耳。此即后人诗所谓"人归落雁后，思发在花前"。前三章既表现了一直想着归家的哀伤心情，而复唱也强调了时间的推移，增加了哀痛悲切的气氛。

其次，前五章是追叙戍役，后一章写眼前情景，又忆及离家时的景况。既收束全诗，又情景交融，给读者留下了深刻的印象。末章历来被誉为抒情的名句。但我们不能孤立地来看这几句诗，而应在前五章所写景况的基础上，恰到好处地表现了征人的思想情绪并体会其文情。

再次，诗作于快到家之时，而回忆从军中准备回家之事，经历既久，而以"采薇采薇"开头，可见其整个军旅生活中长期饥渴的经历，诗以"载饥载渴"结束，不仅首尾照应，也点透全诗。

最后，本诗在复杂情感的表现上把握得很好。既写战争生活之苦，又写了当时形势必须这样紧张征战（"玁狁孔棘"），故既悲且壮。"戎车既驾，四牡业业""四牡骙骙""四牡翼翼，象弭鱼服"等，俱见其豪壮之情。

出 车

我出我车①，于彼牧矣②。自天子所③，谓我来矣④。召彼仆夫⑤，谓之载矣⑥。王事多难，维其棘矣⑦。

我出我车，于彼郊矣⑧。设此旐矣⑨，建彼旄矣⑩。彼旟旐斯⑪，胡不旆旆⑫？忧心悄悄⑬，仆夫况瘁⑭。

王命南仲⑮，往城于方⑯。出车彭彭⑰，旂旐央央⑱。天子命我，城彼朔方。赫赫南仲⑲，猃狁于襄⑳。

昔我往矣，黍稷方华㉑。今我来思㉒，雨雪载涂㉓。王事多难，不遑启居㉔。岂不怀归？畏此简书㉕。

喓喓草虫㉖，趯趯阜螽㉗。未见君子㉘，忧心忡忡。既见君子，我心则降㉙。赫赫南仲，薄伐西戎㉚。

春日迟迟，卉木萋萋㉛。仓庚喈喈㉜，采蘩祁祁㉝。执讯获丑㉞，薄言还归㉟。赫赫南仲，猃狁于夷㊱。

【注释】①我：由下"自天子所"句看，为领兵主帅自称。出：开车。我车：指主帅所乘之车。②牧：城郊以外的地方。③自：从。天子：周天子，指周宣王。所：处所。④谓：吩咐，让，使。马瑞辰《毛诗传笺通释》："《广雅》：'谓，使也。'谓我来，即使我来也。下文'谓之载'，即使之载也。"⑤仆夫：驾车的人。《周南·卷耳》"我仆痡矣"，屈原《离骚》"仆夫悲余马怀兮"，"仆"、"仆夫"同此。⑥谓之载矣：令其（赶快）驾车载我去军中。⑦维：句首语助词。其：指王室之难，即猃狁入侵之事。棘：急。⑧郊：近郊。又朱熹《诗集传》解释此句与上章"于彼牧矣"之关系："盖前军已至牧，而后军犹在郊矣。"然而由"自天子所""召彼仆夫"两句看，是主帅自言，尚非写整个出征部队。朱说似未确。⑨旐（zhào）：

画有龟蛇图案的旗。⑩建：竖立。旄（máo）：旗杆上装饰牦牛尾的旗子。⑪旟（yú）：画有鹰隼图案的旗帜。⑫胡：何。旆（pèi）旆：旗帜飘扬的样子。朱熹《诗集传》解释以上几句说："言出车在郊，建设旗帜。彼旗帜者，岂不旆旆而飞扬乎？"⑬悄悄：痛愁的样子。⑭况瘁：辛苦憔悴。朱熹《诗集传》引吕祖谦说："古者出师，以丧礼处之，命下之日，士皆泣涕。"因为远征艰苦，又敌我厮杀，多不能生还之故。⑮南仲：又作"南中"，周宣王时司徒，曾领兵抵抗入侵的猃狁。⑯城：此用为动词，筑城。方：指朔方，约在今宁夏回族自治区灵武县一带。⑰彭彭：形容车马众多。⑱旂（qí）：绘双龙图案的旗帜。央央：同"英英"，鲜明的样子。《毛传》："央央，鲜明也。"《小雅·六月》"白旆央央"，《郑风·出其东门》孔颖达《疏》引作"白旆英英"。段玉裁《毛诗故训传定本小笺》说："此谓'央'即'英'之假借。"⑲赫赫：威仪显赫的样子。⑳猃（xiǎn）狁（yǔn）：我国古代北方的一个民族。又写作"猃狁"，汉朝时叫"匈奴"。《小雅·采薇》："靡室靡家，猃狁之故。"《毛传》："猃狁，北狄也。"郑玄《笺》："北狄，今匈奴也。"于：意义较宽泛的动词，具体含义决定于其后所带名词。襄：通"攘"，除去。《毛传》："襄，除也。"陆德明《释文》："襄，本或作攘。"王先谦《诗三家义集疏》："《齐》《鲁》襄作攘。"又《鄘风·墙有茨》："墙有茨，不可襄也。"《毛传》："襄，除也。"段玉裁《诗经小学》："古襄、攘通。"㉑方：正值。华：开花。诗中指黍稷抽穗。此句说出征在初夏之时。㉒思：语助词。㉓雨雪：下雪。雨，此处用为动词。载涂：满路。涂，通"途"。此句说一路上在下雪。㉔遑：空闲。启居：安坐休息。参《采薇》注⑦。㉕此：指上文所说"王事多难"。简书：写在一片竹简上的文书。《毛传》："简书，戒命也。"此处当指告急文书。这句也可以看出全诗为将帅的语气。士卒则只知将帅之令，不会言及简书之类。㉖喓（yāo）喓：昆虫的叫声。㉗趯（tì）趯：蹦蹦跳跳的样子。阜（fù）螽（zhōng）：蚱蜢。㉘君子：指随南仲等出征的将领。㉙我：作者。降：安宁。以上六句是套用当时民歌中成句，表现在当时军情紧急情况下对出征准备工作及出征人员情绪的担心和到军营誓师出发时见到将官士卒意气高涨时的放心。

㉚薄：语助词，用在动词前，无实义。西戎：古代北方少数民族。陈奂
《诗毛氏传疏》："猃狁在泾阳之北，而泾阳以西，即为西戎所居。'赫赫南
仲，薄伐西戎'言伐猃狁遂伐西戎耳。"这正是"王事多难"的具体说明。
㉛卉（huì）木：草木。卉，草。萋萋：草木茂盛的样子。㉜仓庚：黄鹂。
喈（jiē）喈：鸟叫声。㉝蘩：白蒿。祁祁：众多的样子。陈奂《诗毛氏传疏》：
"仓庚、采蘩，二月时也。"则此次出征在先一年初夏，至次年二月始归。
㉞执：逮捕，捉。讯：俘虏之当讯问者，指头目和间谍一类。朱熹《诗集传》：
"讯，其魁首当讯问者也。"马瑞辰《毛诗传笺通释》："讯为军中通讯问之
人，盖谍者之类。"二人各言其一端。获：俘获。一说通"馘"。古代战争
中割取所杀敌人的左耳，用以记功。陈奂《诗毛氏传疏》："《皇矣》传云：
'馘，获也。'不服者杀而献其左耳曰馘。彼传释馘为获，则此诗获字即为
馘之假借字。生者讯之，杀者馘之。"丑：敌众。此就敌方一般士卒言之。
㉟薄言：语助词，无义，以足其字数。还：通"旋"，归还，凯旋。㊱夷：
平定。后两句表现出远征主帅凯旋时的豪迈气概。

【品评】《汉书·匈奴传》中说："宣王兴师，命将以征伐之，诗人美
大其功，曰：'薄伐猃狁，至于太原'，'出车彭彭'，'城彼朔方'。"所引
四句诗，前二句见于《六月》，后二句即见于《出车》。则《出车》为宣王
时诗。又诗中言此次出征主帅为南仲，而《汉书·古今人表》中列南仲为
宣王时。此诗与《采薇》《六月》《采芑》等写及猃狁的四篇皆产生于宣王
朝可以肯定。

《出车》一诗，对周宣王初年讨伐猃狁的主帅南仲通过受命出征场面的
描写和对这次征讨取得胜利的歌咏，表现了中兴君臣对建功立业的自信心。

和正面描写战争的诗篇有所不同的是，《出车》的作者在材料的选择
上，紧紧抓住了战前心理状态和胜利归来这两个环节，把一场历时较长、
空间地点的转换较为频繁的战争浓缩在一首短短的诗里。

诗的前三章描写出征前后的情况，在细部刻画上均采用了画面的描绘
与心理暗示相叠加的技法。第一章以"出车""到牧""传令""集合"四

个在时空上逼近，时间上极具连贯性的动作，烘托出一个战前紧急动员的氛围。末二句又以"多难"和"棘"两词暗示出主帅和士卒心理上的凝重和压抑。第二章则以林立的"旐""旄""旗""旟"之"旆旆"，写军队在"郊牧"的凛然气势。末了又以"悄悄""况瘁"写在开赴前线的急行军中士兵们担心、紧张、劳苦的状况。第三章以"出车彭彭，旂旐央央"再叙军容之盛。在正确地部署了战斗的同时，用"赫赫"及"于襄"暗示出作者对赢得这场战争的自信。

这里所采用的描写技法，使前三章既有恢宏阔大的郊牧誓师、野外行军之壮观景象，又有细致入微的人物心理活动，做到了整体与细节、客观与主观的巧妙组合。

诗的后三章跨越了诗歌在叙事空间上的先天不足，略过战争的具体过程，直接描写凯旋的情景。诗人避实就虚，颇具戏剧性地运用了类似现代电影"蒙太奇"的手法，把读者的注意力出人意料地从剑拔弩张的紧张气氛拉向"黍稷方华"的初出征时，进而通过今昔对比（"昔我往矣""今我来思"）所产生的时空错位，和从"雨雪载涂"走到"春日迟迟"的漫长归途，引导着读者用想象去填补对战事的漫长与艰苦之认识。最后，很自然地引出对凯旋的由衷高兴和对主帅的赞美。从表面上来看，这种避实就虚的写法似乎是舍本逐末，但由于其中渗透了参战者从忧到喜的深刻而细微的心理变化，使得这些看似"闲笔"的场景描写成为诗中人物心灵和情感的背景或外化，比正面的描写更感人、更细腻。

此外，本诗还吸收了民歌成句入诗。语言上有质朴自然之气，意境中具情景交融之美。

杕杜

有杕之杜①，有睆其实②。王事靡盬③，继嗣我日④。日月阳止⑤，女心伤止，征夫遑止⑥。

有杕之杜，其叶萋萋⑦。王事靡盬，我心伤悲。卉木萋止⑧，女心悲止，征夫归止⑨。

陟彼北山⑩，言采其杞⑪。王事靡盬，忧我父母⑫。檀车幝幝⑬，四牡痯痯⑭，征夫不远⑮。

匪载匪来⑯，忧心孔疚⑰。斯逝不至⑱，而多为恤⑲。卜筮偕止⑳，会言近止㉑，征夫迩止㉒。

【注释】①有：词头，无义。杕（dì）：树木孤独而立的样子。杜：一种果树，梨属，也叫赤棠、杜梨或棠梨，果实略圆而色红，味涩。《说文·木部》："牡曰棠，牝曰杜。"（古人称草木中只开花不结果者为"牡"，结果者为"牝"）则棠与杜的区别只在杜结果而棠不结果。②有睆（wǎn）：即"睆睆"，形容果实浑圆有光泽的样子。睆，《十三经注疏》本作"晥"。《大东》阮元校："考《杕杜》，《释文》云：'字从白，或作目边。是小字本睆，当睆之误也。'《广韵》：'睆，明星。'即此经字。"从"目"之字或为同目有关之名词、形容词或用为动词，皆不合此处语境。则字应为"晥"，作"睆"者，脱去一小撇，作"晥"者误增一横。实：果实。③王事靡盬（gǔ）：王事没有休止（参《采薇》注）。④嗣：续。我：抒情主人公，为思妇。"继嗣我日"，等于说："又增加了我等待的日子。"⑤阳：指十月。参《采薇》"岁亦阳止"句注。止：句末语助词，无义。本诗下面八处同。⑥遑（huáng）：闲暇。这句表现了抒情主人公的愿望，认为已近年底，战事应该结束了。⑦萋：萋萋，茂盛。这里指第二年春天。⑧卉（huì）木：草木。卉，草的总名。⑨归：归来。⑩陟：登。⑪言：句首语助词。杞（qǐ）：枸杞，一种落叶蔓性灌木，有棘刺，果实红色，椭圆形，较黄豆稍小，为重要中药及滋补品。《诗经》中作品产生地域较广，物名含义不一致。本诗与《小雅·四牡》《四月》《北山》中"杞"指枸杞，而《郑风·将仲子》中"无折我树杞"的"杞"指杞柳。朱熹《诗集传》："登山采杞，则春已暮，而杞可食矣。盖托以望其君子，而念其以王事贻父母之忧矣。"⑫忧我父母：

使我父母处于忧愁之中。忧，此处为使动用法。⑬檀车：檀木制的车，指役车。幝（chǎn）幝：破旧的样子。《毛传》："幝幝，敝貌。"⑭痯（guǎn）痯：疲弊的样子。本句连上句，正是说"病马破车"。⑮征夫不远：是思妇推猜。上两句反映了对丈夫的关心、怜悯，这句反映出急于见到的心情几近于产生幻觉。⑯匪：同"非"，不是。载：车载。此处指丈夫归来的车马行李。来：归来。这句说：听到的声音结果不是载着他，不是他回来了。⑰孔：很。疚（jiù）：病，苦恼。⑱斯：归期。逝：往，过去了。不至：指丈夫没有回来。⑲恤：忧愁。这句是说：因为丈夫过期不归，使自己常常处于忧思之中。⑳卜：灼甲骨由裂缝的纹路占吉凶叫卜，用蓍草占吉凶叫筮。偕：一同。止：语助词。这句说用了卜和筮两种方法占卜。㉑会：合。这句是说：都说所卜在外之人已近。㉒迩：近。这句是思妇所想，由卜筮结果所产生，实质上也反映了一种愿望。

【品评】《盐铁论·繇役篇》说："古者无过年之繇，无逾时之役。今近者数千里，远者数万里，历二期，长子不还，父母愁忧，妻子咏叹，愤懑之恨，发动于心，慕之思积，痛于骨髓，此《杕杜》《采薇》之所为作也。"这应是《齐诗》之说，与诗意相合。

本诗以"有杕之杜"起兴，已经包含有孤独无依的意思在内。关于《诗经》中的兴词有的学者同"比"或赋相混，有的则全部看作与诗意毫无关系，都只是起韵的作用。其实，兴词虽然主要是用来起韵，以引起下面一句，但其间有两种情况不容忽视：一、在民歌的传播过程中，用来起兴之物同情感类型之间的联系，慢慢形成一种较固定的关系。它不同于"比"的明确，同要叙说的事情之间的关系也不是十分紧密，但也较为朦胧地传递了一种情感信息。二、用来起兴之物由于诗人的经历或社会习俗，同诗人在情感某一方面有一种说不清的联系，因而引起诗人的感情波动，而有所抒发。诗人用某物来起兴以抒发一种感情，完全出于潜意识。本诗中以"杕杜"起兴，应属于前一种情况。《唐风》也有《杕杜》一首，开头也是"有杕之杜"，其中说"独行踽踽，岂无他人，不如我同父"，是写一个孤独无依的人；《唐风》中又有《有杕之杜》一首，也以"有杕之杜"起兴。陈介白《诗经选译》说："这是歌唱对心中所爱慕的人的思念。诗中写他不仅望之来，而且惊疑顾虑，唯恐其不来。'中心好之'二语，画出望之若渴之心情，有欲言不尽之处。"则"杕杜"本暗示孤独之义，在本诗中含有夫妻分离、孤苦无依之意。

本诗表现人的心理，可谓细致入微，曲尽其妙。我们说，中国的诗、散文、小说都有浓厚的抒情意味，但不作大篇幅的心理描写，心理活动一般通过极有特征性的细节表现出来。它们的表现是"白描"，而其基础、依据乃是性格、意识和情感。如第一章说"王事靡盬，继嗣我日"，"我"为思妇自称。这里将夫君的归来与否同自己的心情、自己的生活联系在一起，滞留不归者为丈夫，而身同亲受者是自己，这当中蕴含的情感可以从各方面解说之。又如第二章"卉木萋止，女心悲止"，以次年春草之盛，反衬作者思念之久与忧愁之深。第三章"王事靡盬，忧我父母"，从另一个角度写出征人不归这件事里面所造成的很多社会问题。父母忧什么？忧其子在外是否受饥受寒，是否受凌辱或身体有所损伤，忧其媳之孤苦伤怀。以上这些，非后来一些文人的雕凿文句、排比辞藻所能比。

诗四章都是写思妇觉得她的丈夫就要回来了，而且一章比一章显得迫切，以至于有些神经质。在这种近于幻觉的判断中，反映出一颗忠贞的、炽热的心。

诗中通过思妇的思想活动，客观地表现了战争的残酷性和广大劳动人民对安定的社会生活的向往，也表现了劳动人民善良的感情。读之十分感人。

采芑

薄言采芑①，于彼新田②，于此菑亩③。方叔涖止④，其车三千⑤。师干之试⑥。方叔率止⑦，乘其四骐⑧，四骐翼翼⑨。路车有奭⑩，簟茀鱼服⑪，钩膺𫐆革^⑫。

　　薄言采芑，于彼新田，于此中乡^⑬。方叔涖止，其车三千，旂旐央央^⑭。方叔率止，约𫐐错衡^⑮，八鸾玱玱^⑯。服其命服^⑰，朱芾斯皇^⑱，有玱葱珩^⑲。

　　鴥彼飞隼^⑳，其飞戾天^㉑，亦集爰止^㉒。方叔涖止，其车三千，师干之试。方叔率止，钲人伐鼓^㉓，陈师鞠旅^㉔。显允方叔^㉕，伐鼓渊渊^㉖，振旅阗阗^㉗。

　　蠢尔蛮荆^㉘，大邦为雠^㉙。方叔元老^㉚，克壮其犹^㉛。方叔率止，执讯获丑^㉜。戎车啴啴^㉝，啴啴焞焞^㉞，如霆如雷。显允方叔，征伐猃狁^㉟，蛮荆来威^㊱。

【注释】①薄言：句首语助词，一般在动词之前。芑（qǐ）：一种野菜，今名苦荬菜、山莴苣，叶茎可生食，也可以蒸煮而食，外形与苦菜（苦苣）相似，茎青白色，摘其叶白汁出。可以"军行采之，人马皆可食"（朱熹《诗集传》）。②新田：休耕二年的田地。《毛传》："田一岁曰菑，二岁曰新田，三岁曰畲。"③菑（zī）亩：休耕一年的田地。陈奂《诗毛诗传疏》："案新、菑为休耕之田亩，至畲而出耕，新田、菑亩中得有芑菜之可采。"④方叔：周宣王时卿士，姬姓，"方"为其封地。为讨伐荆楚的主帅。涖（lì）：同"莅"，来，来到。止：句末语助词。⑤其车三千：言出征将士之多。"三""三百""三千"往往用来笼统形容其数目之大，未必确指。古者兵车一乘有甲士三人，步兵七十二人，又二十五人在后负责辎重之车，则每乘共配备百人。如果实有车三千，则应有三十万人，这在当时为不可能之事。所以朱熹《诗集传》说："此亦极其盛而言，未必实有此数也。"⑥师：军队。古代军队编制以二十五乘，即二千五百人为师。引申泛指军队，或泛指众多的士兵。干：盾。之：结构助词，在宾语和它的动词之间，起着把宾语提前的作用，与"唯利是图"的"是"作用相同。试：试用，稍稍一下。意思是尚未正式打。此以显示王室力量之强大。⑦率：通"衔"：将帅。引申为动词，率领。止：语助词。⑧骐（qí）：本指有青黑色花纹的马，也泛指青黑色的马。⑨翼翼：整饬，训练有素而整齐的样子。参《采薇》"四牡翼翼"句注。⑩路车：即辂车、戎车，将帅作战时所乘，较一般的战车大。路，通"辂"。奭（shì）：红色的涂饰。《毛传》："奭，赤貌。"⑪簟（diàn）茀（fú）：遮蔽车箱的竹席。《毛传》："簟，放席也。""车之蔽曰茀。"鱼服：沙鱼皮制的箭袋。服，通"箙"，箭袋。⑫钩膺：马胸前的皮带上连有丝带下垂，丝带上有青铜饰物，统称为"钩膺"。膺，马胸前的皮带。鞗（tiáo）革：马勒（包括两端的装饰的统称）。鞗，马辔首的饰物。《小雅·蓼萧》："鞗革忡忡"，《毛传》："鞗，辔也。"《说文》："鋚，辔首铜。"段玉裁注："按：'鞗，辔也'，当作'鞗，辔首饰也'，转写夺去二字耳。……'鋚'即'鞗'字。……辔首铜者，以铜饰辔首也。"革，故"勒"字。山东银雀山出土唐勒赋，"勒"即作"革"。⑬中乡：乡中。乡，古代地方基层组织之一。《说文》："乡，国离邑，民所封乡也。"清王筠《说文句读》："古国亦谓之邑，此则离于国之邑也。民所封乡者，民自为之封域，不似建国立城，出于上所相度也。"指城邑之外人集中居住之地。⑭旂（qí）：画有双龙图案的旗。旐（zhào）：画有龟蛇的旗。央央：同"英英"，光辉耀眼的样子。⑮约轵（qí）：用皮革缠束兵车的长毂，并涂上红色。《毛传》："轵，长毂之轵也，朱而约之。"约，缠束。轵，车毂（车轮中套轴的部件）两端露于车外的部分。错衡：涂上金色花纹的辕端横木。错，涂上金色的花纹。衡，车辕前端的横木。⑯鸾：通"銮"，驾车的马在马嚼两端所挂铃铛。玱（qiāng）玱：象声词，此形容铃声。⑰服：穿。命服：天子所赐礼服，随爵位高低有所区分。⑱朱芾（fú）：朱色的蔽膝。芾，通"韨"，大体似今日的围裙稍窄，皮革制成，诸侯为黄朱色，较天子所着纯朱色较浅。斯：语助词。皇：通"煌"，光鲜的样子。⑲有玱：即"玱玱"，形容佩玉声。葱珩（héng）：葱绿色的佩玉。古代佩玉上端为珩，珩下左右各系璜一，中系冲牙一。珩之下，璜、冲牙之上贯以小的玉饰。朱熹《诗集传》："《礼》：'三命赤芾葱珩。'"则是官位高的人所服。这里是描写方叔身上所佩。⑳鴥（yù）：鸟飞迅疾的样子。隼（sǔn）：一种猛禽。也叫鹘。上嘴钩曲，背黑色，尾尖白色。㉑戾（lì）：至。以上二句说隼飞起直上冲天。㉒集：本义为鸟栖于树上，引申为聚集。止：语助词。㉓钲（zhēng）人：掌钲之人。钲，古代的一种乐器，形似钟而狭长，底上有长柄，用时口朝上以槌敲击。"钲人伐鼓"一句是互文。本为"钲人伐钲，鼓人伐鼓"，但限于每章十二句，因而用互文之法。古代练兵击鼓则进，击钲则退，钲鼓各有专人。《毛传》："伐，击也。钲以静之，鼓以动之。"郑玄《笺》："钲也，鼓也，各有人焉。言钲人伐鼓，互言尔。"㉔陈：陈列。师：军队。鞠旅：誓师动员。《毛传》："鞠，告也。"陈奂《诗毛诗传疏》："鞠读与告同。《十月之交》'告凶'，《汉书》告作鞠。此古'鞠''告'声通之证。'告'读'誓诰'之'诰'。《周礼》：'誓用之于军旅。'《文选·东京赋》注引《尹文子》云：'将战，有司读诰誓，三令五申之，既毕，然后即敌。'"㉕显允：光明诚信。显，光明。允，诚信。㉖渊渊：象声词，形容鼓声。㉗振旅：整顿队伍，使其按已定次序排列。本篇中指收兵。《左传·隐公五年》臧僖伯说："三年而治兵，入而振旅，归而饮至，以数军实，昭文章，明贵贱，辨等列，顺少长，习威仪也。"杜预注："入曰整旅。治兵礼毕，整众而还。振，整也。旅，众也。"阗（tián）阗：象声词，也作"嗔嗔"。形容声音洪大。《尔雅》郭璞注："阗阗，群行声。"《说文·口部》："嗔，盛气也。《诗》曰'振旅嗔嗔。'"《玉篇·口部》："嗔嗔，盛气也。"则是形容很多人迅速排队的声音。㉘蠢：愚蠢。尔：你，你们。蛮荆：当作"荆蛮"，对楚人的蔑称。蛮，上古中原王朝及其封国对南方少数民族带有污蔑性的通称（东曰夷，西曰戎，北曰狄，南曰蛮）。古书引此句均作"荆蛮"，《世说新语》注引《毛传》："荆蛮，荆州之蛮。"故清代陈奂、王先谦都认为"蛮荆"为"荆蛮"之误。㉙大邦：指周王朝。雠（chóu）：仇敌。㉚元老：当时对朝廷中三公、卿士的称呼。㉛克：能。壮：光大。犹：通"猷"，谋略。㉜执：执缚。讯：俘虏中当讯问的人。获：俘获。陈奂《诗毛氏传疏》以为是"馘"字之借。丑：敌众。参《小雅·出车》篇注。㉝啴（tān）啴：象声词，形容兵车行走的声音。㉞焞（tūn）焞：象声词。啴啴焞焞，相当于今天说的轰轰隆隆。《毛传》："焞焞，盛也。"也是言其声音大，显示车很多，声势盛，故下文说"如霆如雷"。㉟征伐玁狁：这是说方叔在以前的功劳，以显示方叔之不凡。陈奂《诗毛氏传疏》："案诗章末正言方叔率师南征荆蛮，而因及征伐玁狁者，《六月》伐玁狁，其时方叔为上公，折冲御侮，虽遣贤臣尹吉甫，而帷幄主谋，总在方叔运筹之内，故守卫中国，功必归焉。《易林·离》之《大过》并云：'《六月》《采芑》，征伐无道。张仲、方叔，克胜饮酒。'据焦（延寿）说，方叔与张仲类列，则《六月》所云'饮御诸友'中有方叔矣。方叔未尝北伐，此为得其实。"
㊱蛮荆来威：威服荆蛮。来，结构助词，表示宾语前置。本句中的作用同于《邶风·谷风》"伊余来塈"的"来"。这句说方叔以其威力平定了荆楚。

【品评】《采芑》一诗当是宣王时卿大夫作者为随方叔南征的卿大夫赞美方叔征伐荆楚之作。全诗表现上可分为两层：前三章为第一层，着重表现方叔奉命南征的声势，同时盛赞方叔治军的卓越才能。前二章都以采芑起兴，又言及"新田""菑亩""中乡"，是点明了军队集结的场所，则"采芑"的句子，也自然地流露出战士生活的艰苦。第三章以隼之一飞戾天及当止则止，象征性说明方叔所率周天子之军虽攻无不克，但当收则收。章中承上仍赞美方叔之师力量的强大，接着写誓师及鼓、钲指挥之具。所以说，诗中不仅表现了王师的强大，也写出严明与正义。其末尾带出"振旅阗阗"，说明整个战斗已胜利结束，军队在整顿队伍，准备凯旋。第四章为第二层，表达了无城不破、无坚不摧的自信心和威慑力。

诗的开首以"采芑"起兴，很自然地点出了背景。诗中作者以一约数"三千"极言周军的强大阵容，进而又将"镜头的焦距"拉近至队列的前方，显示出主将出场的赫赫威仪。诗的第二章与上大体相同，以互文见义之法，主要通过色彩刻画（"旂旐央央""约𫐐错衡"），继续加强对队伍声势之描绘。在对方叔形象的刻画上则更逼近一步："服其命服"，点明他为王卿士的身份。第三章、第四章承接第一章、第二章后一部分对周王朝军队的赞扬，进一步表现对周王朝军队必胜的信念。诗中具体地描绘了周师的誓师及振旅凯旋。第四章以雄壮的气概直斥无端生事之荆蛮。告诫说，以方叔如此装备精良、训练有素之师旅讨平荆蛮，本不在话下。

综观全诗，有两点值得注意，其一是此诗并非实写战争，而是在振旅凯旋之际通过赞美方叔的威武与指挥才能而赞扬王师的强大无敌。其二，此诗从头至尾层层推进，专事渲染，纯以气势胜，正如清方玉润《诗经原始》所评："振笔挥洒，词色俱厉，有泰山压卵之势。"

庭燎

夜如何其^①？夜未央^②。庭燎之光^③。君子至止^④，鸾声将将^⑤。

夜如何其？夜未艾^⑥。庭燎晣晣^⑦。君子至止，鸾声哕哕^⑧。

夜如何其？夜乡晨^⑨。庭燎有辉^⑩。君子至止，言观其旂^⑪。

【注释】 ①夜：指夜色。如何：指到什么时候了。其（jī）：语尾助词。这句为诗人故为设问，以表示对早起按时临朝的重视，未必如前人所说是问鸡人之类。②央：尽。《楚辞·离骚》："时亦犹其未央。"王逸注："央，尽也。"此句写诗人起视所知。③庭燎：宫廷中照亮的火炬。此句为诗人起视中具体所见。④君子：指来早朝的公卿、诸侯。止：语气词。⑤鸾：也作"銮"，铃。此为旂上的铃。《尔雅·释天》："有铃曰旂。"将（qiāng）将：拟声词，同"锵锵"，形容铃声。上两句说早朝的公卿、诸侯已到，已听到他们车上所插旂顶的銮铃之声。⑥艾：尽。⑦晣（zhì）晣：明亮。⑧哕（huì）哕：铃声。⑨乡（xiàng）：通"向"。向晨，即近晨。⑩辉：较暗淡的光。《说文》："辉，光也。"段玉裁注："析言之，则辉、光有别。朝旦为辉，日中为光。"此言天渐亮，庭燎也将燃尽，故庭燎之光已显得不像前面那样明亮。⑪言：乃，爰。旂（qí）：上面画有交龙、竿顶有铃的旗，诸侯树旂。上古诸侯朝觐、出行乘车，必建旂，观所建之旂，即可知该人之尊卑等级。《周颂·载见》："载见辟王，曰求厥章。龙旂阳阳，和铃央央。"正写出诸侯朝见的情形，与此同。

【品评】 按此诗应为宣王所作。根据有三条：第一，诗凡三章，从时间说由深夜渐向天明，而三章中俱言"庭燎之光"，则应是居于朝廷者所作。如系大臣、诸侯所作，则就应按由家赴朝路途景象以时间先后为序加以描写。第二，诗中三言"君子至止"，也是以朝廷为立足点言之。第三，"夜如何其"为王问鸡人（掌报晓的人）之语，"夜未央"为由鸡人所报知道的结果。与《周礼·春官·鸡人》所载礼制一致。所以，以此诗为宣王所作较近诗情。但未必是中年怠政、姜后谏之改过之作。只因诗中写到夜间相问，故前人同宣王中年好美色怠于政等联系在一起。此诗以作于前期的可能性大。

诗共三章，第一章写夜半之时不安于寝，急于视朝，看到外边已有亮光，知已燃起庭燎；又听到鸾声叮当，知诸侯已有入朝者。说明宣王中兴，政治稳定，百官、内侍皆不敢怠于事，诸侯公卿也谨于君臣大礼，严肃畏敬，及早入朝以待朝会；而宣王勤于政事、体贴臣下、重视朝仪的心情，也无形中见于言外。

第二章时间稍后，但黑夜尚未尽，庭燎之光一片通明，鸾铃之声不断，诸侯正陆续来到。朱熹说："哕哕，近而闻其徐行声有节也。"（《诗集传》）第三章写晨曦已见，天渐向明，庭燎已不显其明亮。朱熹说："煇，火气也，天欲明而见其烟光相杂也。"（同上）又《礼记·玉藻》："揖私朝，煇如也；登车则有光。"说清早由家别大夫之时天尚不太亮，至登车时已大亮。则"有煇"指不太亮的光。这一则可与《庄子·逍遥游》中所说"日月出矣，而爝火不息，其于光也，不亦难乎"相证，二则可知火炬即将燃尽，故光不如前之明亮。此时来朝诸侯和天子俱抬头看，此句说知各大臣诸侯俱已到齐。郑玄笺云："上二章闻鸾声尔。今夜向明，我见其旂，是朝之时也。朝礼别色始入。"观旂而识别其封爵官位。

昧爽视朝，本为定例，但昏庸之君往往有名无实。宣王勤于朝政，纲纪严肃，上下振作，造成中兴气象，由此诗即可看出。诗中虽未用比兴，也无多形容，但其白描的手法既捕捉到最具特点的情景，也细微地反映出诗人的心理活动，实近于天籁。

此诗为唐代贾至《早朝大明宫》及杜甫、王维、岑参的和诗所效法。

但贾至等人之作主要渲染宫廷的庄严华丽，朝仪的肃穆壮观，君王的尊严神圣及大臣的雍容闲雅，稍嫌铺张堆砌。此诗则着重表现了君王急于早朝的心情和对朝仪、诸侯的关切。"君子至止，言观其旂"，写人、写景结合在一起，颇能传神。两类诗都作于乱后新君刚刚即位之时，但就表现而言，《庭燎》较之唐诗更为真挚而简练，让人读后深觉言有尽而意无穷。

鹤鸣

鹤鸣于九皋①，声闻于野。鱼潜在渊②，或在于渚③。乐彼之园，爰有树檀④，其下维萚⑤。他山之石，可以为错⑥。

鹤鸣于九皋，声闻于天。鱼在于渚，或潜在渊。乐彼之园，爰有树檀，其下维榖⑦。他山之石，可以攻玉⑧。

【注释】①皋（gāo）：沼泽。九皋：沼泽曲深之处。黄焯《毛诗郑笺平议》："'九'者虚数，犹'九天''九地'之比。……经言'九皋'，即谓泽之深远。"②潜：深藏。渊：深水。③渚（zhǔ）：水中小洲。此指小洲旁浅水处。④爰：语助词。檀（tán）：一种高大名贵的树木，又名檀香。⑤其：指檀树。维：为。萚（tuò）："檡（zhái）"的借字，一种矮树，又名软枣、樗（yǐng）枣。马瑞辰《毛诗传笺通释》："下章榖为木名，则此章萚亦木名，不得泛指落木。王尚书《经义述闻》曰：'萚，疑当读为檡。……'"⑥错：磨石。⑦榖（gǔ）：又名楮（chǔ），叶似桑，树皮可制纸。⑧攻：琢磨，即以磨石打磨玉。

【品评】这是周宣王时代一位卿大夫抒写生活偶感的诗。应是周宣王初年以中兴大臣为中心，在厉王暴政与国人起义之后，亲和宗族、招揽人才、察纳雅言情况下产生的作品，其作者只能是宣王或他周围的卿大夫。

此诗全诗纯为托兴，一章之内设喻者四，且除了"他山之石，可以为错"，皆兴意隐约，不着痕迹。因而此诗在《诗经》中可谓别具一格。

此诗可以看作召隐诗，或"陈善纳诲"之作，但也可能是诗人游览偶感，或生活遭遇的触动，由眼前景物而有所感悟，不全写景，并且有哲理性思考。两章都以哲理性警句结撰全诗，视角不断变换，景物纷呈，令人应接不暇。就所写景物来看，有诉诸听觉的，有诉诸视觉的；有动态的，有静态的。"乐彼之园"，情感直接流露；"鱼潜在渊，或在于渚"，情感又渗透在景物的描绘中。因而，即使作为一首写景诗来读，此诗也是颇有诗情画意的。

当然也可能是生活遭遇产生的触动，如果这样，则完全是一首哲理诗。"他山之石，可以攻玉"，已成为成语而被人们习用，用来表示借助别人的力量来完善自己。可能诗人做事没有接受别人的帮助失败了，也可能是别人做事不接受他的帮助，故诗人有此感。这样，诗中的景物就是心象。"鹤鸣于九皋，声闻于天"，荀子引之来证成君子处世之道。《荀子·儒效》："故君子务修其内而让之于外，务积德于身而处之以遵道。如是，则贵名起之如日月，天下应之如雷霆。故曰：君子隐而显，微而明，辞让而胜。《诗》曰：'鹤鸣于九皋，声闻于天。'此之谓也。""鱼潜在渊，或在于渚"，表现出鱼儿的自由自在，《毛传》之"良鱼在渊，小鱼在渚"、郑玄《笺》之"言鱼之性寒则逃于渊，温则见于渚，喻贤哲世乱则隐，治平则出"等都是附会。"乐彼之园，爰有树檀，其下维萚"也看不出"朝廷尚贤者而下小人"（郑玄《笺》语）之意。这几句只是表现诗人欣喜的情绪，不必刻意深究。

当然，说写实景，说写心象，二者实际是相通的，诗人只是描摹了一个景象世界，其中的意味则由读者去体味。

祈父

祈父①！予王之爪牙②。胡转予于恤③，靡所止居④？

祈父！予王之爪士⑤。胡转予于恤，靡所底止⑥？

祈父！亶不聪⑦。胡转予于恤，有母，之尸饔⑧？

【注释】①祈父：周代掌兵的官员，即司马。《左传·襄公十六年》引诗作"圻父"。郑玄或引作"畿父"。《尚书·酒诰》："圻父薄违。"也作"圻父"。《左传·襄公二十五年》："自昔天子之地一圻。"则"祈"为"圻"之借字，"圻"、"畿"同字。②予：我。爪牙：鸟兽用来自卫的利器。这里用来代指卫士。郑玄《笺》释此句为"我乃王之爪牙"。③胡：何，为什么。转：移，调动。恤：忧愁。这里指忧患之处。④靡：没有。所：处所。止居：停留，居住。⑤爪士：虎士，卫士之强者。马瑞辰《毛诗传笺通释》："按爪士犹言虎士。《周官》：'虎贲士属有虎士八百人。'即此。《说苑·杂言篇》曰：'虎豹爱爪。'故虎士亦云爪士。虎贲为宿卫之臣，故以移于战争为怨耳。"其说是。《毛传》训"士"为"事"，非是。⑥底（zhǐ）：至。《小雅·小旻》："我视谋犹，伊于胡底。"郑玄《笺》："底，至也。……我视今君臣之谋道，往行之将何所至乎？言必至于乱。"也作"止"解，则"底止"为同义并列。⑦亶（dǎn）不聪：确实是一个聋子。亶，确实。聪，听觉灵敏。或以为"聪"为"闻"字之义。但前有"亶"字，是斥责祈父不听虎贲之士之言，而不是说他没有听到。⑧有母，之尸饔（yōng）：言家中老母不得奉养，只能到母亲去世后去祭祀她。尸，陈。饔，熟食，指祭品。

【品评】《祈父》是周王朝的王都卫士（相当于后代的羽林军）抒发内心不满情绪的诗。

全诗三章，皆以质问的语气直抒内心的怨恨。风格上充分体现了武士心直口快、敢怒敢言的性格特征。本诗没有温柔含蓄的比或兴，一开头便大呼"祈父"！继而厉声质问道："胡转予于恤，靡所止居？"为什么使我置身于险忧之境，害得我背井离乡，饱受征战之苦？近代以来标点皆在"恤"字后置问号，其实，诗人问意连下句"靡所止居"，问号当置居字下。

今正。第二章同。第三章斥责司马（祈父）对卫士们的呼声充耳不闻，弄得卫士们不但不能奉养老母，将连老母的面都见不着。陈奂《诗毛氏传疏》说："之，犹则也。言我从军以出，有母不得终养，归则唯陈饔以祭。是可忧也。"《韩诗外传》卷七载曾子语："往而不可还者亲也，至而不可加者年也。是故教子欲养，而亲不待也。""是故椎牛而祭墓，不如鸡豚逮亲存也。"下即引《诗》"有母，之尸饔"。《易林·谦之归妹》："爪牙之士，怨毒祈父。转忧与己，伤不及母。"对本诗的理解与《韩诗》同。孔颖达《毛诗正义》引许慎《五经异义》解此句云："谓陈饔以祭，志养不及亲。"则汉代以前解说大体同。诗人沉恸之心情于此可见。

从诗意的表现上来说，在三章的复沓中武士的愤怒情绪变得越来越激烈。"且自古兵政，亦无有以禁卫戍边方者"（方玉润《诗经原始》）。可你这司马，为何不按规定行事，派我到忧苦危险的前线作战？你这司马就像耳朵聋了听不到士兵的呼声，不能体察我还有失去奉养的高堂老母。在第三章里，武士的质问变为对司马的斥责。同时也道出了自己怨恨的原因和他不能毅然从征的苦衷。"三呼而责之，末始露情"（姚际恒《诗经通论》）。

"温柔敦厚"的诗风，并不能概括中国古代诗歌的所有风格，它只不过是儒家文艺思想的体现。《鄘风》的《墙有茨》《相鼠》，《魏风》的《伐檀》《硕鼠》等已说明了这一点，不必多言。这首诗似乎有过分激烈、直露的嫌疑，但直抒胸臆，快人快语，自有特色。吴闿生《诗义会通》引旧评："惊心动魄，极悲极愤。"概括此诗的风格极是。

黄鸟

黄鸟黄鸟①，无集于榖②，无啄我粟。此邦之人，不我肯谷③。言旋言归④，复我邦族⑤。

黄鸟黄鸟，无集于桑，无啄我粱。此邦之人，不可与明⑥。言旋言归，复我诸兄。

　　黄鸟黄鸟，无集于栩⑦，无啄我黍。此邦之人，不可与处⑧。言旋言归，复我诸父。

　　【注释】 ①黄鸟：黄雀。郝懿行《尔雅义疏·释鸟》："皇，黄鸟"条："《诗·葛覃》疏引舍人曰：'皇名黄鸟。'按此即今之黄雀。其形如雀而黄，故名黄雀，又名搏黍，非黄留离也。"②穀（gǔ 旧读 gòu）：一种落叶乔木，即楮木，树皮可以造纸。③谷：一种粮食作物名。这里用为粮食的总称，引申为养育。"不我肯谷"是"不肯谷我"的倒文，意为"不养活我"，或者说"不给我吃的"。④言：语助词，无实义。旋：通"还"，回归，指回到原来的家族中。⑤复：返回。邦：国。族：家族。⑥粱：一种优良品种的粟，色白。清程瑶田《九谷考》说："《内则》言饭有粱，又有黄粱，是粱者白粱也。"⑦栩（xǔ）：柞树。⑧与处：相处，一起生活。

　　【品评】 此诗由诗中"此邦之人""复我邦族""复我诸兄""复我诸父"等句看，应是入赘他族者不能忍受女方家族之歧视、虐待，愤而返回时之作，与一般流亡者思归之作不同。

　　《诗经》中作品反映了当时广泛的社会生活。本诗与《小雅》中的下篇及《王风·葛藟》都是赘婿之作。古代赘婿社会地位低贱。《史记·秦始皇本纪》言始皇三十三年征发士卒，为"逋亡人，赘婿、贾人"，可见其地位仅次于逋亡者。这应反映了秦以前对赘婿的看法。赘婿的地位与生活，主要取决于女方家庭及族内的态度。因为赘婿之家多有女无儿，故赘婿如能继承女方的家业，则地位会好得多，但同族之人也会因争财产而设法排挤他。诗中再三说及"此邦之人"，即在于此。先言其"不我肯谷"，再言其"不可与明"，再言其"不可与处"，则无法在那里呆下去，甚为明显。西周末年、春秋初年社会动乱，经济衰退，世风日下，人与人之间更缺乏关爱。这里既有习惯势力的原因，也有家族方面的原因，当然也会有家庭个体方面的原因。诗中"复我邦族""复我诸兄""复我诸父"，同《葛蓠》中愧恨“终远兄弟，谓他人父”“终远兄弟，谓他人母”“终远兄弟，谓他人昆”及《我行其野》中“昏姻之故，言就尔居。尔不我畜，复我邦家”一样表现了在别的家族中无法生活下去时对本家族、家庭的怀念。

在表现手法上，本诗又与《魏风·硕鼠》有异曲同工之妙：即以“啄我之粟”的黄鸟发端，类比起兴，以此影射“不可与处”的“此邦之人”。既含蓄生动，又表现了强烈的爱憎感情。

节南山

节彼南山①，维石岩岩②。赫赫师尹③，民具尔瞻④。忧心如惔⑤，不敢戏谈⑥。国既卒斩⑦，何用不监⑧？

节彼南山，有实其猗⑨。赫赫师尹，不平谓何⑩？天方荐瘥⑪，丧乱弘多⑫。民言无嘉⑬，憯莫惩嗟⑭！

尹氏大师⑮，维周之氐⑯。秉国之均⑰，四方是维⑱，天子是毗⑲，俾民不迷。不吊昊天⑳！不宜空我师㉑。

弗躬弗亲㉒，庶民弗信㉓。弗问弗仕㉔，勿罔君子㉕；式夷式已㉖，无小人殆㉗；琐琐姻亚㉘，则无朊仕㉙。

昊天不傭㉚，降此鞠讻㉛。昊天不惠㉜，降此大戾㉝。君子如届㉞，俾民心阕㉟。君子如夷㊱，恶怒是违㊲。

不吊昊天，乱靡有定。式月斯生㊳，俾民不宁。忧心如酲㊴，谁秉国成㊵？不自为政，卒劳百姓。

驾彼四牡，四牡项领㊶。我瞻四方，蹙蹙靡所骋㊷。

方茂尔恶㊸，相尔矛矣㊹。既夷既怿㊺，如相酬矣㊻。

昊天不平㊼，我王不宁。不惩其心㊽，覆怨其正㊾。

家父作诵，以究王讻㊿。式讹尔心(51)，以畜万邦(52)。

【注释】①节：借作"巀"字。山高峻的样子。②岩岩：石头累累的样子（比喻尹氏地位如山顶之累石）。③赫赫：显盛的样子。师：太师的简称，周三公之一。尹：尹氏，指太师尹氏。④具：通"俱"。瞻：视。这句是说：人民都看着你。⑤惔（tán）：通"炎"，焚烧。《韩诗》作"炎"。⑥不敢戏谈：不敢随便说。此是正言告之，意谓形势确很危险。⑦国既卒斩：国家的命脉已全部被断绝。国，指西周王朝。既，已经。卒，尽。斩，断绝。⑧监：察看。⑨有：形容词词头。实：广大。猗：同阿（王引之说），指山隅。⑩不平：不公平。谓何：有什么可说？连上句言：南山可以有阿，尹氏执政何以不平？⑪方：方今。荐瘥（cuó）：再加以疫病。荐，重，再。瘥，病，谓疫病。⑫弘多：很多。弘，大。⑬无嘉：无喜庆之语。嘉，好，喜庆。这句说：灾害频仍，人民所说皆为相互吊唁之辞，而无喜庆之语。⑭憯（cǎn）莫惩嗟：乃竟无人制止这种现象。憯，曾，乃。惩，止，谓制止灾害频仍，以至"民言无嘉"的现象。嗟：语末助词。⑮大（tài）师：周代三公之官。⑯维周之氐：言为周室根本重臣。氐：通作"柢"。柢：根本。⑰秉国之均：郑《笺》："持国政之平。"谓掌握国家政权而使国政均平。秉，持。犹今所谓掌握。均，平。⑱维：维系。⑲毗（pí）：一作埤，辅佐。⑳不吊：不善。昊天：即天，喻指周王。下同。㉑空：穷，犹言困穷。师：谓众民。此句承上章"不吊昊天"，说周王不宜重用尹氏，使众民困穷。㉒躬：亲。弗躬：弗亲。此言周王不亲政事。㉓信：信从，信赖。㉔弗问弗仕：不询问君子，不叫君子做事。㉕勿：当作末。末罔，犹迷惘，蒙蔽。君子：指贤人。㉖式：语气词，表示祈使语气。夷：平，这里指消除。已：止，这里指制止。此句言周王应对上述现象加以制止。㉗无小人殆：不要亲近小人。郑《笺》："殆，近也。"㉘琐琐：细小卑微的样子。姻：亲家。亚：连襟。这里指有亲姻关系、裙带关系的人。㉙则无膴（wǔ）仕：不要任以大事。膴，厚，大。仕：事。㉚傭：均平。㉛鞫讻：穷凶极恶。鞫，穷，讻，读如"凶"，凶，恶。㉜惠：爱。不惠：言不爱惜人。㉝戾（lì）：暴虐。㉞君子如届：君子如来（管理政治）。届，至。㉟阕（què）：息。指止息心中不平。㊱夷：平。指施行均平之政。㊲违：去。指除去人民的恶怒。

㊳式月斯生：乱以月进。犹言月月增长。式，用。斯，此，指乱。生：进。㊴酲（chéng）：酒醉。《毛传》："酒病曰酲。"是古人以醉为酒病。㊵国成：国政的成规，国之常政常规。㊶项领：大领。项，大。马长期驾在车上不行走，其颈就会肿大。㊷蹙（cù）蹙：缩而不伸的样子。此以马的"靡所骋"喻贤者怀才而无所施展。㊸方茂尔恶：当你怨恶正盛之时。茂，盛。尔：指尹氏。㊹相尔矛矣：你就看着你的矛了，指要动武杀人。㊺夷：平，谓平息。怿（yì）：服，犹言平服。夷、怿，皆指仇怨平息，相互和解。㊻如：读音如字，解为"而"。相酬：相报复。酬，报。连上句说：大臣间矛盾甚深，在和解以后，又相互报复。㊼昊天不平：王不除去尹氏。意思含蓄。此句为假设句。㊽惩：警惕，悔改。这里是使动用法。㊾正：谓正道。这句说：反而怨恨正道。承上句"其"，指尹氏。㊿王讻：即王凶，王身边的凶残者，此指不利于国家的奸臣贼子，指尹氏。讻，借作"凶"。"究王讻"，犹后代所说"清君侧"。(51)式：用。讹：改变，变化。尔：指周王。(52)畜（xù）：养，安抚。万邦：指周王朝所属各诸侯国及周边顺从周王朝各部族。

【品评】《节南山》是西周末年大夫刺幽王任用师尹乱政败国之作。全诗主要是揭露师尹的罪过，关于此诗的作者，末章明言是家父（fǔ），三家《诗》或作"嘉父""嘉甫"。他应是周幽王时代的大夫，因而对朝廷的状况十分了解，但其地位又不是很高，所以对现状无能为力。

周幽王是西周末年一个十分昏庸暴虐的国君。因宠爱褒姒，废申后，又欲杀宜臼而立伯服，申侯结犬戎攻之，杀幽王骊山下。家父（甫）此诗虽不敢明白指斥周王，但揭露师尹罪恶、指陈当时形势可谓一针见血。而师尹系幽王所任用，所以归根结底诗也是针对幽王的。元代许谦《诗钞》说："前九章惟言尹氏之罪，而卒以言归之王心，则轻重本末自见。此家父之善于辞也。其所以刺尹氏者，大要有二事：为政不平，而委任小人也。"分析颇精到。以此看，《诗序》言"家父刺幽王"，是一语破的。后人或不解，而以为与诗意不合。《诗序》往往引申言之，多有拔高或据儒家思想引申的情况，而此诗之序则至为精辟。

本诗艺术上之特色，首先，是抒情之中有揭露，有议论，而揭露深刻，议论大胆泼辣，因而大大增加了抒情效果。作者不敢直接指斥天子，而又要抒发强烈的情感，故表面上完全针对尹氏言之，实则讽刺周王，意在言外。

其次，灵活而自然地运用了一些修辞手法。如：比喻："节彼南山，维石岩岩"，"尹氏大师，维周之氏"，"秉国之均"，又有反喻对比，"节彼南山，有实其猗"。排比：段与段之间（第一、二章）。句子与句子之间，第四章："弗躬弗亲，庶民弗信。弗问弗仕，勿罔君子。"又"式夷式已"一句，句内并列，在排比与非排比之间，显得变化自然。如第五章"昊天不傭"以下四句，"君子如届"以下四句。

最后，指天而刺王，开后代刺诗借代手法之先河。

正 月

正月繁霜①，我心忧伤。民之讹言②，亦孔之将③。念我独兮，忧心京京④。哀我小心，癙忧以痒⑤。

父母生我，胡俾我瘉⑥？不自我先，不自我后。好言自口，莠言自口⑦。忧心愈愈⑧，是以有侮。

忧心惇惇⑨，念我无禄⑩。民之无辜，并其臣仆⑪。哀我人斯⑫，于何从禄⑬？瞻乌爰止⑭，于谁之屋？

瞻彼中林⑮，侯薪侯蒸⑯。民今方殆⑰，视天梦梦⑱。既克有定⑲，靡人弗胜⑳。有皇上帝㉑，伊谁云憎㉒？

谓山盖卑㉓，为冈为陵㉔。民之讹言，宁莫之惩㉕。召彼故老㉖，讯之占梦㉗。具曰予圣㉘，谁知乌之雌雄！

谓天盖高，不敢不局㉙。谓地盖厚，不敢不蹐㉚。维号斯言㉛，有伦有脊㉜。哀今之人，胡为虺蜴㉝！

瞻彼阪田㉞，有菀其特㉟。天之扤我㊱，如不我克㊲。彼求我则㊳，如不我得㊴。执我仇仇㊵，亦不我力㊶。

心之忧矣，如或结之。今兹之正，胡然厉矣？燎之方扬㊷，宁或灭之㊸？赫赫宗周㊹，褒姒灭之㊺！

终其永怀㊻，又窘阴雨㊼。其车既载，乃弃尔辅㊽。载输尔载㊾，将伯助予㊿。

无弃尔辅，员于尔辐(51)。屡顾尔仆(52)，不输尔载。终逾绝险(53)，曾是不意(54)！

鱼在于沼，亦匪克乐(55)。潜虽伏矣(56)，亦孔之炤(57)。忧心惨惨(58)，念国之为虐(59)。

彼有旨酒(60)，又有嘉殽。洽比其邻(61)，昏姻孔云(62)。念我独兮，忧心慇慇(63)。

仳仳彼有屋(64)，蔌蔌方有谷(65)。民今之无禄(66)，天夭是椓(67)。哿矣富人(68)，哀此惸独(69)。

【注释】 ①正月：《毛传》："正月，夏之四月。"因四月已入夏，故以有繁霜为天气反常。但古代无以正月为四月者。郑玄《笺》："夏之四月，建巳之月，纯阳用事，而霜多急恒寒苦之异，伤害万物，故心为之忧伤。"也未讲出理由，只是以阴阳家言为说。高亨《诗经今注》说："经文与传文'正'均当作'四'，形似而误。"古"四"作"亖"，则易相混。可备一说。②讹（é）言：假话，谣言。③孔：很。将：大。④京京：忧愁无法解除的样子。《毛传》："京京，忧不去也。"朱熹《诗集传》："京京，亦大也。"⑤癙（shǔ）忧：隐忧，无法说出的忧愁。朱熹《诗集传》："癙忧，幽忧也。"痒：病。朱熹释全句为："我独忧之，以至于病也。"⑥胡：何。俾：使。瘉：病，痛苦。⑦莠（yǒu）言：坏话。⑧愈愈：《毛传》："忧惧也。"朱熹《诗集传》："益甚之意。"两说均可。⑨惸（qióng）惸：忧虑的样子。⑩无禄：无福。等于说不幸。⑪并：俱。臣仆：奴仆。马瑞辰《毛诗传笺通释》说："古以罪人为臣仆。《诗》言'并其臣仆'，谓使无罪者并为臣仆，在罪人之列。"⑫哀：可怜。我人：我这样的人。⑬于何：从什么地方。从禄：等于说找一口饭吃。⑭乌：乌鸦。周家受命之征兆。爰：何处。止：栖止。此下两句言不知天命将降于何处。这正说明二王并立，谁继大统尚不明了。⑮中林：林中。⑯侯：维，为。薪：粗柴。蒸：细柴。这句以林中没有大木，唯有薪柴之类，喻朝中无人。⑰方殆：正在危险之中。⑱梦梦：昏乱不明。此句比喻当时社会将会怎样，很不清楚。老天的旨意尚不明白。⑲克：能够。定：安定，指安定王室。⑳靡人弗胜：连上句说，上天如要安定天下（指确定王室正统），那就没有人不能战胜。㉑有皇：同"皇皇"，伟大的。㉒伊谁云憎：等于说"唯谁是憎"。伊，语助词。云：有，或。这里和"唯×是×"句式中"是"的作用相同。㉓盖：通"盍"，何。下两章"盖"字同。卑：低矮。㉔冈：山脊。陵：大土山。这句连上句说：有的人造谣说"山怎么低了？"其实还是那样的高冈山陵。这是比喻小人的颠倒黑白。㉕宁：却，乃。惩：惩戒，制止。㉖故老：元老，前辈广见多识之人。㉗讯：问。占梦：主解梦之官。本句与上句并列，"召""讯"互文见义。㉘具：通"俱"，都。圣：圣明。㉙局：弯曲着身子。《释文》："本又作跼。"义同。㉚蹐（jí）：小步走路。㉛维：语助词。号：叫喊。斯言：指上面四句话。㉜伦、脊：条理，道理。《毛传》："伦，道。脊，理也。"陈奂《诗毛氏传疏》："脊，读为迹。《沔水》传：'不迹，不道也。'董仲舒《春秋繁露·探察名号》引《诗》作'迹'。"㉝胡为：为何。虺蜴（huǐyì）：毒蛇与蜥蜴，古人把无毒的蜥蜴也视为毒虫。朱熹《诗集传》连上句释云："哀今之人，胡为肆毒以害人，而使之至此乎？""此"指本章前四句所指社会状况。㉞阪（bǎn）田：山坡上的田。㉟有菀（wǎn）：同"菀菀"，茂盛的样子。特：特出。这里指特出的苗。这里自比为众多平庸之辈为杰出者。㊱扤（wù）：动摇。这里有摧折的意思。㊲克：制服。连上句说：当政者唯恐不能把我从他眼前除去。㊳则：语尾助词，通"哉"。㊴如不我得：唯恐找不到我。这是言在危机之时。㊵执：执持，指得到。仇仇：借作"扰（qiú）扰"，松弛的样子。这里指慢怠。㊶不我力：不着力用我，即并不重用。㊷燎：燃烧、放火焚烧草木。扬：指火势上扬，指火很盛。㊸宁：岂。或：有人。㊹赫赫：兴盛的样子。宗周：西周王都镐京。《太平御览·州郡部》：“武王自酆迁镐，诸侯宗之，是为宗周。”这里指西周王朝。㊺褒姒：周幽王的宠妃，为褒国女子。姒姓。上古女子称姓。褒国旧址在今陕西省勉县东南。周幽王宠爱褒姒，荒于国政，紊乱朝纲，诸侯背叛，于其十一年（公元前771）被犬戎攻入，杀之于骊山之下，西周遂亡。因不敢直指周王之荒淫，而将罪过归之于褒姒。灭：原作“烕”，滅（灭）本字。据《经典释文》引一本改之以与上句一致。㊻终：既。永怀：长久忧伤。怀，忧伤。连下四句，是以驾车喻当时国家的状况。言已有无限忧愁，又遇到连续下雨。㊼窘（jiǒng）：困。阴雨：同淫雨，指绵绵不断的雨。㊽弃：这里指掉了。辅：车两侧的挡板。㊾载输尔载：前一个“载”，虚词，及至。后一个“载”，所载的货物。输，丢弃。㊿将：请。伯：排行老大的人。也是对男子的尊称。予：我。本章以驾车喻治理国家，故此处“予”实摹拟当政者语气言之。郑玄《笺》释以上四句说：“弃汝车辅则堕汝之载，乃请长者见助。以言国危而求贤者已晚矣。”(51)员：益，加固。辐：车辐，辐条。《魏风·伐檀》“坎坎伐辐兮。”朱熹《诗集传》：“辐，车辐也。”此句与上句之意并列。(52)屡顾：不断回头看着，时时照看着。仆：通“轐”，也叫伏兔，像伏兔一样伏在车轴上固定车轴的东西。此章与上章一样以车喻国家，以车上各种部件喻治理国家的人才，以驾车者以喻国君。或解此“仆”为仆人（驾车者），误。此句意为国君应时时注意国家各方面的事情，不能马虎。(53)终：最终。逾：超过，跨过。绝险：最危险的地方。(54)曾：竟然。不意：不留意。言对最后度过险境这样的事，竟然不放在心上。(55)匪：非。克：能。(56)潜：深藏。伏：指至于水底。(57)炤（zhāo）：明，显著。上几句作者以鱼自喻，言其行踪无处隐藏，难逃祸乱。(58)惨惨：忧愁不安的样子。(59)念：想到。这句连上句说想到国家一些人所行的虐政。(60)彼：指当时的执政者，得势的贵族。旨酒：美酒。(61)洽：合，结交。比：亲近。邻：相近者。(62)昏姻：姻亲。云：周旋。《说文》：“云，象回转之形。”引申为亲密来往。(63)慇（yīn）慇：痛伤的样子。(64)佌（cǐ）佌：卑小猥琐的样子。这里代指那些得势的贵族。(65)蔌（sù）蔌：鄙陋的样子。代指那些奸佞之人。与上"佌佌"互文见义。谷：代指爵禄。⑥无禄：无福，不幸。⑦夭夭：当作"夭夭"，美盛的样子。《后汉书·蔡邕传》章怀注引《诗》作"夭夭"，《石蜀经》亦作"夭夭"，是也。椓（zhuó）：打击。这句是说：虽夭夭美盛者，仍不免于打击摧残。⑧哿（gě）：欢乐。⑨惸（qióng）独：孤独无依的人。惸，没有兄弟。独，老而无子。

【品评】 本诗作于西周灭亡、二王并立时期，或曰平王初年。作者应是一个在二王中某一王处供职的贵族。从内容来看，可能是被携王余臣网罗去，但又不被重用的人。《诗序》说："《正月》，大夫刺幽王也。"其实只能说是诗中追述了幽王的罪过。

　　本诗的作者在国家败亡、形势混乱、自己无所适从的情况下，对造成宗周覆亡的周幽王抒发了强烈的怨恨情绪，对眼下自己所追随的当政者也表示出强烈不满。当权者开始表示很需要他（"彼求我则，如不我得"），但并没有重用（"执我仇仇，亦不我力"）。他担忧国家的前途，反而遭到小人的排挤和中伤（"忧心愈愈，是以有侮"）。他是一个忧国忧民而又不见容于朝的贵族。他面对霜降异时、谣言四起的现实，想到国家风雨飘摇，百姓受害，自己又无力回天，一方面哀叹生不逢时，一方面对于反复无常、扰乱天下的当权者表示极大的愤慨。他最终身心交瘁，积郁成疾。诗人生动、细致地记录了两千多年前生于乱世的正直知识分子心灵的颤动，和《诗经》中其他一些政治诗一起为中华民族知识分子忧国忧民的文学传统奠定了基础。

　　诗中还写到了三种人。第一种是末世昏君。此诗没有明确指出周幽王或者当时的在位者，而是用暗示的方法让人们想到。"天"在古代常用来象征君王。诗中说："民今方殆，视天梦梦"，就是很严厉地指出居于王位者面对百姓危殆、社稷不保的现实毫不觉悟，却只顾占卜解梦（"召彼故老，讯之占梦"）。"赫赫宗周，褒姒灭之"二句，矛头直指亡国之君周幽王。杜甫《丽人行》《哀江头》《自京赴奉先县咏怀五百字》等都直接揭露当朝天子，当是受此类诗影响。此时批评最高当权者亲小人（"瞻彼中林，侯薪侯蒸"），远贤臣（"乃弃尔辅"），行虐政（"念国之为虐"）。指出如果国家真正颠覆，再求救于人，则悔之无及（"载输尔载，将伯助予"）。这样的末世昏君前有桀、纣，后有胡亥、杨广，历史上不绝如缕。所以其揭露是有意义的。第二种是得志的小人。他们巧言令色，嫉贤妒能（"好言自口，莠言自口"），结党营私，朋比为奸（"洽比其邻，昏姻孔云"），心肠毒如蛇蝎（"胡为虺蜴"），但却能得到君王的宠幸与重用，享有高官厚禄，诗人对这种蠹害国家的蟊贼表示了极大的憎恨与厌恶。第三种人即有政治远见的贵族、士人，也即诗的抒情主人公形象所代表的不多的一些人。诗中也写到广大人民。他们承受着层层的剥削与压迫，在暴政之下没有平平安安的生活，而只有形形色色的灾难（"民今之无禄，天夭是椓"）。而且动辄得咎，只能谨小慎微，忍气吞声（"不敢不局""不敢不蹐"）。诗人对广大人民寄予了深切的同情。"民之无辜，并其臣仆"，表现了无比的沉痛。昏君施行虐政，百姓是最直接的受害者，上天惩罚昏君，百姓也要无辜受过。所谓"兴，百姓苦；亡，百姓苦。"（张养浩《山坡羊·潼关怀古》）此诗正道出了乱世人民的不幸。

《正月》等诗对伟大爱国诗人屈原的影响是明显的。将此诗与《离骚》对照来读，可以看出它们都是黑暗社会现实下抒发愤世之情的产物，也都运用了比喻象征手法。比如《正月》中以驾车喻治国，以秀苗特出喻贤臣，以林中薪木喻小人；《离骚》中以骑马喻治国（"乘骐骥以驰骋兮，来吾导夫先路"），以美人香草喻贤者，以恶鸟臭木喻小人，其设喻之意相近。这是以往学者们所忽略了的。

全诗四言中杂以五言，便于表现激烈的情感，又显得错落有致。以诗人忧伤、孤独、愤懑的情绪为主线，首尾贯穿，一气呵成，感情充沛。其中有很多形象的比喻，如以鱼在浅池终不免遭殃，喻乱世之人不论如何躲藏，也躲不过亡国之祸。同时还运用了对比手法，如诗的最后两章说，得势之人有酒有菜，有屋有禄，朋比往来，其乐融融；黎民百姓穷苦无依，备受天灾人祸之苦。"哿矣富人，哀此惸独"正像杜甫的"朱门酒肉臭，路有冻死骨"一样，表现了诗人的极大愤慨。

十月之交

十月之交^①，朔月辛卯^②。日有食之^③，亦孔之丑^④。彼月而微^⑤，此日而微。今此下民，亦孔之哀。

日月告凶^⑥，不用其行^⑦。四国无政^⑧，不用其良^⑨。彼月而食，则维其常^⑩。此日而食，于何不臧^⑪！

爗爗震电^⑫，不宁不令^⑬。百川沸腾^⑭，山冢崒崩^⑮。高岸为谷，深谷为陵。哀今之人，胡憯莫惩^⑯。

皇父卿士^⑰，番维司徒^⑱，家伯维宰^⑲，仲允膳夫^⑳，棸子内史^㉑，蹶维趣马^㉒。楀维师氏^㉓，艳妻煽方处^㉔。

抑此皇父^㉕，岂曰"不时"^㉖？胡为我作^㉗，不即我谋^㉘？彻我墙屋^㉙，田卒污莱^㉚。曰："予不戕^㉛，礼则然矣。"

皇父孔圣^㉜，作都于向^㉝。择三有事^㉞，亶侯多藏^㉟。不慭遗一老^㊱，俾守我王。择有车马，以居徂向^㊲。

黾勉从事^㊳，不敢告劳^㊴。无罪无辜，谗口嚣嚣^㊵。下民之孽^㊶，匪降自天^㊷。噂沓背憎^㊸，职竞由人^㊹。

悠悠我里^㊺，亦孔之痗^㊻。四方有羡^㊼，我独居忧。民莫不逸^㊽，我独不敢休^㊾。天命不彻^㊿，我不敢效我友自逸⁵¹。

【注释】 ①十月之交：即刚交上十月，刚到十月（此就夏历言之）。②朔月：即月朔，指初一。③有：又。阮元《揅经室一集·诗十月之交四篇属幽王说》云："梁虞劀、隋张胄元、唐傅仁均、一行、元郭守敬并推定此日食在周幽王六年，十月建酉，辛卯朔日入食限，载在史志，今以雍正癸卯上推之，幽王六年十月辛卯朔日正入食限。"此处言"又"，指当年已发生过日食。据我国古代天文学家推算，周幽王十年一月十五日发生过日食。

④孔：很。丑：凶恶。之：助词，表示状语同谓语的关系。⑤彼：指上一次的月蚀。此：这一次。微：暗淡无光。⑥告凶：显示凶兆。古人认为日月所显征兆同人间变化有关。⑦用：以，按照。行（háng）：轨道，法则。⑧四国：泛指四方天下。无政：没有善政，犹"无人"，指没有忠良之士、没有能人。⑨良：忠良之士。⑩则：犹。维：是。常：常见。古人以月为阴道，象征臣民，日为阳道，象征国君。臣民之事，无关大体，国君之得失，系乎兴亡。⑪于何不臧：对于什么不利？这是讳言"亡国"，而恐惧之心情自见。⑫爗（yè）爗：雷电闪耀的样子。震：雷。⑬宁：皆指安宁。令：善，好。⑭川：江河。⑮冢：山顶。崒：通"猝"，突然。陆德明《释文》："崒，本亦作卒。"王引之《经义述闻》："卒当读为猝。猝，急也，暴也。言山冢猝然崩坏也。崒崩与沸腾相对。"⑯憯（cǎn）："噆"字的假借，曾，竟。胡憯：怎么。莫惩：不悔改。惩，因受创伤而知戒。前此上天已有警告，为何今之当政者不有所收敛、改变？⑰皇父：周幽王时的卿士。父，同"甫"，男子之称。卿士：官名，总管王朝政事，为百官之长。⑱番：氏族名。番应为当时有地位的氏族，世居其官，故只举氏。维：是。司徒：六卿之一，掌管土地人口。⑲家伯：周幽王时的宠臣。家为氏，伯为字。宰：冢宰，六卿之一，掌管国家的典籍。⑳仲允：人名。《齐诗》作"中术"。膳夫：掌管周王饮食的官。㉑棸（zōu）子：棸为氏，子为男子之称。内史：掌管周王的法令和对诸侯封赏策命的官。㉒蹶（guì）：姓氏。趣马：养马的官。㉓楀（jǔ）：姓氏。师氏：掌管贵族子弟教育的官。以上所举朝中得势者，皆举氏、字。因上古男子称字，女子称姓。㉔艳妻：美妻。指周幽王的宠妃褒姒。煽（shān）：炽热。方：正。处：居，在其位。㉕抑：借作"噫"，感叹词。㉖时：适时，合时。此句说皇父从来没有说过某事不时，不当作的话。意谓随便干扰人民。马瑞辰《毛诗传笺通释》说："时当读为'使民以时'之'时'。下言'田卒污莱'，是夺其民时之证。岂曰不时，言其使民役作，不自以为不时也。"㉗我作：作我，指使我（干某事）。㉘即：就，接近。谋：商议。㉙彻：借作"撤"。拆毁。㉚卒：尽，都。污：积水。莱：乱草。陈奂《诗毛氏传疏》："此谓田尽不治，则下者

积水，高者秽草矣。"㉛予：我。戕（qiāng）：残害。㉜孔：很。圣：聪明。这里是说反话。谓皇父自以为很聪明。㉝都：这里指封地的都城。向：王先谦认为是今河南济源县南向城。㉞择：选择。三有事：三有司，即三卿。㉟亶（dǎn）：信，确实。侯：维，是。多藏：所藏财物多。㊱慭（yìn）：愿意，肯。遗：留下。老：世家老臣。顾炎武《日知录》卷三："王室方骚，人心危惧。皇父以柄国之大臣，而营邑于向，于是三有事之多藏者随之而去矣，庶民之有车马都随之而去矣，盖亦知西戎之已逼，而王室之将倾也。"㊲以：因。居：安处。徂：到，去。㊳黾（mǐn）勉：努力。㊴告劳：诉说劳苦。㊵嚣（áo）嚣：众口斥责攻击的样子。㊶孽：灾害。㊷匪：非。㊸噂（zǔn）：汇聚，在一起。沓：相合。指意见相合。背憎：背后则互相憎恨。㊹职：只。竞：争。陈奂《诗毛氏传疏》说："由，从也。'由人'与'自天'对文。职竞由人，言不从天降，而主从之竞为恶也。"此处"人"同"哀今之人"的"人"一样，专指掌权败国者。㊺悠悠：深长的样子。里："悝"字的假借，忧愁。㊻孔：很。痗（mei）：病。连上句说：不断的忧愁，使我像得了重病。㊼有羡：欣喜。有，词头。㊽逸：安逸。㊾休：休息。㊿不彻：不道，不合于常。51效：效法。我友：同僚。自逸：自求安逸。言将勤勉尽力以应天变。

【品评】《十月之交》是周幽王时的一个朝廷小官，对幽王宠褒姒、用小人，当政者在其位不谋其政，予以讽刺。诗中指出当时的皇父诸人不管社稷安危，只顾中饱私囊，朝廷中是非不分。但自己不敢不事事尽心。《毛诗序》认为此诗作于幽王时，郑玄认为作于厉王时。阮元在《揅经室集》中对郑玄之说多有辩驳。据天文学家考订，此诗中记载的日食发生在周幽王六年十月一日（公元前776年9月6日），这是世界上最早的日食记录。则此诗应作于幽王六年。又《汉书·古今人表》列诗中所提到的人物如皇父、家伯于幽王之世，从文献方面也得到证明。

诗共八章，可分为三部分。前三章将日食、月食、强烈地震同朝廷用人不善联系起来，抒发自己深沉的悲痛与忧虑。古人不理解日食、月食、地震发生的原因，认为它们是上天对人类的警告，所以开篇说在前不久发生的月蚀之后，十月又发生了日食。"日者，君象也"，夏末老百姓即以日喻君。日而无光，古人以为是预示着君国的灾殃。第二章将国家政治颓败、所用非人同日食联系起来议论，第三章连带叙出前不久发生的强烈地震。诗人通过这些极度反常的自然现象的描述，表现了他对于国家前途的无比担忧和恐惧。诗中写的地震有史实记载，《国语·周语》："幽王二年，西周三川皆震。""是岁三川竭，岐山崩。"（学者或疑"二"为"六"字之误）诗中"百川沸腾，山冢崒崩。高岸为谷，深谷为陵"对地震的特征性描写，使两千多年后的人们读起来，仍然感到惊心动魄！第一部分节奏强烈，写出了上天震怒的状况，在震惊与恐惧中又缠绕着诗人无限的忧伤。他不明白当今执政者为何不行善政使天灾停止。

第二部分（中三章）主要回顾与揭露当今执政者的罪行。诗中开列了皇父诸党的清单，把他们钉在历史的耻辱柱上。这些人从里到外把持朝政，欺上瞒下。皇父卿士，搜刮民财，扰民害民，并且还把这种行为说成是合乎礼法的。本诗在中国历史上第一次点出了最高统治者"以礼杀人"的手段，是有很大意义的。皇父把聪明才智全用在维护自己和家族的利益上；他看到国家岌岌可危，毫无悔罪之心，也没有一点责任感，自己远远迁于向邑，而且带去了许多贵族富豪，甚至不给周王留下一个有用的老臣。用这样的人当权，国家焉有不亡之理！然而，是谁重用了这些人呢？诗人用"艳妻煽方处"一句含蓄地指出了昏庸的周幽王。

后二章写诗人在天灾人祸面前的立身态度。他虽然清醒地看到了周朝的严重危机，但他不逃身远害，仍然尽职尽责。但在统治阶级内部斗争中，诗人是属于失败的一类。在一定程度上，诗人的命运同国家的命运是一致的。在诗中，诗人哀叹个人的不幸，哀叹政治的腐败、黑暗与不公，实际上也就是在哀叹着国家的命运。诗人在三个层面上表现了忧国这个主题。

全诗从天昏地暗和山川翻覆这可怕的灾异，说到朝廷的坏人专权和国家的岌岌可危，然后说到面对此等状况个人的选择，让人感到诗人"知其不可为而为之"的悲壮情怀，开屈原"伏清白以死直"精神之先河。这是

224

一首内容充实又情感迸发的政治抒情诗。它同《诗经》中其他政治抒情诗一样对伟大爱国诗人屈原有不可否认的影响，但这首诗在创作手法上是现实主义的。由于诗人对朝廷的情况了如指掌，直书了一些事实。从这个角度来说，它又是一首史诗，在这方面，它对杜甫的《自京赴奉先县咏怀五百字》等作品具有深刻的影响。

　　本诗的语言基本上是直言抒写，喷涌而出，但有的地方也采用反语和冷峻的讽刺，如"艳妻煽方处""皇父孔圣"。有的句子深刻而耐人寻味，如说皇父等人强霸百姓田产时，用"予不戕，礼则然矣"表现了他们的强词夺理、蛮横霸道，两千年中，少有及之者。

雨无正

　　浩浩昊天①，不骏其德②。降丧饥馑③，斩伐四国④。昊天疾威⑤，弗虑弗图⑥。舍彼有罪⑦，既伏其辜⑧。若此无罪，沦胥以铺⑨。

　　周宗既灭⑩，靡所止戾⑪。正大夫离居⑫，莫知我勚⑬。三事大夫⑭，莫肯夙夜⑮。邦君诸侯⑯，莫肯朝夕。庶曰式臧⑰，覆出为恶⑱。

　　如何昊天⑲？辟言不信⑳。如彼行迈㉑，则靡所臻㉒。凡百君子㉓，各敬尔身㉔。胡不相畏㉕，不畏于天？

　　戎成不退㉖，饥成不遂㉗。曾我暬御㉘，憯憯日瘁㉙。凡百君子，莫肯用讯㉚。听言则答㉛，谮言则退㉜。

　　哀哉不能言㉝，匪舌是出㉞，维躬是瘁㉟。哿矣能言㊱，巧言如流㊲，俾躬处休㊳。

　　维曰于仕㊴，孔棘且殆㊵。云不可使㊶，得罪于天子。亦云可使㊷，怨及朋友。

　　谓尔迁于王都㊸，曰予未有室家㊹。鼠思泣血㊺，无言不疾㊻。昔尔出居㊼，谁从作尔室㊽。

【注释】 ①浩浩：广大的样子。昊天：广大的天。②骏：长久。德：恩惠。此句是说上天不肯长久给人们恩惠。③丧：死亡。饥馑（jǐn）：饥荒。《毛传》："谷不熟曰饥，菜不熟曰馑。"④斩伐：残害，杀害。四国：四方。⑤昊：原作"旻"，据清人阮元《校勘记》改。疾威：暴虐。⑥虑：考虑。图：谋划。⑦舍：舍弃。⑧伏：隐藏。辜：罪。中国台湾地区学者季旭升《诗经古义新证》解此句为："欲舍有罪之人，而匿其罪状。"⑨沦：率。胥：相。沦胥，相率。铺："痛（pū）"的假借，病。清人胡承珙《毛诗后笺》："胥者，相也，皆也。沦胥，犹言'类相'，皆是一概之辞，亦即有'牵率'之义。……'沦胥'。沦胥以铺，谓类相与受其病。"⑩周宗：当作"宗周"，即镐京。清人马瑞辰《毛诗传笺通释》："按'周宗'与'宗周'有别。……宗周，皆指王室言之。'宗周'亦曰'宗国'。……若'周宗'……皆谓与周同姓者耳。诗不得言周之同姓既灭。……《诗》'周宗'当为'宗周'，传写误倒。昭十六年《左传》引《诗》正作'宗周既灭'"。⑪戾（lì）：定。止戾，定居。⑫正：长。正大夫，指天子六卿之长，亦称大正。离居：离开镐京，逃到别的地方居住。⑬勚（yì）：劳苦。⑭三事大夫：即三司，司徒、司马、司空。清人陈奂《诗毛氏传疏》："《十月之交》及《常武》所云三事，诸侯三卿也。此云三事，天子三公也。……'三事大夫'言内也，'邦君诸侯'言外也。"⑮夙夜：早晚。此句意思是说不肯为王事操劳。下"莫肯朝夕"与此句意同。⑯邦君：封国之君，即国君，与"诸侯"同。⑰庶：庶几。曰：语助词。式：用。臧：善，好。⑱覆：反。出：进，更加。以上两句是说，我本希望周王从大臣的离居、懈怠中警觉过来而从善，他却反而变本加厉地干坏事。⑲如何：怎么办。郑玄《笺》："如何乎昊天！痛而诉之也。"⑳辟言：合乎法度之言。㉑行迈：远行。㉒臻（zhēn）：至。㉓凡百君子：指王朝所有的在位者，诸如三事大夫、邦君诸侯等。㉔敬：戒慎。此句是说大臣们都只为自己考虑。㉕胡：何，为什么。畏：惧怕。此句及下句是说，你们为什么不惧怕祸患，不惧怕祸患，难道也不惧怕天命吗？㉖戎：兵，战争。戎成，兵祸已成。㉗遂：终止。《广雅·释诂》："遂，竟也。"㉘曾：则。陈奂："曾，犹则也。"嬖（xiè）御：毛传："嬖御，侍御也。"指王左

226

右亲近之臣。㉙惨（cǎn）惨：忧伤貌。瘁（cuì）：憔悴。㉚讯：当作"谇（suì）"，与"遂""瘁""退"协韵，作"讯"则不协。告，谏。此句是说在位大臣都不肯劝谏王。㉛听言：顺从的话。马瑞辰："听有顺从之义，'听言'对'谮言'而言，正谓顺从之言。"㉜谮（zèn）言：谏诤之言。马瑞辰："《广韵》：'谮，毁也。''毁，犹谤也。'古以谏言为诽谤，故尧有诽谤之木，谮言即谏言也。"退：斥退。以上两句连上句而言，是说周王对于顺耳的话就对答，对于直谏的话就斥退。㉝不能言：不善言辞。㉞匪：非，不是。出：当读为"拙"，笨拙。㉟维：语助词。躬：自身。瘁：病。以上三句是说，可怜我不善言辞，并不是我口舌笨拙，而是忠言逆耳，我只能处于穷愁的境地。㊱哿（kě）：嘉，乐。㊲巧言：好听的话。㊳俾：使。休：福。以上三句是说，那些能言善道的人快乐呀，他们讲起好听的话就像流水一样滔滔不绝，常使自己处于幸福之中。㊴维：语助词。曰：说。于：往。仕：做官。㊵孔：很。棘：通"急"，指事情紧张。殆：危险。㊶云：所谓。使：从。㊷亦：语助词。此四句，曾运乾《毛诗说》："此承上文言，云黜忠崇佞之道不可使，则有天子之谴责；如云黜忠崇佞，道固可使，则来朋友之斥谪；此于仕之所以孔棘且殆也。"㊸谓：说。王都：指携王朝所在地携。㊹曰：这是诗人叙述离居大夫不愿回王都的话。予：离居大夫自谓。室家：指房屋家业。㊺鼠："癙"的省借，忧伤。思：语助词。泣血：形容极度忧伤。马瑞辰："《说苑·权谋篇》曰：'下蔡成公闭门而哭，三日三夜，泣尽而继以血。'是泣而泪尽真有流血者，因通言泣之甚者为泣血。"㊻无言：每句话。疾：通"嫉"，怨恨。这句的意思是说，没有一句话不引起离居大夫的怨恨。㊼出居：指正大夫在犬戎进攻镐京时，逃出镐京，居在别处。㊽从：跟随。作：建造。尔：你们。室：房屋。

【品评】 此诗主旨为遣责大臣、诸侯只计较个人安危，不顾王朝的命运，但在行文中责臣与刺君交互，穿插对国运危急之势的描写和诗人忧国之情的抒发。第一章言昊天暴虐而降祸，饥荒蔓延，使无数无辜者遭殃。借昊天以刺幽王。第二章痛斥大臣离居、懈怠，又指责王不仅不觉醒，反而倒行逆施。第三章先言王不信法度之言，再感慨自己困顿，接着谴责大臣们只顾保全自身，而不知畏惧天命。第四章言兵乱不息，饥荒不退，大臣不肯进言，是因为王只爱听好话。第五章承上，诗人有言而不能言，只能处于困瘁之中，而那些能言善辩之人却身居高位。第六章言出仕之难，反映出携王朝处境的尴尬。第七章严责离居诸臣不肯尽职，又自伤泣血陈言而遭嫉恨。

从章法来说，此诗写得颇为细密，全诗多处用照应手法，故虽内容丰富，却线索清晰。第一章言"降丧饥馑"，第四章言"戎成不退，饥成不遂"。写大臣皆懈怠，只有诗人劳瘁困顿，也是三致其意，陈奂说："'正大夫离居，莫知我勚'，言长官大夫皆已离群索居而不知我之贤劳也。……第四章'曾我暬御，憯憯日瘁'，末章'昔尔出居，谁从作尔室'皆此意也。"而写携王只爱好听的话，不信法度之言，也是反复申述，先说"辟言不信"，再说"凡百君子，莫肯用讯。听言则答，谮言则退"，又说"哀哉不能言，匪舌是出。维躬是瘁。哿矣能言，巧言如流，俾躬处休"。马瑞辰分析说："听言言答，则进之可知；谮言言退，则不答可知。互文以见义。""下章'哀哉不能言'即承上'谮言'言之，……'哿矣能言'即承上'听言'言之"。

此诗亦为政治讽喻诗，可与《节南山》等篇对读。《节南山》说"我瞻四方，蹙蹙靡所骋"，此诗说"如彼行迈，则靡所臻"；《节南山》说"国既卒斩"，此诗说"斩伐四国"。又二诗皆呼天抢地，情绪显得非常沉痛。不过进一步比较，二诗在写法上、情调上又有不同。《节南山》写尹氏的种种罪行，逐步展开，意思比较集中，诗人的情绪渗透其中；此诗则或刺王，或责臣，或自伤，更以大臣们的做法与诗人自己来对比。《节南山》抨击执政大臣尹氏虽然非常尖锐，但对尹氏仍抱有希望，故虽忧心如焚，却不至于绝望。而此诗谴责大臣，诗人却看不到一丝希望，在最后的劝说也不被接受之后，只能是"鼠思泣血"，情绪更为凄惨悲切。从诗本文看作者应为携王的侍御近臣，熟知朝廷实情，故诗的内容甚为真切感人。

小旻

旻天疾威①，敷于下土②。谋犹回遹③，何日斯沮④？谋臧不从⑤，不臧覆用⑥。我视谋犹，亦孔之邛⑦！

潝潝訿訿⑧，亦孔之哀。谋之其臧⑨，则具是违⑩。谋之不臧，则具是依。我视犹谋，伊于胡底⑪？

我龟既厌⑫，不我告犹⑬。谋夫孔多⑭，是用不集⑮。发言盈庭⑯，谁敢执其咎⑰？如匪行迈谋⑱，是用不得于道⑲。

哀哉为犹，匪先民是程⑳，匪大犹是经㉑。维迩言是听㉒，维迩言是争㉓！如彼筑室于道谋㉔，是用不溃于成㉕。

国虽靡止㉖，或圣或否㉗。民虽靡膴㉘，或哲或谋㉙，或肃或艾㉚。如彼泉流，无沦胥以败㉛！

不敢暴虎㉜，不敢冯河㉝。人知其一㉞，莫知其他㉟。战战兢兢㊱，如临深渊㊲，如履薄冰㊳。

【注释】 ①旻（mín）：幽远。旻天：上天。疾威：暴虐。②敷：布。下土：与"旻天"相对而言，指人间。③谋犹：谋略，指政策。犹：通"猷"，《尔雅·释诂》："猷，谋也。"下"犹"同。"谋""犹"同义词连用。回遹（yù）：邪僻。④斯：犹"乃"。沮（jǔ）：终止，停止。⑤臧：善。从：依从。⑥覆：反，反而。⑦孔：很。邛（qióng）：病。以上两句是说，我看现在的政策，弊病很大。⑧潝（xī）潝：互相附和赞同的样子。《诗集传》："潝潝，相合也。"訿（zǐ）訿：互相诋毁的样子。《诗集传》："訿訿，相诋也。"⑨之、其：语助词。⑩具：同"俱"，全，都。是：宾语前置的标志。这，指谋。违：违背，违反。⑪伊：语助词。于：往。胡：何。底（zhǐ）：原作"底"，据阮元《校勘记》改。至，终。以上两句是说，我看现在的政策，要到什么程度才能终止？⑫龟：占卜用的龟甲。厌：厌烦。⑬不我告：即"不告我"。犹：道，办法。以上两句是说，频繁地占卜，神龟已经厌烦，不再把吉凶告诉我们了。⑭谋夫：谋臣。⑮是用："用是"的倒文，因此。下"是用"同。不集：不就，不成，即不能形成统一的意见。⑯盈：满。⑰执：持，承担的意思。咎：过失，罪过，这里指责任。⑱匪：彼。行迈：行走。"行""迈"为同义词连用，如《王风·黍离》"行迈靡靡"。谋：商量，请教。此句是说，如同与行中问路一样随便。⑲不得于道：弄不清正确的道路。⑳匪：非。下同。先民：古人。是：宾语前置的标志。程：效法。㉑大犹：大道，与下句"迩言"对举，当指"远谋"。经：行，遵循。马瑞辰《毛诗传笺通释》："经，朱彬谓当训行，是也。《孟子》'经德不回'，赵《注》：'经，行也。''匪大犹是经'犹云匪大道是遵循耳。遵、循皆行也。"㉒维：唯，只。迩言：浅近之言，指只为眼前打算的说法。㉓争：争论。此句是说，只是就浅近之言而争论。㉔筑室：建造房屋。㉕溃："遂"的假借，达到。以上两句是说，如同建造房屋而不断向行路之人征求意见，因此房屋也就建不成。㉖靡止：不大。《毛传》："靡止，言小也。"马瑞辰说："《传》以靡止为小，则止宜训大矣。《抑》诗'淑慎尔止'，《传》：'止，至也。'《尔雅》：'旺，大也。'《释文》：'旺，本又作至。'《易》'至哉坤元'，犹言'大哉乾元'也。止与至同义，至为大，则止亦为大矣。"㉗或：有的。圣：聪明睿智，通达事理，即"圣人"。否：指与圣者相反的糊涂人。㉘膴（wǔ）：大，多。㉙哲：聪明，指明于事理的人。谋：智谋，指善于谋划的人。㉚肃：恭敬严肃，指品德端正的人。艾："乂（yì）"的借字，治理，指有治理才能的人。㉛无：通"毋"，不要。沦胥：相率。以：连词，而。郑玄《笺》："王之为政者，当如原泉之流，行则清，无相牵率为恶以自浊败。"是说王为政应如泉水之流动常清，不要互相包纳引逗，酿成腐败，以至于灭亡。㉜暴虎：搏虎，不乘车打虎。《毛传》："徒搏曰暴虎。"《周易·贲卦》："舍车而徒。"《象传》："舍车而徒，又不乘也。"舍舟涉水曰冯河，舍车不用曰暴虎，义也相侔。参《郑风·大叔于田》注⑦。㉝冯（píng）河：徒步涉水过河。㉞其一：指"暴虎""冯河"。㉟其他：暗指国事。以上两句是说，人们都知道暴虎冯河的危险，而不知比暴虎冯河更危险的事。言外之意，暴虎冯河仅危及一身，而"谋犹回遹"则祸及国家，人们反而不知。㊱战战兢兢：恐惧戒慎的样子。㊲临：面临。如临深渊：《毛传》："恐队（坠）也。"㊳履：踏着。如履薄冰：《毛传》："恐陷也。"以上三句，诗人以为周王"谋犹回遹"的做法很危险，会导致国家灭亡，因而内心有深深的恐惧感。

【品评】 此诗是西周亡后不久二王并立时期，携王身边大臣讽刺携王不能采纳善谋的诗。《诗序》以为是幽王时诗，郑玄以为是厉王时诗，今人多从《诗序》。从诗中"国虽靡止"来看，似指携王朝偏安的状况。关于诗题，是因为《雅》诗中有两首诗开头都作"旻天疾威"，为加以区别，在前者称"小旻"，在后者称"召旻"。

此诗六章，层次清楚，主题鲜明。"谋犹回遹"为诗眼，首章提出，且贯穿全篇，吴闿生《诗义会通》说："此篇以'谋犹回遹'为主，而剀切反覆言之，最见志士忧国忠悃勃郁之忧。"第一、二章写朝廷"谋犹回遹"是因为王"谋臧不从，不臧覆用""臧则具违，不臧具依"，并表现出诗人对朝廷"谋犹回遹"的担心。第三、四章进一步说明不臧之谋不臧之所在：那是些不敢承担责任的人所说，他们既不能效法古人，也不遵循大道，只为眼前打算，因而他们的意见并不能使国家摆脱困境。第五章以退为进，申述第一、二章"谋臧"之意，说国虽不大、民虽不多，还是有各种各样的人才，他们完全可以提供好的对策，但王却不采纳。第六章指出"谋犹回遹"会祸及国家，而人们却不知，只有诗人内心充满了临渊履冰之感。从词句的使用来看，也是围绕"谋犹回遹"遣词抒怀的。全诗"谋"字出现了八次，"犹"字用了五次，可堪注意。

此诗在《诗经》政治讽喻中是形象色彩比较浓的一篇。说小人七嘴八舌的发理论，用"发言盈庭"形容；说小人空谈实际行不通，则用"如匪行迈谋，是用不得于道""如彼筑室于道谋，是用不溃于成"来比喻；说有益的建议不为采纳，则以"如彼泉流，无沦胥以败"来申述；末章更以

"不敢暴虎，不敢冯河"比喻当政者政治上的幼稚无知和目光短浅。"如临深渊，如履薄冰"更形象地表现出了诗人在这种政治环境中的惊惧与不安。此诗又多排比，"谋臧不从，不臧覆用"与"谋之其臧，则具是违。谋之不臧，则具是依"，"我视谋犹，亦孔之邛"与"我视谋犹，伊于胡底"，"如匪行迈谋，是用不得于道"与"如彼筑室于道谋，是用不溃于成"等，都给人以激情饱满之感。"维迩言是听，维迩言是争""不敢暴虎，不敢冯河""如临深渊，如履薄冰"等则是典型的排比句。排比手法的大量使用，不但增加了诗的形象色彩，也凸显了诗人的情绪。

从句式与章法来说，本诗整饬中有变化，也颇显行文之妙。第一章和第二章、第三章和第四章都有重章色彩，但同中有异。第五章"国虽靡止，或圣或否"与"民虽靡膴，或哲或谋，或肃或艾"是排比结构，但前者两句，后者三句，以见错综变化。从句式来看，以四言为主，又穿插有五言、六言、七言，造成了一种错落有致的效果。

小弁

弁彼鸒斯①，归飞提提②。民莫不穀③，我独于罹④。何辜于天⑤？我罪伊何⑥？心之忧矣，云如之何⑦？

踧踧周道⑧，鞫为茂草⑨。我心忧伤，惄焉如捣⑩。假寐永叹⑪，维忧用老⑫。心之忧矣，疢如疾首⑬。

维桑与梓⑭，必恭敬止⑮。靡瞻匪父⑯，靡依匪母⑰。不属于毛⑱，不离于里⑲。天之生我，我辰安在⑳？

菀彼柳斯㉑，鸣蜩嘒嘒㉒。有漼者渊㉓，萑苇淠淠㉔。譬彼舟流㉕，不知所届㉖。心之忧矣，不遑假寐㉗。

鹿斯之奔㉘，维足伎伎㉙。雉之朝雊㉚，尚求其雌。譬彼坏木㉛，疾用无枝㉜。心之忧矣，宁莫之知㉝！

相彼投兔^㉞，尚或先之^㉟，行有死人^㊱，尚或墐之^㊲。君子秉心^㊳，维其忍之^㊴。心之忧矣，涕既陨之^㊵！

君子信谗，如或酬之^㊶。君子不惠^㊷，不舒究之^㊸。伐木掎矣^㊹，析薪扡矣^㊺。舍彼有罪，予之佗矣^㊻。

莫高匪山，莫浚匪泉^㊼。君子无易由言^㊽，耳属于垣^㊾。无逝我梁，无发我笱。我躬不阅，遑恤我后^㊿。

【注释】　①弁（pán）：快乐。弁彼，即"弁弁"。鸒（yù）：寒鸦，比乌鸦小而腹下白。《毛传》："鸒，卑居。卑居，雅乌也。"孔颖达《疏》引郭璞《尔雅注》曰："雅乌小而多群，腹下白，江东呼为鵯（bēi）乌是也。"斯：语助词。②提提：结群而飞的样子。以上两句兴辞，诗人以鸟儿结群归巢，兴起自己无罪而被逐。③民：人。穀：善。指生活得好。④罹（lí）：忧患。⑤辜：罪。⑥伊：是。以上四句是说，人们都生活得很好，唯独我处于忧患之中。我对老天犯了什么罪？我的罪是什么？⑦云：语助词。如之何：怎么办。⑧踧（dí）踧：平坦貌。周道：大路。⑨鞫（jū）：原作"鞠"，据阮元《校勘记》改。阻塞不通。为：被。⑩怒（nì）焉：忧思伤痛的样子。如捣：一说像用杵舂击。孔颖达《疏》："怒焉悲闷，如有物之捣心也。"一说心病。《韩诗》作"疛（zhǒu）"，《说文》："疛，心腹疾也。""捣"为"疛"的借字。似前说更佳。⑪假寐：和衣而睡。永叹：长叹。⑫维：语助词。用：以，使得。此句是说，忧愁使人衰老。⑬疢（chèn）：热病。疾首：头痛。以上几句，宋人范处义《诗补传》卷十九解释说："凡忧之状，外则年未至而先老，内则如有病在头目，言其痛切也。"⑭维：语助词。桑与梓：桑树与梓树。是古人宅边常种的树木。曾运乾《毛诗说》："按桑梓必在里居，后遂称桑梓为乡里耳。"⑮恭敬：桑树、梓树为父母所栽，见物思其人，必对其恭敬。止：之，指"维桑与梓"。⑯靡：无。瞻：敬仰。匪：非。⑰依：依恋。以上两句是说，作为儿子的没有不敬仰父亲、依恋母亲的。⑱属：连着。毛：诗以裘衣为喻，毛在外，指父亲，里在内，指母亲。⑲离：原作"罹"，据阮元《校勘记》改。通"丽"，附着。以上两句是说，自己既被父亲驱逐，又不能依附母亲。⑳辰：时。指时运。以上两句，朱熹《诗集传》解释说："无所归咎，则推之于天曰：岂我生时不善哉？何不祥至是也？"㉑菀（wǎn）：茂盛的样子。菀彼，即"菀菀"。㉒蜩（tiáo）：蝉。嘒（huì）嘒：蝉鸣声。㉓有漼（cuǐ）：即"漼漼"，水深的样子。㉔萑（huán）：荻，亦即蒹。参见《七月》注释。苇：芦苇。淠（pèi）淠：茂盛的样子。以上四句，郑玄《笺》："柳木茂盛则多蝉，渊深而旁生萑苇，言大者之旁无所不容。"暗示诗人不见容于父亲。㉕舟流：随水漂流的船。㉖届：至。以上两句是说，自己流浪在外，就像随水漂流的船只，不知到哪里。㉗遑：暇。不遑，顾不上。以上两句，朱熹解释说："是以忧之之深，昔犹假寐而今不暇也。"㉘斯：语助词。㉙伎（qí）伎：疾行貌。马瑞辰《毛诗传笺通释》："是伎伎实速行之貌。……诗言'维足伎伎'，盖言鹿善从其群，见前有鹿则飞行以奔之，与雉求其雌取兴正同。"㉚雉（zhì）：野鸡。朝：早晨。雊（gòu）：野鸡叫声。此四句以鹿奔求群，雉鸣求雌，说明动物尚知爱其亲，以反衬父母对自己没有骨肉情谊。㉛坏："瘣（zhì）"的借字，指树生树瘤。㉜疾：即上"坏"。用：以，因。此句是说，生树瘤的树，因为病而没有树枝。㉝宁：竟，乃。知：了解。㉞相：视。投兔：投进捕兔网的兔子。㉟尚：尚且。或：有人。先：放开。马瑞辰："《广雅》：'先，始也。'义与开近。《礼记》'有开必先'，先即所以开之也。"㊱行：道路。㊲墐（jìn）：埋葬。㊳君子：指诗人父亲。秉心：持心，存心。㊴维其：何其。忍：残忍，狠心。之：语气词。以上两句是说，父亲存心何等残忍。意思是说父亲没有慈爱之心。㊵涕：眼泪。既：已经。陨：坠，落下。㊶或：有人。酬：敬酒。以上两句，朱熹解释说："惟谗是听，如受酬爵，得即饮之。"㊷惠：爱。㊸舒：缓，慢慢地。究：考察。以上两句，朱熹说："曾不加惠爱，舒缓而究察之。夫苟舒缓而究察之，则谗者之情得矣。"㊹掎（jǐ）：牵引。胡承珙《毛诗后笺》："《说文》：'掎，偏引也。'盖仆大木者，以绳系其巅，徐而引之，防其骤蹶也。"㊺析薪：劈柴。扡（chǐ）：原作"拖"，据阮元《校勘记》改。顺着木材的纹理劈柴。以上两句，朱熹说："伐木尚倚其巅，析薪者尚随其理，皆不妄挫折之。

今乃舍彼有罪之谮人，而加我以非其罪，曾伐木析薪之不若也。"⑯予：我。佗（tuó）：加给。陈奂《诗毛氏传疏》："佗、加叠韵，俗字作'驼'，《说文》：'佗，负何也。'"⑰浚：深。以上两句，胡承珙解释说："此言无高而非山，无浚而非泉，山高泉深莫能穷测也，以喻人心之险犹夫山川。君子苟轻易其言，属耳者必将迎合风旨而交构其间矣。"⑱无易：不要轻易。由：于。言：讲话。⑲属：连着，此引申为贴着、靠着。垣（yuán）：墙。⑳以下四句见《邶风·谷风》注释。

【品评】　这是周幽王太子宜臼被幽王放逐而倾诉愁怨的诗。

方玉润《诗经原始》评此诗为"情文兼到之作"。全诗反复申述被放之由和见逐之苦，沉痛哀怨，如泣如诉，真实地反映了诗人被逐后的感情和心态。诗中几乎句句不离"忧"字。而第一、二、四、五、六章皆以"心之忧矣，××××"的句式结尾，在反复咏叹中，也突出了诗人愁苦万状的情态。

此诗大量运用比兴手法，而且兴中有比，或正或反，细腻地表达出了诗人的心态。第一章诗人以鸟儿结群归巢，兴起自己无罪而被逐。第二章以昔日平坦的大道被茂盛的野草阻塞，暗示自己被逐后走投无路的情形。第三章以对桑、梓的恭敬来凸显诗人对父母的孝敬，是正比。又以裘衣之毛、里，来比自己失去父母之爱，是反比。第四章"菀彼柳斯"四句，是兴词，也是诗人流浪所见，以垂柳、潭水之有容，暗示自己不见容于父亲。又自比水中漂浮的小舟，形容自己不知所归。第五章以鹿奔求群、雉鸣求雌，说明动物尚知爱其亲，以反衬父亲对自己没有骨肉情谊。再以坏木无枝自比，感慨自己的孤独憔悴。第六章以人们释放落网的兔子、掩埋路旁的死人，与父亲残忍地驱逐自己对比。第七章又以伐木要用绳子牵引、劈柴要顺着纹理，来反衬父亲不察事理、偏听偏信。第八章以山高泉深难以穷测，来暗示小人之心险恶。"无逝我梁，无发我笱"可能是当时俗语，诗人用来警告继任为太子者不要随便乱动自己的东西，也比较贴切。故比兴手法贯穿全篇，显得异常丰富。这些比兴句的使用，不仅表现出诗人复杂的心绪，而且增强了诗歌的形象色彩。

此诗章法也颇为精巧。第三章为全诗中心，写诗人失去父母之爱后的无所归依，点明主题。其他各章皆围绕此章来写。第一章言"民莫不榖，我独于罹。何辜于天？我罪伊何"，写自己处于祸患，写自己之无罪，但所遭何患，却没有明说，为第三章的点题造势。第二章承第一章反复倾诉内心之忧，但忧之为何却仍不说破。第三章以后，顺势而下，反复申述被放逐的原因和由此造成的内心痛苦。对被放逐原因的分析也是不断深入，先说父亲无容、残忍，又说父亲信谗、不究事理，再说父亲易言、小人无孔不入。分析得入情入理，对父亲的责怨也越来越重。故方玉润评此诗："全诗大旨，此章（三章）尽之。馀不过反覆申言被放之由及见逐之苦。……至其布局精巧，整中有散，正中寓奇，如握奇率；然离奇变幻，令人莫测。"

巧言

悠悠昊天①，曰父母且②。无罪无辜，乱如此幠③。昊天已威④，予慎无罪⑤。昊天大幠⑥，予慎无辜。

乱之初生，僭始既涵⑦。乱之又生，君子信谗⑧。君子如怒，乱庶遄沮⑨。君子如祉⑩，乱庶遄已⑪。

君子屡盟⑫，乱是用长⑬。君子信盗⑭，乱是用暴⑮。盗言孔甘⑯，乱是用餤⑰。匪其止共⑱，维王之邛⑲。

奕奕寝庙⑳，君子作之。秩秩大猷㉑，圣人莫之㉒。他人有心㉓，予忖度之㉔。跃跃毚兔㉕，遇犬获之㉖。

荏染柔木㉗，君子树之㉘。往来行言㉙，心焉数之㉚。蛇蛇硕言㉛，出自口矣。巧言如簧㉜，颜之厚矣㉝。

彼何人斯㉞，居河之麋㉟。无拳无勇㊱，职为乱阶㊲。既微且尰㊳，尔勇伊何㊴？为犹将多㊵，尔居徒几何㊶？

【注释】①悠悠：遥远的样子。昊天：广大的天。②曰、且（jū）：皆语助词。③乱：祸乱。憮（hū）：大。以上四句的意思是，高高在上的老天啊，父母啊，我并没有什么罪过，为什么让我遭受如此大的祸乱。④已：太，甚。威：暴虐。⑤慎：诚，确实。⑥大：原作"泰"，据阮元《校勘记》改。憮：引申为傲慢。⑦僭（jiàn）："譖（zèn）"的假借，谗言。涵：容纳，接受。马瑞辰《毛诗传笺通释》："谓言未信而姑容之也。"⑧君子：指周王。以上四句，朱熹《诗集传》解释说："言乱之所以生者，由谗人以不信之言始入，而王涵容不察其真伪也。乱之又生者，则既信其谗言而用之矣。"⑨庶：庶几。遄（chuán）：疾，很快。沮（jǔ）：止，终止。这两句是说，君子见谗人如怒斥之，则祸乱差不多可以终止。⑩祉（zhǐ）：喜，此指喜纳忠言。马瑞辰："祉与怒相对成文，从朱子《集传》训喜为是。"⑪已：止，终止。⑫屡盟：指周王与诸侯屡次订盟。盟多则无信。《左传·桓公十二年》引君子曰："苟信不继，盟无益也。《诗》云：'君子屡盟，乱是用长。'无信也。"⑬是用：是以，因此。长：增长。⑭盗：盗贼，此指谗人。⑮暴：猛烈。⑯盗言：指谗人之言。孔甘：很甜美。⑰餤（tán）：本义为进食，引申为增多、加剧。⑱匪：非。其：指谗人。止，容止。共：通"恭"，恭敬。⑲邛（qióng）：病，祸患。以上两句的意思是，谗人毕恭毕敬，并不是真的，他们是周王的祸患。⑳奕奕：高大的样子。寝庙：古代帝王的宗庙。《礼记·月令》"寝庙必备"郑玄注："凡庙，前曰庙，后曰寝。"孔颖达《疏》："庙是接神之处，其处尊，故在前。寝，衣冠所藏之处，对庙为卑，故在后。"㉑秩秩：高明多智的样子。大猷（yóu），大道，指治国之礼法。㉒莫："谟"的假借，谋划。㉓他人：指谗人。有心：指制造祸乱之心。㉔忖度（cǔnduó）：揣测。㉕跃（tì）跃：同"趯（tì）趯"，跳跃貌。毚（chán）兔：狡兔。㉖遇：通"虞"，大。马瑞辰："遇犬盖田犬之名，《尔雅释文》引《广雅》，以殷虞为良犬名，盖谓殷之良犬名虞，犹晋獒、韩卢之比。犬之大者名獒，虞亦大也。虞、遇双声，遇当即虞之假借"。胡承珙引戴溪《续吕氏家塾读诗记》解释此章说："四章言国家宗庙宫室故在，皆君子之为也；典章法度具存，皆圣人之定也。彼谗人者将有心破坏之，我安得不忖度其故？忖度之，则情状得，譬如狡兔之跃，遇犬则获矣。"㉗荏（rěn）染：柔弱的样子。柔：善。马瑞辰："《传》以柔木为椅、桐、梓、漆，而《笺》以善木申释之，盖读柔如'柔嘉维则'之柔，柔即善也，非泛言柔弱之木。"㉘树：栽种。㉙往来：传来传去。行：道路。行言，流言。㉚心：指诗人之心。焉：语助词。数：计算，此引申为辨别、分辨。㉛蛇（yí）蛇：欺诈的样子。硕言：大话。郑玄《笺》："硕，大也。大言者，言不顾其行，徒从口出，非由心也。"㉜巧言：谄媚的话。簧：乐器中用以发声的片状振动体，亦指笙、簧之类的乐器。此句是说，花言巧语就像吹笙簧那么动听。㉝颜之厚：脸皮厚，即不知羞耻。㉞何人：什么人。孔颖达《疏》："言何人者，不识而问之辞。此既谮己，不是不识，而曰何人者，贱而恶之，作不识之辞。故曰何人。"斯：语助词。㉟麋（mí）："湄（méi）"的假借，水边。㊱拳：力气。《毛传》："拳，力也。"㊲职：主，专。阶：阶梯。以上两句，郑玄《笺》解释说："言无力勇者，谓易诛除也。职，主也。此人主为乱作阶，言乱由之来也。"㊳微："癓（wēi）"的假借，小腿生疮。尰（zhǒng）：足肿。㊴伊：语助词。㊵犹：通"猷"，欺诈。将：且。此句马瑞辰解释说："'为犹将多'言其为欺诈且多也。"㊶居：语助词。徒：徒众，指同伙。此句马瑞辰解释说："'尔居徒几何'即言尔徒几何也。"

【品评】 此诗谴责周王听信谗言以致造成祸乱。《诗序》："《巧言》，刺幽王也。大夫伤于谗，故作是诗也。"与诗意相合。

此诗六章，层次分明，又有中心一以贯之。全诗以"乱"字为核心，通过周王、谗人、谗言、祸乱四者关系的揭示，谴责周王、抨击谗人。胡承珙《毛诗后笺》说："此诗前三章八言'乱'字，末复结以'乱阶'，自是一篇纲领。"第一章以呼天、呼父母领起，点出"乱如此幠"，又自伤遭谗受害。第二章、三章具体辨析，谗人敢于进谗，是因为周王不辨是非。如果周王怒斥谗人、进用忠言，那么祸乱是可以止息的。但由于周王听信谗言，不悔改，祸乱越来越厉害。又分析周王之所以听信谗言，是因谗言看起来很动听，所以不断接纳，祸乱也就越来越厉害。诗人一针见血地指出，谗人毕恭毕敬，那都是假的，他们实际是祸乱的根源。第四章说，谗言者之用心一清二楚，他们若遇到贤明的君主，只有死路一条。言下之意周王昏聩，以关合前两章，并引起后两章对谗人的抨击。第五章痛斥谗人说大话骗人，厚颜无耻。第六章讽刺谗人丑恶无能，且指出其同伙并不多，意思是谗人是容易除去的。宋人吕祖谦《吕氏家塾读诗记》卷二十一说："非特贱谗人之辞，盖言其本易驱除，特王不悟耳。"则本诗独在于揭露，实也有促王清醒、除奸去乱的意思在内。

从章法来看，此诗也颇为细密。如第一章前四句为总述；后四句为分述。第二章"乱之初生，僭始既涵"与"乱之又生，君子信谗"程度上递进，"君子如怒，乱庶遄沮"与"君子如祉，乱庶遄已"正反成意，而前四句与后四句又是从正、反两方面来说的。第四章前四句与"他人有心，予忖度之"也是对比关系。《诗集传》："奕奕寝庙，则君子作之。秩秩大猷，则圣人莫之。以兴他人有心，则予得而忖度之。而又以跃跃毚兔，遇犬获之比焉。反覆兴比，以见谗人之心，我皆得之，不能隐其情也。"

此诗语言尖锐泼辣，愤怒之情溢于言表。"跃跃毚兔，遇犬获之"，指出若有明君，谗人绝没有好下场；"巧言如簧，颜之厚矣"更直接痛斥谗人不知羞耻；"无拳无勇"以下六句说谗人无勇无能，卑鄙丑陋，充满蔑视的味道。可谓激情喷涌、不可遏止，喜怒笑骂，皆成文章。

巷伯

萋兮斐兮①，成是贝锦②。彼谮人者③，亦已大甚④！
哆兮侈兮⑤，成是南箕⑥。彼谮人者，谁适与谋⑦？
缉缉翩翩⑧，谋欲谮人。慎尔言也⑨，谓尔不信⑩。
捷捷幡幡⑪，谋欲谮言。岂不尔受⑫？既其女迁⑬。
骄人好好⑭，劳人草草⑮。苍天苍天！视彼骄人，矜此劳人⑯！

彼谮人者，谁適与谋？取彼谮人，投畀豺虎⑰。豺虎不食，投畀有北⑱。有北不受，投畀有昊⑲。

杨园之道⑳，猗于亩丘㉑。寺人孟子㉒，作为此诗㉓。凡百君子㉔，敬而听之㉕！

【注释】①萋斐（qīfěi）：文采交错的样子。陈奂："文章为斐，文章相错为萋。萋斐双声为训。《说文》：'緀，帛文貌。'引《诗》'緀兮斐兮'。……緀本字，萋假借字。"②成：指织成。贝：一种软体动物，有坚硬的壳，壳上多有花纹。贝锦，有类似贝壳花纹的锦缎。以上两句是兴，以女工巧于织锦，比喻谗佞小人巧于罗织别人的罪状。③谮（zèn）：毁谤，说别人的坏话。④已：语助词。大甚：太甚，太过分。以上两句是说，说别人坏话的那些人，他们太过分了。⑤哆（chǐ）：张口。侈（chǐ）：大。⑥南箕：即箕星，在南方，所以称南箕。南箕四星，呈梯形，形似簸箕，所以名之"箕"。古人认为箕主口舌，故用来比谗者。⑦適（dí）：当。于省吾《泽螺居诗经新证》："按適、敵古通，……《尔雅·释诂》：'敵，当也。'……'谁適与谋'，言当谁与谋也。"意思是说，谁是主谋。⑧缉（qī）缉：即"咠（qì）咠"的假借，窃窃私语的样子。《说文》："咠，聂语也。""聂，附耳私小语也。"翩翩：即"谝谝"之假借，花言巧语的样子。《说文》："谝，便巧言也。"马瑞辰说："《诗》言缉缉者，言之密也；翩翩者，言之巧也。"⑨慎：谨慎。尔：指谮人者。⑩谓：认为。信：真实。以上两句是谮人者密谋的话。他们彼此告诫说："你说话要谨慎些，免得泄露出去，人家认为你不真实。"⑪捷捷：即"倢（jié）倢"的假借，多言善说的样子。幡（fān）幡：反复翻动的样子。⑫岂不尔受：即"岂不受尔"，谓哪里会不相信你。⑬既：终于。女：同"汝"。迁：变易。"既其女迁"即"既其迁汝"，曾运乾《毛诗说》："言暂时岂不受汝之谮而憎恶他人，既而知汝言不实，将转移其憎恶他人之心而憎恶于汝也。"⑭骄人：指谮人者。小人得志而骄，故曰"骄人"。好好：得意的样子。⑮劳人：忧伤的人，指被谮者。草草：即"慅（cǎo）慅"的假借，忧愁的样子。⑯矜（jīn）：怜悯。

⑰投：丢弃。畀（bì）：给予。豺（chái）：猛兽，似狼而体稍瘦，毛为茶褐色或灰黄色。⑱有：名词词头，下"有昊"同。有北，北方寒凉不毛之地。⑲有昊：指昊天。郑玄《笺》："付与昊天，制其罪也。"⑳杨园：园名。道：道路。㉑猗（yī）：加。亩丘：丘名。以上两句兴，朱熹说："杨园，下地也。……亩丘，高地也。寺人，内小臣，盖以谗被宫而为此官也。杨园之道，而猗于亩丘，以兴贱者之言，或有补于君子也。"㉒寺人：阉人，后世称宦官。孟子：诗人自称。㉓作为：制作，写作。陈奂："为亦作也，'作为此诗'言作此诗也。"㉔凡：所有的。百：虚数，众多的意思。君子：指在位者。㉕敬：慎重。

【品评】 这是寺人孟子被小人陷害而惨遭宫刑，发泄愤怒的一首诗。诗言"寺人孟子，作为此诗"，点明了作者。

此诗作者因受小人陷害，故对谮人者深恶痛绝。通篇言辞激烈，愤怒情绪流泻而出，不可遏止。究竟因何事而被陷害，诗人受到何等程度的伤害，诗中未言及。诗人是一个寺人，即受过宫刑的。是否他的被施以宫刑即同此有关？不得而知，但诗人对谗佞之人的痛恨，溢于字里行间。本诗首章揭露谮人者巧于罗织罪状，搬弄口舌，用心险恶，厌恶之情也显而易见。又诘问其主谋者，欲声讨之。第三章、四章先描摹谮人者密谋害人、言语反复的丑态。又警告谮人者，谎言总有一天会被揭穿，谮人者终究也会自食其果。第五章对比，写坏人得意、好人忧伤痛苦，希望苍天有眼。据当时以天比王的习惯，言外之意可知。故第六章奋声疾呼，欲其速死而后快。孔颖达《疏》："言不食、不受者，恶之甚也。故《礼记·缁衣》曰'恶恶如《巷伯》'，言欲其死亡之甚。"第七章点明作诗原因，告诫在位者要对自己的遭遇吸取教训，警惕谮人者。全诗颇有感情力度，表达痛快。姚际恒《诗经通论》说："刺谗诸诗无如此之快利，畅所欲言。"

但全诗并非一味质言疾呼，而以形象的比喻和生动的描写来传达情意。此诗刻画了谮人者的丑态："萋兮斐兮，成是贝锦"，以女工巧于织锦，比喻谗佞小人巧于罗织罪状。"哆兮侈兮，成是南箕"，比喻谮人者像箕星一样，惯于搬弄口舌，造谣中伤他人。"缉缉翩翩""捷捷幡幡"，用描摹形态的语言，表现出谮人者密谋害人时鬼鬼祟祟的样子。"骄人好好，劳人草草"，以对比表现出谮人者诡计得逞后，骄横跋扈、喜形于色的小人模样。通过这样形象化的语言，表达出了诗人的厌恶之情。

《巷伯》揭露黑暗、控诉不公、斥责丑恶，表现出诗人嫉恶如仇的斗争精神，此在《史记》中也多有体现。而进一步说，诗人耿直、无畏的品格也与司马迁有相似之处。

蓼莪

蓼蓼者莪[①]，匪莪伊蒿[②]。哀哀父母[③]，生我劬劳[④]。

蓼蓼者莪，匪莪伊蔚[⑤]。哀哀父母，生我劳瘁[⑥]。

瓶之罄矣[⑦]，维罍之耻[⑧]。鲜民之生[⑨]，不如死之久矣[⑩]！无父何怙[⑪]？无母何恃[⑫]？出则衔恤[⑬]，入则靡至[⑭]！

父兮生我，母兮鞠我[⑮]。拊我畜我[⑯]，长我育我[⑰]，顾我复我[⑱]，出入腹我[⑲]。欲报之德[⑳]，昊天罔极[㉑]！

南山烈烈[㉒]，飘风发发[㉓]。民莫不穀[㉔]，我独何害[㉕]！

南山律律，飘风弗弗。民莫不穀，我独不卒[㉖]！

【注释】①蓼（lù）蓼：长大的样子。莪（é）：蒿的一种，俗名抱娘蒿。叶为羽状全裂，叶片线形，嫩叶可食。②匪：非。伊：是。马瑞辰《毛诗传笺通释》说：莪"常抱宿根而生，有子依母之象，故诗人借以取兴。李时珍云：'莪抱根丛生，俗谓之抱娘蒿是也。'蒿与蔚皆散生，故诗以喻不能终养。"③哀哀：悲伤悔恨的叹词。④劬（qú）劳：劳苦。以上两句，孔颖达《疏》解释说："既不得终养，又追而为恨，言可哀之，又可哀我父母也，其生长我也，其病劳矣。今又不见其亡，所以深恨。"

⑤蔚：蒿的一种，又名牡蒿。茎高二三尺，叶互生，秋初开褐色小花，干茎可燃烟驱蚊。⑥劳瘁（cuì）：劳累。⑦瓶：盛酒或水的器具。罄（qìng）：空、尽。⑧维：是。罍（léi）：也是盛酒或水的器具，瓶小罍大。罍中储水，用瓶挹取。若瓶无水可取，则是罍的失职。诗人以此为喻说明子应供养父母。父母若贫困无生活来源，乃是子的羞耻。⑨鲜民：孤子。鲜，寡，孤独。胡承珙《毛诗后笺》：“《传》以‘鲜’为‘寡’者，盖‘鲜民’犹言‘孤子’，即下‘无父’‘无母’之谓。”⑩久：早。以上两句是说，孤子活着没意思，不如早死。⑪怙（hù）：依靠。⑫恃：依靠。⑬出：出门。衔：含。恤（xù）：忧愁。⑭入：进门。靡至：无所归。因失去父母，所以虽有家而感觉无家。以上几句，范处义《诗补传》卷十九概括说：“……皆以不见父母，故不以生为乐也。”⑮鞠：生育。以上两句互文见义，言父母生养了我。以下数句皆就父母双方说。⑯拊：通“抚”，抚摸。畜：爱。⑰长（zhǎng）：喂养。育：培育。⑱顾：回头看。复：反复，意为反复看。这句以父母具体的动作来表现对儿子的疼爱。⑲腹：怀抱。⑳之：其，指父母。㉑罔极：没有准则。指父母去世。王引之《经义述闻》卷六：“昊天罔极，犹言昊天不傭、昊天不惠，朱子所谓‘无所归咎而归之天也’。”㉒烈烈：山高峻的样子。下“律律”同。㉓飘风：暴风。发（bō）发：寒风凛冽。下“弗弗”同。㉔穀：善，幸福，指能赡养父母。㉕何：负担，承受。郭晋稀《诗经蠡测》：“今以为‘何’即‘负何’之‘何’，《说文》：‘何，儋也。’诗用‘何’字本义，‘何害’谓‘儋何（今言负担）祸害’也。”害：祸害，指父母去世。㉖卒：终。指终养父母。郑玄《笺》：“我独不得终养父母，重自哀伤也。”

【品评】 这是在外服役者悼念父母的诗。诗人哀叹父母辛辛苦苦地养育了自己，当父母有病之时，自己却不能侍候；没有来得及报答，父母已经离开人世，于是诗人感到深深自责。方玉润《诗经原始》说：“此诗为千古孝思绝作，尽人能识。……固不必问其所作何人，所处何世，人人心中皆有此一段至性至情文字在，特其人以妙笔出之，斯成为一代至文耳！”

此诗起二句用了在人民群众中有着很深的民俗基础的意象来起兴，因而易使人动情。下面"哀哀"二字重叠，凸显出诗人的无限悲痛。"瓶之罄矣，维罍之耻"，也以日常生活之物为喻，言父母不得终养，是儿子的耻辱，而深深自责。"鲜民之生"以下六句言由于父母亡故，自己孤零零地活在世上，聊无生趣。第四章写父母抚育自己的艰辛，连用九个"我"字，声调急促，如泣如诉。铺排越繁，诗人的自责也就越深，故姚际恒《诗经通论》说："勾人眼泪全在此无数我字"。方玉润分析第四、五两章也说："备极沉痛，几于一字一泪，可抵一部《孝经》读。"末二章以山之高峻险阻、风之狂暴猛烈兴起对自己遭遇的哀叹。而山之高峻险阻、风之狂暴猛烈自是心象，给诗人的感受是，父母去世，世界顿时失去了绚烂的色彩，变得阴暗、险恶。"民莫不穀，我独何害"，以夸张的手段强调自己失去父母的不幸。

《诗序》说此诗主题为"民人劳苦，孝子不得终养"。虽然无据，但合于诗意。郑玄《笺》："不得终养者，二亲病亡之时，时在役所，不得见也。"这是联系西周末年至春秋初年形势所作推度之词。诗人父母病故之时诗人不在其身边，是诗人难以忘怀的，也是他痛恨自己的原因。孔颖达《疏》说："亲病将亡，不得扶侍左右，孝子之恨，最在此时。"故诗人反复诉说不得终养的遗憾，自怨自责，情绪异常浓烈，方玉润"千古孝思绝作""一代至文"之评并非虚语。朱熹《诗集传》："晋王裒以父死非罪（哀父王仪为司马昭所杀），每读诗至'哀哀父母，生我劬劳'，未尝不三复流涕，受业者为废此篇。诗之感人如此。"

此诗的魅力自在其感人肺腑的情绪，单从章法、表达方式来看，也有特色。首尾各两章重章，皆用兴，前说父母劬劳，后说人子不孝，遥遥相对。中间两章，一写无亲之苦，一写育子之艰。前者承"哀哀父母"，后者承"生我劬劳"。整首诗显得非常紧凑。诗人又使用了多种表现手法，从不同角度表现自己的情绪。除兴辞、比喻、叠词、夸张，又有铺排，排比句在意义上又有变化。胡承珙："首二句'生我''鞠我'自指初生之时，……以下三句六'我'字皆相对为义。……至'出入腹我'，乃承上而总言之。"

可见其结构之严谨有法。

大 东

有饛簋飧①，有捄棘匕②。周道如砥③，其直如矢④。君子所履⑤，小人所视⑥。睠言顾之⑦，潸焉出涕⑧。

小东大东⑨，杼柚其空⑩。纠纠葛屦⑪，可以履霜⑫。佻佻公子⑬，行彼周行⑭。既往既来⑮，使我心疚⑯。

有冽氿泉⑰，无浸获薪⑱。契契寤叹⑲，哀我惮人⑳。薪是获薪㉑，尚可载也㉒。哀我惮人，亦可息也㉓。

东人之子㉔，职劳不来㉕。西人之子㉖，粲粲衣服㉗。舟人之子㉘，熊罴是裘㉙。私人之子㉚，百僚是试㉛。

或以其酒㉜，不以其浆㉝。鞙鞙佩璲㉞，不以其长。维天有汉㉟，监亦有光㊱。跂彼织女㊲，终日七襄㊳。

虽则七襄，不成报章㊴。睆彼牵牛㊵，不以服箱㊶。东有启明，西有长庚㊷。有捄天毕㊸，载施之行㊹。

维南有箕㊺，不可以簸扬㊻。维北有斗㊼，不可以挹酒浆㊽。维南有箕，载翕其舌㊾。维北有斗，西柄之揭㊿。

【注释】 ①有饛（méng）：即"饛饛"，食物盛得很满的样子。簋（guǐ）：古代盛食物的器具，圆口，两耳，或四耳，方座，有的带盖。青铜或陶制。飧（sūn）：熟食。②有捄（qiú）：即"捄捄"，长而弯曲的样子。棘：酸枣木。匕（bǐ）：勺子或羹匙之类。棘匕，酸枣木做的勺子。以上两句兴辞，以精美的食器、丰盛的食物兴起下东国被搜刮殆尽。③周道：大道。指通往西周京畿的道路。砥（dǐ）：磨刀石。④矢：箭。此指箭杆。⑤君子：指西周贵族。履：行走。⑥小人：指东方诸侯国的人民。⑦睠（juàn）言：

睘然，回头看的样子。⑧潸（shān）焉：流泪的样子。涕：眼泪。以上两句朱熹《诗集传》解释说："今乃顾之而出涕者，则以东方之赋役，莫不由是（周道）而西输于周也。"⑨小东大东：指东方各诸侯国。离周京远的称大东，近的称小东。清人惠周惕《诗说》卷下："小东大东，言东国之远近也。《鲁颂》'遂荒大东'，《笺》云：'极东也。'《周礼·大司徒》'以土圭之法测土深、正日景……日东则景夕多风'，《注》：'谓大东近日也。'……远言大，则近言小又可知矣。"一说指东方大小诸侯国，亦通。⑩杼（zhù）：织布机上的梭子。柚（zhóu）："轴"的借字，织布机上放置经线的部件。这里用杼、柚代指织布机上的布帛。意思是说，东国的布帛已经被搜刮一空。⑪纠纠：绳索缠绕的样子。葛屦（jù）：用葛布制成的鞋，夏季所穿。⑫可："何"的假借。履：踩。这两句是说东周之人的贫困，寒冬尚着夏季之履劳作。⑬佻（tiāo）佻：轻薄的样子。公子：指西周贵族。⑭周行（háng）：即上周道、大道。⑮既往既来：是说西周贵族来来往往，川流不息。意思是指不断地到东国来搜刮。⑯疚（jiù）：忧虑，痛苦。⑰有冽（liè）：即"冽冽"，寒凉的样子。氿（guǐ）泉：从旁侧流出的泉水。⑱获薪：已砍下的柴。以上两句兴辞，苏辙《诗集传》卷十一解释说："薪已艾矣，而复浸之，则腐。民已劳矣，而复事之，则病。"⑲契契：忧苦的样子。寤叹：不能入睡而叹息。⑳惮（dàn）："瘅"的假借，劳苦。㉑薪是获薪：即以"是获薪"为薪。上"薪"字意动用法。是，指代"获薪"。陈奂《诗毛氏传疏》怀疑上"薪"字为"浸"字声误。㉒尚：尚且，还。载：装载。㉓亦：也。可：应当。息：歇息。以上两句是说，可怜我们这些劳苦的人，也该让我们休息了。陈奂说："'亦可息'当作'不可息'，与《东山》篇'不可畏也'，俗本作'亦可畏也'其误正同。此承上文反覆言之，彼泉浸之刈薪尚可载乎车，哀哉我东国劳人不能止息而自休也。若作'亦可息'则与'哀我劳人'文不相承矣。"似优于前说。㉔东人：东方人，即东方诸侯国之人。子：子弟。㉕职：主，从事。劳：服劳役。来：通"勑（lài）"，慰劳。此句是说，只服劳役而得不到慰劳。㉖西人：西方人，即周人。㉗粲粲：华丽的样子。㉘舟人：周代的一个显族。《国语·郑语》："秃姓舟人，则周灭之矣。"韦昭注："秃姓，彭祖之别；舟人，国名。"《吕氏春秋·恃君》："舟人、送龙、秃人之乡多无君。"又《韩诗外传》卷四第十六章言周文王"超然乃举太公于舟人而用之。"则舟人本为太公姜尚所在氏族，西周初年，舟人国被灭，其遗民因姜尚的原因成为显族。㉙罴（pí）：熊的一种。体高大，毛呈褐色，也叫人熊或马熊。裘："求"的借字，搜求。熊罴是求，指田猎。田猎是贵族玩乐享受之事。㉚私人：指西周贵族的家臣。㉛百僚：百官。试：任用。以上两句是说，周贵族的家臣子弟都被派到东方，任命为各种官。㉜或：这里表示随意举例。以：用。㉝浆：一种用酿糟做成的饮料，味微酸。也指水或其他汁液。这里指酒的汁液。以上两句是说：人们是据其酒味而饮用，不是为了它当中的浆水而嗜之。㉞鞙（juān）鞙：形容玉之美。璲（suì）：同"瑞"，宝玉。以上三句及下句，朱熹《诗集传》解释说："言东人或馈之以酒，而西人曾不以为浆。东人或与之以鞙然之佩，而西人曾不以为长。"㉟维：语助词。汉：天汉，即天河，又称银河。㊱监：通"鉴"，镜子。以上两句是说，银河像镜子一样也有光亮，却不能用来照人。㊲跂（qí）：通"歧"。分歧；呈三角形。织女星有三颗星，呈三角形。㊳终日：整日。七襄：七次移动位置。襄，更，指变更位置。从旦至暮，自卯时到酉时，共七个时辰，织女星每一个时辰在天上易位一次。㊴报：反复，指梭引线反复织布。章：文章，指布匹上的花纹。报章，指布帛。㊵睆（wǎn）：原作"皖"，据阮元《校勘记》改。明亮的样子。牵牛：星名，亦由三颗星组成。在银河东，与织女星隔河相望。㊶服：负，指牛驾车。箱：车箱，此代指车。㊷启明、长庚：都是金星的别名。金星早晨在东方先日而出，所以叫"启明"；傍晚在西方后日而入，故叫"长庚"。庚，继续。郑玄《笺》："启明、长庚皆有助日之名，而无实光也。"㊸天毕：星名。共八星，因形似猎兔的毕网而得名。毕网有曲而长的柄，所以用"有捄"来形容。㊹载：则。施：张设。行（háng）：道路，指天空。毕是一种拿在手里捕兔的小网，现在张在天空，当然无用。㊺箕：星名，共四星，形似簸箕。㊻簸扬：上下颠动簸箕，扬去谷米中的糠皮或杂物。㊼斗：指箕星之北的南斗星。南斗由六颗星组成。马瑞辰《毛诗传笺通释》："凡箕斗连言者皆为南斗。王观察（念孙）曰：'南斗之柄常向西而高于魁，故经言"西柄之揭"。若北斗之柄，固不常西，即指西亦不得云揭。'其说是也。"㊽挹（yì）：舀取。㊾翕（xī）：吸取。箕星的形状口大底狭，似向内吸引其舌，仿佛有所吞噬。此句比喻西人对东人的搜刮。㊿西柄：柄指向西方。揭：高举。以上两句是说，斗柄操持在西人手里，仿佛向东方有所挹取，比喻西人对东人的征敛。

【品评】 这是一首东方诸侯国谭国的官吏讽刺西周王室剥削、奴役的诗。从诗本身来看，诗人自称"惮人"，又以星象作比，当是东方某一小国熟悉天文的下级官吏。《诗序》言谭大夫，应非无据。谭国在山东历城县东南，公元前648年为齐国所灭。

此诗想象、构思俱奇特，为《诗经》中非常有特色的一首诗。方玉润《诗经原始》说："奇情纵恣，光怪陆离，得未曾有。后世歌行各体从此化出，在《三百篇》中实创格也。"吴闿生《诗义会通》也说："而文情俶诡奇幻，不可方物，在《风》《雅》中为别调。开词赋之先声。后半措辞运笔，极似《离骚》，实三代上之奇文也。"说"创格"、说"别调"、"奇文"都是说此诗的构思独特。诗以"有饛簋飧，有捄棘匕"兴起下文东国被搜刮殆尽，但在字面上，只是说食物丰盛、食器精美。又用比，写周道的平坦、笔直。但由下"君子所履"一句可知这并不是只说道路，而是想到：何以那些执政者不履行正道，而使天下有不公之事？"小人"（劳动者）虽不能左右政事，但能看清楚，因而不禁使人潸然泪下。但具体指何而言，诗人并没有说明，这样，第一章也就有了悬念的意味。第二章宕开一笔，先写东国的困穷，承接上文"君子所履"，抒发见到来往周人的情绪。第三章以砍下来的薪柴禁不住寒冷泉水的浸泡，来兴起繁重劳役下东人的不堪重负。说被浸泡的获薪可以被车运走，不用再忍受浸泡之苦，而我劳人的负担却无可逃脱。第四章以东人之子、西人之子、舟（周）人之子对比，相形见义，孔颖达《疏》："东人言主劳苦，则知西人为逸豫。西人言其衣服鲜明，则东人衣服弊恶，互相见也。"西人优于东人，而周人更优于一般之西人，则其中虽立足于"东人""西人"之比较，但也体现出一种阶级观念。第五章前四句写西人不仅从东方搜刮财物，还对东人要求苛刻。于此本可收束，然而诗人笔锋一转，把怨愤的笔触由描写人间的景象转向了星空，以天汉、织女、牵牛、启明、长庚、天毕、南箕、北斗为喻，可以说是诗人仰天长叹中的借题发挥，给人亦真亦幻的感觉，使得诗篇顿时灵动起来。故方玉润说："试思此诗若无后半文字，则东国困敝，纵极写得十分沉痛，亦不过平常歌咏而已，安能如许惊心动魄文字？所以诗贵有声有色，尤贵有兴有致。"

毫无疑问，诗的后半段也深化了诗的主题。诗从星象的名称上说它们有名无实，实际是指桑骂槐，说周王朝统治者只知搜刮东方，别无他能，因而增强了作品的批判力度。

由于所描绘的境界不同，诗自然可分为两个部分，但诗人又以巧妙的布局将这两部分组织得非常紧密。诗第五章是一个承上启下的过渡段；而第四章"私人之子，百僚是试"，虽仍为说明东人、周人地位不同之词，但也暗含群小得志之意，也就有引起后三章旷官废职的意思的表达；而"跂彼织女，终日七襄""虽则七襄，不成报章"与"杼柚其空""西人之子，粲粲衣服"相照应；"维北有斗，不可以挹酒浆"与"或以其酒，不以其浆"相照应。通过这些手法的使用，诗人把天上人间两种境界融合成为结构完美的诗篇。这里充分体现出诗人精妙的艺术构思。

从创作方法来看，此诗已经含有现实主义和浪漫主义相结合的因素，故方氏说"后世歌行各体从此化出"、吴氏说此诗"极似《离骚》"。

北 山

陟彼北山①，言采其杞②。偕偕士子③，朝夕从事。王事靡盬④，忧我父母⑤。

溥天之下⑥，莫非王土。率土之滨⑦，莫非王臣⑧。大夫不均⑨，我从事独贤⑩。

四牡彭彭⑪，王事傍傍⑫。嘉我未老⑬，鲜我方将⑭。旅力方刚⑮，经营四方⑯。

或燕燕居息⑰，或尽瘁事国⑱。或息偃在床⑲，或不已于行⑳。

或不知叫号㉑，或惨惨劬劳㉒。或栖迟偃仰㉓，或王事鞅掌㉔。

或湛乐饮酒㉕，或惨惨畏咎㉖。或出入风议㉗，或靡事不为㉘。

【注释】 ①陟：登。②言：语助词。杞（qǐ）：枸杞。以上两句为兴辞。③偕偕：强壮的样子。士子：诗人自称。士，等级低于大夫的贵族。④靡：没有。盬（gǔ）：止息。参见《唐风·鸨羽》注释。⑤忧我父母：使父母为我担忧。郑玄《笺》："勤劳于役，久不得归，父母思己而忧。"⑥溥：同"普"。⑦率：自，循。滨：水边。率土之滨，即四海之内。孔颖达《疏》："古先圣人谓中国为九州者，以水中可居曰洲，言民居之外皆有水也。……滨是四畔近水之处。言'率土之滨'，举其四方所至之内，见其广也。"⑧王臣：周王的臣民。以上四句是说，普天之下，没有不是周王的土地。四海之内，没有不是周王的臣民。郑玄《笺》："此言王之土地广矣，王之臣又众矣，何求而不得？何使而不行？"⑨大夫：指诗人的上司。不均：指分派公务不公平。⑩贤：多，繁重。⑪彭彭：形容马不得休息。⑫傍傍："旁旁"的假借，形容王事无穷无尽。胡承珙《毛诗后笺》："《广雅》：'旁旁，盛也。''傍'与'旁'通。事多而不得已，亦'盛'之义。"⑬嘉：嘉许，称赞。⑭鲜：善，称许。方将：正当壮年。将，强壮。⑮旅力：同"膂（lǚ）"力。体力，筋力。刚：强。⑯经营：奔走劳作。以上四句是说，大夫称赞我还没有老，正当壮年，气力正强，可以奔走四方。⑰或：有的人。燕燕：安闲的样子。居息：居家休息。⑱尽瘁：憔悴，劳病。事国：为国效力。⑲偃：卧，躺。息偃，躺着休息。⑳不已：不停止。行（háng）：道路。此句是说，有的人不停地在路上奔波。㉑叫号：呼叫号哭。此句是说，有的人过着安逸舒适的生活，不知道还有不堪繁重劳役的呼叫号哭。㉒惨惨：

忧愁不安的样子。劬（qú）劳：劳苦。㉓棲迟：栖息游乐。偃仰：同"息偃"。㉔鞅（yāng）掌：忙碌不已的样子。清代钱澄之《田间诗学》卷八："'鞅掌'即指勤于驰驱，掌不离鞅，犹言'身不离鞍马耳'。"鞅，指马拉车时安在马脖子上的皮套。㉕湛（dān）：同"耽"，沉溺，过度享乐。㉖咎：罪过。畏咎，怕获罪。㉗风：放。风议，放言。指说大话。马瑞辰《毛诗传笺通释》："风议即放议也，放议犹放言也，与'或靡事不为'为言与行相反。"㉘为：作。靡事不为，即"无事不作"，什么苦差事都要干。

【品评】 这是一位士怨刺劳逸不均的诗。

此诗是《小雅》里的名篇。全诗主要用对比手法，鲜明而具体地写出了统治阶级内部劳役不均的事实。特别是，后三章连用十二个"或"字句，两两对比，表达出诗人的怨愤情绪。清人沈德潜《说诗晬语》说："《鸱鸮》诗连下十'予'字，《蓼莪》诗连下九'我'字，《北山》诗连下十二'或'字。情至，不觉音之繁、辞之复也。"此诗作者怨刺劳逸不均，首章说王事没完没了，自己朝夕从事，使父母担忧；第二章说周王土广臣众，而因为大夫不公平，只有我劳苦不已。三章说大夫称赞我年富力强，应当奔走四方。后三章承"大夫不均"而排比，写出劳逸不均、苦乐不等的情状，成功地表达出诗人的怨愤情绪。自是此诗精彩的部分。

此诗结构也颇为巧妙。诗第二章"大夫不均，我从事独贤"点出诗眼，第三章承"独贤"，申明独劳的原因。后三章承"不均"，条分缕析，具体展示。而后三章只是排比，却将诗人的悲愤之情表达得很充分。吴闿生《诗义会通》说："后三章历数不均之状，戛然而止，更不多著一词，皆文高妙之处。"

从诗遣词造句看，也不乏巧妙之思。不说自己朝夕从事，不得奉养父母，内心充满了忧虑，却说使父母为自己忧。从父母一面写来，既包含了诗人不得奉养父母的愧疚，也表现出父母对自己辛劳的担心。说周王土广人众，只有我劳苦不已，大夫之不公平，不待言也。而大夫称赞我年富力强，应当奔走四方。写得虽很平淡，但足可见大夫的荒唐，谴责的意味也蕴含其中。诗人又善于用叠字和叠韵、双声词，既绘声绘色地表现出了各种情态，也增加了作品的韵律美。

大田

大田多稼^①，既种既戒^②，既备乃事^③。以我覃耜^④，俶载南亩^⑤。播厥百谷^⑥。既庭且硕^⑦，曾孙是若^⑧。

既方既皁^⑨，既坚既好^⑩，不稂不莠^⑪。去其螟螣^⑫，及其蟊贼^⑬，无害我田稺^⑭。田祖有神^⑮，秉畀炎火^⑯。

有渰萋萋^⑰，兴雨祁祁^⑱。雨我公田^⑲，遂及我私^⑳。彼有不获稚^㉑，此有不敛穧^㉒；彼有遗秉^㉓，此有滞穗^㉔，伊寡妇之利^㉕。

曾孙来止^㉖，以其妇子^㉗，馌彼南亩^㉘，田畯至喜^㉙。来方禋祀^㉚，以其骍黑^㉛，与其黍稷^㉜。以享以祀^㉝，以介景福^㉞。

【注释】 ①大田：肥美的田。多稼：多样的庄稼。②种：选种。戒：准备农具。以上两句，郑玄《笺》："将稼者，必先相地之宜，而择其种。季冬，命民出五种，计耦耕事，修耒耜，具田器，此之谓戒，是既备矣。"③既备：已经完成。指上述各项备耕工作。乃：然后。事：耕种之事。④覃（yǎn）：通"剡"，锋利。耜（sì）：翻土的工具，类似现在的犁。⑤俶（chù）：开始。载：开始，从事。南亩：向阳的田地。⑥厥：其。⑦庭：通"挺"，直生，向上挺出。硕：大。⑧曾孙：重孙，此指周王。是：这，指上述所说的耕种之事。若：顺。这句意思是说，这顺了曾孙的心愿。⑨方：通"房"，指庄稼已经含苞。皁（zào）：谷粒初生而未坚实。⑩坚：坚实，即庄稼已经成熟。⑪稂（láng）：不结实的穀穗。莠（yǒu）：一种田间常见的杂草，生禾粟下，似禾非禾，莠而不实。因其穗像尾巴，故俗称狗尾草。⑫螟（míng）：螟蛾的幼虫，一种吃禾心的害虫。螣（tè）：一种吃禾叶的青虫。⑬蟊（máo）：一种吃禾苗根的害虫。贼：一种吃禾节的害虫。⑭稺：原作"穉（稚）"，据阮元《校勘记》改，这里指幼苗。⑮田祖：农神。神：灵。⑯秉：拿着。畀（bì）：给予，付与。以上各句为祝祷之词，朱熹《诗集传》说："故愿田祖之神为我持此四虫，而付之炎火之中也。"⑰有渰（yǎn）：即"渰渰"，云兴起的样子。萋萋：即"凄凄"，云彩流动的样子。⑱兴雨：起雨，即下雨。祁祁：众多的样子。⑲雨：作动词用，即下雨。公田：又称"藉田"，是连同奴隶一起按贵族的等级分配给奴隶主的，要纳税。⑳私：私田，指贵族在公田外开垦的田地，不需要纳税。㉑彼：那儿。稺：晚种后熟的谷物。㉒此：这儿。敛：聚拢。穧（jì）：已割而未收的农作物。㉓遗秉：遗漏在田中的成把的禾。秉，把。㉔滞穗：散落于田间的谷穗。滞，留下。㉕伊：维，乃。利：好处。㉖止：语助词。孔颖达《疏》引王肃说："曾孙来止，亲循畎亩，劝稼穑也。"㉗以：带着。妇子：指农夫的妻子和孩子。㉘饁（yè）：馈食，送饭。此句及下句参见《七月》注释。㉙田畯（jùn）：田大夫。㉚来：曾孙来。方：四方，此指祭祀四方之神。禋（yīn）祀：以洁净的祭品祭神。㉛骍（xīng）：红色的牛。黑：指黑色的羊、猪。这里用祭牲的毛色来代表牛、羊、豕三牲。㉜黍稷：糜子与谷子。参见《黍离》注释。㉝享：享神。㉞介：借作"丐"，乞求。景：大。以上几句，孔颖达《疏》解释说："其祀之也，以其骍赤之牛，黑之羊豕，与之黍稷之粢盛，用此以献，以祀四方之神，为神歆飨，而报以大大之福。"

【品评】　这是一首周王祭祀田祖而祈年的乐歌。本诗虽为祭祀的乐歌，但主要描写了农业生产中的择田、选种、修复农具、播种、除草、杀虫、收获等环节，故后人也将其视为农事诗。诗中又涉及到西周的土地制度、风俗等内容，具有重要的史料价值。

　　此诗为祭神乐歌，但直到末章才写到祭神求福的意思，前三章都写农业生产的不同环节。第一章写春季择田、选种、修复农具、播种。第二章写夏季除草、杀虫。第三章写秋季收获。之所以这样写，因为祭祀在收获之后。因为古人认为正是有神灵保佑，害虫才得以被杀除，才会风调雨顺，故第二章说"去其螟螣，及其蟊贼，无害我田穉。田祖有神，秉畀炎火"、第三章说"有渰萋萋，兴雨祁祁"。所以，前三章虽没有直接写祭神的活动，但实际有感谢神灵的意思。诗的前后意思是相承的。

第三章于收获并没有正面写，而写了寡妇拾取遗穗的情景，反映出一种仁爱之心，一则表现神灵之恩泽，使人们普遍受到恩惠，二则也含有以惠及他人来感谢神灵之意。从诗的情调来说，也显得疏密结合，富于情致。方玉润《诗经原始》说："诗只从遗穗说起，而正穗之多自见。……事极琐碎，情极闲淡，诗偏尽情曲绘，刻摹无遗，娓娓不倦。无非为多稼穑一语设色生光，所谓愈淡愈奇，愈闲愈妙，善于烘托法耳。"而此段文字还在无意间为我们揭示了西周的一个社会风俗，即朱熹《诗集传》说："此见其丰成有馀，而不尽取，又与鳏寡共之，既足以为不费之惠，而亦不弃于地也。"朝廷的祭神诗中写到了这一点，是值得注意的。

全诗写出了农业生产的重要环节，实际上也表现了农业生产的一个完整周期。行文中除第三章略加排比外，基本都是简笔勾勒。写春耕，先写春耕前的准备，说"大田多稼，既种既戒"；再写耕种，说"以我覃耜，俶载南亩。播厥百谷"；而后说禾苗苗壮成长，也只是用"既庭且硕"来形容。第二章写夏季谷物逐渐成熟，说"既方既皂，既坚既好"，主要就谷穗而言，所用词语也很有概括力，且尽量不与上文重复，清陈启源《毛诗稽古编》卷十五说："方、皂、坚、好，皆指谷实言，不若《生民》诗历道苗稼生成之次第，故彼连用十字，而此仅以四，盖生长之条茂，已具于前章'庭''硕'中矣。"这样，整首诗就脉络清晰，行文流畅，且内容丰富。

"来方禋祀"几句则可见周人祭祀四方之神的一些具体细节，"秉畀炎火"让我们看到了周人杀虫的方式，"雨我公田，遂及我私"则让我们对西周的土地制度有所了解。如此等等，都有重要的史料价值。

青蝇

营营青蝇^①，止于樊^②。岂弟君子^③，无信谗言。
营营青蝇，止于棘^④。谗人罔极^⑤，交乱四国^⑥。
营营青蝇，止于榛^⑦。谗人罔极，构我二人^⑧。

【注释】　①营营：象声词，苍蝇来回飞的声音。青蝇：即今所说绿苍蝇，体大，飞起来迅猛，声音也大。②樊：篱笆。③岂弟：同"恺悌（kǎitì）"，和乐平易。④棘：酸枣树。此指用酸枣树枝编成的篱笆。⑤《新语·辅政篇》《汉书·武五子传》《叙传注》《论衡·言毒篇》新旧《唐书》《颜真卿传》并作"谗言罔极"。罔极：指不中正。⑥四国：四方。⑦榛：一种丛生的灌木，果实如栗而较小，可食。此指用榛树枝编成的篱笆。⑧构：合。此指挑拨。孔颖达《疏》："构者，构合两端，令二人彼此相嫌，交更惑乱。"二人：指诗人与听谗者。

【品评】　这是一首劝谏周王不要听信谗言的诗。诗歌将谗言比作苍蝇的嗡嗡声，不仅取喻形象生动，同时也包含了人们意识中对苍蝇的厌恶心情，所以具有明显的情感倾向性。苍蝇是一种肮脏的害虫，它追臭逐腐、污染食物、传播细菌，与进谗者专门寻找缝隙进献谗言、祸国殃民、传播谣言颇为类似。而青蝇较一般苍蝇更甚。诗以嗡嗡乱叫的青蝇起兴，正表现出对谗人、谗言的极端厌恶情绪。因而说"岂弟君子，无信谗言"，见出前后四句之间的关系。

说"岂弟君子，无信谗言"，其原因，实际已经由"营营青蝇，止于樊"作了解释，不过主要是主观情绪的表现，第二、三章更从道理上解说。说谗人阴险狡诈，行事偏邪，正是祸乱国家的元凶；说谗人善于挑拨离间，使亲密、相知者互生嫌隙，反目成仇。前者从治国方面说，后者从个人立身说，解释很充分。而在说道理时，皆以"谗人罔极"领起，也渗透着对谗人的厌恶情绪、谴责意味。这样，就从情感和理论两方面对"无信谗言"的原因进行了解说，从而大大增强了讽刺、谴责的力度，从诗歌艺术的角度来看也使得形象的取喻和深刻的说理有机结合在一起。

宾之初筵

宾之初筵①，左右秩秩②。笾豆有楚③，殽核维旅④。酒既和旨⑤，饮酒孔偕⑥。钟鼓既设，举酬逸逸⑦。大侯既抗⑧，弓矢斯张⑨。射夫既同⑩，献尔发功⑪。发彼有的⑫，以祈尔爵⑬。

籥舞笙鼓⑭，乐既和奏⑮。烝衎烈祖⑯，以洽百礼⑰。百礼既至⑱，有壬有林⑲。锡尔纯嘏⑳，子孙其湛㉑。其湛曰乐㉒，各奏尔能㉓。宾载手仇㉔，室人入又㉕。酌彼康爵㉖，以奏尔时㉗。

宾之初筵，温温其恭㉘。其未醉止㉙，威仪反反㉚。曰既醉止，威仪幡幡㉛。舍其坐迁㉜，屡舞僊僊㉝。其未醉止，威仪抑抑㉞。曰醉既止，威仪怭怭㉟。是曰既醉，不知其秩㊱。

宾既醉止，载号载呶㊲，乱我笾豆，屡舞僛僛㊳。是曰既醉，不知其邮㊴。侧弁其俄㊵，屡舞傞傞㊶。既醉而出㊷，并受其福㊸。醉而不出，是谓伐德。㊹饮酒孔嘉，维其令仪㊺。

凡此饮酒，或醉或否。既立之监㊻，或佐之史㊼。彼醉不臧㊽，不醉反耻㊾。式勿从谓㊿，无俾大怠(51)。匪言勿言(52)，匪由勿语(53)。由醉之言(54)，俾出童羖(55)。三爵不识(56)，矧敢多又(57)？

【注释】①宾：宾客。筵（yán）：竹席。古人席地而坐，用筵作坐具，所以座位也叫筵。初筵，即宾客初入座的时候。②左右：犹东西，即坐在东西两边的人。陈奂《诗毛氏传疏》："是主席在东，而宾筵在西，左右犹东西也。"秩秩：有次序的样子。指宾主之间尊卑有序。③笾（biān）：古代祭祀或宴会时盛果脯的竹器，形似今高脚盘。豆：古代盛肉或熟菜的食器，木制或陶制、铜制。有楚：即"楚楚"，排列整齐的样子。④殽（yáo）：通"肴"，这里指盛在豆中的腌菜和肉酱。核：桃、梅等有核的果品。维：是。旅：嘉，好。于省吾《泽螺居诗经新证》："按上句'笾豆有楚'，毛传训楚为'列貌'，则旅不应训陈列也。旅犹嘉也。……然则'殽核维旅'，即殽核维嘉也。"⑤和旨：醇和甜美。⑥孔偕：很好。吴闿生《诗义会通》："偕，嘉也。"⑦举：举爵敬献。酬：主人向宾客敬酒。举酬，此泛指主人宾客互相举杯敬酒。逸逸：往来有次序的样子。此指宾主互相敬酒，往来有序。⑧侯：箭靶。上古时以兽皮或布为之。在侯中间加一个圆形或方形的布，叫做鹄，也叫做正，正中叫质或的，射以中正为上。《仪礼·乡射礼》："凡侯，天子熊侯，白质；诸侯麋侯，赤质；大夫布侯，画以虎豹；士布侯，画以鹿豕。凡画者丹质。"大侯，侯中之最大者，又称君侯。抗：举，竖起。⑨斯：乃。张：陈设。⑩射夫：射者。同：聚集，与《豳风·七月》"二之日其同，载缵武功"之"同"同义。⑪献：呈献。尔：你。发：射。功：本领。⑫彼：那个。有：词头。⑬祈：求。尔：你，指比赛对手。爵：饮酒器。射礼，负者饮酒。以上两句乃表现射者的心理活动，是说我一定要射中靶心，以求让你喝一杯。⑭籥（yuè）舞笙鼓：执籥而舞，以笙鼓伴奏。籥如笛而短，三孔。参见《简兮》注。⑮乐既和奏：各种乐器和谐共奏。⑯烝：进。衎（kàn）：娱乐。烈：功业。烈祖，有功业的先祖。⑰洽：合。百礼：极言礼仪完备。⑱至：极。此指完备。⑲壬：大。林：多。马瑞辰《毛诗传笺通释》："壬、林承上'百礼'言，有壬状其礼之大也，有林状其礼之多也"。⑳锡：赐给。尔：指主人，即主祭者。纯：大。嘏（gǔ）：大福。郑玄《笺》："嘏，谓尸与主人以福也。"㉑湛（dān）：喜乐。㉒其：曰：语助词。㉓奏：进献。能：技能。指射技。㉔载：语助词。手：取，选择。仇：匹。此指比射的对手。㉕室人：主人。入：进入。入又，即"又入"，倒文取韵。《毛传》："主人请射于宾，宾许诺，自取其匹而射。主人亦入于次，又射以耦宾也。"耦宾，指陪宾客射箭。㉖酌：斟酒。康：大。㉗尔：指射中者。时：善，指善射。以上两句是说，斟满大酒杯，献给射中者，有对射中者表示庆贺之意。㉘温温：柔和的样子。恭：恭敬谨慎。㉙止：语助词。下同。㉚威仪：仪容举止。反反：持重谨慎的样子。㉛幡（fān）幡：轻浮放肆的样子。㉜舍其坐迁：舍其当坐当迁之礼。迁，移动。㉝屡：屡次。僊（xiān）僊：同"跹跹"，舞姿轻盈的样子。㉞抑抑：谨小慎微的样子。㉟怭（bì）怭：轻薄急慢的样子。㊱秩：常规、惯例。㊲载：语助词。号：号叫。呶（náo）：喧哗。㊳傮（qī）傮：歪歪斜斜的样子。傮，通"攲（qī）"，不正。㊴邮："尤"的借字，过错。㊵侧：倾斜。弁（biàn）：一种帽子。侧弁，歪戴着帽子。俄：倾斜的样子。㊶傞（suō）傞：醉舞不止的样子。㊷出：指离开宴会。㊸并：指主人和客人。㊹伐德：败德。㊺维：通"唯"。令：好。仪：仪表，仪态。㊻监：酒监，又称司正，在宴会上纠察礼仪的官。㊼史：酒史，在宴会上记载酒醉失言的事。㊽臧：善。㊾反耻：反而觉得对不住敬酒的人，感到羞愧。㊿式：语助词。从：从而。谓：劝勉。勿从谓，勿从而劝勉之，使更饮。51俾：使。大：同"太"。怠：怠慢无礼。52匪言：不该说的。勿言：不要说。53由：式，法。这句是说，不合理的不要说。马瑞辰："《方言》《广雅》并曰：'由，式也。'式犹法也。'匪由勿语'，犹《孝经》'非法不道'也。"以上两句是劝告醉者的话。54由：听从。醉：醉酒者。55童：秃，指牛羊不长角。羖（gǔ）：黑色公羊。羖羊皆有角。以上两句是说，听从醉酒者的荒唐之言，好像可以生出无角的公羊。56爵：古代一种盛酒礼器，像雀形，比尊、彝小。对尊贵之人敬酒也用爵。马瑞辰："惟臣侍君小燕，则以三爵为度。"不识：不知道。57矧（shěn）：况且。又："侑"的假借，劝酒。矧敢多又，即"矧敢又多"，倒文以取韵。

【品评】 这是卫武公阐述君臣饮酒应该有节度、有令仪的诗，似有自警的意思。古代国君、诸侯要举行大的祭祀活动，就要和群臣进行射箭比赛，以选择参加祭祀活动的人。在射礼开始前和结束后都有燕饮。所以本篇写燕饮中，也写到射仪。

此诗旨在说明饮酒应有节度、有令仪，而通过具体的描写来表现。有些细节写得生动，也很有典型性，给人留下了深刻的印象。首章由宴饮开始的场面写起，突出的是礼仪的井然有序：宾主依尊卑落座，食器排列整齐，食物丰盛。伴随音乐之声，宾主觥筹交错。然后写射礼，表现的也是一种秩序。第二章先写祭礼，突出的是热烈的气氛。钟鼓笙瑟伴随着舞蹈，贵族们"烝衎烈祖，以洽百礼"，以盛大而烦琐的仪式进乐于烈祖神灵之前。然后写音乐伴奏下的射仪（射礼中参射者配对，每番各四射，射三番。第一番为预射，第二番不配乐，第三番进行中有音乐伴奏），主人酌酒以庆贺胜者，也是一派欢乐热闹的景象。第三、四章描写射仪和祭祀之后的宴饮。依次表现了贵族们未醉、刚醉、烂醉后的情形。未醉时都恭敬谨慎，彬彬有礼；一旦醉了，就轻举妄动，轻浮放肆，无威仪可言。到了烂醉之时，便大喊大叫，打翻菜肴，歪歪斜斜地乱蹦乱跳。但在描写中，诗人有对贵族醉酒而失去威仪的不满，却没有厌恶，故说"既醉而出，并受其福，醉而不出，是谓伐德"。又说"饮酒孔嘉，维其令仪"，对饮酒本身并不持否定态度，只是主张不失去威仪。末章分析醉酒的原因，提出了如何防止醉酒失德的措施。饮酒，有的人会醉，有的人却不会，虽然宴会上有监、史，但人们有一种错误的认识：以为醉酒才尽兴，不醉反而是对不住敬酒者，从而感到羞愧。又告诫清醒者，不要劝已醉者再饮酒。也告诫醉酒者，不能说不该说的话，不能说没道理的话。由于酒醉之后，什么话都能说出，故饮酒应该有限度，最好不超过三爵。

此诗是一首宴饮诗。宴饮追求的是"和乐且湛"（《常棣》）的效果，既要有热闹欢乐的气氛，又要讲究礼仪。但如何把二者结合起来，在具体宴饮中如何处理？此诗实际回答了这个问题。现在有些人讲"酒文化"，只追求欢娱，以至于放荡不羁，丑态百出，实际上是一种没有文化的"酒盲"。此诗作于两千七百多年以前，对我们端正酒风、建设精神文明有着重要的指导意义。

就本诗的表现手法而言，主要通过对比描写来说明道理。第一、二章写宴饮的有序和欢乐气氛，表现的正是理想的宴饮场面。第三、四章写宴饮的混乱局面，与第一、二章形成对比。写醉酒者的种种丑态，也是反复以"其未醉止"与"曰既醉止"来对比，其中更写出了才醉、刚醉、烂醉的变化，也是一层对比。

此诗除末章为议论外，前四章都是描写的段落。通过描写，诗人既展示了周代射仪、宴饮的全过程，以祭礼、射仪的庄严肃穆与一些人喝酒失度后的低俗进行对比。第一章写宴饮的场面宏大，气氛肃穆，给人身临其境之感。第二章写祭祀的情景，热闹欢乐，也很有感染力。第三、四章写醉酒者的种种丑态，可谓穷形尽相，应该是此诗描写最精彩的段落。故胡承珙说："诗人体物微至，亦所以使旁观者俟其醒。"

本诗实际讲了一个酒德的问题，行文中处处不离"酒"字，描写既细致，又有层次。四章"饮酒孔嘉，维其令仪"，点明主题。第五章"凡此饮酒，或醉或否"，则又有总结前四章的作用。"三爵不识，矧敢多又"，提出解决醉酒失德问题的措施。第三、四、五章"醉"字叠出，也可以看出诗旨之重点所在。

黍苗

芃芃黍苗①，阴雨膏之②。悠悠南行③，召伯劳之④。
我任我辇⑤，我车我牛⑥。我行既集⑦，盖云归哉⑧！
我徒我御⑨，我师我旅⑩。我行既集，盖云归处⑪！
肃肃谢功⑫，召伯营之⑬。烈烈征师⑭，召伯成之⑮。
原隰既平⑯，泉流既清⑰。召伯有成⑱，王心则宁。

【注释】 ①芃（péng）芃：草木茂盛的样子。②膏：润泽。以上两句兴辞，诗人以阴雨膏泽黍苗，兴召伯能慰劳营建谢邑的士卒。③悠悠：

路途遥远的样子。④召伯：召穆公。姓姬名虎，封于召国，周初召公奭的后人。劳：慰劳。之：指营建谢邑的士卒。⑤我：诗人自谓。任：负荷。辇：人推挽的车。马瑞辰《毛诗传笺通释》："下始言'我车我牛'，车、牛为一，则上言'我任我辇'即谓以辇载任器，亦为一事而分言之。"⑥车：此指牛拉的车。⑦集：完成。此句是说，我南行之事已经成功。⑧盖：同"盍"，何不。云：语助词。归：指归周。⑨徒：步行。此指步卒。御：驾驶。此指驾车者。陈奂《诗毛氏传疏》："徒、御对文，则徒为徒行，御为御车也。徒行者谓小人也，御车者谓君子也。"周代步卒由庶人充当，甲士则乘车，故徒御实指士卒。⑩师、旅：部队的编制。郑玄《笺》："五百人为旅，五旅为师。"陈奂以为此指"从入谢之官师，与泛言师旅为众者异也"，并不正确，上章"我任我辇，我车我牛"是说运输之事，此章"我徒我御"与"我师我旅"也应该指一事，即随从士卒之事。⑪归处：回家安居。⑫肃肃：严正的样子。谢：在今河南信阳南。功：通"工"，工程。谢工，营建谢邑的工程。⑬营：经营。⑭烈烈：威武的样子。征：远行。师：部队。⑮成：组成。⑯原：高平的地。隰（xí）：低湿的地。平：治。⑰清：疏浚。⑱有成：成功。

【品评】 本诗赞美召伯为申伯经营谢邑的事。

朱熹说此诗"与《大雅·崧高》相表里"。因两诗所反映的为同一事，只是作者的身份不同，故着眼点有所不同。比较两诗的叙述方式，《崧高》写得质实、繁复，显示了贵族文人作品的特色；此诗显得简约、轻快，带有民歌的色彩。此诗表现召伯率领徒众南行营建谢邑，仅用了"肃肃谢功，召伯营之"两句，其中的"谢功"也可涵盖宗庙。《崧高》却反复申说"王命召伯"之意。说召伯为申伯治理田地，此诗说"原隰既平，泉流既清"，描绘景象颇能激发读者的联想。《崧高》"王命召伯，彻申伯土田""王命召伯，彻申伯土疆"都是直述其事。此诗结尾说"召伯有成，王心则宁"，为什么谢邑营建完成，宣王觉得安宁？戛然而止，并未进一步申述，其答案在《崧高》中却是可以找到的："于邑于谢，南国是式（榜样）""南土是保"，"周邦咸喜，戎有良翰"。不仅仅是表其亲，更主要的是要让申伯作周王朝在南方的屏障。

以此诗与二《雅》中的其他叙事性的诗篇比较，也显得简约、轻快。第一章"芃芃黍苗，阴雨膏之"，既可看作南行途中所见，又兴起申伯在南行途中对士卒的慰劳。"悠悠南行"之"悠悠"状南行路途之遥，简约有力。第二、三章写运输只用"任""辇""车""牛"四字，写从行者也只用"徒""御""师""旅"四字，都非常简练。又连用十个"我"，表现出了随从召伯营建谢邑人员众多的气势。说"肃肃谢功，召伯营之"，"肃肃"既有严正之意，亦有"急"意，则不仅写出了谢城、宗庙的庄严、坚固，而且写出了营建谢城的速度之快。而之所以谢城得以迅速修建完毕，是因为召伯体恤士卒，能够调动士卒的积极性，那么第一章"悠悠南行，召伯劳之"又可看作是为此所作的铺垫了。陈延杰《诗序解》评此诗时说："是篇叙召穆公营谢，词颇蕴藉，亦近乎《风》者"。"近乎《风》"就是说它风格上简约、轻快。

此诗写得虽然简约，但也从侧面表现了一位宣王中兴之时关乎大局、深谋远虑，又关心士卒的大臣形象。诗虽写到了南行路途之遥，却没有丝毫的怨言；写谢邑营建完成后急于回家的情绪，也只是说"盖云归哉""盖云归处"，与《诗经》中许多哀叹行役之苦的诗篇不同。全诗洋溢的是一种乐观的情绪，正与对召伯的赞美之情相辉映。

渐渐之石

渐渐之石①，维其高矣②。山川悠远③，维其劳矣。武人东征④，不皇朝矣⑤！

渐渐之石。维其卒矣⑥。山川悠远，曷其没矣⑦？武人东征，不皇出矣⑧！

有豕白蹢⑨，烝涉波矣⑩。月离于毕⑪，俾滂沱矣⑫。武人东征，不皇他矣^⑬！

【注释】 ①渐渐："嶃（zhǎn）嶃"之假借，山石高峻的样子。②维：语助词。③悠远：遥远。④武人：指将帅。⑤皇：通"遑"，闲暇。朝：日。不皇朝，无暇日。⑥卒："崒（zú）"之假借，险峻。⑦曷：何。没：尽头。这句是说，攀涉危险何时才有尽头。⑧出：出险地。朱熹《诗集传》："谓但知深入，不暇谋出也。"⑨豕：猪。蹢（dí），蹄。⑩烝：众。涉波：渡水。⑪离：同"丽"，依附，靠近。毕：星名，见《大东》注释。⑫俾：使。滂沱：大雨貌。以上两句写天象，为有雨的征兆。是说月亮靠近毕星了，会使大雨滂沱。⑬他：他事。以上两句，朱熹解释说："此言久役又逢大雨，甚劳苦而不暇他事也。"

【品评】 这是一首东征将士哀叹征途劳苦的诗。

此诗表现将士征途的劳顿，是通过特定的景物描写来传达诗人的情绪的。诗人首先选取了高山来描写，写山之高，山之险峻，也就表现出了征途的危险、辛苦。另外，登上高山，回头可见所走过的路何等漫长，向前望去，路不见尽头，也会产生深深的感慨。"山川悠远"正道出当时的心理感受。诗人说"维其劳矣""曷其没矣"。直接抒发感情，不显得突兀，而且有着震撼的力量。

末章"有豕白蹢，烝涉波矣"二句，方玉润《诗经原始》说："'豕涉波'四句，或以为既雨，或以为将雨，或以为实境，或以为虚拟借以起兴，均非确论。此必当日实事。月离毕而大雨滂沱。虽负涂曳泥之豕，亦烝然涉波而逝，则人民之被水灾而几为鱼鳖者可知。即武人之沾体涂足，冒险东征，而不遑他顾者更可见。四句只须倒说，则文理自顺，情景亦真。"甚得诗情。

"月离于毕，俾滂沱矣"由前面对地上景物的描写而转到天上，已给诗篇涂抹上了迷幻的色彩。而"有豕白蹢，烝涉波矣"两句，更是造语奇拔，亦真亦幻。此种奇景不仅给诗篇增色，而且也似乎暗示行军将士所遭受之苦也是旷世无闻的，兼有抒发情感的作用。

第一、二章虽是重章，但在意义上是递进的关系。"维其劳矣"，概述行军的劳苦；"曷其没矣"，则说跋山涉水没有尽头，在对行军之苦的哀叹中，又加入了绝望的成分，情绪更为浓烈。"不皇朝矣"，是说跋涉没日没夜，不分早晚；"不皇出矣"，则说明虽知道是一步步走入险地，却无暇虑及个人安危。第三章意味逐步加强，把将士行军途中的艰辛、绝望表现得很充分，足以动人心魄。

苕之华

苕之华①，芸其黄矣②。心之忧矣，维其伤矣③！
苕之华，其叶青青④。知我如此，不如无生。
牂羊坟首⑤，三星在罶⑥。人可以食，鲜可以饱⑦。

【注释】①苕（tiáo）：一种藤本植物，又名陵苕、凌霄、紫葳。茎节间有须状气根，可攀缘岩壁及他物而上。夏秋开花，花色初为黄橙色，至深秋转赤。华："花"本字。②芸其：即"芸芸"，花朵繁盛的样子。王引之《经义述闻》卷六："言其盛非言其衰，故次章云'其叶青青'。"又《裳裳者华》"芸芸黄矣"，《毛传》："芸，黄盛也。"则此句是以凌霄花之繁盛反衬人的衰弱。本篇《毛传》言"将落则黄"，误。③维：副词，表示动作行为的理由，相当于"因为""只因为"。伤：悲伤。④青青：同"菁菁"。茂盛的样子。"青"通菁。⑤牂（zāng）羊：母羊。坟首：大头。朱熹《诗集传》："羊瘠则首大。"因身上瘦无肌肉，故显得头大。这句是比喻人。联系下句看，应是由水中所见，比喻自己瘦削得只见一个头映在水中。⑥三星：即参星，二十八宿之一。《史记·天官书》："参为白虎。"《尚书·璇玑铃》："参为大辰，主斩刈。"白虎、斩刈分别含有食人、杀伤人之意，同过去民俗所谓"老天收人"的说法相近。《史记》等书之说见于记载虽迟，但应流传有自。罶：鱼篓。朱熹《诗集传》："罶中无鱼而水静，但见三星之光而已。言饥馑之馀，百物雕耗如此。"这句连上为文，言视水中之罶，唯见自己瘦如羘羊之头和三星。⑦鲜：少。

【品评】 通过诗文反映中国几千年奴隶社会、封建社会人民生活之悲惨、历史事实之骇目惊心，没有超过这一篇的。

《诗序》说："《苕之华》，大夫闵时也。幽王之时，西戎、东夷交侵中国，师旅并起，因之以饥馑。君子闵周室之将亡，伤己逢之，故作是诗也。"认为幽王时之作，虽无明证，也与当时状况相合。但是否同战争有关，从诗中看不出。清代李光地《诗所》说："困于饥馑者之作。"合于诗意。自然旱、涝、蝗都会形成灾荒，而天灾也往往随人祸生。联系各方面来看，以产生于幽王之时可能性为大。

陵苕在夏秋之间开花，为黄橙色。至深秋变赤。则诗作于夏秋之间。按说在此季节夏粮才收，秋粮有望，积有先一年秋粮者急于出手，民间不应有严重的饥馑。但此诗所写正是在夏秋之间。虽然洪水、久旱造成夏秋时饥荒的可能性也有，但持久的战乱、无休止的劳役造成田园荒芜，加上赋敛沉重而造成人无所食的情况历史上更为多见。诗人以"苕之华，芸其黄矣"起兴，表现出劳动人民在一年中最能保证有饭的夏秋之间，竟无所食。诗用反衬法，正反映出这种极端不正常的现象。

"知我如此，不如无生"，是完全看透了当时社会之语。诗人到世上来，完全是受罪。这两句的深刻处在于不仅看到"死"，还想到了"无生"——不要到这个世上来。由"知我如此"一句可知，这"不如无生"不是指的死去，而是指不要到这个世上来。这里充满了哲理，反映出对当时整个社会的看法，以及对人生意义的思考。我们也由此可以看出，诗人经受这种极端困苦的生活，已经很久了，可以猜想：诗人到这个世上来，就没有过一天好日子。我们说这几句话深刻，就是因为其中包含着比较，同"过去"的比较。至少，诗人听前辈讲述过以前的情况。而由诗中所反映出的哲理，及下一章的沉重一笔看，诗人是掌握文化的人。

诗的第三章写诗人于夜晚去看自己所下的鱼罾，希望能有所收获。能吃的草都被吃了，水中的鱼，自然也会有很多人去打捞，所以，白天是不会有所得的。但夜晚去看，只看到自己细瘦干枯的身体上的一个头，显得格外大，水面平静，可见倒映的三星，同样一无所获。

关于诗的最后两句，不忍卒读。今引王照圆《诗说》中的文字以为参考："己午年间，山左人相食。默人（牟相庭）与其兄鹤岚先生读《诗》，及此篇。乃曰：'人可以食，食人也；鲜可以饱，人瘦也。此言绝痛。'"历史上人相食的情况史不绝书，小说和笔记中也有，但如此惨痛之事进入诗歌，恐怕是第一次。这里关于"鲜可以饱"的原因归于"人瘦"，这恐怕只是原因之一，食人者的于心不忍，是另一个原因。虽于心不忍但为了延续生命又不能不吃，内心始终有着罪恶感。求生的欲望乃是人的天性。以剥夺其生命的方式将人性扭曲，其罪恶在于当权者。本诗以极沉痛的语言，揭露了专制封建社会的罪恶。

何草不黄

何草不黄①！何日不行！何人不将②！经营四方③。
何草不玄④！何人不矜⑤！哀我征夫，独为匪民⑥！
匪兕匪虎⑦，率彼旷野⑧！哀我征夫，朝夕不暇！
有芃者狐⑨，率彼幽草⑩。有栈之车⑪，行彼周道⑫。

【注释】 ①何草不黄：所有的草都衰枯了。草枯则黄，这是用以比喻人的劳瘁。②何人不将：言万民无一人不行役，无一人可以幸免这个灾难。将，行。马瑞辰《毛诗传笺通释》："此诗'何人不将'与'何日不行'同义。'何日不行'言日日行也，'和人不将'言人人行也。"其说是。③经营：

周旋、往来。司马相如《上林赋》："终始灞浐，出入泾渭，酆、镐、潦、潏，纡馀委蛇，经营乎其内。"郭璞注："经营其内，周旋苑中也。"《后汉书·冯衍传下》："疆理九野，经营五山，眇然有思陵云之意。"李贤注："经营，犹往来。"④何草不玄：草由枯而腐，则呈玄色（赤黑色）。⑤矜：同"瘝"（guān），病的意思（马瑞辰《毛诗传笺通释》）。⑥独为匪民：独独我们征夫就不被当作人（而受此罪）。匪：通"非"。⑦匪：通"非"。王念孙《广雅疏证》以为通"彼"，马瑞辰、陈奂、姚际恒皆取此说。王先谦《诗三家义集疏》引黄山说云："《孔子世家》引诗，下云：'吾道非耶？吾何为至于此？'明谓非兕虎，不当在野。《疏》说不误矣。且'率彼旷野'，明有'彼'字，不当又以'匪'代'彼'，马说未确。"其说甚是。⑧这两句是说：人不是野牛，不是老虎。却一年四季循旷野而行。⑨有芃（péng）：即"芃芃"，众草丛簇的样子。这里形容狐毛丛杂。⑩幽草：深草。⑪栈：通作"桟"。《说文》："桟，尤高也。"这里形容车高的样子。车：指役车。⑫周道：大路。

【品评】 这是一首役夫的歌。朱熹《诗集传》说："周室将亡，征役不息，行者苦之，故作此诗。"其说确当。从诗本文看，应包括从事运输、修筑城堡工事等徭役之事。它反映了西周末年战乱频仍，很多人服役，而且长年奔波于外、劳累饥寒、难以生存的状况。第一、二章中"何人"的"人"只指征夫。因为作者为征夫之一，尚未结束其征役的生活，其所闻、所见、所想、所言皆征夫之事，是一人而抒全体征夫之情，言全体征夫之所欲言，故曰"何人不将""何人不矜"。

此诗就主题而言与《邶风》的《击鼓》《式微》和《王风·扬之水》同类。

其表现手法方面有三点值得注意：

（一）每章开头用比喻指出徭役生活的普遍艰苦，役夫如同野兽一样，长年奔波于野外。

（二）用反问句增强了肯定的语气，表现出了役夫愤怒的情绪。

（三）诗的前三章是总写役夫之苦，第四章具体写及作者自己，"有芃者狐，率彼幽草"是写他们同狐狸一样，在野草中拉车行走。这同上面"匪兕匪虎，率彼旷野"相照应。

方玉润《诗经原始》说："旷野之间，无非虎兕；幽草以内，尽是芃狐，此何如荒凉景象乎？'哀我征夫，朝夕不暇'，乘此栈车，'行彼周道'，是虎兕芃狐相率而为群也，其幸而不至为恶兽所噬者，亦几希矣！嗟嗟，我征夫也，独非民哉？胡为遭此乱离，弃其室家，几至无人不鳏也哉？盖怨之至也。周衰至此，其亡岂能久待？"颇有助于理解诗情。

大　雅

大　明

明明在下①，赫赫在上②。天难忱斯③，不易维王④。天位殷适⑤，使不挟四方⑥。

挚仲氏任⑦，自彼殷商，来嫁于周，曰嫔于京⑧。乃及王季⑨，维德之行⑩。大任有身⑪，生此文王。

维此文王，小心翼翼。昭事上帝⑫，聿怀多福⑬。厥德不回⑭，以受方国⑮。

天监在下⑯，有命既集⑰。文王初载⑱，天作之合⑲。在洽之阳⑳，在渭之涘㉑。文王嘉止㉒，大邦有子㉓。

大邦有子，伣天之妹㉔。文定厥祥㉕，亲迎于渭㉖。造舟为梁㉗，不显其光㉘。

有命自天，命此文王，于周于京㉙。缵女维莘㉚，长子维行㉛，笃生武王㉜。保右命尔㉝，燮伐大商㉞。

殷商之旅㉟，其会如林㊱。矢于牧野㊲：维予侯兴㊳，上帝临女㊴，无贰尔心㊵。

牧野洋洋㊶，檀车煌煌㊷，驷騵彭彭㊸。维师尚父㊹，时维鹰扬㊺，涼彼武王㊻。肆伐大商㊼，会朝清明㊽！

【注释】　①明明在下：言对在位者的善恶行为看得十分清楚，在人间有广大臣民。明明，明白的样子。下，天之下，指人间。②赫赫在上：很清楚地看着君主言行作为的，在上有上天。赫赫，显明的样子《逸周书·太子晋》"明明赫赫"，朱右曾《集训校释》："赫赫，明也。"则"赫赫"与"明明"意思相同。前人均以"明明""赫赫"为言文王之德，或文王之神，俱误，也与《毛传》不合。严粲《诗缉》说："明明在下，君之善恶不可掩也。赫赫在上，天之予夺为甚严也。"发挥《毛传》之意甚是。③忱（chén）：相信。斯：语助词。④不易：不容易。维：是。这句是说，做王是不容易的。上两句连起来是说：天命靡常，不能认为无论怎样，上天都会支持你。⑤位：通"立"。适（dí）：通"嫡"。殷适，殷的嫡嗣，殷的正传后代。指纣王。《史记·殷本纪》："帝乙长子曰微子启。启母贱，不得嗣。少子辛，辛母正后，辛为嗣。帝乙崩，子辛立，是为帝辛，天下谓之纣。"⑥挟：拥有。四方：天下。以上两句是说，天立纣王为殷的嫡嗣，现在却又不使他拥有天下。⑦挚：国名。王先谦《诗三家义集疏》说："挚，国名。《国语》'挚、畴之国由太任'韦注：'挚、畴二国，奚仲、仲虺之后，太任之家。'《路史》：'今蔡之平舆有挚亭。'案，平舆故城在今河南汝宁府城东，是挚实殷畿内国，故云'自彼殷商'。"仲：中女，太任的字。任：姓。《国语·晋语》司空季子说："黄帝之子，得姓者十四人。""任"姓在其中。古代称女子是排行之字在前，而姓在后，如仲任、孟姜等。马瑞辰《毛诗传笺通释》引段玉裁："女子后姓，所以别于男子先氏。"⑧曰：语助词。嫔（pín）：妇，作动词用，即作新娘。京：周京，即周的京城。⑨乃：于是。及：与。王季：古公亶父之子，文王之父。⑩维德之行：等于说"唯德是行"，只做有德的事。维同"唯"，只。"之"的作用是将"行"的宾语提前。以上两句大意为，太任的品德与王季相配。⑪此句及下句原在下章，据朱熹《诗集传》改。大任：太任。文王之母。有身：怀孕。⑫昭：光明。事：侍奉。⑬聿：语助词。怀：来，招来。以上两句是说，文王以明德侍奉上帝，招来很多的福。⑭厥：其，他的。回：违反，违背。⑮方国：周围各诸侯国。⑯监：监察。在下：指在天下面的人间。⑰有命：指天命。集：就。以上两句是说，天监视着下面，天命已经落在了文王身上。⑱初载：指文王即位之初年。⑲作：作成。合：配偶。⑳洽（hé）：即洽水，源出陕西合阳县北，东南流入黄河。此水在战国秦汉之际就已经湮灭。阳：水的北面。㉑渭：即渭河。

参见《邶风·谷风》注释。涘：涯。水边。㉒此句及下句原在下章，据《诗集传》改。嘉：美。止：即古文"之"字，代指下"有子"之子。㉓大邦：大国，指莘（shēn）国。子：女子。指莘君的女儿，即太姒。曾运乾《毛诗说》："此文本当作'大邦有子，文王嘉止'，倒文以取韵耳。"㉔俔（qiàn）：好比，犹如。妹：少女。此句是赞美太姒的话，是说太姒就像天女一样美丽。㉕文：指卜筮的文辞。祥：吉利。㉖亲迎：古代婚礼仪式之一。㉗造舟为梁：舟上加板，造为浮桥。周自古公亶父迁于岐山下，一直到文王去世的前一年才迁都丰。文王亲迎应该是迁丰以前的事。岐在渭河北，莘国在渭河南，故文王亲迎需造浮桥。㉘不：通"丕"，大。丕显，指浮桥之大、之美，实际乃借舟梁来赞美文王。其：指婚娶。光：光辉。㉙于周：即"来嫁于周"，承上省。于京：即"曰嫔于京"，亦承上省。㉚缵（zuǎn）："㜤"的假借。《说文》："㜤，白好也。"《广雅·释诂一》："㜤，好也。"㜤女，犹言淑女。莘：古国名，姒（sì）姓，在今陕西合阳县东南。㉛长子：即"乃与长子"，承上省。指文王。维行："维德之行"之省。马瑞辰："上言'维德之行'言大任德配王季；此言'长子维行'，言大姒德等文王也。"㉜笃：语助词。㉝右：同"佑"。命：命令。尔：指武王。㉞燮伐：袭伐。指进攻。马瑞辰："燮与袭双声，燮伐即袭伐之假借。"下文"肆伐"同。㉟旅：众。指军队。㊱会：会聚，会合。此句言殷商军队众多。㊲矢：古"誓"字。在作战前主帅向将士讲些告诫鼓励的话，叫做誓。牧野：在殷都南七十里，在今河南淇县西南。㊳予，武王自称。侯，语助词。兴：兴起。指兴兵伐商。㊴临：监视。女：汝。指参加誓师的将士。㊵无：毋，不要。尔：你们。以上三句为武王誓师时对将士所讲的话。㊶洋洋：广阔的样子。㊷檀车：檀木造的车。煌煌：明亮的样子。㊸驷（sì）：四匹马。陈奂《诗毛氏传疏》以为"驷"为"四"之误。騵（yuán）：赤毛白腹的马。彭彭：强壮有力的样子。㊹维：语助词。师：太师，官名。尚父：即姜子牙，其祖先封于吕，以吕为氏。名望。尚父，尊称。《毛传》："尚父，可尚可父。"郑玄《笺》："尚父，吕望也，尊称焉。"㊺时：是，这。维：语助词。鹰扬：像鹰一样飞扬。《诗集传》："如鹰之飞扬而将击，言其猛也。"㊻凉："亮"的假借，辅佐。㊼肆：纵兵。㊽会：甲子日。《毛传》：“会，甲。”朝：早晨。会朝，季旭升《诗经古义新证》依据《利簋》铭文，认为是在甲子日的五点到九点。清明：指天气的晴朗和天下的太平。

【品评】 这是一首周人史诗，追述了王季娶太任生文王、文王娶太姒生武王以及武王伐商的历史，表现了周人“天命无常，唯德是辅”的天命观。

此诗以周人天命观为主线，把事件和人物串联起来。第一章开头“明明在下，赫赫在上”两句乃是周人“皇天无亲，唯德是辅”（《左传·僖公五年》引《周书》）思想的基础，以说明殷之所以亡和周之所以兴德的原因。所以第二章写王季、太任，说他们德性相配。第三至六章写文王，也突出的是他的德。文王“厥德不回”，故上天“命此文王”。上天又为文王安排了配偶太姒，其德性也与文王相配。太姒生武王，上天也“保右命尔，燮伐大商”。末二章写牧野之战，武王誓师说：“维予侯兴，上帝临女，无贰尔心；”也正是上天的保佑，所以才能“会朝清明”。诗中写到的事件本各自独立，但一以贯之，即都得到了上天的支持。诗中写到的周的先祖先妣人物有王季、太任、文王、太姒、武王，不能说不多，但总体上显示了皆有盛德，代代相传的意思。因此，从全诗来看，浑然一体，且井然有序。

此诗结构的严谨还体现在诗人用蝉联、首尾呼应等手法布局谋篇。胡承珙《毛诗后笺》说：“考《文王》篇每章首尾相承，蝉联而下，为《三百篇》别一格调。此篇虽不必每章皆然，然如第三章之‘维此文王’即承次章尾句，五章之‘大邦有子’即承第四章尾句，以及第七章‘殷商之旅’承第六章之‘燮伐大商’，第八章‘牧野洋洋’承第七章之‘矢于牧野’，格调也与《文王》篇相近。”也就是说诗中双数章的末句与单数章的首句相承。这样，在阅读时，就给人连绵不断的感觉。诗的重点是牧野之战，却由感慨天命无常领起，侧面着墨。第二至六章叙述王季、文王婚事，正为后面之有德者得天下作铺垫。第七、八章叙写伐商而有天下，照应首章。“清明”与“明明”“赫赫”相应。故吴闿生《诗义会通》说：“首章先凭虚慨叹，神理至为妙远。天位两句，借殷事作指点，以喝起下文，而恰与后半收束处密合无间，古今之至文也。"

诗人按时间先后叙事，而能精心裁剪，当详则详，当略则略。诗写周代殷而有天下，从王季写起，写了王季、文王、武王三代人的奋斗。写王季、文王，却只写娶妻。看起来是闲文，实际王季娶太任、文王娶太姒都是与比自己先进的部族联姻，为周族发展中的大事。至于牧野之战更是周代殷而有天下的决战。而就所写三件事来看，也详略不同。王季娶太任与文王娶太姒，事相类似，前者是略写，对于后者则太姒的身世、迎娶时的情形都写得很具体。这是因为文王距当时较近，且文王在周族的发展中功绩更大的缘故。第七、八章牧野之战也写了一些细节。这样，诗作显得波澜起伏。

本诗行文中为避重复，也多所省略。如第六章，郭晋稀《诗经蠡测》说："若补其省节，则本诗当云：'有命自天，命此文王。缵女维莘，【来嫁】于周，【曰嫔】于京。乃及长子，维【德之】行。【大姒有身】，笃生武王。保右命尔，燮伐大商。'盖本章承上文二、三章而来。"又说："文王之娶太姒而生武王，本与王季之娶大任而生文王，事相类似，若依法叙述，必行文重复，不胜累赘。今缩两章为一章，繁芜既剪，光艳斯生，益见行文变化之妙。"

此诗的成功之处还在于描写的精练传神。写文王亲迎，"造舟为梁，不显其光"，写亲迎仪容，却就浮桥一处落笔，借物写人，蕴藉含蓄。当然最精彩的还是牧野之战的描写。用两章来表现，写出了战斗的整个过程。先写战前，突出的是殷商军队之众多，仿佛茂密的森林，是场面描写。再写武王誓师，是细节描写，也是语言描写，表现的是武王的信心。写战中，从周人一面写来，广阔的牧野，明亮的檀车，健壮有力的战马，虽不及人，而将士的昂扬斗志可知。"维师尚父，时维鹰扬"，给人一种凶猛、迅疾之感，以师尚父之战斗神情涵盖所有将士。"会朝清明"写战斗结束，一语双关。诗人在描写中交替使用类似电影的广角镜头和特写镜头，既展示了战争宏大的场面，也表现出主要人物的行为、神情，从而使此诗成为《诗经》中描写战争的杰作。

绵

绵绵瓜瓞①，民之初生。自土沮漆②，古公亶父③，陶复陶穴④，未有家室。

古公亶父，来朝走马⑤，率西水浒⑥，至于岐下⑦。爰及姜女⑧，聿来胥宇⑨。

周原膴膴⑩，堇荼如饴⑪。爰始爰谋⑫，爰契我龟⑬，曰止曰时⑭，筑室于兹。

乃慰乃止⑮，乃左乃右⑯，乃疆乃理⑰，乃宣乃亩⑱。自西徂东⑲，周爰执事⑳。

乃召司空㉑，乃召司徒㉒，俾立室家㉓。其绳则直，缩版以载㉔，作庙翼翼㉕。

捄之陾陾㉖，度之薨薨㉗。筑之登登㉘，削屡冯冯㉙。百堵皆兴㉚，鼛鼓弗胜㉛。

乃立皋门㉜，皋门有伉㉝。乃立应门㉞，应门将将㉟。乃立冢土㊱，戎丑攸行㊲。

肆不殄厥愠，亦不陨厥问㊳。柞棫拔矣㊴，行道兑矣㊵。混夷駾矣㊶，维其喙矣㊷！

虞芮质厥成㊸，文王蹶厥生㊹。予曰有疏附㊺；予曰有先后㊻，予曰有奔奏㊼，予曰有御侮㊽。

【注释】 ①绵绵：不绝的样子。瓞（dié）：小瓜。②土：《齐诗》作"杜"。"土"为"杜"字之借，水名，古杜水在今陕西麟游县以北，南入渭。沮：徂（cú）字之借，往。漆：水名，在今陕西省彬县西，北入泾水。周人最早发祥于泾水上游（参李学勤主编《中国古代文明与国家形成研究》第三章）。③古公亶（dǎn）父：公亶父为文王的祖父，周人的首领，居于豳，当时称豳公。古言其时代早，此处意思同于"昔"。诗中为足四字之数，作"古公亶父"，后人误其作"古公"，失其文意，亦无根据。亶父为名或字（父为古男子之称）。因活着时为豳公，故称"公亶父"。武王建周以后追尊为太王。④陶复陶穴：《毛传》："陶其土而复之，陶其土而穴之。""陶"，读为"掏"。陇东窑顶皆不砌砖瓦之类。复：通"覆"，地上累土为半地穴或房屋。穴：窑洞。⑤来朝：清早。走：跑。《韩诗》作"趣"。趣音"促"，催促。"趣马"即催马，义同"走马"。⑥率：沿着。浒：水涯。这里指渭水边。⑦岐下：岐山之麓。山在今陕西西部岐山县。⑧爰：于是。姜女：姜姓之女。亶父娶姜姓女为妻，即太姜。姜姓为炎帝之后，发祥于今陕西西部渭水流域。及：与。亶父在与商王朝关系较密切的情况下东迁，适应了商王朝经营东方之时稳定西部的要求，同时也体现了周人向东扩张的打算。⑨聿（yù）：语助词。胥宇：相宅，考察选定居住地。胥：相，察看。宇：屋檐，这里指居处。⑩周原：岐山以南黄土高原之地。膴（wǔ）膴：《韩诗》作"腜腜"。"腜（méi）"与下"饴""谋""龟""兹"为韵。当作"腜"，土地肥美的样子。⑪堇（jǐn）：一种草本植物，又名堇葵，今名石龙芮，味苦。荼：苦菜。饴（yí）：麦芽糖。这句说周原大地肥沃，即使堇、荼类苦菜也甘如饴糖。⑫爰始爰谋：于是开始谋划。为合于节奏，在"始、谋"两字前均加"爰"以足字数。⑬契：用刀刻。龟：指占卜所用的龟甲。上古占卜先刻龟甲，然后放在火上灼烧，看龟甲上的裂纹以卜吉凶。⑭曰：发语词。止：居住。时：善，适宜。⑮慰：安定。止：居住。句子结构同"爰始爰谋"。⑯乃左乃右：划出东西区域。古人建房筑院，言左右都是面朝南（向阳）。⑰疆：用为动词，划定疆界。理：用为动词，据土地的地形、肥瘠进行规划区分。⑱宣：疏通沟渠。亩：整治畎垄。马瑞辰《毛诗传笺通释》释以上两句说："上言疆理者，定其大界，此又别其亩垄。"⑲徂：往，到。周原之地东西长条形，故上言左右，此言东西（皆一西南言之）。⑳周：普遍。爰：语助词。执事：从事工作。㉑司空：掌管工程建筑的官。㉒司徒：掌管土地和力役的官。㉓俾：使。立：建立。室家：指宫室。㉔缩：捆。指捆扎筑板。郑玄《笺》："绳者营其广轮方制之正也。既正则以索缩其筑版。"孔颖达《正义》引孙炎说："绳束筑版谓之缩。"版：筑墙的夹板。今作"板"。载：指筑板上下相承（说据郑玄《笺》）。㉕作：建筑。庙：宗庙。翼翼：整齐有序的样子。㉖捄（jū）：盛土入筐。陾（réng）陾：《玉篇》引作"陑（ér）陑"，多的样子。此言人们劳动积极性高，运土时筐中盛得很满。㉗度（duó）：投掷。这里指将运来的土铲到筑墙的夹板内。薨薨：填土声。㉘筑：指用夯捣土。登登：捣土声。㉙屡：通"偻"（lóu），隆高，指土墙上隆起的部分。冯（píng）冯：削平土墙的声音。㉚堵：量词，墙五版为一堵。兴：起，筑起。㉛鼛（gāo）：大鼓，长一丈二尺（周尺）。《毛传》："或鼛或鼛，言劝事乐功也。"《周礼·鼓人》亦云："以鼛鼓鼓役事。"则古人在群体工役劳动中用以鼓舞干劲。弗胜（shēng）：指鼓声被以上各种声音所淹没。㉜皋门：《韩诗》作"高门"，即郭门，外城的城门。㉝有伉（kàng）：即"伉伉"，高耸的样子。㉞应门：王宫的正门。㉟将（qiāng）将：《鲁诗》作"锵锵"。庄严雄伟的样子。㊱冢（zhǒng）土：大社。国君祭祀社神之地。冢，大。土，通"社"。㊲戎丑攸行：大众所行事之处。戎，大。丑，众，古之大事，在戎与祀，凡起大事动大众必先祭社神。㊳"肆不"两句：因而对敌人的愤怒，并未消失，也不断绝同他们的聘问往来。意谓：既保持警惕，也不废交往。肆：故。殄（tiǎn）：断绝。厥：其。愠（yùn）：愤怒。陨、坠：丧失。问，聘问。这是周人迁至岐山以南后同昆夷相处的情况。此上当缺一二章，故无所承，也看不出对由太王向文王过渡的必要交代。㊴柞（zuò）：柞树。棫（yù）：白桵与柞皆丛生灌木。㊵兑：通畅。㊶混夷：又作昆夷，古西戎种族之一。駾（tuì）：本意指马惊骇奔突。此处指周人向周围的道路开通，以往凭险而骚扰周人的混夷逃跑了。㊷维：句首语助词。喙（huì）：同"瘃"，疲困连连喘气的样子。㊸虞、芮（ruì）：两古国名。虞在今山西平陆县东北，芮在今山西芮城县西。质：问，咨询。成：公平，公道。㊹蹶（guì）：感动。生：性、天性。上两句言虞芮两国之君因争田久而不能平，求文王，入其境，则耕者让畔，行者让路，入其邑，男女异路，斑白不提挈，入其朝，士让为大夫，大夫让为卿。两国之君感动，变相争为相让（《毛传》）。这里表现文王在周围部族中威信大大提高。㊺予：我。此诗人以文王的口气言之。曰：语助词。疏附：指团结同僚和亲近君主的臣子。㊻先后：在君主左右参谋政事的臣子。㊼奔奏：指四方奔走宣扬君德之臣子。㊽御侮：指可以抵御外侮的臣子。

【品评】《绵》追述了周王族十三世公亶父自邠迁岐，定居渭河平原，振兴部族的业绩。末尾说到文王继承遗烈、和附四邻、健全机构，扩大王业之事。周民族为农业民族，土地是其根本。能否占有并支配广阔丰美的土地，关系到整个民族的兴衰。周人历史上的五次迁徙，抛开社会政治、军事的因素，最根本的原因在于对肥沃土地的追求。方玉润说："故地利之美者足以王，是则《绵》诗之旨耳。"

从诗的结构和内容来看，第七章之后可能缺一两章（不相连属）。《史记·孔子世家》中说："周室微而礼乐废，《诗》《书》缺。"孔子曾进行整理，则简文缺失，也是可能之事。

全诗共九章。开首八字简洁地概括了周人延绵不绝、生生不息的漫长历史。以下至第八章，全叙太王率族迁岐、建设周原的情况。正是太王迁岐的重大决策和文王的仁德，才奠定了周人灭商建国的基础，如《鲁颂·閟宫》所言："后稷之孙，实维大王。居岐之阳，实始翦商。至于文武，缵大王之绪。"篇末便自然而然带出文王平虞芮之讼的事，显示出其蒸蒸日上的景象。

周人早先所居的邠（字旧作"豳"）地，人们"陶复陶穴"，农业的落后和强悍游牧民族昆夷的侵扰，促使周人举族迁移。《孟子·梁惠王下》记载狄人入侵，意在掠地，公亶父事之以皮币、珠玉、犬马，均不得免，乃"去邠，逾梁山，邑于岐山之下居焉"。周人以其仁而"从之者如归市"。全诗以迁岐为中心展开铺排描绘，疏密有致。长长的迁徙过程浓缩在短短的四句中："古公亶父，来朝走马。率西水浒，至于岐下。"而"爰及姜女"

一句，看似随笔带出，实则画龙点睛。姜女是当地平原民族姜族首领的长女，周与姜联姻，意味着亶父被承认为周原的占有者和统治者。同时，此句又为后文对渭水平原上的种种生活劳动的刻画，做了铺垫。在"堇荼如饴"的辽阔平原上，周人怀着满腔喜悦和对新生活的憧憬投入劳动，他们刻龟占卜，商议谋划。诗人以浓彩重墨描绘农耕、建筑的同时，融入了深沉朴质的感情。他们一面欢天喜地安家安宅，封疆划界，开渠垦荒，一面"筑室于兹"。与邠地相比，平原文明的标志便是建造房屋。走出地穴窑洞，在地面上修屋筑室，是一个质的飞跃，是周人安居乐业的开始，是周族初兴的象征。这也正是公亶父迁岐的伟大功业。所以诗中对建筑的描摹刻画，正是对公亶父的热情歌颂，诗中最精彩生动的描写也集于此："陾陾""薨薨""登登""冯冯"四组拟声词，以声音的嘈杂响亮表现了种种劳动场面，烘托了劳动的气氛。洪大的鼓声被淹没在铲土声、填土声、打夯声和笑语声中，真是朝气蓬勃、热火朝天。"百堵皆兴"，既是对施工规模的自豪，也暗示了周民族的蓬勃发展。"皋门有伉""应门将将"，既是对自己建筑技术的夸耀，又显示了周人的自强自立、不可侵犯的精神。由此歌颂武功文略便是水到渠成："柞棫拔矣，行道兑矣。混夷駾矣，维其喙矣。"表现了日益强大的周族对昆夷的蔑视和胜利后的自豪感。文王平虞芮之讼，突出表现其睿智与文德。结尾四个"予曰"，一气呵成，"收笔奇肆，亦饶姿态"（《诗经原始》），既是诗人内心激情一泻而出的倾诉，又是对文王德化的赞美，更是对古公亶父文韬武略的追忆，与首句"绵绵瓜瓞"遥相呼应，相映成趣。王夫之赞叹其写情传势，"如群川之浐（jiàn）流也，如春华之喧发也，如风之吹万而各以籁鸣也"（《诗广传》）。

　　本诗以时间为经，以地点为纬，景随情迁，情缘景发，浑然丰满，情景一体，充满了浓郁的生活气息。自邠至岐，从起行、安宅、治田、建屋、筑庙到文王服虞芮、受天命，莫不洋溢着周人对生活的激情、对生命的热爱、对祖先的崇敬。结构变换，开合承启不着痕迹，略处点到即止，详处工笔刻画，错落有致。读之使人如闻其声，如临其境。

生民

厥初生民①，时维姜嫄②。生民如何？克禋克祀③。以弗无子④，履帝武敏歆⑤。攸介攸止⑥，载震载夙⑦。载生载育⑧，时维后稷⑨。

诞弥厥月⑩，先生如达⑪。不坼不副⑫，无菑无害⑬。以赫厥灵⑭，上帝不宁，不康禋祀⑮，居然生子⑯。

诞置之隘巷⑰，牛羊腓字之⑱。诞寘之平林⑲，会伐平林⑳。诞寘之寒冰，鸟覆翼之㉑。鸟乃去矣，后稷呱矣㉒。实覃实訏㉓，厥声载路㉔。

诞实匍匐㉕，克岐克嶷㉖。以就口食，蓺之荏菽㉗。荏菽旆旆㉘，禾役穟穟㉙。麻麦幪幪㉚，瓜瓞唪唪㉛。

诞后稷之穑㉜，有相之道㉝。茀厥丰草㉞，种之黄茂㉟。实方实苞㊱，实种实褎㊲。实发实秀㊳，实坚实好㊴。实颖实栗㊵，即有邰家室㊶。

诞降嘉种㊷，维秬维秠㊸。维穈维芑㊹，恒之秬秠㊺。是获是亩㊻。恒之穈芑。是任是负㊼，以归肇祀㊽。

诞我祀如何？或舂或揄㊾。或簸或蹂㊿，释之叟叟(51)。烝之浮浮(52)，载谋载惟(53)。取萧祭脂(54)，取羝以軷(55)。载燔载烈(56)，以兴嗣岁(57)。

卬盛于豆(58)，于豆于登(59)。其香始升，上帝居歆(60)。胡臭亶时(61)，后稷肇祀。庶无罪悔(62)，以迄于今(63)。

【注释】①厥初：其始，那开始的时候。生民：生出周人。②时：是，此。维：为。姜嫄：《韩诗》作“姜原”。姜为姓，属炎帝族。“原”指本原。周人奉后稷之母为先妣。因为是女性，又作“嫄”。③克：能够。禋（yīn）：烧有香气之物以祀上帝。《周礼·大宗伯》：“以禋祀祀昊天上帝”郑玄注：“禋之言烟，周人尚臭（按：臭，嗅本字，气味），烟气之臭闻者槱积也。”④弗：祓（fú）字之借，祓除。⑤履：践踏。帝：上帝。武：足迹。敏：

"拇"字之借。歆：心有所感而心欣喜。⑥攸介攸止：于是居于室中，于是安定下来（停止大的体力活动）。攸：于是。介：舍，居。⑦载：语助词。震："娠"字之借，怀孕。夙："肃"字之借，指私生活严肃起来。⑧生：分娩。育：养育。⑨时：是，这。维：为，即。⑩诞：与"当"为一言之转。弥厥月：满了怀孕的月数。弥：满。⑪先生：初生，头胎生子。达："杏"字之借，犹言杏生，即第二胎、第三胎，此言其生育。⑫不坼（chè）不副（pì）：指无破裂流血之事。余冠英言："这句说生得很滑利不致破裂产门。"⑬菑：通"灾"。⑭赫：显示。灵：灵异。⑮"上帝"二句：言莫非上帝将不使我安宁，不满意于我的祭祀？康：安，乐。⑯居然：竟然。这里指同首胎生子情形不同，出乎意外。⑰置：放置。隘巷：狭巷，偏僻而少人行之处。⑱腓（féi）："庇"字之借。字：乳。⑲平林：平原上的树林。⑳会：适逢。㉑鸟覆翼之：鸟在上面用翅膀遮盖住他。翼，翅膀，此用为动词。㉒呱（gū）：小儿哭声。㉓实：是此。覃（tán）：长。訏（xū）：大。㉔载路：满路。㉕匍匐：手足着地爬行。㉖克：能。岐："跂"字之借。爬行的样子。《汉书·礼乐志》："膏润并爱，跂行毕逮。"颜师古注："凡有足而行者，称跂行也。"嶷："疑"字之借。《大雅·桑柔》："靡所止疑。"《毛传》："疑，定也。"此联系下文看，言只能爬行时，刚能站起时，便自求口食。㉗蓺：同"艺"，栽种。荏（rěn）菽：《韩诗》作"戎菽"，大豆。㉘旆（pèi）旆：茂盛的样子，本字作"术"。《说文》："术，木盛，术术然。读若辈。"㉙役："颖"字之借。《说文》两引此句均作"颖"，禾穗。穟（suì）穟：禾穗长大下垂的样子。㉚幪（měng）幪：茂盛的样子。㉛瓞（dié）：小瓜。唪（běng）唪：三家《诗》作"菶（běng）菶"，茂盛的样子。㉜穑：稼穑，种植五谷。㉝有相（xiàng）之道：有帮助庄稼丰收的办法，即有耕种经验。相，帮助，辅助。㉞茀（fú）："拂"字之借，除去。丰草：指茂盛的野草。㉟黄茂：嘉谷，良种（参马瑞辰《毛诗传笺通释》）。㊱实：确实，言按后稷的方法选地、耕种，确实能发芽、分蘖等。下四句同。方：通"放"，指发芽出土。苞：分蘖。孙炎《尔雅注》："物丛生曰苞"。㊲种（zhòng）：短（参马瑞辰《毛诗传笺通释》）。褎（yòu）：

禾苗渐渐生长的样子。㊳发：禾茎舒发，拔节。秀：抽穗。㊴坚：指谷粒灌浆，变得饱满。好：谷粒均匀长势好。㊵颖：禾穗。这里用为动词，指禾穗成熟下垂。栗：谷粒成熟丰硕。㊶即有邰家室：到有邰之地成家立业。即，往。有，词头，无义。邰（tái），传说尧封后稷弃于邰，其地在今陕西武功县西南。㊷降：赐予，言上天赐予周人以嘉种，实际上是言后稷发现了良种。㊸秬（jù）：黑黍。秠（pǐ）：黍的一种，一个黍壳中含有两粒粟米。㊹穈（mén）：赤苗的嘉谷。芑（qǐ）：一种良种谷子，即白粱粟。㊺恒：通"亘"，周遍的意思。㊻获：收获。亩：指以亩计算产量，郑玄《笺》："成熟则获而亩计之。"㊼任：抱。毛《传》："任，犹抱也。"负：背。㊽归：运归。肇祀：开始祭祀上天，毛《传》："始归郊祀也。"陈奂《诗毛氏传疏》："祈年以报今秋成熟，而祈来岁再丰也。"㊾舂（chōng）：在臼里捣米脱糠。揄（yóu）："舀"字之借，三家《诗》作"舀"。㊿簸（bǒ）：用簸箕上下颠动粮食扬去其皮壳等杂物。蹂（róu）：反复揉搓。51释：淘米。叟叟：淘米声。52烝：同"蒸"。浮浮：热气上升的样子。53谋：谋划。惟：思虑。54萧：一种植物，即今牛尾蒿。干枝有香气。祭脂：牛肠间脂。古时祭祀将牛肠脂涂在萧上，同黍稷合烧，使香气上升。这是写迎路神的仪式。上古祭神之前先行迎神仪式。55羝（dī）：公羊。軷（bá）：祭路神。毛《传》："軷，道祭也。"祭路神以求至南郊祭天平安。56燔（fán）：将肉放在火里烧。烈：将肉加在火上烤。57兴：使兴旺。嗣岁：新岁、来年。58卬（áng）：我。豆：一种木制高脚器皿，用以盛肉、菜等祭物。59登：同"登"，一种陶制的祭器，用以盛大羹。60居：安然。歆：飨，享受祭祀。61胡：大。臭（xiù）：香气。亶（dǎn）：确实。时：善。62庶：庶几。罪悔：罪过。63迄：至。

【品评】《大雅·生民》是周人祭祀天帝所用祭祀乐歌，《诗序》说："《生民》，尊祖也。后稷生于姜嫄，文武之功起于后稷，故推以配天焉。"这是完全从历史的角度说明。其实，周人以为其远祖后稷是受天命孕育了周人，故祭天以后稷配之。全诗主要讲后稷的事迹与业绩。而末尾说到"上帝居歆"，而以"后稷肇祀。庶无罪悔，以迄于今"结尾。

此诗作为史诗，所写内容本带有传说的性质。写成当在西周初年，但反映的内容要早得多。据《史记·周本纪》，后稷约"在陶唐虞夏之际"，此后之世系浑沌失其传，但作为始祖的弃，则相传不忘。其后不窋当夏之衰（"不窋末年，夏后氏政衰，去稷不务，不窋以失其官而奔戎狄之间"）。这期间口耳相传，除主要梗概外，难免增饰与想象。所以说，其中有史的成分，也有神话的成分，明显表现出口传文学的特征。

周人追述其祖之所自出为姜嫄，则后稷弃为周人由母系氏族社会向父系氏族社会过渡之关键人物。因此，此诗反映了周人的文明发展史，也反映了中华民族早期历史发展的进程（史前阶段各部族发展不平衡，周氏族反映了西部炎帝族中一支的发展状况）。

周人为农业民族。中华大地远古之时畜牧、养殖、农业（采集农业、种植农业）、渔猎等经济并存，而发展的趋向是农业生产越来越扩大，越来越进步，其他的经济形式，在中原地区基本上成为辅助经济形态。这同我国的地理、气候状况有关，也同周人农业上的成功范例有关。《生民》一诗对后稷的灵异描写，实际上反映了对周民族在农业生产上不平凡创造的评价。这同诗的第三、四、五、六章全写他在农业生产方面的贡献、描写农业生产的热烈愉快场面是一致的。

本诗是祭祀天帝时所用，从第八章可以看出。因为周人祭天以其祖后稷配之，故诗中主要说后稷的事迹与功业。周人对后稷弃的祭祀不是开始于周人建国之后，而应在此前，具有悠久的历史。所以，诗中有些句子、有些段落，可能是自远古相传，至周建国后，在旧有祭歌及传说的基础上进行重写。诗中所反映周人意识形态的产生与发展（上帝、祖先、祭祀等）也值得注意。

艺术上有几点值得注意：

首先，层次清楚，结构严谨。第一章写姜嫄怀弃因为履践了天帝的足拇趾印，即言其来自天帝，末章写祭祀，言"上帝居歆"，并言"后稷肇祀"，"以迄于今"，前后照应。中间六章各写后稷技艺或农业生产的某一方面，整饬严谨。除尾二章外，每章以"诞"开头，表现了追叙、回想的意思。

其次，有的情节写得很细，并着力于后稷之生及农业生产的状况。此二者又紧密联系，故主题很突出。

最后，音乐的特征很突出。从内容来说具有史诗的性质；而从形式来说，有明显的歌诗的性质。诗的第一章、第二章都说到帝（第一章说受恩于帝），第八章说祭祀帝从不怠懈，具有序曲和尾声的作用，其余六章都以"诞"开头；全诗共八章，第一、三、五、七章章十句，第二、四、六、八章章八句，明显带有音乐曲调上交错搭配的特征。

公刘

笃公刘①，匪居匪康②。乃埸乃疆③，乃积乃仓④。乃裹糇粮⑤，于橐于囊⑥。思辑用光⑦。弓矢斯张⑧，干戈戚扬⑨，爰方启行⑩。

笃公刘，于胥斯原⑪，既庶既繁⑫，既顺乃宣⑬，而无永叹。陟则在巘⑭，复降在原⑮。何以舟之⑯？维玉及瑶⑰，鞞琫容刀⑱。

笃公刘，逝彼百泉⑲，瞻彼溥原⑳，乃陟南冈，乃觏于京㉑。京师之野㉒，于时处处㉓，于时庐旅㉔，于时言言，于时语语㉕。

笃公刘，于京斯依㉖。跄跄济济㉗，俾筵俾几㉘。既登乃依㉙，乃造其曹㉚。执豕于牢㉛，酌之用匏㉜。食之饮之㉝，君之宗之㉞。

笃公刘，既溥既长㉟，既景乃冈㊱，相其阴阳㊲。观其流泉，其军三单㊳。度其隰原㊴，彻田为粮㊵，度其夕阳㊶，豳居允荒㊷。

笃公刘，于豳斯馆㊸，涉渭为乱㊹。取厉取锻㊺。止基乃理㊻，爰众爰有㊼。夹其皇涧㊽，遡其过涧㊾。止旅乃密㊿，芮鞫之即(51)。

【注释】①笃：语助词。公刘：周人先祖，"公"为身份之称，同"公非""公叔父"一样，指部族首领。"刘"为名。《史记·周本纪》说公刘为后稷四世孙,《史记·刘敬列传》云为后稷十馀世孙。似以《周本纪》之说为是。《汉书·古今人表》列公刘于夏末。②匪:非,不。居、康:都是"安"的意思。此句是说,公刘在邰地遭到敌人侵扰,不能安居。《刘敬列传》:"周之先自后稷,尧封之邰,积德累善十有馀世。公刘避桀居豳。"③乃:于是。场(yì)、疆:都是田界,这里作动词用。此句是说,公刘整治田地,以便多生产粮食。④积:亦名"庾(yǔ)",露天积粮处。仓:用作动词,指把粮食贮存在仓里。⑤裹:包。糇(hóu)粮:干粮。⑥橐(tuó):无底的口袋,装物后,用绳子扎住两头。囊:有底的袋子。⑦思:语助词。辑:和睦。用:以,而。光:光大。此句是说公刘使人民团结一致,努力光大部族。⑧斯:语助词。张:设,准备。⑨干:盾牌。戈:一种横刃长柄的武器。戚:斧子。扬:亦名"钺(yuè)",大斧。⑩爰:语助词。方:开始。启行:出发。⑪于:同"曰",语助词。胥:相,观看。斯:"鲜"之假借。郭晋稀《诗经蠡测》:"'斯原'即《皇矣》'度其鲜原'之鲜原,《传》:'小山别大山曰鲜。'《逸周书》:'王乃出图商,至于鲜原。'此诗下文云'陟则在𡽱,复降在原'……上下相应。"⑫既:已经。庶、繁:众多。指迁来的人口众多。⑬顺:顺心,称心如意。宣:舒畅。马瑞辰《毛诗传笺通释》:"宣之言通也,畅也,言民心既顺其情,乃宣畅也,故下即言'而无永叹'矣。"⑭陟:登。𡽱(yǎn):孤立的小山。⑮复:又。降:下到。以上两句是写公刘察看地形的情景。⑯舟:"周"的假借,环绕,这里指佩戴。此句设问公刘身上佩戴着什么。⑰维:是。瑶:似玉的美石。⑱鞞(bǐ):刀鞘下端长筒形的玉饰。琫(běng):刀鞘上端椭圆形的玉饰。容:装饰。以上两句是说,公刘腰间佩戴着用玉装饰的刀。⑲逝:往。百泉:泉水众多之处。⑳瞻:看,视察。溥:广大。㉑觏(gòu):看见。京:高丘。㉒京师:指民众集居的高丘,因公刘于此处建都,后遂成为都城的代称。㉓于时:于是,在这里。处处:定居。㉔庐:茅棚。这里用为动词,指搭茅棚容纳。旅:众。指部落成员。㉕言言、语语:皆以重言以见言语之喧哗,来表现随从公刘迁徙的民众欢声笑语的样子。㉖依:依附,安居。㉗跄(qiāng)跄:步趋有节的样子。济济:庄严恭敬的样子。㉘俾:使。

筵：竹席。古人席地而坐，用筵作坐具，所以座位也叫筵。几：古人席地而坐时可依靠的矮桌。此句是说，请赴宴者入席就座。㉙既：已经。登：登上筵席，指就座。依：凭几。㉚造："禞（gào）"之假借，告祭。曹："䄚"之省借。祭猪神。马瑞辰说："《艺文类聚》引《说文》'祭豕先曰䄚'。……据下云'执豕于牢'，知诗'乃造其曹'谓将用豕而先告祭于豕先，犹将差马而先祭马祖也。"㉛执：捉。牢：猪圈。㉜酌：斟酒。之：指宾客。匏（páo）：葫芦。葫芦一剖为二，可作酒器。㉝食（sì）之饮之：此指公刘请众宾吃饭喝酒。㉞君：为豳地的君主。之：指公刘。宗：为周人的族长。㉟既：已经。溥：广大。此句是说，开垦的土地已经很大了。㊱景：同"影"，日影，作动词用，指测量日影以定方位。冈：同"岗"，作动词用，指登上山岗。㊲相：看。阴：山北水南。阳：山南水北。此句是说，察看哪儿背阴，哪儿向阳。㊳单："禅"的省借，轮流更换。《毛传》："单，相袭也。"俞樾《达斋诗说》："疑毛公读'单'为'禅'。禅者，禅代之义，故云相袭也。"此句是说，将全体人员分为三大部分，轮流更换。㊴度（duó）：测量。隰原：低湿的平地。㊵彻：治理。彻田：指开垦田地。为粮：种植庄稼。㊶夕阳：山的西边。陈奂《诗毛氏传疏》："山之西夕见日故曰夕阳"。㊷豳居：豳人居住的地方。允：确实。荒：广大。㊸馆：作动词用，指建造房屋。㊹渭：渭河。乱：横流而渡。㊺厉：同"砺"，粗糙坚硬的磨刀石。锻：同"碫"，打铁的砧石。㊻止：之，兹，这。于省吾《泽螺居诗经新证》："止即古文之字，乃指示代词。"下"止旅乃密"之"止"同。基：基地。理：治理。㊼爰：于是。众、有：皆为"众多"之意。马瑞辰说："有与众同义，犹言'爰居爰处'，处亦居也。……下'夹其皇涧'四句皆言来居之众多，即承上'爰众爰有。'言之。"㊽夹：夹岸而住。皇：豳地涧名。㊾遡：向，有面对的意思。过：豳地涧名。㊿旅：众，指众民。密：繁密。(51)芮（ruì）："汭"的假借，水边向内的凹处。鞫（jū）："泦（jiù）"的假借，水边向外凸处。之：宾语前置的标志。即：就，指去居住。

【品评】 这也是一首周人史诗，叙述了公刘带领周民由邰迁豳、定居并发展农业的历史。

周人五迁，几乎每次迁徙都对周族的发展产生了深远的影响，故《诗经》中对周人的迁徙多有歌咏。此诗叙述公刘由邰迁豳，《绵》篇追述公亶父由豳迁岐下。在周人的心目中迁徙是重大的历史事件，也是祖先的光辉业绩。故此诗既是叙述历史事实，也是歌颂周人先祖公刘，是以具体历史事件来表现人物。公刘是一个有远见的部族领袖，他之所以要率众迁徙，是为了"思辑用光"，即把族人团结起来，以光大部族。他又善于谋划，对迁徙做了充分准备和精心安排。他勤于政务，不辞辛劳，亲自观察各处地形，调查水源，选择定居点。他还是一个有魄力、有卓越组织才能的创业者，他把部众分为三部分，组织民众生产、营建房屋。对这样一位部族领袖，人民自然是拥戴的，随从他迁徙的部众很多，迁徙途中部众也是"既顺乃宣"，到目的地更是欢欣鼓舞的样子，因而他被"君之宗之"也就是自然而然的事。诗人对人物性格没有直接描写，完全以具体的事实来表现，显得真实而客观，也给读者留下了鲜明而深刻的印象。

此诗笔法灵便，整饬中包含有变化。全诗基本按照时间顺序来叙写，又适时进行穿插，并将概括叙述和具体叙述结合起来，使得全诗线索清晰而又不乏灵动之感。一章写出发的情形，而中间插入一句"思辑用光"，揉直为曲，也说明了公刘迁徙的目的。第二章写公刘察看地形，并借公刘的佩饰，写出了公刘的风采。确定了居地之后，先概括写民众定居的情形，再写举行祭祀仪式、治理田地、营建房屋，是先总叙，后分叙，与前两章比较，又有变化。全诗共六章，皆以"笃公刘"引起，突出了抒情味与赞美性，逐章以时为序，又因此而显得整饬。同时，从结构上说，时间线索是诗篇的明线，而"匪居匪康"又为诗眼、主线。清人崔述《丰镐考信录》卷一说："通篇之文，皆自'匪居匪康'来。陟冈觏京，度原彻田，以至涉渭取厉，何一非'匪居匪康'之事乎？诗人诚善于立言哉！"由此可以看出本篇构思与结构之精妙。

此诗的描写也非常成功。写公刘佩饰之华丽，侧面烘托出公刘的英武雄姿，也表现出周人对公刘的崇敬之情；写周人在豳地的热闹状况，叠词、排比兼用，表现出随从公刘迁徙的民众定居后的欢快心情。"夹其皇涧，遡其过涧。止旅乃密，芮鞫之即"，写出了人烟之稠密，恰如一幅图画。因而，从表达方式来说，此诗作者巧妙地将叙述、描写、抒情糅合在一起，既叙述了历史事实、表现了人物，也传达了诗人的感情，无怪乎有人说"此篇见大手笔"（吴闿生《诗义会通》）。

此诗具有重要的史料价值。从"乃觏于京""京师之野"来看，公刘时代周人已经有了城邑。由第四章来看，当时君主、族长是在宗教仪式中由推举而产生的，仍有氏族社会的性质。"君之宗之"，则可见已经建立起了族长的权威，这是政治权威的形态，也为后来的周代宗法制的建立奠定了基础。"其军三单"是指把民众分为三部分，轮流从事军事活动，有三分之二得从事生产。这也即方玉润所说的"寓兵于农"之法。由这些具体细节，虽不能说公刘时代，周族已经进入国家阶段，但已经具有国家的雏形了。

荡

荡荡上帝①，下民之辟②。疾威上帝③，其命多辟④。天生烝民⑤，其命匪谌⑥？靡不有初⑦，鲜克有终⑧。

文王曰咨⑨，咨女殷商⑩！曾是强御⑪，曾是掊克⑫，曾是在位，曾是在服⑬。天降滔德⑭，女兴是力⑮。

文王曰咨，咨女殷商！而秉义类⑯，强御多怼⑰。流言以对⑱，寇攘式内⑲。侯作侯祝⑳，靡届靡究㉑。

文王曰咨，咨女殷商！女炰烋于中国㉒，敛怨以为德㉓。不明尔德㉔，时无背无侧㉕。尔德不明，以无陪无卿㉖。

文王曰咨，咨女殷商！天不湎尔以酒㉗，不义从式㉘。既愆尔止㉙，靡明靡晦㉚，式号式呼㉛，俾昼作夜㉜。

文王曰咨，咨女殷商！如蜩如螗㉝，如沸如羹㉞。小大近丧㉟，人尚乎由行㊱。内奰于中国㊲，覃及鬼方㊳。

文王曰咨，咨女殷商！匪上帝不时㊴，殷不用旧㊵。虽无老成人㊶，尚有典刑㊷。曾是莫听㊸，大命以倾㊹。

文王曰咨，咨女殷商！人亦有言㊺："颠沛之揭㊻，枝叶未有害，本实先拨㊼。"殷鉴不远㊽，在夏后之世㊾。

【注释】 ①荡荡：恣意放荡，不守法度的样子。马瑞辰《毛诗传笺通释》："'荡荡'本流水放散之貌，《尧典》'荡荡环山襄陵'是也。又引申为法度废坏之貌。"实乃由水之横溢泛滥，引申为恣意放荡、无所遵守之貌。上帝：天帝。这里是暗喻周厉王。②辟（bì）：国君。③疾威：暴戾。④命：性。《礼记·檀弓》："骨肉归复于土，命也。"孔颖达《疏》："命，性也，言自然之性。"辟："僻"的假借，邪僻。⑤烝民：众民。⑥匪：非。谌（chén）：诚，相信。此句为反问句，言上天所生众民，他们的本性难道不诚信吗？⑦靡不：无不。有初：有好的开始。⑧鲜：少。克：能。有终：有善终。此两句承"其命匪谌"而言，说由于君王的暴虐，虽然开始时也忠于君王，后来就不会那样了。⑨咨：嗟叹声。⑩女：汝。殷商：指纣王。厉王暴虐，诗人不敢直言，只能假托文王指责殷纣王的口气来讽刺。⑪曾（zēng）：竟。是：这样。强御：强横暴虐。⑫掊（póu）克：聚敛搜刮。⑬在服：指执行政事。以上二句同前四句一样，是排比句，言殷纣竟这样列在王位，竟这样执行政事！⑭滔："慆"的借字，倨傲。滔德，指本性傲慢之人。⑮兴：起。是：这。力：暴力。⑯而：同"尔"，你。秉：执，持。义类：俞樾《群经平议》卷十一："此经义字亦俄之假字。类与戾通。……义类，犹言邪曲也。"⑰怼（duì）：怨恨。以上两句是说，殷纣行邪曲之事，强横暴虐，因而天下多怨恨。⑱流言：谣言。对：遂。有兴起之意。⑲寇：盗。攘：窃取。式：以，因此。内：入。金文内、入同用。此句是说，寇盗攘窃之祸也因此发生了。⑳侯：维，有。作："诅"的借字。祝："咒"的借字。诅咒，祈求鬼神嫁祸于旁人。㉑靡：无。届：极。究：穷。此句是说，殷纣王的罪行无穷无尽。㉒烋然（páoxiāo）：即"咆哮"，猛兽的怒号声。此处形容殷纣的暴怒。中国：国中。㉓敛：聚。敛怨，积怨。此句是说，殷纣把招来怨恨当作有德。㉔不明：无知人之明，不辨善恶。尔：你。德：本性。不明尔德，即"尔德不明"的倒文。㉕时：是。《韩诗》作"以"，因而。背：后。侧：旁边。《毛传》解释此句说："背无臣，侧无人也。"朱熹《诗集传》说："言前后左右公卿之臣皆不称其官，如无人也。"㉖以：因而。陪：陪贰，指三公。卿：卿士，指六卿。三公六卿是王朝的重要职官。㉗湎：沉湎。此指沉迷于酒。㉘义：宜，应该。从：通"纵"，放纵。式：用。以上两句是说，上天没有让你沉迷于酒，你不应该放纵自恣。㉙既：已经。愆（qiān）：过失，引申为丧失。止：仪容举止。㉚明：天明，指白天。晦：昏暗，指黑夜。㉛式：语助词。号：大叫。㉜俾：使。《史记·殷本纪》："帝纣……大冣（按同"聚"）乐戏于沙丘，以酒为池，县肉为林，使得男女倮（按同"裸"）相逐其间，为长夜之饮。"㉝蜩（tiáo）：蝉。螗（táng）：蝉的一种。㉞沸：开水。羹：菜汤。以上两句，马瑞辰《毛诗传笺通释》说："诗意盖谓时人悲叹之声如蜩螗之鸣，忧乱之心如沸羹之热。"㉟小大近丧：小事大事都近乎丧亡失败。㊱人：指殷纣。尚：还。乎：于。由行：由其道而行，即照老样子做。㊲奰（bì）：怒。㊳覃：延及。鬼方：远方。㊴匪：非。时：善。㊵旧：指旧的典章法制。㊶老成人：指德高望重的老臣。㊷典刑：指成法常规。㊸曾：乃，竟然。是莫听：即"莫听是"，"莫听之"。㊹大命：指国家的命运。倾：倾覆，灭亡。㊺亦：语助词。㊻颠沛：即"颠仆"，跌倒。这里指树木被拔倒。揭：举，此指树木被拔倒后树根蹶起。㊼本：树根。拨："败"的借字，毁坏。以上三句，朱熹解释说："言大木揭然将蹶，枝叶未有折伤，而其根本之实已先绝，然后此木乃相随而颠拔尔。苏氏曰：'商周之衰，典刑未废，诸侯未畔，四夷未起，而其君先为不义以自绝于天，莫可救止，正犹此尔。'"㊽鉴：镜子。㊾夏后：周人称夏朝为夏后氏。此指夏王桀。以上两句是说，夏桀的亡国是殷纣的一面镜子。言外之意是说殷纣就是厉王的镜子。

【品评】 这是一首讽刺周厉王暴虐无道的诗。《诗序》:"召穆公伤周室大坏也。厉王无道,天下荡荡,无纲纪文章,故作是诗也。"应该可信。西周王朝在"成康之治"以后,便逐渐衰落,至厉王时,国家已存在严重隐患。而厉王又是一个昏庸而残暴的君主,他一方面任用奸佞小人,大肆搜刮人民的钱财,甚至以折磨人民为乐;另一方面又用巫者监视人民的言行,实行恐怖统治,弄得人民"道路以目",不敢随便交谈。这样,人民在忍无可忍的情况下,于公元前842年就把厉王赶到了彘(今山西霍县东北)。这首诗大约就作于此稍前。由于厉王以卫巫"使监谤者"(《国语·周语》),所以诗人假托文王指斥殷纣的方式来对厉王的无道进行批评。

此诗全诗八章,除第一章托言上帝,指出当时朝政多邪僻和"天命靡常"的道理外,其余七章皆以"文王曰咨,咨女殷商"领起,用文王的口气指斥殷纣王,实际是斥责周厉王。这是一种借古喻今、指桑骂槐的手法。清人陆奎勋《陆堂诗学》卷十说:"'文王曰咨,咨女殷商',所以申明'疾威上帝,其命多辟'之意,初无一语显斥厉王,结撰之奇,在《雅》诗亦不多觏。"吴闿生《诗义会通》说:"此诗格局最奇。本是伤时之作,而忽幻作文王咨殷之语。通篇无一语及于当世,但于末二语微词见意,而仍纳入文王界中。词意超妙,旷古所无。"这种借古喻今的方式为诗歌创造了一种新的表现手法,为文学利用历史题材开辟了道路。

从全篇来看,本诗也有"结撰之奇"。首章写当时的"其命多辟"和天命无常的道理,为全诗在情与理方面定下了基调。结句"殷鉴不远,在夏后之世"正含着"周鉴不远,在殷商之世"的意思,因为全篇是以文王斥责殷纣王的语言出之,并未言夏桀如何如何。读过掩卷,深味之可知,而并未形诸文字。吴闿生说:"然尤妙者,在首章先凌空发议,末以'殷鉴不远'二句结之,尤极帷灯匣剑之奇。否则真成论古之作矣,人安知其为借喻哉。宜顾震沧以为千秋绝调也。"真善读诗者。

首章斥"疾威上帝",而第二章以后斥纣王,正见得诗人之意既不在斥天帝,也不在斥纣王,而是暗指今王。第二章突出斥责纣王强横暴虐,聚敛搜刮,方玉润《诗经原始》:"贪暴二字是厉王病根,故先揭出,作全诗眼目。"第三章又承第二章，写纣王强横暴虐造成了天下怨沸、流言四起、寇盗攘窃之祸不断的混乱局面。而殷纣仍然诅咒善人，没完没了。第四章先说纣王以积怨为有德，再说其生性暗昧，不辨善恶，因而身边没有贤臣辅佐。五章从沉迷于酒的角度具体揭露殷纣如何恣肆放纵。第六章又承第三章而言，说殷纣的倒行逆施，使得国人怨声沸腾，忧心忡忡，怒火延及远方，所做大事小事都近于败亡。第七章承第六章，分析殷纣众叛亲离、天下怨沸的原因。指斥殷纣违背旧典，不用老臣，致使"大命以倾"。而"虽无老成人"又与第三章呼应。第八章援引古谚，指出殷纣政权已经从根部腐烂。"殷鉴不远，在夏后之世"，希望厉王以史为鉴、早日觉醒。自第二章至第八章，分别从强横暴虐、行事邪僻、沉迷于酒、民怨沸腾、内外交困等方面来指斥殷纣。不过，在表达时并不是依次而论，而是前后交叉、互相补充。

本诗在修辞上也用了多种手法。"文王曰咨，咨女殷商"，是顶真，表现文王深沉的感慨。自第二章起，皆以此两句领起，以反复来表现诗人难以言尽的感慨，也加深了读者的印象。第二章"曾是强御，曾是掊克，曾是在位，曾是在服"，四个排比句表现出强烈的斥责语气。第四章"不明尔德，时无背无侧。尔德不明，以无陪无卿"四句以排比强调殷纣身边无贤臣。"如蜩如螗，如沸如羹"，是排比，也是比喻，用来形容民怨沸腾和国家政治气氛紧张，生动而准确。"人亦有言"几句，则为引用，又是比喻。而结句"殷鉴不远，在夏后之世"，高度概括，具有警句的性质，也因而成为成语。

此诗作者为召穆公，名虎，是一位忧国忧民、富有政治远见的大臣，也是西周末年一位杰出的诗人。《国语·周语》《史记》皆载有其谏厉王纳谤的事。《诗经》中除了此诗，《小雅》中的《常棣》《伐木》《天保》，《大雅》中的《假乐》《民劳》《江汉》《常武》也是召穆公所作。《民劳》亦为谏厉王而作，可与此诗合观。从创作时间上看，《民劳》大约作于《国语·周语》所载召穆公初次进谏前后，《荡》则作于国人之乱前不久的时间，故此诗较《民劳》更为沉痛，有对厉王的不满，更有对厉王的痛恨。此即孔颖达

《疏》所说："厉王无人君之道，行其恶政，反乱先王之政，致使天下荡荡然法度废灭，无复有纲纪文章，是周之王室大坏败也。故穆公作是《荡》诗以伤之。伤者，刺外之有馀哀也。其恨深于刺也。"召穆公的其他作品只作于其助宣王中兴的功业中（参拙文《周宣王中兴功臣诗考论》，刊《中华文史论丛》总第五十五辑）。

此诗上篇为《板》，也表现了由于当权者荒淫昏聩、邪僻骄妄而导致王朝危机，故后人称乱世为"板荡"，如唐太宗《赐萧瑀诗》："疾风知劲草，板荡识诚臣。"由此，亦可见此诗对后世的影响。

桑柔

菀彼桑柔①，其下侯旬②。捋采其刘③，瘼此下民④。不殄心忧⑤，仓兄填兮⑥。倬彼昊天⑦，宁不我矜⑧？

四牡骙骙⑨，旟旐有翩⑩。乱生不夷⑪，靡国不泯⑫。民靡有黎⑬，具祸以烬⑭。於乎有哀⑮，国步斯频⑯！

国步蔑资⑰，天不我将⑱。靡所止疑⑲，云徂何往⑳？君子实维㉑，秉心无竞㉒。谁生厉阶㉓？至今为梗㉔。

忧心慇慇㉕，念我土宇㉖。我生不辰㉗，逢天僤怒㉘。自西徂东，靡所定处㉙。多我觏痻㉚，孔棘我圉㉛。

为谋为毖㉜，乱况斯削㉝。告尔忧恤㉞，诲尔序爵㉟。谁能执热㊱，逝不以濯㊲？其何能淑㊳？载胥及溺㊴。

如彼溯风㊵，亦孔之僾㊶。民有肃心㊷，荓云不逮㊸。好是稼穑㊹，力民代食㊺。稼穑维宝㊻，代食维好。

天降丧乱，灭我立王㊼。降此蟊贼㊽，稼穑卒痒㊾。哀恫中国㊿，具赘卒荒(51)。靡有旅力(52)，以念穹苍(53)。

维此惠君(54)，民人所瞻(55)。秉心宣犹(56)，考慎其相(57)。维彼不顺(58)，自独俾臧㊾。自有肺肠㊿，俾民卒狂㊿。

瞻彼中林㉒，甡甡其鹿㉓。朋友已谮㉔，不胥以穀㉕。人亦有言："进退维谷㉖。"

维此圣人㉗，瞻言百里㉘。维彼愚人，覆狂以喜㉙。匪言不能㉚，胡斯畏忌㉛？

维此良人㉜，弗求弗迪㉝。维彼忍心㉞，是顾是复㉟。民之贪乱㊱，宁为荼毒㊲？

大风有隧㊳，有空大谷㊴。维此良人，作为式穀㊵。维彼不顺，征以中垢㊶。

大风有隧，贪人败类㊷。听言则对㊸，诵言如醉㊹。匪用其良㊺，覆俾我悖㊻。

嗟尔朋友㊼，予岂不知而作㊽？如彼飞虫㊾，时亦弋获㊿。既之阴女㊿，反予来赫㊿。

民之罔极㊿，职凉善背㊿。为民不利，如云不克㊿。民之回遹㊿，职竞用力㊿。

民之未戾㊿，职盗为寇㊿。凉曰不可㊿，覆背善詈㊿。虽曰匪予㊿，既作尔歌㊿！

【注释】 ①菀（yù）：茂盛的样子。桑柔：即"柔桑"，倒文以协韵。②其下：指柔桑之下。侯：维，是。旬：树荫均布。③捋（luō）：成把地摘取树叶。刘：树叶剥落而稀疏。此指桑叶都被采光。以上三句兴辞，诗人以桑树的叶子被捋采干净，人们得不到庇荫，来比周王朝衰败，人民遭受祸害。④瘼（mò）：病，危害。⑤殄（tiǎn）：断绝。不殄，不绝。⑥仓兄：通"仓皇"，惊慌失措。填：久。⑦倬（zhuō）：光明的样子。⑧宁：何。矜（jīn）：怜悯。不我矜：即"不矜我"，倒文以协韵。⑨骙（kuí）骙：马奔驰不停的样子。⑩旟（yú）：绘有鹰等鸟的旗子。旐（zhào）：画有龟蛇的旗子。有翩：即"翩翩"，旗帜翻飞的样子。⑪夷：平息。⑫泯：乱。王引之《经义述闻》卷七："泯，乱也。承上'乱生不夷'言之，故曰靡国不乱耳。"⑬黎：众。《经义述闻》卷七："黎者，众也，多也。下文曰：
'具祸以烬'，烬者，馀也，少也。黎与烬相对为文。"⑭具：通"俱"，都。
以：而。烬：灰烬。⑮於（wū）乎：呜呼。⑯国步：国家的命运。斯：这样，
如此。频：危急。⑰蔑：无，未。资："济"的借字，定。于省吾《泽螺
居诗经新证》："按资应读为济。……《易·杂卦》'既济，定也'。……传
训蔑为无，无犹未也。……丧乱蔑济，言丧乱未定也。国步蔑济，言国步
未定也。"⑱将：助。马瑞辰《毛诗传笺通释》："'天不我将'犹言天不我
扶助耳。"⑲疑：亦"止"，停息。陈奂《诗毛氏传疏》："疑当即碍之省假，
《说文》：'碍，止也。'"⑳云：语助词。徂：往。以上两句是说，无处安
身，不知道要到哪里去。㉑君子：指贵族。实：是。维：维系，这里引申
为辅佐的意思。㉒秉心：持心。无竞：无争，不同人争权夺利。此两句谴
责厉王任用荣夷公行专利之政。《国语·周语》载芮良夫劝厉王不要用荣
夷公，芮良夫曰："王室其将卑乎！夫荣公好专利而不知大难。……今王
学专利，其可乎？匹夫专利，犹谓之盗，王而行之，其归鲜矣。荣公若用，
周必败。"㉓厉阶：祸端。㉔梗：灾害。《诗集传》："谁实为此祸阶，使至
今为病乎？盖曰祸有根原，其所从来也远矣。"㉕慇（yīn）慇：心痛的样
子。㉖土：乡。宇：居。土宇，这里指芮伯封地。㉗辰：时。㉘僤（dàn）：
"惮"的借字。惮怒，震怒。㉙自西徂东：江有诰《诗经韵读》、朱骏声《说
文通训定声》都认为当作"自东徂西"，是。因本段用交韵的形式，"东"
字与韵不合。定处：安身之处。与上章"止疑"义同。㉚觏（gòu）：遇
见。瘨（mín）："悯"的或体，病，灾难。㉛孔：很。棘："急"的借字，
紧急。圉（yǔ）：边疆。指芮伯封地的边疆。孔棘我圉，即"我圉孔棘"
的倒文。㉜谋：谋划。毖（bì）：谨慎。㉝兄：原作"况"，据阮元《校勘
记》改。"况"的借字。马瑞辰："乱况，犹乱状也。……诗盖言在上者如
善其谋，慎其事，乱状斯能减削耳。"斯：则，乃。削：减少。㉞尔：指
厉王。忧恤：忧国恤人。恤，安抚。㉟诲：教导。序：次序，这里作动词
用，安排次序。爵：官爵。序爵，按照才德安排官位。㊱执：拿着。热：
燃烧，此指火。《说文》："热，烧也。"㊲逝：语助词。濯：洗，这里是浇

灭的意思。以上两句比喻，是说执政者当此祸乱，如同手中执着正燃烧的东西，马上就要烧到手上，有执不住的危险。㊳淑：善。何能淑，怎能好转。㊴载：语助词。胥：皆。溺：沉没。这句比喻，是说人民处于此祸乱中，就像沉没于深水中。㊵溯：原作"遡"，据阮元《校勘记》改。面向。㊶亦、之：都是语助词。僾（ài）：窒息的样子。以上两句是说，人们在祸乱中，就像面对着大风，不能呼吸。㊷肃心：进取心。㊸并（pīng）：使。云：语助词。逮：及。以上两句是说，人们都有进取心，但形势使他们不能实行。这是暗示厉王拒用贤才。㊹好：喜爱。是：这。稼穑：这里泛指农业劳动。㊺力民：使民尽力劳作。代食：此指代替国家的俸禄。㊻维：是。宝：珍宝。这几句表现了诗人的归隐思想。㊼立王：天所立之王。此指厉王。㊽蟊（máo）：一种吃禾苗根的害虫。贼：一种吃禾节的害虫。㊾稼穑：庄稼。卒：尽。痒：病。㊿恫（tōng）：痛。中国：国中。51具：俱，都。赘：属，连续。荒：荒芜，指国内虚空。52旅：同"膂"。膂，"吕"的本字，象脊骨。膂力，体力，力量。53念：借为"谂"（shěn），劝止。穹苍：苍天。穹，中间隆起而四面下垂的样子。苍，青色。孔颖达《疏》引李巡说："古时人质，仰视天形穹隆而高，色苍苍然，故曰穹苍。"以上两句承上而言，是说没有能力来劝止上天降灾。54维：语助词。惠：顺。惠君，通达情理的君主。55瞻：仰望。56秉心：持心，存心。宣：光明。犹：谋划。马瑞辰说："'秉心宣犹'，言其持心明且顺耳。"57考：察看。慎：慎重选择。相：助。此指辅佐的大臣。58不顺：指不能通达情理的君主。59自独：即"独自"。俾：使。臧：善。俾臧，使自己过着好生活。60肺肠：指心意、思想。此句与"秉心宣犹"相对，指自以为是。61卒：尽，完全。狂：迷惑狂乱。62中林：林中。63牲（shēng）牲：众多。以上两句兴辞，马瑞辰说："鹿性旅行见食相呼，为朋友群聚之象。故诗以兴朋友之不相善。"64谮：通"僭（jiàn）"，差，乖违。65胥：相。以：与。穀：善，友好。66维：是。谷：深谷。此句是说，在灾难中，进退无路。67圣人：指智者，相对下文"愚者"而言。68瞻：远望。言：语助词。百里：指有远见。69覆：反，反而。狂：迷惑。以：而。以上四句互文见义，郭晋稀《诗经蠡测》："当云：'维彼圣人，瞻言百里，【王则不喜】；维彼愚人，【不能百里】，覆狂以喜。'"
⑦匪：非。这句是"非不能言"的倒文。⑦胡：何，为什么。斯：这样，如此。畏忌：畏惧顾忌。《国语·周语》："王怒，得卫巫，使监谤者，以告，则杀之。国人莫敢言，道路以目。"胡承珙《毛诗后笺》说："此与《巧言》篇'哀哉不能言，匪舌是出，维躬是瘁'同意。"⑦良人：贤德之人。⑦求：贪求。迪：进。指钻营。⑦忍心：忍心为恶之人。⑦顾：瞻前顾后。复：反复。陈奂说："彼忍心之人，惟是瞻顾反复，无常德也。"⑦贪乱：好乱。《诗集传》："民不堪命，所以肆行贪乱，而安为荼毒也。"⑦荼：苦菜。毒：毒虫。荼毒，此指冲击了天子、公卿，烧毁宫廷之类的行为。⑦有隧：即"隧隧"，大风迅疾的样子。⑦有空：即"空空"，形容大谷之空。以上两句兴辞，郑玄《笺》："大风之行，有所从而来，必从大空谷之中。喻贤愚之所行，各由其性。"⑧式：用。毂：善。⑧征：行。中垢：垢中，污垢之中。胡承珙说："中垢，言'垢中'也，犹'中林'、'中谷'之比。谓不顺之人，其所行如在垢中。"⑧贪人：贪残之人，指荣夷公之类。败：残害。类：善。此指好人。⑧听言：顺从之言。对：答。⑧诵言：指讽谏之言。以上两句是说，厉王听到顺从之言则应答，听到讽谏之言则如喝醉了酒一样不省人事。⑧匪：不。良：指讽谏的良言，即诵言。⑧覆：反，反而。俾：使。悖（bèi）：谬误，悖逆。以上两句是说，厉王不用良言，反而以为我悖逆。⑧嗟：叹词。朋友：指同僚。⑧予：诗人自称。而：同"尔"，你们。作：指所作所为。⑧飞虫：指飞鸟。⑨时：有时。弋：用丝绳系在箭上射鸟。弋获，被弋箭射得。以上两句比喻，说的是就像善飞的鸟有时也会被射中捉住，你们干的坏事也会被人发觉，受到惩罚。⑨既：已经。之：往。阴：通"荫"，庇护。女：汝。郑玄《笺》："之，往也。……我恐汝见弋获，既往覆阴女。谓启告之以患难也。"⑨赫：同"吓"，恐吓。反予来赫，即"反来赫予"。这两句是说，我既已庇护你，你反而来威吓我。⑨罔：无。极：止。罔极：不正，不法。⑨职：主，主要是。凉：刻薄。胡承珙说："'职凉善背'与下'职竞用力''职盗为寇'文例正同，'竞力''盗寇'皆一义相承。"以上两句是说，人民的不法作乱，主要由于执政者刻薄寡恩、善于做背理

之事所致。⑮云：语助词。克：胜。以上两句是说，你们做不利于人民的事，好像惟恐不能制服人民。⑯回遹（yù）：邪僻。⑰竞：强。用力：任用暴力。以上两句是说，人民的邪僻，主要因为在上者用了暴力。⑱戾：安定。⑲盗：盗贼。寇：掠夺。以上两句是说，人民不能安定，因为在上者聚敛而抢占人民的衣食之源。⑳凉：刻薄。此句为倒装句，意谓：刻薄事我说不可做。㉑背：对立。善：大。詈（lì）：骂。这句是说，你反而与我对立，百般骂我。㉒曰：语助词。匪："诽"的借字，诽谤。㉓既：终，最终。作尔歌：为你们作这首诗。

【品评】 这是芮良夫哀伤周厉王被流放之乱、追究祸源的诗。

此诗共 16 章 112 句，是一首长篇政治抒情诗，就篇幅而言，在《诗经》中仅次于《抑》。诗人反复叙写厉王因行暴政而导致的恶果，或叹伤时乱，或谴责厉王，或抨击群僚，或探寻弭乱之法，或分析祸乱所自，内容非常丰富。第一章叹伤时乱，抒发忧愤情绪。第二章写乱况，悲叹生灵涂炭，国家处于灭亡的边缘。第三章哀叹动乱之中自己无所归止，谴责厉王任用荣夷公而导致此动乱。第四章感慨自己生不逢时，值此乱世，封地也被侵扰。第五章写诗人的弭乱之策。第六章谴责厉王拒贤不用，诗人流露出远祸之念。第七章哀伤厉王被逐、灾害不断，而自己又无力回天。第八章以"惠君"与"不顺"之君对比，指责厉王一意孤行。第九章写同僚乖违，诗人有"进退维谷"之感。第十章批评厉王不辨贤愚，任用小人，诗人因畏厉王之暴政也不能畅所欲言。第十一章以"良人"与"忍心"之人对比，指出人民作乱是因为不堪厉王之暴政。第十二章承上章说明善人、恶人行事都各本其性。第十三章写"贪人"祸害好人，而厉王却任用"贪人"，不听讽谏之言。第十四章警告同僚胡作非为必将自食其果。第十五章指出人民之所以作乱是因为在上者刻薄、违背善政、任用暴力。第十六章承上进一步指出人民不安定，是因为在上者大肆聚敛而抢夺人民财物。再点明作诗意图。

因篇幅长，诗人围绕"告尔忧恤，诲尔序爵"组织全篇。诗的前半部分忧时之乱，正含有希望厉王安抚百姓之意；后半则推此致乱之由，指出因厉王任用非人而导致人民作乱。故牛运震《诗志》说："'告尔忧恤，诲尔序爵'二语，一篇纲领。前段言国步民生俱为祸烬，土宇稼穑，瘨瘝相仍，所谓'告尔忧恤'也，后段言君不考相，小人回遹，朋友交谮，贪人败类，所谓'诲尔序爵'也。"进一步来说，诗人是以感情来驱辞逐貌的。诗人感情流淌，时而激昂，时而低回，时而悼乱，时而刺讥，时而自伤，时而悯他，……"不殄心忧，仓兄填兮。倬彼昊天，宁不我矜""忧心慇慇，念我土宇，我生不辰，逢天僤怒"，"哀恫中国，具赘卒荒。靡有旅力，以念穹苍"……在"国步斯频"的焦虑中始终隐藏着深沉的人生痛苦，悲愁和怨愤笼罩着全诗。

《国语·周语》《史记·周本纪》都载有芮良夫谏厉王不要任用荣夷公的事。又《逸周书》有《芮良夫》篇，芮良夫劝谏厉王说："民归于德。德则民戴，否则民雠（仇）"，"后（君）除民害，不惟（为）民害；害民乃非后，惟其雠。后作类（善），后。弗类，民不知后，惟其怨。民至亿兆，后一而已，寡不敌众，后其危哉！"又告诫荣夷公说："今尔执政小子，惟以贪谀事王，不勤德以备难，下民胥怨。财力单竭，手足靡措，弗堪戴上，不其乱而！"又说："尔执政小子不图善，偷生苟安。爵以贿成，贤智钳口，小人鼓舌。逃害要利，并得厥求，唯曰哀哉！"这些史料正可与此篇对读，也说明芮良夫曾多次谏王、诫执政大臣，然厉王、执政大臣皆不听，故面对"乱生不夷，靡国不泯""国步斯频"的局面，芮良夫情绪非常激愤。但另一方面又对厉王、执政大臣还抱着幻想，故劝厉王而说"为谋为毖，乱兄斯削。告尔忧恤，诲尔序爵"，希望厉王赶快采取措施平息动乱；又说"虽曰匪予，既作尔歌"，则又希望执政大臣接受意见。这样，诗人虽然情绪激愤，但表达时又非一味慷慨陈辞。诗篇以"菀彼桑柔，其下侯旬"兴起，以桑树的前后变化，形象地表现出周王朝由盛转衰的颓势，也暗指祸乱乃人为；第九章"瞻彼中林，甡甡其鹿"以林中之鹿群居，反衬朋友不能相善；第十二章"大风有隧，有空大谷"以大风之出谷，来指善人、恶人行事各本其性。第五章"谁能执热，逝不以濯"形容国家处于极端危机之中；第六章"如彼溯风，亦孔之僾"表现处于祸乱中的感受；第十四章"如彼飞虫，时亦弋获"点明恶人干坏事也会受到惩罚，都形象而不乏含蓄之致。第八章、十章、十一章、十二章都用对比，谴责意味蕴含在对比中。诗人或长歌当哭，或悲吟低回，诗篇整体上来说也就显得沉郁顿挫。明人沈守正《诗经说通》卷十一说："芮伯世臣，忠愤郁积，又值监谤之世，欲抑则不能，欲直则不敢，故情旨沉绵不自知其凄婉，文词详娓不自厌其重复。""沉绵"一语，正道出此诗整体的风格特点。

芮良夫身处乱世，忧国忧民，忠心劝谏而不被采纳，其处境和苦闷正与屈原同。诗中表现出突出的民本思想，把此诗与《离骚》比较，不论是所表达的思想情绪，还是艺术表现方面，我们都会发现许多共同之处。所以可以说芮良夫在思想上、诗歌创作上都对屈原产生了较大的影响。

瞻卬

瞻卬昊天①，则不我惠②。孔填不宁③，降此大厉④。邦靡有定，士民其瘵⑤。蟊贼蟊疾⑥，靡有夷届⑦。罪罟不收⑧，靡有夷瘳⑨。

人有土田⑩，女反有之⑪。人有民人，女覆夺之⑫。此宜无罪⑬，女反收之⑭。彼宜有罪，女覆说之⑮。

哲夫成城⑯，哲妇倾城⑰。懿厥哲妇⑱，为枭为鸱⑲。妇有长舌⑳，维厉之阶㉑。乱匪降自天，生自妇人。

匪教匪诲㉒，时维妇寺㉓。鞫人忮忒㉔，谮始竟背㉕。岂曰不极㉖，伊胡为慝㉗？如贾三倍㉘，君子是识㉙。妇无公事㉚，休其蚕织㉛。

天何以刺㉜？何神不富㉝？舍尔介狄㉞，维予胥忌㉟。不吊不祥㊱，威仪不类㊲。人之云亡㊳，邦国殄瘁㊴。

天之降罔㊵，维其优矣㊶。人之云亡，心之忧矣。天之降罔，维其几矣㊷。人之云亡，心之悲矣。

觱沸槛泉㊸，维其深矣。心之忧矣，宁自今矣㊹？不自我先，不自我后。藐藐昊天㊺，无不克巩㊻。无忝皇祖㊼，式救尔后㊽。

【注释】①卬：通"仰"。瞻卬，仰望。昊天：广大的天。②惠：爱。则不我惠，即"则不惠我"。③孔：很。填（chén）：通"尘"，长久。不宁：指天下不安宁。④厉：恶。灾祸。⑤士民：士大夫与平民。瘵（zhài）：病，指疾苦。⑥蟊贼蟊疾：蟊虫为害，蟊虫为病。蟊，吃禾苗的害虫。贼，害。疾，病。此以喻王之害民，如虫之害稼。⑦夷：语助词。届：终极，尽头。此句言（祸害）没有尽头。⑧罟（gǔ）：网。罪罟，刑网，喻指条目繁多的酷刑。收：收起。⑨瘳（chōu）：病愈。这里指不再受酷刑之苦。⑩人：指贵族们。土田：土地。⑪女：汝，你。指幽王。有：占有。⑫覆：反而。⑬宜：应该。⑭收：逮捕。⑮说："脱"的借字，开脱，赦免。⑯"哲夫成城，哲妇倾城"两句原在上章，此据朱熹《诗集传》改。哲：多智谋。夫：男子之称。城：指国家。成城，指建立国家。⑰哲妇：指幽王宠妃褒姒。倾城：倾覆国家。⑱懿：通"噫"。叹息声。郑玄《笺》："懿，有所痛伤之声也。"厥：其。⑲枭（xiāo）：通"鸮"。鸮鸱（chī）：亦即"鸱鸮"，猫头鹰。郑玄《笺》："枭鸱，恶声之鸟，喻褒姒之言无善。"⑳长舌：喻善于谗毁。㉑维：是。厉：祸害。阶：阶梯，含有根源的意思。㉒"匪教匪诲，时维妇寺"两句，原属上章，此据曾运乾、郭晋稀说改。郭氏《诗经蠡测》说："此两句当划入第四章，'诲''寺'与第四章之'忒''背'、'极''愿''倍''识''事''织'，同叶噫部也。"㉓时：是，这。维：唯，只。寺：近，亲近。这个句子相当于"唯妇是近"。以上两句，郑玄《笺》解释说："又非有人教王为乱。语王为恶者，是惟近爱妇人，用其言故也。"㉔鞠（jū）：穷究。人：指褒姒。这里不是直承，不是指周幽王，而是用连环承接法，承接上文的"妇"。这由下句的"谮"字之义可以看出。忮（zhì）：害。忒（tè）：变诈多端。㉕谮（zèn）：进谗言，谗毁人。竟：终。背：违背。以上两句是说，穷究妇人忌害、变诈的恶德，以谗毁他人为始，以违背天理为终。㉖曰：语助词。极：至，穷尽。㉗伊：语助词。胡：何。愿：

恶。以上两句是说，难道她干坏事没有穷尽，为何还在作恶。㉘贾（gǔ）：商人。三倍：指获得多倍的利润。㉙君子：指贵族。识：了解。此两句承上而言，经商求利，乃是小人之事，而君子反知之，来说明褒姒为其所不当为。㉚公事：政事。㉛休：停止。蚕织：养蚕纺织。以上两句是说，妇人没有参与政事的权利，而褒姒却停止了养蚕纺织。言下之意，褒姒干预朝政。㉜刺：责罚。指责罚幽王。㉝富："福"的借字，福佑。朱熹《诗集传》释以上两句："言天何用责王，神何用不富王哉？凡以王信用妇人之故也。"此唯以"富"读本字欠确切，其他皆是。㉞舍：舍弃。介：大。狄：淫辟，邪恶。㉟维：唯，只。予：我，诗人自称。胥：相。忌：怨恨。以上两句，马瑞辰《毛诗传笺通释》解释说："介狄谓大狄，犹云元恶也。'舍尔介狄'即上章'彼宜有罪，女覆说之'，'维予胥忌'即上章'此宜无罪，女反收之'也。"㊱吊：伤痛。《诗集传》："吊，闵也。"不祥：不吉利。此句是说，幽王不以不祥为忧。㊲类：善。此句是说，幽王仪容举止不善。㊳人：指贤人。云：语助词。亡：逃亡。㊴殄（tiǎn）：灭绝。瘁：病。殄瘁，指国家处于危亡之中。㊵罔：古"网"字。天之降罔，即首章所说之"罪罟"，指灾祸。㊶维：语助词。其：那样。优：宽。㊷几：近，迫近。㊸觱（bì）沸：泉水翻腾上涌的样子。槛（jiàn）泉：涌泉。郑玄《笺》："涌泉之源，所由者深，喻己忧所从来久也。"㊹宁：岂，难道。㊺藐（miǎo）藐：遥远的样子。㊻克：可。巩：固，稳固，巩固。这里用为动词。朱熹《诗集传》释以上两句："惟天高远，虽若无意于物，然其功用，神明不测，虽危乱之极，亦无不能巩固之者。"意为只要能改恶从善、悔过自新，高远的上天都能巩固之。㊼忝（tiǎn）：辱没。皇祖：指文王、武王。㊽式：用，以。尔：指幽王。后：指子孙后代。以上两句是说，不要辱没文王、武王，救救你的后代子孙吧。这是诗人希望幽王改过自新以挽回天意的话。

【品评】 这是一首斥责周幽王宠爱褒姒、迫害贤才、任用奸佞以致乱国祸民的政治讽喻诗。此诗与《小雅》的《节南山》《正月》《十月之交》、《雨无正》《小旻》以及《大雅》的《召旻》等篇情调都非常类似。但从构思上来说，又有其特色。首先，诗人以"蟊贼"和"罪罟"为核心结撰全篇，形成了双线并进的结构。第一章感慨上天不眷顾我，再伤叹四国动荡、士民疾苦，勾勒出危机四伏的社会状况。接着分析灾祸的原因，指出幽王如害虫蟊一样残害人民没有终止、设罪罟而使人民处于困苦之中。第二章即承"蟊贼""罪罟"而言之。"人有土田"四句，承"蟊贼"，说幽王强占贵族的田地、人民，正是残害之意；"此宜无罪"四句承"罪罟"，说幽王刑罚颠倒是非。第三章说国家的祸乱是由于褒姒干预朝政造成的。其中"哲妇倾城""为枭为鸱""妇有长舌"等句，正指褒姒的祸国殃民。第四章说幽王亲近褒姒，而褒姒穷究害人，诡计多端，既谗毁害人，又背理而行。承三章继续写褒姒如何残害人民、国家，亦是申发"蟊贼"之义。第五章指责幽王作为不善，致使国家濒于灭亡。"舍尔介狄，维予胥忌"承"此宜无罪"四句，亦与"罪罟"关联。第六章"天之降罔"之"罔"即"罪罟"，说天降下灾祸，自己愁苦万分，实际是指幽王大张罪罟，使贤者受害。第七章总括，先悲叹自己生不逢时，遭此乱世，进而希望幽王改过自新。所以，吴闿生《诗义会通》引旧评："'人有'四句，承'蟊贼'。'此宜'四句，承'罪罟'。第三、四章极言'蟊贼'，第五、六章又即'罪罟'反复咏叹之，音节凄楚。"

此诗很可能作于西周灭亡前夕，故诗人内心异常焦急，发为歌咏，批判、揭露则直言不讳，叹伤、悲悯则凄惨悲苦。又说幽王行为不端、仪表不正，在谴责中包含着对幽王的厌恶。对褒姒的批判也非常激烈，把褒姒比作鸱鸮之类的恶鸟，说她是长舌妇，说她诡计多端等。因而，从批判的力度来说，与《节南山》等上述各篇比较，此诗是最激烈的。

第五、六、七章伤时叹乱，劈头两句诘问，情绪激越，中又反复感慨"人之云亡""天之降罔"。前者，方玉润解释说："又诗之尤为痛切者，在'人之云亡，邦国殄瘁'二语，……夫贤人君子，国之栋梁；耆旧老成，邦之元气。今元气已损，栋梁将倾，此何如时耶？"故诗人反复咏叹，抒发其悲伤、惋惜、怅惘等种种情绪。后者，则可见诗人的一腔悲怨。眼看大厦将倾，诗人痛心疾首，捶胸顿足，怨天怨地，悲绪难以遏止。故一说

"邦国殄瘁"，再说"维其优矣"，又说"维其几矣"，长吁短叹，忧心忡忡。两句"心之忧矣"、一句"心之悲矣"，更是把诗人痛切之情表露无遗。故后三章诗人直接写内心的深哀与剧痛，音节凄楚，催人泪下。当然，诗人以为致使西周处于灭亡危机的根源在于褒姒，故后世有"红颜祸国"之说，我们应该知道这是一种错误的认识。

颂

颂是庙堂音乐，用于祭祀先祖和神明。《诗大序》："《颂》者，美盛德之形容，以其成功告于神明者也。"告祭先祖神明，实际上也是为了凸显今时的功业，故《周礼·春官·大师》郑玄注说："颂之言诵也，容也，诵今之德，广以美之。"朱熹《诗集传》说："颂者，宗庙之乐歌。"就《颂》诗的功用，朱说最为明了。关于"颂"字的本义，清阮元《释颂》一文说："'颂'之训美盛德者，馀义也；'颂'之训为形容者，本义也。且'颂'字即'容'字也。容、养、羕一声之转，古籍多通借。今世俗传之'样'字始于《唐韵》，即'容'字。岂知所谓《周颂》、《鲁颂》、《商颂》者，若曰周之样子、鲁之样子、商之样子而已，无深义也。三《颂》各章皆是舞容，故称为《颂》，若元以后戏曲，歌者、舞者与乐器全动作也。"对我们理解"颂"字本义及颂这种诗体的形成、演奏形式，都有一定的帮助。

周　颂

　　《周颂》全部是西周初年的作品。大体作于武、成、康、昭四朝，是西周统治者用于祭祀的乐歌，内容多为歌颂周先公先王，其中的《我将》《武》《赉》《般》《酌》《桓》是《大武》乐章的歌辞，描写武王灭商的过程。《闵予小子》《访落》《敬之》《小毖》四篇是成王平定武庚叛乱后悔过告庙之作，现代学者或疑为同一篇的四章。今《周颂》共三十一首，每首一章，篇幅都很短，可能有将一首诗依章分列的情况。

噫嘻

　　噫嘻成王①！既昭假尔②。率时农夫③，播厥百谷④。骏发尔私⑤，终三十里⑥。亦服尔耕⑦，十千维耦⑧。

【注释】①噫嘻：祈祷时呼叫祝神的声音。戴震《毛郑诗考正》卷四："噫嘻，犹噫歆，祝神之声。《仪礼·既夕篇》曰'声三'，《注》云：'三有声，存神也。……旧说以为：声，噫兴也。'《士虞礼篇》《注》云：'声者，噫歆也。'《礼记·曾子问》《注》：'声，噫歆，警神也。'"成：成功，完成。王，指王业。②既：已经。昭：明。假：亦作"格"，心灵有趋向往来。昭假，指天神、祖先与祭祀者心志相通，即祭祀者诚敬上达于神，天神、祖先之意下达于人。此是向后稷神灵说。尔：语气词。③率：带领。时：是，这些。④播：播种。厥：其。⑤骏：疾，快。发：通"垅（bá）"，《说文》："垅，垅土也。一番土谓之垅。"即起土。尔：指成王。私："耜"之误。见孙作云《诗经与周代社会研究》。耡，犁。《国语·周语》"王耕一垡"，韦昭注："王者一垡，一耡之发也。"⑥终：尽，完成。三十里：虚数，极言地广。《国语·周语》"王耕一垡，班三之，庶人终于千亩"，陈奂《诗毛氏传疏》："三十里、十千耦犹千亩也。'终三十里'犹终于千亩也。"⑦亦：语助词。服：从事，做事。尔，指成王。⑧十千：一万，此亦虚数。耦（ǒu）：两人合执一耡并肩而耕。

【品评】 周成王亲政后在洛邑南部祭天神所奏乐歌。成王八年亲政，在洛邑祭于明堂向天神及文王、武王的神明报告，又在南部举行了祭天的典礼即《汉书·郊祀志》所说"成王郊于洛邑"，《逸周书·作雒》记其事。本诗中"率时农夫，播厥百谷""十千维耦"等句，描绘出了春耕时大规模劳动的场面，表明此诗与郊祭后籍田典礼的关系。

周人颇重视农事，这不仅体现在政治措施中，也体现在宗教典礼中。籍礼即为周人重农意识在宗教意识中的体现。"籍"，甲骨文作"耤"，像人执耒耕作之形，《汉书·文帝纪》注引臣瓒说："本义为躬亲之义，……籍谓蹈也。"在春耕时节，周王率领公卿大臣举行"亲耕"典礼，具有重视农功、与民同劳的含义。但周王"亲耕"仅是象征性的，即《国语·周语》虢文公所说："王耕一墢，班三之，庶人终于千亩。"之所以能使"庶民终于千亩"，不完全在于周王的"亲耕"的引导或"亲耕"前的告诫，而在于精神性的宗教理念。共同的劳作，乃是因为敬奉着共同的祖先。这首诗表现的正是这种宗教理念。周王"亲耕"前要告祭父庙，"噫嘻成王，既昭假尔"，即写告祭时的情景。下面是成王告祭的话，说"骏发尔私"、说"亦服尔耕"，意思是说我率领农夫劳作，不过是秉承着先王的遗则，为先王耕种着土地，这正反映出籍田典礼的目的。诗篇未必出自周成王之手，却是以成王的口吻与后稷之灵对话，表现的正是人、神相对时的敬奉之情。因而此诗是一首敬神之歌。

此诗虽是一首敬神乐歌，但由成王的话，却也表现出籍田典礼的壮观场景。"率时农夫，播厥百谷。骏发尔私，终三十里。亦服尔耕，十千维耦"，从侧面反映出在成王的率领下族群共同劳动的壮阔景象，给人如在眼前之感。显然，虚数词的使用凸显了这种阔大之景象。诗人连用三个虚数词，把播种这件事用三种动作来描述，给人以人数无穷多、场面无穷大之感。

有瞽

有瞽有瞽①，在周之庭②。设业设虡③，崇牙树羽④。应田县鼓⑤，鞉磬柷圉⑥。既备乃奏，箫管备举⑦。喤喤厥声⑧，肃雍和鸣⑨。先祖是听。我客戾止⑩，永观厥成⑪。

【注释】①有：名词词头，无义。瞽：盲人。周代乐官用盲人充任。这里指乐师。②庭：指宗庙的大厅。③设：陈列。业：安装在悬挂钟磬的架子横木上面、刻有锯齿的大木板。虡（jù）：悬挂钟磬的架子两旁的立柱。④崇牙：刻在业上的锯齿，用以悬挂大小不等的钟磬。树羽：在崇牙上插五彩羽毛。⑤应：小鼓。田：大鼓。县：即"悬"。悬鼓即指应、田。胡承珙《毛诗后笺》："经文'应田县鼓'承上'业虡崇牙'言之，谓业虡之所悬者，为应田二鼓。"⑥鞉（táo）：摇鼓，类似现在的拨浪鼓。磬（qìng）：一种石制的打击乐器。形状像曲尺，有单个的特磬，也有成组的编磬。柷（zhù）：一种木制的打击乐器。形如漆桶，中有椎柄，连底撞之，令左右击。圉（yǔ）：乐器名。状如伏虎，木制，背上有锯齿，以木尺划之作声。周人击柷起乐，击圉止乐。⑦箫：排箫。用许多根长短不等的竹管制成。管：一种像笛子一样的管乐器，竹制，六孔。⑧喤（huáng）喤：形容声音宏亮和谐。⑨肃雍：形容乐声肃穆和顺。⑩客：指宋人。《左传·僖公二十四年》郑国大臣皇武子曰："宋，先代之后也，于周为客。天子有事，膰（fán）（赐以祭祀之肉）焉；有丧，拜焉。"戾：至。止：语气词。⑪永：长久。成：乐曲一终为一成。

【品评】 本诗同《周颂》中的《振鹭》《有客》都是祭文王、武王大典后为举行飨礼款待宾客而作。

因诗为宴飨嘉宾、款待微子演奏，写音乐的设置特别完备。因为音乐是礼制的体现，周建国不久要向商之后显示文教的状况，直接炫耀或夸赞过于露骨，因而只从音乐的方面来说，而且这又是祭祖、迎客所备，故显得含蓄。但这已为我们了解周初音乐演奏的情况留下了珍贵的资料。

由演奏前的准备、乐声的形容，可以使我们想象得到演奏时仪式的隆重庄严、场面的盛大壮观、演奏者技巧的娴熟精湛。诗人写演奏前的准备写得很充分，写到悬挂钟、磬的架子，架子上的大木板，木板上悬挂乐器的锯齿，锯齿上插的五彩羽毛。对乐器也作了一一罗列，有打击乐器，有管乐器，打击乐器又有数种，管乐器有箫、有管，鼓有悬挂的大鼓、小鼓，还有手摇鼓。诗人虽没有穷尽所有的乐器，但通过有层次的列举，足可见合奏乐器之丰富，众声皆作时的那种盛大丰富也就表现出来了。写乐声却只用两句，但由这两句也足以使我们认识演奏时音乐的起伏变化之妙。因而，从表现手法来看，诗人实际是使用了烘云托月法，从侧面描写出了演奏时的情景。

瞽是乐人。"有瞽有瞽"二句显示周人有完备的乐人队伍，"在周之庭"和临近结尾的"先祖是听"一样是本诗之要点，关键之笔，显示着周人使商人的后代来周祭祀，而"我客戾止"指明诗之用途，"永观厥成"则合以上二义以结其尾。

武

於皇武王①，无竞维烈②。允文文王③，克开厥后④。嗣武受之⑤，胜殷遏刘⑥，耆定尔功⑦。

【注释】 ①於（wū）：赞叹声。皇：伟大，光耀。②无竞：是说没有人可以与他比。竞，争。烈：功绩。③允：确实。文：这里用为形容词，指有文德。此就文王所施行的政教而言。④克：能够。开：开创。后：后代。此句是说文王能为他的子孙开创基业。⑤嗣：继承。武：指武王。此句即"武嗣受之"，倒装。⑥胜：战胜。遏：禁止。刘：杀戮。⑦耆（zhǐ）：致使，达到。定：完成。尔：指武王。以上二句言：武王你战胜了殷商，制止了殷商暴政对人民的杀戮，因而才建成你的大业。

【品评】 这是周公歌颂武王克商之功业的诗，是《大武》乐歌的第二章。

《大武》乐是诗、乐、舞合而为一的综合艺术，由于诗、乐、舞各有其表现的特点，故各部分表现的侧重点是有差别的，《礼记·乐记》所载孔子之语，略可见其舞容。孔子说："且夫《武》始而北出，再成而灭商，三成而南，四成而南国是疆，五成而分，周公左，召公右；六成复缀，以崇天子。"显然是以舞者队形的变化来重现当日武王伐商及克商之后的一系列活动的。又朱熹《诗集传》说："《礼》曰：朱干玉戚冕而舞《大武》。"作为舞蹈，舞者自然会持盾牌、斧子来模拟战士冲锋陷阵之状，作为舞蹈道具用的武器，也精美而具有装饰。诗、乐固然也可以传达出战争的激烈、克商后系列活动如何执行的情形，但与舞蹈比较，直观性就不那么强了，故"乐以发德"，诗也注重对克商及其精神内涵的传达。就《武》诗而言，固然对武王克商的功业进行了颂扬，但更注重的是对武王克商意义的挖掘，说"胜殷遏刘"，"胜殷"的价值在"遏刘"，去除战争、杀戮，使天下安宁。《左传·宣公十二年》楚庄王说："夫武，禁暴、戢兵、保大、定功、安民、和众、丰财者也，此武'七德'，故使子孙无忘其章。""禁暴、戢兵"正揭示出了《武》诗的精神内涵，也是对整个《大武》乐诗篇的精神旨趣的概括。以暴力而求和平，又使《武》诗超越了消除人间邪恶的经验层次，而有了政治哲学的意味。武王以暴力求和平，也是天命所在，故《赉》诗说："我徂维求定。时周之命。"《桓》诗说："绥万邦，娄丰年，天命匪解。"就《武》诗而言，歌颂武王，却插进"允文文王，克开厥后"的句子，因为按周人的理解，文王始受天命，武王只是继承文王所受天命，是由追溯文王来说明武王克商的合理性。

敬之

敬之敬之①，天维显思②。命不易哉③！无曰高高在上④，陟降厥士⑤，日监在兹⑥。维予小子⑦，不聪敬止⑧。日就月将⑨，学有缉熙于光明⑩。佛时仔肩⑪，示我显德行⑫。

【注释】 ①敬：通"警"，戒慎。之：语助词。②维：是。显：明察。思：语气词。③命：天命。不易：不容易常保住。④无曰：不要说。高高在上：指上帝高在天上。⑤陟降：升降。士：事，此指政事。此句是说，上帝来往天地之间，察看人们所做的事。⑥日：天天。监：察看。兹：此，指人间。⑦小子：成王自称。成王当时尚幼，相对于先王而称之。⑧止：于省吾《泽螺居诗经新证》以为应作"之"，与首句"敬之"同，又郑笺训"不聪敬止"为"不聪达于敬之之意"。此句是成王自责的话，说我不聪明、不警惕。似为误信管、蔡之言而说。⑨就：前往。将：行。日就月将，即日积月累之意。⑩缉熙：积渐广大。缉熙于光明，谓渐积广大以至于光明。⑪佛（bì）：通"弼"，辅佐。时：是。仔（zǐ）肩：负担，责任。此句及下句都是成王希望群臣的话，说希望你们辅佐我，使我能承担起这重任。⑫示：指示。显：光明。此句是说，请你们指示给我光明的德行。

【品评】 这是周成王戒勉自己的诗。从诗意和结构考察，本诗以"日监在兹"为界可分为两部分，前一部分重在敬天自箴，后一部分旨在规戒自勉。这两部分是紧密联系的，前一部分说，要戒慎啊，要戒慎啊，上帝是明察一切的，天命不容易常保有。不要说上帝高高在上，实际他来往于天地间，察看人们所做的事，他每天都看着我们。后一部分即紧承上文说：我小子不聪明、不警惕，但我会努力学习，随着日积月累，一定会渐积认识以至于洞明事理。也希望你们辅佐我，使我能承担起这重任，更请你们指示给我光明的德行。正是因为知道"天命不易"，才有夕惕若厉之感，才会兢兢业业，才会要求自己日日有所精进。前后两部分意思是贯通的，因而方玉润《诗经原始》说："'维予小子'以下，亦即紧承上文，相应而下，机神一片。"

"天命不易"自是诗眼，是成王经历武王之丧、管蔡之乱等变故后有感而发，是实实在在的自我警戒。当然"天命不易"也是《雅》、《颂》常见的说法，如《大雅·文王》"宜鉴于殷，骏命不易"，如《大明》"天难忱思，不易为王"。此种天命观，起初应该是周人用来论证周之取代殷商的合理性，而在代商之后，则转而强调天命存在他移的可能性，进而督促周人要兢兢业业、尽心尽力于人事，来常保天命。显然这种天命观有更多的现实性，也表现出了周人的忧患意识。正因为如此，成王身经变故后，才特意重申它，并进而自我警戒，其中也就包含着遭遇变故的忧戚、误听误信的自责，那么也就显示出成王极度的忧惧心理。

此诗主旨虽为成王自我诫勉，也含有诫勉他人的意味。故下面说"无曰高高在上，陟降厥士，日监在兹"，就更多地针对他人之言而发。"日就月将，学有缉熙于光明"，虽平实，却警策，也很有涵盖性。在祭祀祖庙时自我诫勉，本身也说明此诗包含着政治上的训诫意义。

正因为此诗富含诫勉意味，方玉润目之箴铭体。《敬之》《闵予小子》《访落》《小毖》可作为一组诗来读，方玉润说这四首诗"除《闵予小子》一篇似祝辞外，余皆箴铭体，非颂之正也"。确实这四首诗风格独特，与《周颂》中的其他诗篇的"以其成功告于神明者也"的旨趣颇为不类，正是《颂》诗中的别调。

载芟

载芟载柞①，其耕泽泽②。千耦其耘③，徂隰徂畛④。侯主侯伯⑤，侯亚侯旅⑥，侯强侯以⑦。有嗿其馌⑧，思媚其妇⑨，有依其士⑩。有略其耜⑪，俶载南亩⑫。播厥百谷⑬，实函斯活⑭。驿驿其达⑮，有厌其杰⑯。厌厌其苗⑰，绵绵其麃⑱。载获济济⑲，有实其积⑳，万亿及秭㉑。为酒为醴㉒，烝畀祖妣㉓，以洽百礼㉔。有飶其香㉕，邦家之光㉖。有椒其馨㉗，胡考之宁㉘。匪且有且㉙，匪今斯今㉚，振古如兹㉛。

【注释】 ①载：开始。芟（shān）：除草。柞（zé）：砍伐树木。②泽泽：土被解散的样子。③耦（ǒu）：两人合执一耜并肩而耕。见《噫嘻》注释。耘：去田间草。④徂：往。隰：低湿的田地。畛（zhěn）：田间小路。⑤侯：语助词。主：家族长，指周王，因为周王为周族之长。伯：长子。亦指诸侯，因周王与同族诸侯是大宗与小宗的关系。⑥亚：次，指长子以下的兄弟们。旅：众，指晚辈。亚、旅也可理解为公卿大臣。于省吾《泽螺居诗经新证》说："《左传》成二年'司马、司空、舆帅、候正、亚旅皆受一命之服'，注：'亚旅亦大夫也。'《左传》昭七年'亚，大夫也'，……主、伯、亚、旅四者，皆略举当时自天子以下卿大夫之禄食公田者"。⑦强：强有力的人。以：通"俆"，指不强之人。郭晋稀《诗经蠡测》："《孟子》有'俆夫'，有俆力可以耕作与者。……《诗》以'强'与'以'对文，犹之'主'与'伯'、'亚'与'旅'对文，谓人之强弱耳，犹今言强劳力与弱劳力耳。"⑧有嗿（tǎn）：即"嗿嗿"，众人吃饭的声音。馌（yè）：馈食，送饭。此指送到田间的饭菜。⑨思：语助词。媚：美好。⑩有依：即"依依"，健壮的样子。马瑞辰《毛诗传笺通释》引王引之说："依之言殷也。马融《易注》：'殷，盛也。'有依为壮盛之貌。"士：男子的通称。

⑪有略：即"略略"，锋利的样子。耜（sì）：犁头。⑫俶（chù）：开始。载：事，指耕作。南亩：向阳田地。⑬播：播种。厥：其。⑭实：种子。函：含，指种子含有生气。斯：乃。活：生，指种子开始萌发。⑮驿驿：同"绎绎"，连续不断的样子，指禾苗陆续出土。达：出土的样子。⑯有厌：即"厌厌"，美好的样子。杰：特出，指先长出的好苗。⑰厌厌：指禾苗整齐茂盛的样子。⑱绵绵：连绵不断貌，指田间人众多。麃（biāo）："穮（biāo）"的借字，除草。⑲载：语助词。获：收获。济济：人众多的样子。⑳有实：即"实实"，充实的样子，指收获的谷物把仓装得满满的。积：露积，又名"庾"，露天的圆仓。㉑亿：数词，周代十万为亿。秭（zǐ）：数词，周代以十亿为秭。此句极言粮食多。㉒为：做，酿造。醴（lǐ）：甜酒。㉓烝：进奉。畀（bì）：给予。祖妣（bǐ）：男女先祖。㉔洽：配合。㉕有飶（bì）：即"飶飶"。飶，通"苾（bì）"，芬芳。㉖邦家：国家。光：荣光。㉗有椒：即"椒椒"。椒，香气浓厚。馨：散播很远的香气。㉘胡：寿。考：亡父。宁：安宁。㉙匪：非。且："此"的借字，前"且"字指此时，后"且"字指祭祖之事。㉚今：前"今"字指现在，后"今"字指祭祖之事。㉛振古：自古。如兹：如此。

【品评】 这是一首描写周王于春季祈于土神、谷神的乐诗。

诗以"为酒为醴"为界，可分为前后两部分。前一部分，写了从耕种到收获的农业生产过程。先写耕种，表现周王率族而耕的壮观场面。"千耦其耘"，与《噫嘻》"十千为耦"、《国语·周语》"庶民终于千亩"等同义；"侯主侯伯，侯亚侯旅，侯强侯以"，指出了参加者。后一部分主要写祭祖，丰收之后，"为酒为醴"，进献给先祖，说祭品馨香，说自古以来就如此，表现的是祭祀的诚心、敬意。

此诗主旨是写向社稷之神祈求一年的丰收，写了农业生产的整个过程。这样写，一则是因为农业生产为祭祀提供了祭品，正如诗中所言"载获济济，有实其积，万亿及秭。为酒为醴"，正点明了这层关系，而《礼记·祭义》也说："是故昔者天子为藉千亩，……躬秉耒。……以事天地、山川、社稷、先古，以为醴酪齐（粢）盛，于是乎取之"。更主要的也是为了表现祭祀的敬意。《礼记·祭统》:"是故天子亲耕于南郊,以共齐盛;王后蚕于北郊,以共纯服;诸侯耕于东郊,亦以共齐盛;夫人蚕于北郊,以共冕服。天子、诸侯非莫耕也,王后、夫人非莫蚕也,身致其诚信,诚信之谓尽,尽之谓敬,敬尽然后可以事神明,此祭之道也。"故前一部分正是为后一部分作铺垫的,应该是写祭祀而追叙生产的过程,而不是春耕籍田时预言耕耘、收获、祭祀。

追叙农业生产的过程,诗人基本按照时间顺序来写,但也有变化。先写周王率族而耕的情形,是写耕种,但并没有接着马上写田间管理,而是回来再写耕种,这样写,是因为将周王的"亲耕",作为一件重要事件在篇首独立叙述,以表现周王的敬意。在叙述中,有概叙,有描写,有穿插,有铺排,避免了平顺呆板。"侯主侯伯,侯亚侯旅,侯强侯以",是排比;"有嗿其馌,思媚其妇,有依其士",是穿插;写送饭的妇女,写她们的美丽,写男子的健壮,可谓闲处落笔。而把美丽的女子和健壮的男子放在一起来写,为典重的祭祀诗抹上了一缕浪漫的色彩。"驿驿其达,有厌其杰。厌厌其苗",着墨不多,却也描绘出禾苗不同生长时期的情形,故明人孙鑛《批评诗经》卷四说:"此描写苗尤工绝。'函''杰'是险字,'厌厌''绵绵'得态,语不多而意状飞动,所以妙。"就写祭祀部分,"有飶其香,邦家之光"与"有椒其馨,胡考之宁"是排比句,也可看作以反复来强调祭品的馨香;"匪且有且,匪今斯今",也以反复来强调以馨香之祭品祭祀先祖并不始自现在,则又使诗篇有了些许历史的深邃感。

良耜

畟畟良耜①,俶载南亩②。播厥百谷,实函斯活。或来瞻女③,载筐及筥④。其饟伊黍⑤,其笠伊纠⑥。其镈斯赵⑦,以薅荼蓼⑧。荼蓼朽止⑨,黍稷茂止。获之挃挃⑩,积之栗栗⑪。其崇如墉⑫,其比如栉⑬,以开百室⑭。

百室盈止⑮。妇子宁止⑯，杀时犉牡⑰，有捄其角⑱。以似以续⑲，续古之人⑳。

【注释】 ①畟（cè）畟：深耕入地的样子。耜：犁头。②"俶载南亩"三句见《载芟》注释。③或：有人，这里指农夫的妻子和儿女。瞻：视，看。女：同"汝"，指农夫们。④载：提着。筐、筥（jǔ）：都是竹子所编织的器物，方形的称筐，圆形的称筥。⑤饟（xiǎng）：同"饷"，送来的食物。伊：是。黍（shǔ）：糜子，脱壳后为黄米。此指黄米饭。⑥笠：斗笠。纠：缠绕。此句是说农夫们戴的斗笠上的带子在下巴下打了结。⑦镈（bó）：锄头。赵：同"削"，锋利。⑧薅（hāo）：除草。荼：指陆生杂草。蓼：指水生杂草。荼蓼，泛指所有的杂草。⑨朽：腐烂。止：语助词，下同。⑩获：收获。之：指黍稷等谷物。挃（zhì）挃：收割农作物的声音。⑪积：指堆积在田野。栗栗：众多的样子。⑫崇：高。墉（yōng）：城墙。⑬比：排列。这里指粮垛的密集。栉（zhì）：梳子。此句是说粮垛很密集就像梳子的齿一样。⑭开：打开。室：此指仓库。⑮盈：满。⑯宁：安宁。此句的意思是说，秋收后，妇女、孩子不用再往田间送饭了，可以安宁了。⑰时：是，这。犉（rún）：成年的牛。《尔雅·释畜》："牛七尺为犉。"牡：公牛。⑱捄（qiú）："觓"的借字。有捄，即"觓觓"，兽角弯曲的样子。⑲似："嗣"字的假借，与"续"同义，承续。⑳古之人：指祖先。这两句是说，这种祭祀社稷之神的做法是有所承续的，承续的是祖先的传统。

【品评】 这是秋收之后周王祭祀土神、谷神的乐诗。此诗与《载芟》的表现风格特别接近，可以看作姊妹篇。依据《礼记·郊特牲》等篇的记载可知，古代秋收之后有所谓"蜡（zhà）祭"，"蜡"之义为"索"，乃遍求与农事有关的土地、谷物、助人消灭害虫的猫虎甚至沟洫之神一并报祭之。此诗当用于这种祭祀典礼。而《载芟》是秋收后报祭先祖的诗。所以，《载芟》与本诗很可能是同一次报祭典礼中所用的歌诗。

就内容而言，两首诗都写了耕种、除草、收获等农业生产的具体环节，内容有不少重合之处。但进一步比较，可以看出，《载芟》于耕种之事所写较详，而此诗则侧重于对收获时情景的描绘。由于表现侧重点不同，所表达的主题也就不同：在《载芟》中，突出的是献祭者的敬意，对耕种情景详细的描写是为了表现献祭者的虔诚；而此诗主要表现对土神、谷神的报答之意，详写收获的丰饶，正是说明此年之农事得到了土神、谷神的佑护，所以要报答之。

在表现方法上，两诗都善于闲处落笔。《载芟》写耕种，突然插入"思媚其妇。有依其士"等句，对人物进行表现；此诗写妇女、孩子来送饭，也插入"其笠伊纠"一句，通过装束来写人，表现出了农夫劳作的辛苦；写祭祀的准备，写到宰牛，又顺带一笔来描写牛角。这些都使得诗篇更富有生趣。当然，《载芟》中还用到了铺排，则是此诗没有的。而此诗描写秋收之丰，用"其崇如墉，其比如栉"来形容，表现上更为生动、形象。

鲁 颂

　　《鲁颂》是春秋前期鲁国为歌颂自己的祖先而作的，共有四篇，都是歌颂鲁僖公的，按其风格可分为两类：《閟宫》和《泮水》的风格似《雅》，其中《閟宫》一篇，奚斯（又名公子鱼，鲁僖公时人）所作，《駉》和《有駜》的风格类《风》。如孔颖达《疏》所说："此虽名为颂，而实体《国风》，非告神之歌，故有章句也。"《駉》篇《诗序》说："季孙行父请命于周，而史克作是颂，"则《駉》篇为史克所作，写成稍迟。以四篇皆奚斯作或皆史克作均有以点带面之嫌。《閟宫》末尾说："奚斯所作，孔曼且硕，万民是若。"《毛传》据此说："有大夫公子奚斯者作是庙也。"但"孔曼且硕"是形容诗的语句，如《大雅·崧高》说"吉甫作颂，其诗孔硕"，"曼"则言其长，用在新庙上则显然不妥。故以奚斯作庙之说不可信。魏源《诗古微·鲁颂韩诗发微》考之甚详，可参。四诗均作于公元前七世纪后期。

泮 水

　　思乐泮水①，薄采其芹②。鲁侯戾止③，言观其旂④。其旂茷茷⑤，鸾声哕哕⑥。无小无大⑦，从公于迈⑧。

　　思乐泮水，薄采其藻⑨。鲁侯戾止，其马蹻蹻⑩。其马蹻蹻，其音昭昭⑪。载色载笑⑫，匪怒伊教⑬。

　　思乐泮水，薄采其茆⑭。鲁侯戾止，在泮饮酒。既饮旨酒⑮，永锡难老⑯。顺彼长道⑰，屈此群丑⑱。

　　穆穆鲁侯⑲，敬明其德⑳，敬慎威仪，维民之则㉑。允文允武㉒，昭假烈祖㉓。靡有不孝㉔，自求伊祜㉕。

明明鲁侯㉖，克明其德㉗。既作泮宫，淮夷攸服㉘。矫矫虎臣㉙，在泮献馘㉚。淑问如皋陶㉛，在泮献囚。

济济多士㉜，克广德心㉝。桓桓于征㉞，狄彼东南㉟。烝烝皇皇㊱，不吴不扬㊲。不告于讻㊳，在泮献功。

角弓其觩㊴，束矢其搜㊵。戎车孔博㊶，徒御无斁㊷。既克淮夷，孔淑不逆㊸。式固尔犹㊹，淮夷卒获㊺。

翩彼飞鸮㊻，集于泮林㊼。食我桑黮㊽，怀我好音㊾。憬彼淮夷㊿，来献其琛(51)。元龟象齿(52)，大赂南金(53)。

【注释】①思：语助词。泮（pàn）水：水名。前人多解释为泮宫前半月形的水池。以为泮宫为诸侯的学宫。《毛传》："泮水，宫之水也。天子辟雍，诸侯泮宫。"但方玉润《诗经原始》引《通典》说："鲁郡泗水县，泮水出焉。"戴震亦以为泮水为水名，泮宫为泮水之畔郊祀后稷之庙，为鲁国所特有，见其著《毛郑诗考证》。《礼记·礼器》："鲁人将有事于上帝，必先有事于頖宫。""頖宫"即"泮宫"，似为祀上帝之所。②薄：语助词。芹：即水芹。③鲁侯：指鲁僖公。戾止：即莅临。戾通"莅"。止，语助词。④言：语助词。旂：一种画有龙的图形的旗子。⑤茷（pèi）茷：即"旆旆"，旗下垂的样子。⑥鸾：通"銮"，车铃。哕（huì）哕：和悦的铃声。⑦无：无论。小、大：指随从官员职位的大小。⑧公：指鲁僖公。于：以，而。迈：行。⑨藻：水藻，可做菜吃。⑩蹻（qiāo）蹻：马强壮威武的样子。⑪音：指僖公说话的声音。昭昭：明快响亮的样子。⑫载：又。色：和颜悦色。⑬匪：非。伊：是。教：教化。此句是说鲁侯没有怒色，而是温和地指教臣下。⑭茆（mǎo）：水草，嫩叶可食，江南称之为莼（chún）菜。⑮旨：甘美。⑯锡：赐。难老：不易老，犹言长寿。此鲁侯为来临之大夫、卿士之从饮者祝寿。⑰长道：尊长养老之道。⑱屈：聚敛。丑：众。陆德明《毛诗释文》引《韩诗》说："屈，收也。收敛得此众聚。"以上两句承上而言，是说鲁侯遵从祖先尊长养老之道，所以有此聚会。⑲穆穆：举止恭敬而端庄的样子。⑳敬：恭敬努力。㉑维：是。则：法则，榜样。㉒允：
确实。文：指文德。武：指武功。㉓昭假：指天神、祖先与祭祀者心志相通。
参看《噫嘻》注释。烈祖：有功业的先祖，此指周公、伯禽等。㉔孝：通
"效"，效法。马瑞辰《毛诗传笺通释》："此承上'昭假烈祖'言，当谓僖
公之法效烈祖。"㉕伊：是，此。祜（hù）：福。㉖明明："勉勉"的假借，
操劳不息。㉗克：能。㉘淮夷：古族名，周代时分布于今淮河下游一带。攸：
语助词。㉙矫矫：勇武的样子。虎臣：指如猛虎一样的将帅。㉚馘（guó）：
战争中杀死敌人而割取其左耳来代表首级计功。㉛淑：善。问：指审讯
俘虏。皋陶（yáo）：相传为舜时掌管刑狱的大臣。㉜济济：众多的样子。
多士：指众贤士。㉝克：能。广：推广。德心：善意。㉞桓桓：威武的样
子。于：往。征：指征伐淮夷。㉟狄：通"剔"，剔除，引申为治理。东南：
指淮夷。淮夷在鲁国的东南。㊱烝烝皇皇：美盛的样子。此句是形容众贤
士的。㊲吴：喧哗。扬：高声。㊳告："鞫"的借字，严格治罪。讻（xiōng）：
凶恶的敌人。陈奂《诗毛氏传疏》："'不告于讻'，言不穷治凶恶，唯在柔
服之而已。"㊴角弓：两头装饰有牛角的弓。觩：弓弯曲的样子。㊵束矢：
一捆箭。或说为五十支，或说一百支，实则其数量不定。搜：众多的样子。
㊶戎车：兵车。孔：很。博：众多。㊷徒：徒行者，即步兵。御：驾车者，
即驾车的甲士。无斁（dù）：不懈怠。㊸不逆：不再为乱。此句是说淮夷
化于善，不再为逆乱。㊹式：用，因为。固：坚定。犹：通"猷"，谋略。
㊺卒：终于。获：得，指被战胜。㊻翩：鸟飞翔的样子。鸮（xiāo）：猫头鹰。
㊼集：栖息。泮林：泮水旁边的树林。㊽葚（shèn）：桑葚。㊾怀：借作"馈"，
赠送。音：指鸮的鸣叫声。鸮音本不好听，此言"好音"，有改恶向善之
意。以上四句以鸮比淮夷，以鸮集于泮林比喻淮夷来朝于鲁，以鸮食我桑
葚比喻淮夷使者受到鲁国的款待，以鸮怀好音比喻淮夷向鲁国说臣服的话。
㊿憬（jǐng）：觉悟。51琛（chēn）：珍宝。52元龟：大龟。象齿：象牙。53赂：
"璐"的借字。俞樾《群经平议》卷十一："赂，当读为璐。《说文·玉部》曰：
'璐，玉也。'……大璐，犹《尚书·顾命篇》大玉耳。……大璐、南金与
上句元龟、象齿并列，皆淮夷所献之琛也。从玉、贝之字，古或相通。"南金：

南方出产的青铜。

【品评】 这是一首赞美鲁僖公宴请宾客、战胜淮夷的诗。据《春秋》所载，鲁僖公（前659—前627）十三年、十六年两会诸侯，前一次乃因淮夷进犯杞，后一次乃因淮夷进犯鄫。实际两次盟会，盟主皆为齐桓公，僖公只是参与而已，也没有获得什么实际成果。诗所言僖公克胜淮夷或因此为言，故此诗可能作于僖公十六（前644）年之后不久。

诗可分两部分，前四章写僖公在泮宫宴请宾客，后四章写在泮宫祝捷庆功。马瑞辰引惠周惕说："此诗始终言鲁侯在泮宫事，是克淮夷之后释菜而傧宾也。"则宴请宾客也是祝捷庆功，只不过先写，这样一开始诗就被欢乐的气氛所笼罩，自是一种倒叙的写法。而陈奂以为前四章写行春飨之礼，与祝捷庆功为两事："春入学释菜。诗咏采菜，正谓僖公行春飨之礼。……饮酒必养老。《礼记·文王世子篇》：'适东序，释奠于先老，遂设三老五更、群老之席位焉。……'"比较而言，陈氏之说更接近诗意。诗前后虽写两事，却没有割裂之感。诗以泮宫为背景，写僖公在泮宫的所作所为，不论写行春飨之礼，还是写祝捷庆功，实际上都是在赞美僖公。故写宴请宾客而侧重写僖公到达泮宫时的情景，从而表现僖公的和蔼可亲、尊长养老、能效法先祖的品格。写祝捷庆功，先说"矫矫虎臣，在泮献馘。淑问如皋陶，在泮献囚"，看似在写文武大臣，实际也是借此表现僖公的任得其人。第六章写军旅之严整，也是赞美僖公治军有方。诗的第四章具有承上启下的作用，是诗篇的关键所在，说"穆穆鲁侯，敬明其德。敬慎威仪，维民之则"，概括前三章之意；"允文允武，昭假烈祖。靡不有孝，自求伊祜"，又关合上下，其中"允文允武"句，更是全篇之枢纽。因而，诗虽写了两事，行文均是笔笔落在僖公身上，主题集中。

此诗写人，直接称颂，且不无夸饰，但也用了一些侧面烘托的手法，在一些章句中也不乏含蓄抑扬之致。诗第一、二章写僖公到达泮宫，写旗帜、写铃声、写随从、写马匹，场面阔大，颇有气势。"其音昭昭。载色载笑，匪怒伊教"，为直接描写僖公的风采，且很细腻。第五章写献馘献囚，

第六章、七章写军旅，也都可以看作侧面描写。

从章法来看，也是整饬中有变化。前三章前三句叠句，给人一种轻快的感觉。第四章"穆穆鲁侯，敬明其德"与第五章"明明鲁侯，克明其德"为叠句，强调其明德。全诗除"淑问如皋陶"一句外，皆为四言，虽只一句，也使诗篇有了一定的节奏变化。

僖公虽于十三年、十六年两次参加齐桓公兵车之会，将要对淮夷有所动作，实皆无功而返，而诗中则说"淮夷攸服"，说献馘献囚，说"憬彼淮夷，来献其琛。元龟象齿，大赂南金"，恐是言过其实，故刘勰《文心雕龙·夸饰》以"翩彼飞隼，集于泮林。食我桑黮，怀我好音"四句作为夸饰的例子。此诗的夸饰，实有思想、文化上的原因。王安石《诗义钩沉》卷二十："《周颂》之词约，约所以为严，所美盛德故也。《鲁颂》之词侈，侈所以为夸，德不足故也。""德"之盛缺固然是一个方面，但更主要的是宗教意识的变化。随着社会的发展，春秋时期原始宗教观念逐渐淡薄，人们对神鬼的畏惧远不如西周之甚，而更注重人事，这样在"以成功告于神明"时，诚惶诚恐、战战兢兢的虔诚实际已经不多，言成功的模式还再发挥作用，那么只能对生者进行大肆地颂扬，其夸诞也就不可避免。

商　颂

　　《商颂》本为商代乐诗，宋为商后，故得继承，在字句上或者有所修改润饰，但大体应是保持原来的结构与主要内容。《商颂》共五篇，《那》《烈祖》《玄鸟》是祭祀乐歌，各只一章，产生的时代较早。《长发》《殷武》叙述殷人的起源，歌颂伐楚的胜利，叙事具体、音韵和谐，似较晚出，可能是据殷商之旧辞改写而成。《国语·鲁语下》载闵马父之语："昔正考父校商之名《颂》十二篇于周之大师，以《那》为首。"《诗序》说："至于戴公，其间礼乐废坏，有正考甫者，得《商颂》十二篇于周大师，以《那》为首。"郑玄《诗谱·商颂谱》说："七世至戴公时，当宣王大夫正考父者，校商之名《颂》十二篇于周太师，以《那》为首，归以祀其先王。"则《商颂》在西周末年周宣王（前827—前782）、宋戴公（前799—前766）之时（前799—前782）尚有十二篇，到春秋前期编集《诗》之时，已只有五篇。

那

　　猗与那与①，置我鞉鼓②。奏鼓简简③，衎我烈祖④。汤孙奏假⑤，绥我思成⑥。鞉鼓渊渊⑦，嘒嘒管声⑧。既和且平⑨，依我磬声⑩。於赫汤孙⑪，穆穆厥声⑫。

　　庸鼓有斁⑬，万舞有奕⑭。我有嘉客⑮，亦不夷怿⑯。自古在昔⑰，先民有作⑱。温恭朝夕⑲，执事有恪⑳，顾予烝尝㉑，汤孙之将㉒。

　　【注释】　①猗（ē）那（nuó）：美盛的意思。马瑞辰《毛诗传笺通释》

说："猗那二字叠韵，皆美盛之貌，通作猗傩（见《桧风》）、阿难（见《小雅》）。草木之美盛曰猗傩，乐之美盛曰猗那，其义一也。《上林赋》'旖旎从风'，《说文》：'旎，禾相倚移也。'又于旗曰'旖施'，于木曰'橣施'，义并与猗那同。"与：通"欤"，语助词，这里是表示赞叹。②置："植"字之借，立，竖起。鞉（táo）鼓：有柄的小鼓，鼓两旁系有鼓槌，即摇鼓。字也作"鼗"。《周礼·春官·小师》："掌教鼓、鼗……"郑玄注："鼗如鼓而小，持其柄摇之，旁耳还自击。"此句是说：树起手里拿的鞉鼓。郑玄《笺》读此"置"为"植"，将鞉鼓解释为建鼓（楹鼓），马瑞辰、陈奂并从之，误。《广雅·释诂四》："置，立也。"《国语·晋语》："置之而不殆。"韦昭注："置，立也。"《考工记·庐人》："置摇之。"注："置，树也。"树、立都是指持而举起。这是演奏的准备动作。③奏鼓：击鼓。奏，奏乐。简简：鼓声（古今字音不同，今日此二字已不能拟鼓声）。④衎（kàn）：乐，此处为使动用法，使之喜乐。烈祖：显祖。《毛传》释为"有功烈之祖"。马瑞辰《毛诗传笺通释》说："哀二年《左传》'烈祖康叔'，杜注：'烈，显也。'《晋语》韦昭注同。《尔雅·释诂》：'烈，光也。'《晋语》：'君子有烈名。'韦注：'烈，明也。'均与显义近。烈祖犹言显祖。"马瑞辰之说是。⑤汤孙：商汤的孙子或裔孙。此汤孙当是指太甲或武丁。奏假：使到来，使降临。祭祀用语。郭晋稀《诗经蠡测·颂诗蠡测》九《释"奏"与"鬷格"》说："《烈祖》云'鬷格无言'，'奏假'即'鬷格'也。《左传》昭公廿九年引诗'鬷嘏无言'，《礼记·中庸》引诗作'奏假无言'。故知'奏假''鬷嘏''鬷格'相同。'鬷'在古韵邕部。子红切；'奏'在区部，则侯切。区邕对转，又精母双声，故可通假互作。"则"鬷"与"艐"相通，义为"至"而"假""嘏""格"皆"假""佫"的借字，其义也为"至"。"奏假"为同义连文，相当于"到来"，此处为使动用法。马瑞辰《毛诗传笺通释》说："皆祭者致神之谓也。"⑥绥：安定，帮助。郑玄《笺》："绥，安也。安我心所思而成之，谓神明来格也。"我：参加祭祀活动者的泛称。思：思念。指思念所祭享的先人的容貌风神。成：完成，成全。《礼记·祭仪》："斋之日，思其居处，思其笑语，思其志意，思其所乐，思其所嗜。斋三日，乃见其所为斋者。祭之日，入室，僾然必有见乎其位；周旋出户，肃然必有闻乎其容身；出户而听，忾然必有闻乎其叹息之声。此之谓'思成'。"以上两句说：汤孙敬请祖先神灵降临，神灵的降临成全了汤孙我的思念。⑦渊渊：象声词，形容鼓声。⑧嘒（huì）嘒：象声词，这里形容管乐之声。《诗经》中也有用于形容蝉声者，如《小雅·小弁》："鸣蜩嘒嘒"。朱熹《诗集传》："嘒嘒，清亮也。"管：笙箫之类管乐器。⑨和：音调和谐。平：正，指乐声高低大小适中。《国语·周语》："声应相保曰和，细大不逾曰平。"⑩依：跟随。磬：一种敲击乐器。编磬多为石质。玉制者，为特磬，音乐合奏的开始和结尾以磬声为标志，也用以调节节奏。这里指特磬。⑪於（wū）：叹词。赫：显赫。⑫穆穆：和美的样子。声：音乐的声音。⑬庸：借为镛，乐器名，大钟。《说文》："大钟谓之镛。"段玉裁注："惟《商颂》字作'庸'，古文假借。"鼓：指大鼓。陈奂《诗毛诗传疏》："庸为大钟，则鼓为大鼓。《灵台》：'贲鼓维镛'。《传》：'贲，大鼓也。镛，大钟也。'义与此同。"有斁（yì）：即"斁斁"，乐声盛大的样子。陈奂《诗毛诗传疏》："《广雅》：'驿驿，盛也。'《文选·甘泉赋》注引《韩诗章句》：'绎绎，盛貌。'斁、驿、绎并同。盛者，谓声乐盛也。"⑭万舞：用干（盾牌）、羽为道具的一种祭祀用大舞。《邶风·简兮》："方将万舞。"《毛传》："以干羽为万舞。用之宗庙山川。"陈奂《诗毛诗传疏》："干舞，武舞。羽舞，文舞。曰万者，又兼二舞以为名也。干舞以舞大武，羽舞以舞大夏。"又《初学记·乐部上》引《韩诗》："万，大舞也，以干羽舞。"则万舞为大舞。有奕：同"奕奕"，声势大而整齐的样子。陈奂《诗毛诗传疏》："《墨子·非乐上》：'万舞翼翼，章闻于天。'翼翼与奕奕同。"陈说"奕奕"与"翼翼"同，形容舞容，是。唯陈训为"闲"，欠明确。《墨子·非乐上》本言万舞陈容盛大，故声音洪亮，上闻于天。马瑞辰《毛诗传笺通释》说："《广雅·释训》：'闲闲、奕奕，盛也。'盛、大义相近。《韩奕》诗《传》：'奕奕，大也。'《说文》：'奕，大也。'万为大舞，故奕为大貌。'闲'亦大也。"马说是。⑮嘉客：贵宾。指同姓之来助祭者。朱熹《诗集传》："嘉客，先代之后，来助祭者也。"⑯"亦不……"：由反问句转为强调语气。

夷怿（yì）：喜悦，欢喜。《毛传》："怿，亦悦也。""亦不夷怿"相当于说："不是也很喜悦么！"⑰自古：从古。在昔：在很远的过去。"自古"与"在昔"并列，强调从很早开始。⑱先民：先人。有作：有举措，有所制定或创造。《国语·鲁语》韦昭注："有作，言先圣人行此恭敬之道久矣，不敢言创之于己，乃云受之于先古也。"因下句言"温恭朝夕"，则"自古"二句乃就礼仪制度言之。⑲温恭：温和恭敬。朝夕：早晚朝见君主。《左传·成公十二年》："百官承事，朝而不夕。"《疏》曰："旦见君谓之朝，莫（暮）见君谓之夕。"这句说温和恭敬地早晚按时朝见君主。⑳执事：执掌、处理事情，事，指祭事。有恪（kè）：即"恪恪"，敬谨的样子。㉑顾：光顾。予：我，同前面"我有嘉宾"的"我"皆复数宽泛之称。烝、尝：泛指按季节进行祭祀。烝：本义指冬祭。尝：本义指秋祭。㉒将：奉献。关于本句，朱熹《诗集传》解释说："言汤其尚顾我烝尝哉！此汤孙之所奉者。致其丁宁之意庶几其顾之也。"

【品评】《礼记·郊特牲》说："殷人尚声。臭味未成，涤荡其声，乐三阕，然后出迎牲。声音之号，所以诏告于天地之间也。"本诗突出地反映了殷商时代宫廷祖先祭祀中音乐舞蹈的盛况，并说明了这是一个具有悠久历史的传统，突出地表现了商代文化的特征。

诗中说明所舞为万舞，舞者是持盾牌或长翎羽，是武舞和文舞场面交错出现的，既表现了汤的武功，也表现礼乐文教方面的某些场面，应该是结构较复杂的舞蹈。以诗中"置我鞉鼓""依我磬声"等句来看，唱者是奏乐者，而不是舞者。舞者是专门舞蹈。这自然是因为舞蹈当中演员做各种动作，尤其是比较剧烈的动作而呼吸急促，难以从容地歌唱。可见，从商代开始，虽然歌舞结合为一，但具体表演中歌者同舞者是分开的，只是相互配合而已——主要是舞随音乐的节奏而进行，实际进行中当然也有音乐配合舞蹈动作的问题。诗中说的"依我磬声"，不仅指音乐，也指舞蹈。

本诗前人不分章，实际上可分为两章：从开头至"穆穆厥声"写主祭主持迎接先祖神灵及万舞表演中音乐的状况，后一部分写这样宏大的表演场面，使来参加助祭的同姓宾客感到无比兴奋，这种典礼是由先代所形成，不能马虎。

这首诗中提到的乐器除鞉鼓、磬之外，还有各种管乐器和镛、大鼓。磬声为开始、结尾的标志及进行中调节节奏之声。一开始先是鞉鼓齐鸣，所以说"猗与那与，置我鞉鼓"，乐师都持鞉鼓而摇，声音急促齐起，如军队激战之声，这应是武舞的音乐，以此以迎汤的神灵，因为殷人以汤为"武王"（《商颂·长发》）或"武汤"（《商颂·玄鸟》）。主祭者先起武舞以迎神，使参加祭祀的人能想象到汤当年鸣条之战灭夏建国时的英武形象（"绥我思成"），然后是"嘒嘒管声，既和且平"，表现出商建国后天下升平的景象。"於赫汤孙，穆穆厥声"，上句赞以主祭者在整个祭祀过程中的高贵显耀，后一句是对迎神音乐肃穆基调的总括。

诗的后一部分从舞蹈、音乐的欢乐、盛大以及来参加祭祀活动的同姓宾客无不兴奋、高兴方面说，是从人的感觉方面言之。由此而说到这种祭祀典礼的形成时代很早，后代遵循，不能稍有马虎，又从文化底蕴方面来揭示它的意义及同商民族的关系。

可以看出，本诗既一气呵成，又有变化，在诗的表现上形成一种立体的结构方式。在诗的开头，第一部分结尾处及第二部分结尾处都写到"汤孙"，以主祭者贯穿首尾，不仅在多角度的描写中有一个中心点或曰透视点，也起到首尾照应及转换清楚的作用。明代孙鑛《孙月峰先生批评诗经》卷四评此诗说："商尚质，然构文却工甚。如此篇何等工妙！其工处正如大辂。"此为有见之言。

烈祖

嗟嗟烈祖①，有秩斯祜②。申锡无疆，及尔斯所③。既载清酤，赉我思成④。亦有和羹，既戒既平⑤。鬷假无言⑥，时靡有争⑦。

绥我眉寿⑧，黄耇无疆⑨。约𫐐错衡⑩，八鸾鸧鸧⑪。以假以享⑫，我受命溥将⑬。自天降康⑭，丰年穰穰⑮。来假来飨⑯，降福无疆。顾予烝尝，汤孙之将。

【注释】　①嗟嗟：赞叹词。烈祖：指成汤。②有秩：同"秩秩"，形容安逸，有福。《毛传》："秩，常也。"马瑞辰《毛诗传笺通释》："有秩即形容福之大貌。"其实《毛传》之注并不误。《荀子·天论》说："顺其类者谓之福。"这是先秦时关于"福"的解释，早于所有传注的说解。"常"即"顺其类"，福即人能顺其性、尽其年，而不至于受到天灾人祸。祜（hù）：大福。③申：重复，不止一次地。锡：赐。无疆：就所赐大福（祜）而言。及：达到。尔：你，指烈祖。斯所：此处。斯，助词，略同于"之"。所，居，指有天下。《广雅·释诂二》："所，居也。"上两句说：你一再地赏赐没有穷尽，遍及于你所拥有的天下。④载：陈列。酤（gū）：酒。赉（lài）：赐予。成：完成，成就。上两句说：既已设置了清酒，赐我完成孝思吧（参王文锦《读〈诗经注析〉札记（下）》，收《文史》2003年第3辑）。⑤和羹（gēng）：调好的肉汤。和，调羹。戒：准备。指做好了祭祀的准备工作。《方言》："戒，备也。"《礼记·曾子问》"三年之戒"，郑玄注："戒，犹备也。"平：适当，完满。朱熹《诗集传》说："《仪礼》于祭祀燕享之始，每言'羹定'，盖以羹熟为节，然后行礼。"其说是。马瑞辰《毛诗传笺通释》说："和羹必备五味。昭二十年《左传》'宰夫和之，齐之以味'，此诗所云'戒'也；'济其不及，以泄其过'，此《诗》所云'平'也。……'戒''平'宜承'和羹'言。"释二句之意极是。此二句是对上二句中第一句的补充说明，带有倒装的性质。⑥鬷假：同于"鬷格"，相当于"来到"，此处为使动用法，指祝（神职人员）致神、请神降临的意思。无言：指祭者静默祷告。⑦时靡有争：当时没有争吵、喧闹的声音。靡，没有。指参加祭祀者都很严肃，没有争先、争益的意思。⑧绥：安。眉寿：长寿。这里指高寿老人。这句说使长寿者安康。⑨黄耇（gǒu）：长寿、高寿。人高寿则发黄。无疆：对长寿者的吉利语，言寿命很长。⑩约𫐐（qí）：一般用红色的皮革缠束车毂（参《说文》："𫐆"字及段注）。错，文饰。由错金之义而来。衡：车辕前端的横木，用以驾马。先秦时贵族所乘车的辕、衡常用金属做成或以金属包裹，并在表面做成错金花纹。⑪鸾：镳两端的铃铛。郑玄《笺》："鸾在镳，四马则八鸾。"八鸾指四匹马马口两旁各一铃，共八铃。鸾，后作"銮"，小铃铛。鸧（qiāng）鸧：同"锵锵"，铃声。⑫假：通"格"，至。此处为使动用法，指迎神。享：献，上供。⑬我：主祭者自指。受命：接受上天之命。溥（pǔ）：广大。将：长远。王引之《经义述闻》卷七引王念孙说："将，长也。言我受天之命，既溥且长。（《大雅·公刘》曰：'既溥既长。'《卷阿》曰：'尔受命长矣。'）即下文所云'降福无疆'也。《楚辞·九辩》'恐余寿之弗将'，王逸注曰：'将，长也。'（《广雅》同）。"⑭康：安康，太平。⑮穰（ráng）穰：众多的样子。《周颂·执竞》："降福穰穰"，《毛传》："穰穰，众也。"⑯来假：到来。假，通"格"，至。飨（xiǎng）：接受宴饮。这句指烈祖灵而言。

【品评】 陈子展《诗三百解题》说："这诗所说烈祖当和上篇说的烈祖同指一人。烈祖虽说是有功烈之祖的统称，但是古文《尚书·伊训篇》说：'乃明言烈祖之成德以训于王。'又《说命篇》说：'佑我烈祖格于皇天。'似可证殷商习称成汤为烈祖。上篇说：'绥我思成。'这篇说'赉我思成'。可见句法同，语意也同。上篇说'汤孙奏假'。这篇说'鬷假无言'。《礼记·中庸篇》引《诗》当是《齐诗》，鬷假作奏假，可见奏假、鬷假，系同词同义语。两篇相为首尾，所祭烈祖同……"因而认为本篇同上篇《那》"同为一祭先后所用之乐歌"。这里就有一个对当时祭祀歌舞体制、规模的认识问题。清代姚际恒《诗经通论》引辅广之说："《那》与《烈祖》皆祀成汤之乐，然《那》诗则专言乐声，至《烈祖》则及于酒馔焉。商人尚声，岂始作乐之时则歌《那》，既祭而后歌《烈祖》欤？"注意到了《商颂》中不同诗篇用于不同祭祀环节的问题。方玉润《诗经原始》引述姚氏之说后说："周制，大享先王凡九献，商制虽无考，要亦大略相同。每献有乐则有歌，纵不能尽皆有歌，其一献降神，四献、五献酌醴、荐熟，以及九献祭毕，诸大节目，均不能无辞。特诗难悉载，且多残阙耳。前诗专言声，当一献降神之曲；此诗兼言清酤和羹，其五献荐熟之章欤？不然，何以一诗专言声，一诗则兼言酒与馔耶？此可以知其各有专用，同为一祭之乐，无疑也。"依此，不仅这两诗同为祭成汤之诗，在这个仪式的其他环节，也还应有些歌诗，只是已残缺无从考知。这个说法同《国语·鲁语下》载闵马父之语"昔正考父校商之名颂十二篇于周太师，以《那》为首"的话一致。则商颂至少遗失了七篇。由此可知，商人祭成汤规模相当大，歌舞之乐也是结构宏大，有着丰富的内容。

从诗的内容来看，前一首主要从主祭人的角度说，这一首则主要从助祭人的方面说。本诗传统章句虽不分章，但实际上也分两层意思：从开头至"时靡有争"，押鱼韵，耕韵，计十句，写祭祀、降神、祈祷的场面。"绥我眉寿"以下十二句，押阳韵，主要从助祭者的立场来说。"约軝错衡，八鸾鸧鸧"显然是写来助祭同姓代表，所以紧接着"以假以享，我受命溥将"，也是针对助祭者说的。那么，这两句中的"我"，及"绥我眉寿"的"我"，都应是指助祭者而言。由此可以知道：祭祀成汤的同姓助祭者，都应是各氏、各支派的年长者，不然，不会有"绥我眉寿，黄耇无疆"这样的话。进而可以肯定，"自天降康，丰年穰穰"也是就整个助祭诸侯的封地而言，非仅就商王直接管理范围而言；"来假来飨，降福无疆"，也应是所有助祭者的共同心愿。以上这些是以前学者所未曾言及、看到的，对理解本诗的内容及这一组已经不齐全的祭祀歌舞辞也会有更深入的认识。

玄鸟

天命玄鸟①，降而生商②，宅殷土芒芒③。古帝命武汤④，正域彼四方⑤。方命厥后⑥，奄有九有⑦。商之先后⑧，受命不殆⑨，在武丁孙子⑩。武丁孙子，武王靡不胜⑪。龙旂十乘⑫，大糦是承⑬。邦畿千里⑭，维民所止⑮，肇域彼四海⑯。四海来假⑰，来假祁祁⑱。景员维河⑲。殷受命咸宜⑳，百禄是何㉑。

【注释】①玄鸟：燕子。《毛传》："玄鸟，鳦（yǐ）也。"《说文解字》卷十二："乙，玄鸟也，齐鲁谓之乙，取其鸣自呼。"《荀子·成相》中说契之后："十有四世，乃有天乙是成汤。""天乙"即"天鳦"，或"乙"。成汤之以为号，显示了其振兴民族的雄心。②降：由天而降。商：指契，也称玄王。《荀子·成相》："契玄王，生昭明。"上两句天帝命玄鸟由天而降，使有娀氏女生契。契之被称为"玄王"，应同玄鸟传说有关。毛奇龄《续诗传鸟名》说"玄鸟，燕名，以羽玄见称，与黄鸟同。"商代青铜器铭文中有《玄鸟壶》，铭文"玄鸟妇"三字合书。于省吾《略论图腾与宗教起源和夏商图腾》(《历史研究》1959年第11期)列举甲文中"娈毓妙"之句（见《前》二,十二、三），认为"娈"即有娀氏女，"毓"即生育（本为一母生下孩子的象形字），这样，有娀氏女吞玄鸟卵而生商的传说，便得到殷商时金甲文的证明。③宅：居住。殷土：殷国的土地。盘庚迁殷之后，商也称为殷。武丁为盘庚之侄，此诗之作，当在廪辛、康丁之朝（盘庚之后第七、第八王）。芒芒：同"茫茫"，广远的样子。《毛传》："芒芒，大貌。"《左传·襄公四年》："芒芒禹迹，画为九州。"杜预注："芒芒，远貌。"义相通。④古帝：犹言"昊天上帝"。郑玄《笺》："古帝，天也。"孔颖达《疏》引《尚书纬》云："'曰若稽古帝尧'，稽，同也；古，天也。是谓天为古。"《逸周书·周祝解》："天为古。"即以天为"古"之证。马瑞辰《毛诗传笺通释》说："古，始也；万物莫始于天，故天可称古。古帝犹言昊天上帝，'古帝命汤武'犹'帝谓文王'，皆托天以命之也。"武汤：武王汤。《史记·殷本纪》："汤曰：'吾甚武。'号曰武王。"⑤正域：治理、确定疆域。朱熹《诗集传》："正，治也。域，封境也。""正"、"域"二字并列，皆为动词。这句的意思是：将四方土地确定为殷商的行政区域。⑥方：借为"旁"，普遍。郑玄《笺》："方命其君，谓遍告诸侯也。"马瑞辰《毛诗传笺通释》说："'方、旁古通用。'《易·系辞》'旁行而不流'，《淮南·主术》作'方行而不流'，方犹旁也。旁之言溥也，遍也（旁、溥、遍，一声之转）。《说文》：'旁，溥也。'）。"马说是。厥后：四方之后，指商四裔之地小国和部落、部族的首领。⑦奄（yǎn）：统通，总包。九有：即九域，九州。"有"为"域"字之借。⑧先后：先王。⑨不殆：不懈怠。"殆"为"怠"字的假借。郑玄《笺》："商之先君受天命，而行之不懈怠者，在高宗之孙。"马瑞辰《毛诗传笺通释》说："此诗殆即怠借字。"⑩武丁孙子："丁"为"王"字之讹。下句同。王引之《经义述闻》卷七说："武丁固善为人子孙，然省去'善为人'三字而谓之'武丁孙子'，则文不达义。若以为高宗之孙子，则此诗本祀高宗，何得不美高宗而美高宗之孙子乎？且武王乃殷人称汤之词。《长发》篇：'武王载斾。'《传》曰：'武王，汤也。'不得又以为武丁及其子孙之称也。窃疑经文两言'武丁'，皆武王之讹；而'武王靡不胜'，则'武丁'之讹。盖商之先君受命不怠者，在汤之孙子，……故曰：'在武王孙子，武丁靡不胜。'传写者上下互讹耳。《毛传》'武丁，高宗也'，属于'在武丁孙子'之下，则所据已是误本。"王说是。⑪武丁孙子，武王靡不胜：当作"武王孙子，武丁靡不胜"，说见上。此诗祀高宗而直呼其名，因商代不以讳事神。卜辞祭则直称"大乙"，与此同。西周时作品称先祖名者，也仅见"笃公刘"，至《周颂》《鲁颂》则没有直称名者。上三句说：商之先王受天命不息，至于武王之孙子。⑫龙旂十乘：旂，上面画有交龙、顶端有铃铛的旗，《大雅·韩奕》："日月为常，交龙为旂。"所以说"龙旂"。十乘（shèng）：指大路十辆。龙旂、大路，天子诸侯皆得用，此处指武丁。⑬大糦（chì）：大祭。糦，同"饎"。酒食。用于祭祀的饎一般包括黍、稷、稻、粱等。承：继承。《鲁颂·閟宫》："周公之孙，庄公之子，龙旂承祀。"例之以此，则本诗中"龙旂十乘，大糦是承"也是指武丁。⑭邦畿（jī）：疆域。《毛传》："畿，疆也。"马瑞辰《毛诗传笺通释》说："邦畿二字同义，邦者，封之假借。《小尔雅》：'封，界也。'《周礼·大司徒》注：'封，起土界也。'《大司马》注：'封谓立封于疆为界。'是封亦疆也，界也。《文选·西京赋》注引《诗》作'封畿千里'，盖本三家《诗》。毛诗作邦者，假借字也。《说文》：'封，……籀文从丰土作坴。'邦字亦从丰声，故通用。……《释名》：'邦，封也。'……封畿同为疆界之称，犹肇域读为兆域，兆亦域也。"⑮维：为。止：居住。这句的意思是：王畿以内是商民居住之地。⑯肇：郑玄《笺》以为当作"兆"。马瑞辰《毛诗传笺通释》说："肇、兆古同音通用。《尔雅·释言》：'兆，域也。'《尚书大传》'兆十有二州'，郑注：'兆，域也。为茔域以祭十二州之分星也。'古文《尧典》则作'肇十有二州'矣。《笺》于《大雅》'以归肇祀'及此诗'肇域'并读为兆。"这句的意思是：以四海为疆域。王肃说："殷道衰，四夷来侵，至高宗然后始复，以四海为境域也。"《尔雅·释地》："九夷、八狄、七戎、六蛮，谓之四海。"这应是殷商人所谓四海。⑰假：通"格"，至，到。这句的意思是：四海部族属国都来朝见。⑱祁祁：众多的样子。⑲景："广"字之借。员：通"运"。东西为广，南北为运。马瑞辰《毛诗传笺通释》："景与广一声之转，……《毛传》训为'广均'，正读为'广运'。……至《传》训'员'为均，均亦读'运'，犹古无音韵字，通作'音均'也。"马说是。这句的意思是：殷商的国土纵横将黄河全部包括在内。⑳殷受命咸宜：殷所享有，无不合于天命。㉑禄：福。何：即今"负荷"的"荷"，承受。《毛传》："何，任也。"

　　本诗是祭祀殷高宗武丁的。殷在小辛、小乙之后，国运渐衰。"武丁即位，思复兴殷"。"帝武丁祭成汤，明日，有飞雉登鼎耳而响。武丁惧。祖己曰：'王勿忧，先修政事。'……武丁修政行德，天下咸欢，殷道复兴。"（《史记·殷本纪》）死后庙号为高宗。武丁征伐周边小国，造成国内安定的社会环境，又开拓了疆土。商代六百年二十八个君主中，商汤之外，只有太甲（太宗）、大戊（中宗）与武丁被立庙特祭，有庙号，连祖乙、盘庚都无此殊荣，则武丁在商代历史上的地位由此可知。又太甲、大戊、武丁三帝中武丁在最后，与主祭人关系最近，因而祭中特别突出了武丁继承汤的事业达到中兴的功绩。

　　本诗开头先说："天命玄鸟，降而生商"，一则说明商之有天下，乃是上承天命，二则表明武丁乃商人的正宗。然后说"古帝命武汤，正域彼四方"，一方面称赞商汤的开国之功，另一方面说明武丁在事业上上继商汤。

"方命厥后，奄有九有"正是说明商人有天下之后的地位和权威。这是为以下论武丁在武功、文治方面的不朽功绩作铺垫，是由上面赞商人之始、商之建国到赞武丁功业的过渡，章法十分严谨。

诗中将武丁的武功同健全礼仪联系在一起论述。因为武丁的征伐，一是为了恢复殷道，重建礼仪制度，二是为了周围小国、部族同商王朝有礼仪往来，并逐渐接受商王朝的礼俗，以武功始，从而达到文治的目的。

本诗气势宏伟，在时间和空间上都显示出一种不凡的气象。诗赞武丁而从邈远的有娀氏之女简狄吞玄鸟卵生契的传说说起，最后至汤建国，然后至武丁中兴的业绩。这一方面可以看出对武丁在商代历史上地位的评价，另一方面可以看出作者历史眼光的开阔。从地域方面说，"四方""九有"（九州）、"千里""四海""殷土芒芒"等，都是如同站在九天之上，俯视中华大地，无形中表现出一个十分开阔的眼界。其他方面的用词如"十乘""大糦""百禄"等，也体现出这种风格。毛泽东的词《沁园春·雪》"千里冰封，万里雪飘""惟余莽莽"之类及秦皇汉武直论至成吉思汗，似乎也是学习了这种手法。当然，这首诗在历史上的影响是很大的。屈原在《离骚》的开头先说"高阳"，次及"皇考伯庸"（太祖），也是学习了本诗的开头。

过去对《诗经》当中的《雅诗》、《颂诗》评价不高，研究也不够，很多有意义的东西未能予以揭示，这是很遗憾的。